한국학술진흥재단 학술명저번역총서

서양편 ● 32 ●

팡타그뤼엘 제3서

프랑수아 라블레 지음 | 유석호 옮김

한길사

Le Tiers Livre
des faicts et dicts heroïques du bon Pantagruel

by François Rabelais

이 도서의 국립중앙도서관 출판시도서목록(CIP)은
e-CIP 홈페이지(http://www.nl.go.kr/cip.php)에서 이용하실 수 있습니다.
(CIP제어번호: CIP2006001008)

16세기 프랑스 문학을 대표하는 프랑수아 라블레

라블레에게는 '프랑스 르네상스 정신의 위대한 구현자'라는 수식어가 항상 따라다닌다.
그의 작품은 의도적으로 고어투로 씌어진 부분이 많아 워낙 난해한데다가,
의사 출신답게 갖가지 의학 용어를 자유자재로 구사하고 있고, 철학과 법률·신학을 비롯한
인문학 전반에 걸친 방대한 지식을 풍자와 해학의 문체로 담아내고 있기 때문에 작품의
"본질적 골수"를 흡수하기 위해서는 그 속에 숨어 있는 의미를 찾아내려는 노력이 필요하다.

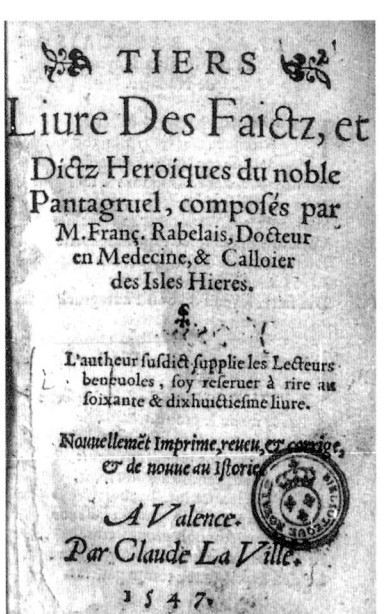

『팡타그뤼엘 제3서』 1547년판 속표지(왼쪽)와 서문 첫 장(오른쪽)

발랑스의 클로드 라 빌 인쇄소에서 출판된 1547년판의 속표지에는 "고귀한 팡타그뤼엘의 영웅적인
언행 제3서"라는 제목 아래 "의학박사이자 이에르 제도의 집사인 프랑수아 라블레 선생이 집필함"이라는
작가 소개가 나오고, "이 책의 저자는 선의의 독자들에게 일흔여덟 번째 책을 위해 웃음을
남겨둘 것을 당부한다"는 설명이 덧붙어 있다. 프랑수아 라블레가 처음으로 자신의 본명을 밝힌
『제3서』의 서문 첫 장에 실린 삽화 속에 그의 이름이 들어 있고, 귀인에게 책을 바치며
보호를 요청하는 모습이 그려져 있다.

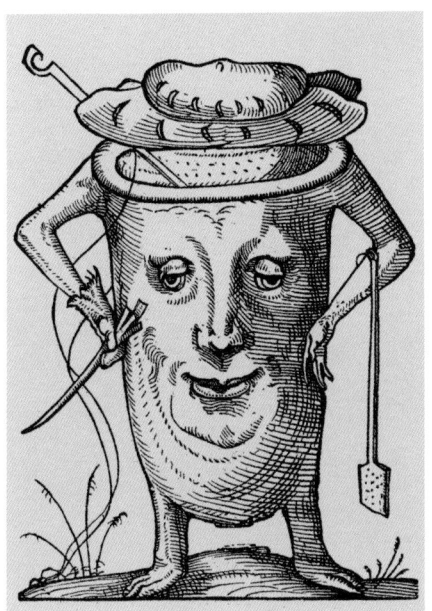 

『팡타그뤼엘의 이상한 꿈들』

1565년에 출판된 작자 미상의 『팡타그뤼엘의 이상한 꿈들』(*Les Songes drolatiques de Pantagruel*)이라는 제목의 책에 나오는 환상적인 기묘한 그림들. 이 책의 속표지에는 "프랑수아 라블레 선생이 창조한 여러 인물들의 모습이 담겨 있고, 선량한 사람들을 위한 저자의 마지막 작품"이라는 설명이 붙어 있다. 에스파냐의 초현실주의 화가 살바도르 달리는 이 그림들을 소재로 해서 '팡타그뤼엘의 이상한 꿈들'이라는 같은 제목으로 일련의 석판화를 제작하기도 했다.

팡타그뤼엘과 그의 심복이자 친구인 건달 파뉘르주

삽화의 오른쪽에 누워 있는 거인이 팡타그뤼엘이고, 가운데 서 있는 인물이 파뉘르주다.
팡타그뤼엘은 첫눈에 파뉘르주에게 호감을 느껴 그를 평생을 같이할 친구로 삼는다.
『제3서』에서는 파뉘르주의 요청에 의해서 그의 결혼에 대한 의혹을 풀어주기 위한 일련의
문답이 전개된다. 19세기 프랑스의 유명한 삽화가 귀스타브 도레의 작품.

팡타그뤼엘 제3서

팡타그뤼엘 제3서

일러두기

1. 이 책에 사용한 외래어 표기는 가능한 한 원음대로 표기하는 것을 원칙으로 하되, '교육인적자원부 외래어 표기법'에 명시된 규정이 있는 경우 이 규정을 따랐다. 단, 이미 굳어진 인명과 지명 등 몇 가지 외래어에 한해서는 예외로 했다.

2. 번역에 사용한 기본 텍스트는 결정본으로 알려진 1552년도판(Paris, Michel Fezandat 출판), *Le Tiers Livre*(M. A. Screech 편, Droz, 1974)이고, 판본 비교와 주석을 위해서 *Œuvres complètes*(Mireille Huchon 편, Gallimard, Pléiade 총서, 1994), *Œuvres complètes*(Guy Demerson 편, Le Seuil, 1973), *Le Tiers Livre*(Françoise Joukovsky 편, GF-Flammarion, 1993) 등을 참고했다. 영역판으로는 *The Complete Works of François Rabelais*(Donald M. Frame 역, University of California Press, 1991), *Gargantua and Pantagruel*(Burton Raffel 역, Norton, 1990), 일역판으로는『ラブレー　第三之書 パンタグリュエル物語』(渡辺一夫 역, 岩波書店, 1979) 등을 참고했다.

3. 본문 속의 각주는 모두 옮긴이의 것이다.

4. 원서에서 프랑스어 외의 라틴어, 그리스어를 비롯한 외국어 표기는 이탤릭체로 구분했다.

위대한 팡타그뤼엘의 영웅적 행적 제3서

의학박사 프랑수아 라블레 지음[1]
과거의 비난에 대한 저자의 개정판

위의 저자는 선의의 독자들에게 일흔여덟 번째 책을 위하여
웃음을 남겨둘 것을 당부하는 바이다.

---

1) 『제3서』의 초판(1546)에서 라블레는 자신의 신분에 관해서 의학박사 다음에
'이에르 제도의 제관(祭官)'(Calloïer des isles Hières)이라는 가공의 직책을
덧붙였는데, 이에 대한 언급은 다음 판본에서부터는 사라져버린다.

프랑수아 라블레가 나바르 왕비[2]의 영혼에 바쳐

망아(忘我)의 황홀경에서 원래의 고향인
하늘나라를 넘나드시는 정화된 영혼이시여,
당신께서는 인생의 여정에서,
일체와 조화를 이루고,
숙주(宿主)와 종으로서,
당신의 규율에 지극히 순종적이던 육신을 떠나셨나이다.
무념무상의 초연함에 이르신 당신,
신성하고 영원한 거처에서
잠시 이 세상으로 내려오지 않으시렵니까?
위대한 팡타그뤼엘의 유쾌한 행적의 세 번째 부분을 보시기 위하여.

---

2) 라블레는 이 시를 1549년에 세상을 떠난 마르그리트 드 나바르(Marguerite de Navarre)에게 바치고 있다. 그녀는 프랑수아 1세의 누이로서 국왕에게 문예 장려정책을 추진하도록 영향력을 발휘해 프랑스 르네상스의 개화에 크게 기여했으며, 직접 『엡타메롱』(*Heptaméron*)이라는 단편집을 쓰기도 했다.

국왕의 윤허장

하느님의 은총을 입은 프랑스 국왕 앙리는 파리 대법원장과 루앙 대법관, 리옹과 툴루즈, 보르도, 도피네, 푸아투의 법관들 그리고 다른 사법관들과 그 대리인들, 또한 관계자 일동에게 각기 인사를 전하고 각별한 관심을 표하노라. 친애하는 의학박사 프랑수아 라블레 선생의 진술에 따르면, 청원인은 과거에 그리스어, 라틴어, 프랑스어, 토스카나어로 된 몇 권의 책들과 특히 유익하고도 재미있는 팡타그뤼엘의 영웅적 행적에 관한 몇 권의 책을 인쇄하게 했는데, 인쇄업자들이 그 책들에서 여러 군데를 훼손·왜곡하고 변질시켰다는 것이다. 게다가 그들이 청원인의 이름으로 다른 추잡한 책들도 인쇄했던 행위를 그는 대단히 유감스럽고 치욕적인 일로 생각하여 전적으로 허위이며 날조된 것이라고 비난했고, 이 책들이 짐의 정당한 의사와 판단에 따라 폐기되기를 원한다는 의사를 밝혔다. 그리고 그가 자신의 작품이라고 인정했던 책들이 전술한 바와 같이 훼손되고 왜곡되었으므로, 청원인은 이 책들도 다시 검토하고 수정을 거쳐 새로 인쇄해서, 팡타그뤼엘의 영웅적 행적의 속편과 함께 출판하여 판매할 수 있기를 바라고 있다. 이를 위해서 그는 필요한 합법적 증서를 발급해줄 것을 짐에게 간절하게 청원한 바 있다. 이에 짐은 앞서 진술한 프랑수아 라블레의 청원을 관대하게 검토하여 그에게 도움이 되도록 호의적으로 이 문제를 처리하고자 한다. 이러한 이유와 정상을 참작하여 짐은 그의 청원을 수락하고, 윤허장을 발급해주기로 결정하였노라. 짐은 국왕으로서 확고한 판단과 전적인 권한, 권위에 의

거하여 상기한 책 모두와 그가 집필하는 팡타그뤼엘의 속편, 그리고 이미 인쇄되었으나 청원인이 이러한 목적으로 개정하려는 책과 그가 새로 발간할 책 모두를 그가 지정하는 인쇄업자를 통하여 마음대로 인쇄해서 판매하는 것을 이 윤허장으로 허가하노라. 그리고 그의 저술로 잘못 알려진 책들을 폐기하는 것도 함께 허가하는 바이다. 그리고 인쇄에 필요한 비용을 충당할 수 있도록 짐은 이 윤허장에 의거하여 우리 왕국과 기타 영토 그리고 제후령에 있는 모든 서적상과 인쇄업자들에게 상기 도서들을 구간과 신간 모두 인쇄한 날로부터 10년 동안 청원인의 허락과 동의 없이 인쇄해서 판매하는 행위를 엄격하게 금지하노라. 그리고 이 윤허장을 위반해서 인쇄된 책들이 발견되면 몰수하고, 불법적 행위에 대해서는 벌금형을 내릴 것이다.

짐은 여러분과 관계자들 각자가 이 윤허장에 명시된 허가, 승인 그리고 금지 사항을 숙지하고 준수하기를 원하고 요구하노라. 그리고 이를 위반하는 자들이 발견되면 그들에게 전술한 처벌과 기타 조치를 직접 취하거나 실행하도록 명하라. 그리고 상기 청원인이 상기 기간에는 앞에 명시한 바와 같은 혜택을 충분히 그리고 평화롭게 누릴 수 있게 하라. 반대로 모든 혼란과 방해는 중지되어야 할 것이다. 이는 짐이 기꺼워하는 바이기 때문이노라. 이와 반대되는 어떤 법규, 제한, 명령 또는 금지가 있더라도 이 윤허장의 효력은 그대로 유지될 것이다. 그리고 이 윤허장을 여러 장소에 게시해서 누구나 볼 수 있도록 하라. 짐은 백성들이 국왕의 옥새가 찍힌 윤허장의 등본을 보았을 때 이 원본과 다름없이 신임하기를 원하노라.

8월의 여섯 번째 날 생 제르맹 앙 레에서. 서기 1550년. 짐의 치세 4년째 되는 해.

국왕을 대신하여
임석한 추기경 뒤 티에르.

위대한 팡타그뤼엘의 영웅적 행적 제3서를 위하여

• 저자 서문

　선량한 사람들, 매우 유명한 술꾼들 그리고 당신들, 매우 고귀한 통풍 환자 여러분, 그대들은 키니코스 학파[1]의 철학자 디오게네스를 전에 본 적이 있는가? 본 적이 있다면 여러분이 시력을 잃지 않았던 것이거나 아니면 내게 정말로 지적 능력과 논리적 감각이 결여된 것이다. (포도주와 에퀴 금화[2]에서) 태양의 빛을 보는 것은 얼마나 좋은 일인가! 나는 성경 덕분에 대단히 유명해진 선천성 장님[3]의 도움을 청하려고 한다. 그는 말씀이 즉시 결과로 나타나는 전지전능한 분의 분부로 원하는 것을 모두 택할 수 있었을 때 보는 것 외에는 아무것도 더는 요구하지 않았던 것이다.

　여러분도 마찬가지로 젊지 않다. 젊지 않다는 것은 포도주 속에서 헛되지 않게[4] 형이상학적으로 철학하고, 이제부터 바쿠스 신의 회합에 참여하여, 모두가 갈망하는 신성한 포도주의 본질이나 색, 향, 탁월함이나

---

1) 개라는 뜻의 그리스어 쿠노스(kunos)에서 이름을 따온 고대 그리스의 철학 유파로 견유학파(犬儒學派)라고도 한다. 사회적 관습을 무시하고 지적 · 윤리적 자율성을 강조한 이들의 철학적 견해에서 냉소적(cynique)이라는 말이 생겨났다. 소크라테스의 제자였던 안티스테네스와 디오게네스가 대표적 철학자이다.

2) 루이 11세 시대에 주조된 금화로 방패 위에 왕관과 해가 새겨져 있다.

3) 『신약』「마가복음」 10장 51절에 나오는 예수의 말씀으로 눈을 뜨게 된 소경의 이야기를 가리킨다.

4) "포도주 속에서(en vin) 헛되지 않게(non en vain)"는 같은 발음을 이용한 말장난이다.

숭고함, 그리고 고유성이나 특성, 효능, 효과와 품격에 관해서 뭐라도 먹으면서 논하는 데 필요한 자질이다.

여러분이 그를 보지는 못했더라도 (내가 쉽사리 그렇게 생각하는 것처럼), 적어도 그에 관해서 들어는 보았을 것이다. 그의 소문과 이름이 공중과 하늘 전체를 통하여 지금까지 이토록 유명하게 기억되고 있으며, 또한 (내가 잘못 안 것이 아니라면) 여러분은 모두 프리지아[5]의 혈통을 이어받았기 때문이다. 여러분은 미다스 왕[6]처럼 많은 금화를 갖지는 못했더라도, 적어도 예전에 페르시아인들이 그들의 첩자들에게서 가장 높이 칭송했던 재주, 안토니우스 황제[7]가 이 세상에서 가장 많이 가질 수 있기를 소망했고, 우리 가까이에서는 잘생긴 귀라는 별명을 로앙의 사포(蛇砲)에 붙이게 했던 그 무엇인가를 그에게서 물려받았다.

그에 관해서 들어본 적이 없다면, 지금 포도주와 (그러니까 마셔라) 대화에 들어갈 수 있도록 (그러니까 들어라) 여러분에게 이야기를 하나 들려주겠다. (여러분이 믿음 없는 자들처럼 어리석게 속지 않도록) 당시에 수많은 철학자들 중에서 그는 보기 드물게 쾌활한 철학자였다는 것을 알아야 한다. 그에게 만약 결점이 있다면 그것은 여러분이나 우리에게도 있는 결점이다. 하느님 외에는 그 누구도 완벽하지 않다. 그런데 알렉산드로스 대왕은 아리스토텔레스를 사부이자 친구로 두고 있었지만 그를 매우 존경해서 자신이 알렉산드로스가 아니라면 시노페의 디오게네스가 되기를 소원했을 정도이다.

마케도니아 왕 필리포스가 코린토스를 포위하고 파괴하려 했을 때 코린토스인들은 그가 많은 군대를 이끌고 위풍당당하게 그들을 공격하려

---

5) 소아시아 반도에 있던 고대 그리스 국가. 프랑스 국왕들은 트로이의 용장 헥토르의 아들 프랑쿠스의 후손이라는 설이 있다.
6) 막대한 금을 소유한 것으로 유명했던 프리지아의 왕. 그리스 신화에 따르면 디오니소스에게 청해 만지는 것을 모두 금으로 변하게 만들 수 있는 능력을 얻기는 했지만, 아폴론의 노여움을 사서 귀가 당나귀 귀로 변했다고 한다.
7) 많은 첩보망을 가졌던 것으로 알려진 로마의 황제.

온다는 소식을 첩자들을 통해서 듣게 되자, 겁에 질려 자신의 일을 소홀히 하기보다는 적의 침입을 막고 자신들의 도시를 방어하기 위하여 각자 성의껏 자신의 직책과 의무에 임했다. 어떤 이들은 밭에서 요새로 가구와 가축, 포도주, 과일, 식량과 필요한 물건들을 옮겨놓았다.

다른 이들은 성벽을 쌓고, 보루를 세우고, 반월보(半月堡)를 만들고, 참호를 파고, 대갱도(對坑道)[8]를 청소하고, 방어 보람(堡藍)을 쌓고, 포상(砲床)을 정리하고, 참호를 비우고, 총안(銃眼) 바깥벽에 새로 창살을 붙이고, 축대를 세우고, 누호의 바깥축대를 정비하고, 성벽을 바르고, 초소를 짓고, 흉벽을 세우고, 총안을 뚫은 바위를 끼워 넣고, 돌출회랑을 보강하고, 내리닫이 살문과 성문의 밧줄을 다시 묶고, 보초를 세우고, 정찰대를 파견했다. 각자 망을 보고, 각자 지게를 졌다.

어떤 이들은 흉갑을 닦고, 갑옷에 기름칠하고, 마갑(馬甲), 마면(馬面) 투구, 짧은 쇠사슬 상의, 조끼, 두건, 턱 가리개, 미늘창, 둥근 투구, 투구, 사슬옷, 겉옷, 팔받이, 무릎 가리개, 곁바대, 목 가리개, 넓적다리 가리개, 가슴받이, 보호장구, 쇠사슬 갑옷, 크고 작은 방패, 징 박은 군화, 정강이받이, 발 가리개, 박차를 손질했다.

다른 이들은 활, 투척기,[9] 쇠뇌, 투척기용 납탄알, 노포(弩砲), 불화살, 소이탄, 화약단지, 화약을 매단 고리와 투석기, 소형 투석기 등 폭발물 투척용 무기와 도시 공격용 이동탑을 격퇴하고 파괴하는 데 쓰는 다른 전투 장비들을 준비했다. 그들은 전투용 창, 단창, 미늘창, 구부러진 창, 자루가 달린 낫도끼, 긴 창, 가는 투창, 전투용 갈퀴, 삼지창, 철퇴, 도끼, 투창, 긴 투창, 짧은 투창, 수렵용 창을 날카롭게 갈았다. 그들은 언월도, 구부러진 단도, 날이 휜 칼, 창검, 장검, 단검, 가늘고 긴 검, 이탈리아식 단도, 양날 단검, 날이 넓은 칼, 비수, 식칼, 대검, 쇠뇌 화살촉의 날을 세웠다.

---

8) 땅굴을 통해 침입하는 적을 막기 위해 파놓은 갱도.
9) 양쪽에 끈이 달린 가죽 주머니에 돌이나 탄알을 넣고 힘차게 돌린 다음 던지는 무기.

각자 자신의 단도를 시험하고, 단검의 녹을 벗겼다.[10] 정숙하건 늙었건 간에 자신의 갑옷을 윤내지 않은 여성은 없었다. 여러분도 알다시피 고대 코린토스의 여인들[11]은 전투에서 용감했던 것이다.

디오게네스는 시민들이 그렇게 열성적으로 분주히 움직이는데도 자신은 집정관들에게서 아무 일도 배정받지 못하자, 며칠 동안 아무 말도 하지 않고 그들의 거동을 물끄러미 지켜보았다. 그러고는 마르스[12]의 전령의 부추김을 받은 듯이 자신의 외투를 벗어 목에 두르고 소매를 팔꿈치까지 걷어붙인 채 사과 따는 인부처럼 찢어진 옷자락을 걷어 올리고는, 그의 오랜 친구들 중 하나에게 자신의 배낭과 책, 서판(書板)을 맡긴 다음 도시 밖으로 나가 크라니온(코린토스의 언덕에 있는 곳) 쪽의 전망이 좋은 평원으로 갔다. 그리고 그곳에서 그는 격렬한 열정에 휩싸여 두 팔을 벌리고서 비바람을 막아주는 집으로 사용하던, 점토로 빚은 통을 돌리고, 방향을 틀고, 뒤섞고, 칠하고, 끌고, 쏟고, 뒤집고, 어루만지고, 긁고, 쓰다듬고, 움직이고, 두드리고, 밀치고, 부딪치고, 때리고, 넘어뜨리고, 튀어 오르게 하고, 적시고, 치고, 소리 울리고, 구멍 막고, 마개 뽑고, 보조 바꾸고, 제자리에서 발 구르고, 발로 차고, 두들기고, 흔들어대고, 힘껏 후려치고, 흔들고, 뒤흔들고, 들고, 씻고, 못질하고, 족쇄 채우고, 회전시키고, 벽돌로 채우고, 가로막고, 괴롭히고, 모으고, 흙탕물 튀기고, 세우고, 포가에 올려놓고, 붙잡아 매고, 못 박고, 부싯깃으로 비비고, 역청 바르고, 애무하고, 매만지고, 움직여대고, 털고, 쓰러뜨리고, 베고, 대패질하고, 호두 까듯 두들기고, 홀리고, 무장시키고, 미늘창을 들고, 마구를 달고, 깃털 꽂고, 마갑 씌우고,[13] 위에서 아래쪽으

---

10) 단도의 이중적 의미에서 뒤에 나오는 여성들에 관한 성적 암시가 가능해진다.
11) 고대 그리스 시대에 코린토스의 창녀들은 유명했다고 한다.
12) 로마 신화의 전쟁의 신.
13) 디오게네스가 통을 굴리는 동작과 관계된 61개의 동사는 라블레가 언어의 자의성(恣意性)을 분명히 의식하고 있었다는 사실을 보여주는 좋은 예이다. 처음 몇 개의 동사는 직접 통을 굴리는 동작을 가리키지만 점차 의미와 상관없이 단어의 음성적·형태적 유사성에 근거한 자유로운 연상에 의해 말이 계속 꼬

로 굴려 크라니온으로 돌진하게 했고, 그다음에는 시시포스[14]가 바위를 굴리듯이 아래에서 위쪽으로 밀어 올리는 것이었다. 그가 하도 열심히 작업을 하는 바람에 통 밑이 빠질 뻔했다. 그의 친구들 중 하나가 이것을 보고 무슨 이유로 자신의 육신과 정신, 그리고 통을 이렇게 수고스럽게 하느냐고 그에게 물었다. 이에 철학자는 자신이 국가에 아무 소용이 되지 않기에 이처럼 활기차고 분주한 국민 사이에서 홀로 아무 일도 하지 않은 채 한가로이 지내는 것을 피하기 위해서 이런 식으로 통을 굴리는 것이라고 대답했다.

그와 마찬가지로, 내가 전란에서 벗어나 있다고 해서 근심에서도 벗어나 있는 것은 아니다. 비록 내 자신은 업적을 쌓을 만한 능력이 없지만, 오늘날 이 고귀한 프랑스 왕국의 산맥 이쪽저쪽 전역에서 각자가 꿋꿋하게 조국을 견고히 지키면서, 적을 물리치고 공격하는 데 종사하고 수고하며, 그 모든 것이 매우 훌륭한 통치와 놀라운 화합 속에서 장래를 위하여 확실히 유익하게 (앞으로 프랑스는 당당한 국경을 갖게 되고 프랑스인들의 평화가 보장될 것이므로) 추진되는 것을 고려하면, 나는 별 주저 없이 전쟁이 모든 국익의 어머니라고 한 헤라클레이토스[15]의 견해에 동조하게 된다. 그리고 전쟁을 라틴어로 아름답다고 말한 것[16]이 몇몇 늙은 라티움의 고철 수집꾼들이 전쟁에서는 아름다움을 거의 찾아볼 수 없기 때문에 그렇게 생각했던 것처럼 반어법에 의한 것은 아니라고 생각한다. 그보다는 전쟁에서 온갖 종류의 악과 추함이 드러나게 되는 것만큼이나 온갖 종류의 선과 아름다움도 전쟁에서 나타나게 마련이라는 확실하고도 단순한 이유 때문이다. 그래서 현명하고 평화를 사랑

리를 물고 확장되어나가는 현상이 나타난다.
14) 코린토스의 시조. 계략에 능했으나 신들의 노여움을 사서 정상에 이르면 다시 굴러 떨어지는 바위를 영원히 밀어 올려야 하는 형벌을 받는다.
15) 기원전 5세기의 그리스 철학자. 그는 사람들의 어리석음에 눈물을 흘렸다고 한다.
16) 라틴어로 '전쟁'(bellum)과 프랑스어의 '아름답다'(belle)라는 뜻의 여성형 형용사 사이의 발음상의 유사함에 근거한 말장난이다.

했던 솔로몬 왕은 말로 표현할 수 없는 신성한 지혜의 완벽성을 가리켜 진을 치고 있는 군대의 질서정연함에 비유해서 묘사했던 것이다.

우리 편에서는 너무 나약하고 무능한 사람으로 평가받은 탓에 공격진에 들어가 대열에 끼지 못했고, 방어를 맡은 다른 진영에서도 지게를 지거나, 오물을 치우거나, 버들가지를 엮거나, 흙덩어리를 부수는 일 가운데 어느 것도 내게 맡겨주지 않아 모든 것이 나와는 상관없는 일이 되어버렸다. 나로서는 전 유럽이 지켜보는 가운데 이 빛나는 비극작품[17]의 공연에 참여한 담대하고 탁월한 능력을 갖춘 수많은 용맹한 인물들을 바라만 보는 한가한 구경꾼으로 보이거나, 전력을 다하여 내게 남아 있는 보잘것없는 능력이라도 모두 이 과업에 바치지 못하는 것이 대단히 수치스러운 일로 여겨졌다. 왜냐하면 이 같은 일에서 다른 것을 위하여 힘을 아껴둔 채 단지 눈으로만 참여하고, 금화와 은화를 감추고, 고약한 취미가 있는 게으름뱅이들처럼 손가락으로 머리를 긁적이고, 시골뜨기 바보처럼 파리를 보고 하품이나 하고, 아르카디아의 당나귀처럼 음악가들의 연주에 귀나 쫑긋거리고, 말도 하지 않고 얼굴 표정만으로 동의한다는 의사를 표시하는 자들은 내가 보기에 별로 영광을 얻을 것이 없기 때문이다. 이런 선택과 결정을 내리고 나자, 나는 과거 불행의 해협에서 난파하지 않고 내게 유일하게 남겨진 디오게네스의 통을 굴리는 것이 무용하거나 부적절한 일이 아니라는 생각을 하게 되었다. 이렇게 통을 굴리는 것이 어디에 이르게 되리라고 여러분은 생각하는가? 치마를 걷어 올리는 처녀처럼 나로서는 아직 알 수 없다. 이 병의 포도주를 몇 모금 마실 때까지 좀 기다려주기 바란다. 이것이 나의 유일한 헬리콘[18]이니. 이것이 내게는 말의 샘[19]이요 유일한 영감의 원천이로다. 여기서 나

---

17) 원문에는 비극적인 극(Tragicque comedie)이라고 되어 있는데, 여기서 비극이라는 용어는 불행한 결말 때문이 아니라 고귀한 신분의 영웅들이 참여한 극이라는 뜻으로 사용된 것이다.
18) 시의 여신들이 거처하는 산 이름.
19) 날개 달린 말인 페가소스가 발굽으로 차서 솟아난 샘으로 시의 여신들에게 바쳐졌다. 흔히 이 샘을 시인들의 영감의 원천으로 간주한다.

는 마시며 명상하고, 논하고, 문제를 해결하고 결론짓는다. 마지막 장을 쓴 다음 나는 웃으며 글씨를 쓰고 글을 짓고 술을 마신다. 엔니우스[20]는 마시면서 글을 썼고 글을 쓰면서 마셨다. (여러분이 플루타르코스가 『식탁의 대화』에서 한 말을 믿는다면) 아이스킬로스[21]는 글을 쓰면서 마셨고 마시면서 글을 썼다. 호메로스는 공복 상태에서는 결코 글을 쓰지 않았다. 대(大)카토[22]는 마신 다음이 아니면 결코 글을 쓰지 않았다. 이는 여러분이 내가 칭송과 존경을 받는 사람들의 모범을 따르며 살지 않는다고 말하지 못하게 하기 위함이다. 여러분이 2단계 체열[23]이 시작될 때 말하는 식으로, 이 포도주는 맛이 좋고 꽤 차갑게 느껴진다. 하느님, 만군의 여호와는 이로 인하여 영원히 찬양을 받으실지어다. 만일 여러분도 몰래 크게 한 모금 아니면 작게 두 모금을 마신다고 하더라도, 매번 조금씩 하느님을 찬양하기만 한다면 전혀 문제될 것이 없다고 나는 생각한다.

그러니 나의 팔자나 운명이 이러할진대 (누구나 코린토스에 들어가 살 수 있는 것은 아니므로), 빈둥거리며 쓸모없이 지내느니보다는 이쪽 저쪽 모두의 시중을 들기로 작정했다. 나는 공병대와 토목공, 축성인부들을 위하여 라오메돈[24] 치하에서 넵투누스와 아폴론이 했고, 만년에 르노 드 몽토방이 했던 일[25]을 하련다. 석공들을 돕고, 그들을 위해서

---

20) 헬레니즘을 로마에 소개한 시인. 호라티우스에 따르면 그는 술을 마신 다음에 시를 썼다고 한다.

21) 그리스의 비극시인. 『간청하는 여인들』『페르시아 여인들』『오레스테이아』 3부작 등 유명한 작품들을 남겼으며, 그리스 비극의 창시자로 평가받기도 한다.

22) 로마의 정치가. 헬레니즘 문화의 유입을 비판하고 로마의 정통성을 고수하려 했다.

23) 중세 서양의학에서 쓰는 용어로 1단계 체열은 정상체온 37도 정도이고, 2단계 체열은 약간 열이 있는 상태를 가리킨다.

24) 트로이의 왕으로 프리아모스의 아버지.

25) 신화에 따르면 실수로 히아신스를 죽인 후 아폴론은 스파르타에서 도망쳐 넵투누스와 함께 임금을 받으며 트로이의 성벽을 쌓는 일을 도왔다고 한다. 르노는 『에몽의 네 아들』이라는 중세 기사도 소설에 나오는 기사로서 속죄하기 위해 쾰른 대성당 건축 공사장에서 석공 일을 했다.

물을 끓이고, 식사가 끝나면 피리를 불어 한가로이 즐기는 자들의 여흥을 주관하리라. 이런 식으로 암피온[26]은 리라를 연주하며 유명한 테바이 시의 거대한 성벽의 기초를 쌓아 건축하고, 세웠던 것이다. 전사들을 위해서는 내 통에 새로이 구멍을 뚫겠다. 이전에 1, 2권에서 여러분이 잘 알 수 있었듯이 (그 책들이 인쇄업자들의 협잡으로 변질되고 날조되지 않았더라면) 그곳에서 흘러나오는 말로 나는 식사 후의 휴식시간에 집필했던 용맹한 팡타그뤼엘의 언행록 3권과 이어서 신나는 4권을 그들을 위하여 출판하겠다. 여러분은 내 허락을 받아 그 책들을 디오게네스다운 것이라고 부를 수 있을 것이다. 그리고 내가 그들과 동반할 수 없기 때문에, 충실한 집사로서 그들이 전투에서 돌아올 때 내 작은 능력으로 그들에게 휴식을 취하게 하고, 찬미자로서, 정확히 말하자면 그들의 공적과 영광스러운 무훈의 지칠 줄 모르는 찬미자로서 그들에게 봉사하겠다. 사순절에 3월이 빠지지 않는 한,[27] 나는 하느님의 *수난의 풀*[28]의 이름으로 이를 틀림없이 지킬 것이다. 그러나 상놈이라면 절대로 그렇게 하지 않을 것이다.

그렇지만 나는 라구스의 아들 프톨레마이오스가 어느 날 극장을 가득 메운 이집트인들에게 그의 정복의 전리품과 노획물 가운데서 박트리안 산의 새까만 낙타와 몸의 한쪽 부분은 검고 다른 쪽은 흰 노예를 보여주었던 일화를 책에서 읽은 기억이 난다. 그는 티아나 출신 철학자[29]가 히다스페 강과 코카사스 산 사이에서 발견했던, 베누스 여신에게 바쳐진 인도 여인처럼 횡격막을 경계로 수평으로 색이 나뉜 것이 아니라 수직

---

26) 그리스 신화에 나오는 제우스와 안티오페의 아들로 시인이며 음악가. 그의 리라 소리에 맞추어 돌이 저절로 쌓여 테바이 성벽이 완성되었다고 한다.

27) 사순절은 부활절 전 46일 동안이므로 이 기간에 반드시 3월이 들어 있게 된다. 따라서 이 표현은 틀림없이 일어날 일을 가리킬 때 사용된다.

28) 원문 'Lapathium acutum'은 라틴어인데, 첫 단어를 프랑스어식으로 읽으면 수난(la passion)이라는 뜻이 된다.

29) 아폴로니오스는 인도에서 색소 결핍증에 걸려 머리부터 가슴까지 하얀 흑인여성을 보았다고 썼다.

방향으로 나뉘어 있었는데, 이는 이집트에서는 아무도 본 적이 없는 것이었다. 왕은 이런 신기한 것들을 보여줌으로써 자신에 대한 백성들의 사랑이 커지기를 기대했던 것이다. 그런데 어떤 일이 일어났는가? 낙타가 모습을 나타냈을 때 모두들 겁에 질리고 화를 냈으며, 두 가지 피부색의 남자를 보고는 어떤 이들은 조롱하고, 다른 이들은 자연의 실수로 만들어진 천박한 괴물로 간주해 혐오감을 나타냈다. 한마디로 이집트 백성들의 마음에 들고자 이 방법에 의해서 자연적으로 더 커지기를 기대했던 자신에 대한 그들의 애정이 그의 손가락 사이로 빠져나가 버렸던 것이다. 그래서 그는 우스꽝스럽고 기괴한 것보다 아름답고 우아하고 완벽한 것이 백성들의 마음을 더 끌 수 있다는 사실을 깨달았다. 그 후로 그는 그 노예와 낙타를 몹시 경멸하게 되어 얼마 지나지 않아 그것들은 무관심과 소홀히 취급한 탓으로 삶에서 죽음으로 넘어가버렸다.

이러한 예가 나로 하여금 희망과 두려움 사이에서 동요하게 만든다. 왜냐하면 기대하는 만족 대신에 나쁜 결과를 맞게 될까봐 겁이 나기 때문이다. 내 보물이 석탄 덩어리에 지나지 않고, 베누스 대신에 털이 긴 개가 나오고,[30] 그들에게 봉사하는 대신 화나게 만들고, 그들을 즐겁게 하는 대신 기분을 상하게 하고, 마음에 드는 대신 불쾌하게 만들거나, 플로투스의 『냄비』와 아우손의 『그리푸스』[31]로 유명해진 에우클리온의 닭[32] 같은 신세가 되지 않을까 겁이 난다는 말이다. 그 닭은 땅을 파서 보물을 찾아내는 바람에 가득 찬 잔[33]을 받았던 것이다. 이런 일이 생긴다면 유감스럽지 않겠는가? 헤라클레스를 두고 말이지만 그런 일은 없을 것이다. 나는 그들 모두에게서 우리의 선조들이 팡타그뤼엘리슴[34]이

---

30) 양의 잔뼈를 이용해 치는 점에서 베누스가 나오면 가장 운이 좋은 운세이고 개가 나오면 가장 나쁜 운세이다.

31) 신화에 나오는 독수리의 머리와 날개에 사자의 몸을 한 괴수.

32) 플로투스는 로마의 희극작가. 아우손은 그리푸스라는 시를 '에우클리온의 닭처럼' 서재의 먼지를 긁어내어 찾아냈다고 주장했다.

33) 가득 찬 잔(la coupe guorgée)은 원래 잘린 목(la guorge couppée)이라고 해야 할 것을 두 단어의 순서와 철자를 바꾸어 만들어낸 말장난이다.

라고 부른 특수한 형태의 개인적 성향을 알아보았다. 그 덕분에 선하고 솔직하고 성실한 마음에서 나온 것이라는 사실을 알고 있는 일체의 것을 그들은 결코 나쁘게 해석하지 않을 것이다. 나는 그들이 일반적으로 선한 의지를 확실한 보상으로 간주하고 불가항력적인 일에 대해서는 괘념치 않는 것을 보았다.

이 문제를 떨쳐버리고 내 통으로 다시 돌아오겠다. 동료들이여, 이 포도주를 마셔라! 제군들, 잔을 가득 채워 마셔라! 좋은 것 같지 않으면 내버려두라. 나는 억지로 모욕을 주며 난폭하게 술친구 노릇을 강요하고, 동료들에게 건배하도록, 더 고약하게는 잔을 단숨에 비우라고 강요하는 귀찮은 술꾼은 아니다. 선한 술꾼, 선한 통풍환자, 목마른 자들 누구나 내 통을 찾아와 원하지 않으면 마시지 말고, 원한다면 그리고 술맛이 귀하들의 품위에 맞는 것이면 솔직하게, 자유롭게, 과감하게 값을 치르지 말고 남김없이 마셔야 한다. 이것이 내가 정한 법령이다. 그리고 갈릴리 가나에서의 결혼식 때[35]처럼 포도주가 부족할까봐 걱정하지 말라. 술통 구멍을 통해서 얼마든지 여러분에게 따라줄 것이고 마개 있는 데까지 가득 채워둘 것이다. 이렇게 이 통은 언제나 고갈되지 않는 상태로 남을 것이다. 이것은 샘솟는 원천과 영원한 수맥을 갖고 있다. 브라만의 현자들 사이에서 형상으로 재현된 탄탈로스의 잔[36]에 담긴 음료가

---

34) 주인공 팡타그뤼엘의 사상, 생활방식, 인생관 정도로 번역할 수 있겠는데, 팡타그뤼엘리슴(pantagruélisme)은 초기에는 "평화로이 즐겁고 건강하게 언제나 좋은 음식을 먹으며 사는 것"(『팡타그뤼엘』)이라는 정의대로 육체적 만족을 통해 삶을 즐기려는 태도를 가리켰다. 그러나 후기의 작품에서는 "일체의 우연한 세상사에 대해서 초연한 일종의 정신적 쾌활함"(『제4서』)이라고 새롭게 정의되는데, 이는 성년이 된 이후 팡타그뤼엘이 현자로 변모함에 따라 그의 사상이 일체의 본능적 성향에 좌우되지 않는 초월적 위치에서 세상사를 관조하는 지혜를 담게 되기 때문이다.

35) 『신약』 「요한복음」 2장 1~2절.

36) 인도의 현자들의 집에는 마시는 양만큼 다시 채워지는 잔을 손에 들고 있는 탄탈로스의 상이 있었다고 하는데, 그는 불멸의 신주(神酒)를 인간들에게 나누어준 죄로 영원한 기아와 갈증의 형벌을 받았다.

그런 것이었다. 카토에 의해서 유명해진 이베리아에 있는 소금산이 그러했고, 베르길리우스에 의해서 유명해진 지하의 여신에게 바쳐진 황금가지가 그러했다.[37) 이것은 기쁨과 해학으로 가득 찬 진정한 풍요의 뿔이다. 어느 날 여러분이 보기에 찌꺼기까지 말라버린 것 같더라도 그렇다고 말라버리지는 않을 것이다. 다나이스들[38)의 통처럼 절망이 아니라 판도라의 병[39)과 같이 그 바닥에는 즐거운 희망이 남아 있다.

내가 무슨 말을 했는지, 그리고 어떤 부류의 사람들을 초대하는지에 유의하라. 왜냐하면 (누구도 오해하지 않도록) 타렌테와 코센차 사람들만을 위해서 글을 썼다고 주장한 루킬리우스의 예[40)를 따라 나는 선량한 사람들, 일급 포도주를 마시는 술꾼들과 자유로운 통풍환자들, 여러분을 위해서 이 통에 구멍을 뚫은 것이기 때문이다. 뇌물로 먹고사는 거인들,[41) 안개를 삼키는 자들[42)은 엉덩이에 충분한 열정[43)을 지니고 있고 갈고리에 매단 자루[44)가 그들이 먹을 고깃덩어리이니, 원한다면 그

---

37) 순수한 소금으로 만들어진 산으로 채취한 소금의 양만큼 점차적으로 다시 채워졌다고 한다. 베르길리우스는 『아이네이스』에서 지옥에 들어가려면 그 입구에 있는 황금가지를 꺾어야 하는데, 그 가지는 곧 다시 자라난다고 했다.
38) 다나오스의 50명의 딸들로 결혼식 날 밤 남편들을 몰살한 죄로 밑바닥이 없는 통에 영원히 물을 부어야 하는 형벌을 받았다.
39) 헤파이스토스가 창조한 최초의 여성으로 제우스가 열어보지 말라고 준 상자를 그녀의 남편인 에피메테우스가 열어보았기 때문에 이 세상의 모든 질병과 고통이 생겨났고 그 바닥에는 희망만 남게 되었다. 보통 판도라의 상자라고 부르지만 화가들에 따라 병이나 통의 모습으로 그려지기도 했다.
40) 키케로에 따르면 로마의 풍자시인인 루킬리우스는 비평가들이 두려워서 자신은 시칠리아 사람들과 타렌테와 코센차 주민들만을 위해 시를 썼다고 주장했다고 한다.
41) 재판관을 가리키는 표현. 거인은 불경한 행동의 상징이었다고 한다.
42) 새벽부터 안개 속으로 출근하는 사람들이라는 뜻으로 재판소 관리들을 가리킨다.
43) '엉덩이에 열정을'(au cul passions)이라는 표현은 직업, 일거리(occupa-tion)를 뜻하는 단어와 같은 발음을 이용한 말장난이다. 즉 재판관들은 자신들의 일거리를 충분히 가지고 있으니 쓸데없이 이 책에 관심을 갖지 말라는 주장이다.
44) 심리가 연기될 때 자루에 넣고 갈고리에 걸어 매달아놓은 소송서류들을 가리킨다.

것에나 전념하도록 하라. 여기 이것은 결코 그들의 사냥감이 아니다.

술이 달린 박사모를 쓴 지식인들, 교정볼 거리를 찾는 조사관들, 당신들을 잉태시킨 엉덩이 네 쪽과 그때 그것들을 연결시킨 활기찬 쐐기에 대한 존경심에서 그 이름으로 당부하노니 내게 말을 걸지 말라. 독실한 신자인 척하는 자들은 모두가 과도한 술꾼이고 끌 수 없는 갈증과 채울 수 없는 식욕을 가진, 딱지투성이의 매독환자들이기는 하지만, 더더군다나 안 된다. 왜냐하면 그들은 선에 속한 것이 아니라 악에 속한 자들이고, 그들이 때로는 거지로 위장을 하더라도,[45] 우리는 매일 하느님께 이 악에서 구해달라고 간청하고 있기 때문이다. 늙은 원숭이가 예쁘게 입을 삐죽거린 적은 일찍이 한번도 없었다. 물러가라, 잡종개들아! 길에서 비켜라, 내 햇볕에서 비켜서라. 악마의 수도사들아! 너희들은 여기 엉덩이를 흔들며 내 포도주를 고발하고 내 통에 오줌을 싸러 왔느냐? 디오게네스가 죽은 다음에 장례식의 악령과 지옥의 개를 쫓아내고 때려 눕힐 수 있게 자기 곁에 두라고 유언으로 지시했던 몽둥이가 여기 있노라. 자, 물러가라, 위선자들아! 양들에게 가봐라,[46] 잡종개들아! 악마의 이름으로 여기서 꺼져라, 독실한 척하는 신자들아, 워이! 너희들 아직도 여기 있느냐? 내가 너희들을 붙잡는다면 파피마니[47]의 내 몫을 포기하겠다. 그즈즈, 그즈즈즈, 그즈즈즈즈즈.[48] 앞으로, 앞으로 달려. 그들이 갈까? 너희들이 등자끈으로 매질을 당하지 않고는 결코 방귀를 뀌지 못하고, 매달아 떨어뜨리는 형벌을 당하지 않고는 결코 오줌을 누지 못하며, 몽둥이로 두들겨 맞지 않고는 결코 성적 흥분을 느낄 수 없게 되기를 바라노라!

프랑수아 라블레

---

45) 탁발 수도회의 수도사들을 가리키는 것으로 볼 수 있다.
46) 양을 지키는 개에게 일을 시킬 때 내리는 명령.
47) 라블레의 『제4서』에 나오는 교황을 지상의 신으로 숭배하는 나라.
48) 양치는 목동들이 개가 달리도록 지시할 때 사용하는 의성어.

1 팡타그뤼엘은 어떻게 유토피아의 주민들을 집단적으로 딥소디에 이주시켰는가

팡타그뤼엘은 딥소디를 완전히 정복한 다음 이 나라를 복구하고, 인구를 늘리고, 아름답게 꾸미기 위해서 여자와 어린아이들을 빼고 9,876,543,210명에 이르는 남자들, 온갖 직업의 장인들과 모든 교양 학문의 교사들로 이루어진 유토피아의 집단이민들을 주민이 부족하고 많은 지역이 황폐한 그곳으로 이주시켰다. 그들을 이주시킨 것은 유토피아에서 남녀 인구가 메뚜기떼처럼 과다하게 불어났기 때문이기보다는 (여러분이 잘 이해하고 있어 더 설명할 필요는 없겠지만) 유토피아 남자들이 대단히 다산적인 생식기를 가지고 있고 유토피아 여자들은 넉넉하고 탐욕스럽고 견고하고 멋진 구조의 칸으로 나뉜 자궁[1]을 지니고 있어서, 리라[2]가 헛소리한 것이 아니라면, 이집트의 유대 민족처럼, 아홉 달마다 적어도 일곱 명의 남녀 아이가 각 가정에서 태어났기 때문이었다. 이는 또한 딥소디의 비옥한 땅, 적당한 기후와 안락함 때문만이 아니라 오래전부터 충성스러운 백성들이 새로 이주함으로써 이 나라에서 의무와 복종이 유지되도록 하기 위해서였다. 이들의 기억 속에는 그외의 다른 지배자를 알거나, 인정하거나, 받아들이거나, 모셔본 적이 없었다. 그리고 그들은 태어나서 이 세상에 나온 순간부터 어머니의 젖과 함께 그의 온유하고 관대한 통치의 혜택을 빨아마셨고, 언제나 그 분위기

---

1) 당시 의학에서는 자궁이 여러 칸으로 나뉘어 있다고 생각했다.
2) 이탈리아의 프란체스코파 수도사였던 니콜라 데 리라는 「출애굽기」의 주석에서 유대여인들의 다산성에 관해 언급한 바 있다.

에 젖어 양육되었던 것이다. 그들의 확고한 희망은 어느 곳에 흩어지거나 이주하더라도, 그들의 군주에게 자연적으로 바쳐야 하는 우선적이고 유일한 복종에서 벗어나기보다는 차라리 육신의 생명을 포기하기를 원하는 것이었다. 그리고 그들 자신과 그들의 피를 받아 차례로 태어날 자손들만 그런 것이 아니라 그의 제국에 새로 병합되는 나라들에서도 이와 같은 충성과 복종이 유지되기를 바랐던 것이다. 이런 일이 실제로 일어났고 그는 자신의 결정에 전혀 실망할 것이 없었다. 왜냐하면 유토피아인들은 이주 전에 이미 충성스럽고 감사하는 마음을 가지고 있었지만, 딥소디인들은 그들과 함께 생활한 지 얼마 지나지 않아, 모든 인간의 마음속에 들어 있는, 자발적으로 시작한 일에서 느끼는 무엇인지 알 수 없는 자연스러운 열성으로 인하여 더욱 그렇게 되었기 때문이다. 그들은 단지 모든 천상계와 행성을 움직이는 영적 존재들[3]을 증인으로 삼아 위대한 팡타그뤼엘의 명성이 진작에 그들에게 알려지지 않은 것을 한탄할 뿐이었다.

  술꾼들이여, 그러니 여기서 새로 정복한 나라들을 유지하고 보전하는 방법은 (그들에게는 불행하고 불명예스러운 일이지만 몇몇 전제적인 사고를 가진 자들의 잘못된 견해[4]처럼) 백성을 약탈하고, 제압하고, 부역으로 혹사하고, 파괴하고, 학대하고, 철장(鐵杖)으로 다스리는 것, 한마디로 호메로스가 불의한 왕을 데모보르(Demovore),[5] 즉 백성을 먹어치우는 자라고 불렀던 것처럼 백성을 먹어치우고 게걸스럽게 삼키는 것이 아니라는 점에 유념하라. 나는 이 문제에 관해서 과거의 역사적 사실을 여러분에게 내세우지 않겠다. 단지 여러분에게 당신들의 아버지가 보았거나 너무 젊지 않다면 당신 자신이 보았던 것을 상기시키고자 한다. 새로 태어난 아이처럼 이 나라 사람들에게 젖을 주고, 품에 안아 재

---

3) 고대 우주론에 따르면 지구를 중심으로 여러 층의 천상계가 존재하고, 각각의 천상계에는 하나의 행성이 있고 무형의 영적 존재가 그 움직임을 주관한다.
4) 1532년에 출간된 마키아벨리의 『군주론』을 가리키는 것으로 보인다.
5) 호메로스의 『일리아스』 1장 231절에서 아킬레우스가 아가멤논에게 한 말.

우고, 기쁘게 해주어야 한다. 새로 심은 나무처럼 지주를 세우고, 고정시키고, 모든 피해와 손상, 재앙에서 지켜주어야 한다. 오랫동안 심한 병을 앓고 회복기에 접어든 사람처럼 소중히 다루고, 비위를 맞춰주고, 건강을 회복시켜야 한다. 그렇게 해서 그들이 세상에서 자신들의 군주나 제후보다 더 적으로 대하기를 원하지 않고 친구로 삼기를 바라는 사람이 없다는 생각을 스스로 갖게 해야 한다. 이렇게 이집트인들의 위대한 왕인 오시리스는 군대의 힘이 아니라 부역을 줄이고, 올바르고 건전한 생활방식을 가르치고, 합리적인 법률과 예절, 선행으로 전 영토를 정복했던 것이다. 이 때문에 그는 유피테르가 파밀라라는 여인[6]에게 했던 지시에 의하여 세상에서 에베르제트(Evergetes) 대왕(즉 선행을 베푼 자)이라는 별명을 얻게 되었다. 실제로 헤시오도스는 그의 『신통기』에서 선한 영(靈)을 (원한다면 천사나 귀신이라고 부르도록 하라) 인간보다는 상위에 있고 신보다는 하위에 있는, 신과 인간의 중간적인 존재, 중개자의 자리에 놓았던 것이다. 그리고 그들의 손에 의해서 우리가 하늘나라의 부와 재물을 받고, 그들은 우리에게 계속 선행을 베풀어주고, 악에서 지켜주므로 헤시오도스는 그들이 왕의 직무를 수행한다고 말했다. 절대로 악을 행하지 않고 언제나 선을 행하는 것은 유일하게 왕만이 할 수 있는 행동이기 때문이다. 이렇게 해서 마케도니아의 알렉산드로스는 전 세계의 황제가 될 수 있었던 것이다. 이렇게 해서 헤라클레스는 인간들을 괴물들과 압제, 수탈과 폭정에서 구하고, 그들을 정당하게 대우하며 다스리고, 공평하고 정의로운 상태를 유지시키고, 관용적인 법체계와 각 지방의 상황에 맞는 법률을 제정하고, 부족한 것은 보완하고, 풍부한 것은 개발하고, 아테네인들의 대사면같이 전에 받았던 온갖 수모를 영원히 잊고 모든 과거를 용서했기 때문에 전 대륙을 지배할 수 있었다. 트라시불루스[7]의 공훈과 노력으로 참주들을 제거하고 시행했었

---

6) 플루타르코스가 이시스와 오시리스에 관해 쓴 글에서 나오는 이야기로 파밀라라는 테바이의 여인이 유피테르 신전에서 선행을 베푸는 왕의 출현을 알리라는 목소리를 들었다고 한다.

던 대사면령은 그 후 로마에서 키케로가 다시 제의했고, 아우렐리아누스 황제 치하에서 다시 실시되었다.

이는 사랑의 묘약, 마법, 사랑의 매혹이고, 그 방법으로 힘들게 정복한 것을 평화롭게 보존할 수 있는 것이다. 정복자는 그가 왕이든 제후이든, 또는 철학자든 상관없이 정의가 용기의 뒤를 잇게 되는 경우보다 더 행복하게 통치할 수 있는 때는 없다. 그의 용기는 승리와 정복을 통해서 실현되지만, 그의 정의는 법률을 정하고, 칙령을 반포하고, 종교제도를 확립하고, 각자의 정당한 권리를 인정할 때 백성들의 의사와 애정으로 실현될 것이다. 고귀한 시인 마로[8]는 옥타비아누스 아우구스투스 황제에 대해서 이렇게 썼다.

> 승리자였던 그는 정복당한 자들의 소원에 따라
> 자신의 법률에 권위를 부여할 수 있었도다.

이 때문에 호메로스는 『일리아스』에서 선량한 군주와 위대한 왕들을 코스메토라스 라온(Κοδμήτορας λαῶν), 즉 백성들을 화합시키는 자들이라고 불렀다. 이것이 정의롭고 통치술에 능하고 지혜를 사랑했던, 로마인들의 두 번째 왕 누마 폼필리우스의 생각이었다. 그는 테르미날리아라고 불리던 테르미누스 신[9]의 축일에 살생한 제물을 신에게 바치지 말라고 명함으로써 손을 피와 약탈로 더럽히지 않고, 평화와 우정, 관대함으로 왕국들 사이의 경계, 국경과 부속령을 유지하고 다스리는 것이 합당한 일이라는 교훈을 우리에게 가르쳐준 것이다. 다른 방식으로 행하는 자는 얻은 것을 잃을 뿐 아니라 그가 얻었던 것이 손에서 사라져

---

7) 기원전 5세기 아테네의 장군으로 30명의 참주들에 의해 국외로 추방되었다가 돌아와 그들을 제거하고 민주정을 회복시킨 후 대사면을 제안했다.
8) 베르길리우스(Publius Vergilius Maro)를 가리킨다.
9) 'terme'는 보통명사로는 끝, 경계라는 뜻이며, 로마 신화에 나오는 국경을 관장하는 신이다.

버리는 결과로 인하여 부당하게 잘못 얻었던 것이라는 세상사람들의 평가를 받고 추문과 수치를 겪게 될 것이다. 왜냐하면 부당하게 얻은 것들은 나쁜 결말을 가져오기 때문이다. 그리고 그의 생전에 그것을 평화롭게 누린다고 하더라도 그의 후계자들 대에 이르러 그가 얻었던 것이 사라져버린다면 고인에 대한 추문은 여전할 것이고 불의한 정복자로 그의 기억은 저주를 받게 될 것이다. 여러분도 흔히 속담으로 "부당하게 얻은 재물은 3대가 누릴 수 없다"고 말하기 때문이다.

고약한 통풍환자들이여, 이 문제에서 샤를마뉴 대제의 결정과는 반대로 팡타그뤼엘이 어떻게 이 같은 방법으로 천사 하나를 둘로 만들 수 있었는지에 유념하라. 샤를마뉴는 작센인들을 플랑드르 지방으로 이주시키고 플랑드르인들을 작센 지방으로 이주시킨 결과 악마 하나를 둘로 만들어버렸던 것이다. 제국에 편입된 작센인들은 복종하지 않았고 그가 에스파냐나 다른 먼 나라에 출정해서 방심하고 있을 때 반란을 일으킬 가능성이 있었기 때문에, 그는 자신의 영토여서 당연히 순종적이던 플랑드르 지방으로 그들을 이주시켰고, 원래부터 그의 신민이었던 플랑드르인들과 에노 지방의 주민들은 타향으로 이주시키더라도 충성심에 변함이 없으리라고 믿고 작센 지방으로 이주시켰다. 그러나 결과적으로 작센인들은 반항을 계속하며 원래대로 완강한 태도를 고수했고, 작센 지방에 살게 된 플랑드르인들마저 작센인들의 생활습관과 저항심에 물들어버리고 말았던 것이다.

2 파뉘르주는 딥소디에서 어떻게 살미공댕의 영주가 되어 익지 않은 밀을 먹었는가

팡타그뤼엘은 딥소디 전 지역의 통치체제를 정비하면서 살미공댕 영지를 파뉘르주에게 하사했는데, 그 지역은 털이 긴 양이 새겨진 금화로 1년에 그럭저럭 2,435,768에서 2,435,769닢 정도에 이르는, 풍뎅이와 달팽이에서 생기는 부정기적 수입을 포함하지 않더라도, 연간 루아얄 금화[1]로 6,789,106,789닢의 고정수입이 있는 곳이었다. 달팽이가 풍년이고 풍뎅이를 찾는 사람들이 많은 해에는 그 수입이 1,234,554,321세라프 금화[2]에 이르기도 했다. 그러나 매년 그런 것은 아니었다. 그런데 새로운 영주 나리께서 훌륭하고 신중하게 다스린 덕에 14일도 채 되지 않아 그의 영지의 3년치의 고정 수입과 부정기적 수입을 탕진해버렸다. 정확히 말하자면 여러분이 생각하는 것처럼 수도원을 설립하거나, 신전을 세우고, 학교와 병원을 짓고, 돼지 기름살을 개에게 던져주어[3] 탕진한 것은 아니었다. 그는 찾아오는 사람들 모두에게 개방된, 주로 놀기좋아하는 건달들, 젊은 처녀들, 바람둥이 아가씨들을 위한 수천 번의 향연과 잔치를 벌이고, 나무를 베어버리고, 재를 팔기 위해서 굵은 그루터기에 불을 지르고, 돈을 미리 지불하고, 비싸게 사서 싸게 팔고, 익지 않은 밀을 먹는[4] 식으로 탕진했던 것이다.

---

1) 중세에 사용하던 금화.
2) 이집트나 페르시아에서 사용하던 금화.
3) 당시 낭비벽을 일컫는 속담으로 쓰이던 표현.
4) 이 표현은 수입이 생기기 전에 먼저 써버린다는 뜻으로 사용된다.

팡타그뤼엘은 이 사실을 알고 조금도 분개하거나 화를 내거나 언짢아 하지 않았다. 이미 여러분에게 말했고 되풀이해서 말하거니와 그는 일찍이 칼을 찼던 사람들 중에서 가장 훌륭하고 사람 좋은 젊은 거인이었다. 모든 일을 좋은 쪽으로 받아들이고, 모든 행동을 선의로 해석하며 절대로 고민하거나 분개하는 법이 없었다. 그래서 그가 이와 달리 슬퍼하거나 사람이 변한다면 신성한 이성의 거처에서 추방되었을 것이다. 왜냐하면 하늘이 덮고 땅이 포용하는 높이, 깊이, 길이, 넓이의 온갖 차원에서 모든 재물은 우리의 감정을 동요시키거나 우리의 감각과 정신을 혼란시킬 만한 가치가 없는 것이기 때문이다.

단지 그는 파뉘르주를 따로 불러 그가 그렇게 살기를 원하고 더 절약하지 않는다면 앞으로 그를 부자로 만드는 것이 불가능하거나 아니면 적어도 매우 어려울 것이라고 부드럽게 타일렀다.

"부자라고요? (파뉘르주가 대답했다) 전하는 그렇게 생각하셨습니까? 이 세상에서 저를 부자로 만들려고 배려하셨습니까? 선하신 하느님과 선한 사람들의 이름으로 즐겁게 사실 생각을 하십시오. 다른 배려나 근심을 전하의 경이로운 두뇌의 신성한 거처에 받아들이지 마시기를. 두뇌의 평온이 방해받거나 유감스러운 일로 생긴 생각의 먹구름 때문에 교란되는 일이 없기를 바랍니다. 전하께서 즐겁고 쾌활하게, 기분 좋게 사시기만 한다면 저는 너무도 부자일 테니까요. 모든 사람들이 '절약, 절약!' 하고 외칩니다. 그러나 절약이라는 말을 하면서도 그것이 무슨 뜻인지 전혀 모르는 사람들이 있답니다. 그들은 저에게 자문을 구해야 할 겁니다. 그러면 사람들이 제게 악덕이라고 비난하는 것이 보편신학과 모든 정의의 진정한 근원이자 그 이상(理想)이 살아 있는 장소인 파리 대학과 고등법원의 가르침을 따른 결과라는 사실을 아시게 될 겁니다. 이것을 의심하고 굳게 믿지 않는 자들은 이단자들입니다. 그러나 그들은 하루 만에 그들의 주교 또는 1년 치 전부 어떤 때는 2년 치의 주교구 수입을 (그것은 같은 것이니까요) 먹어치웁니다. 그날은 주교가 자신의 주교구에 들어가는 날이지요. 즉석에서 돌에 맞아죽기를 원치 않는다면 반대할 도리가 없는 것이지요."

"이는 또한 사원덕(四元德)[5]에 합당한 행위입니다. 신중함으로 말하자면 저는 미리 지불했습니다. 왜냐하면 누가 물어뜯을지, 누가 덤벼들지 모르기 때문이지요. 이 세상이 앞으로 3년 동안 지속될지 누가 알겠습니까? 이 세상이 더 오래 지속된다고 하더라도 자신이 3년 동안 살 수 있으리라고 감히 자신할 수 있을 만큼 미친 사람이 있을까요?"

> 다음날까지 산다고 확신할 만큼
> 신들을 자기 손아귀에 넣은 자는 없도다.[6]

"정의[7]로 말하자면, 비싸게 사고 (외상으로 말입니다) 싸게 팔았으므로 (현금으로 말입니다) 교환적입니다. 대 카토가 그의 『가정경제』에서 이 문제에 관해 무어라고 말했던가요? 가장은 지속적인 판매인이 되어야 한다고 했습니다.[8] 이 방식대로 잘 구입하게 되면 종래에는 부자가 되지 않는 것은 불가능하지요. 선량하고 (선량하다는 점에 유의하십시오) 사람 좋은 친구들에게 먹을 것을 주었으니 배분적입니다. 운명은 그들을 오디세우스처럼 왕성한 식욕의 바위 위에 먹을 것 없이 내동댕이쳤던 겁니다. 그리고 선량하고 (선량하다는 점에 유의하십시오) 젊은 아가씨들 (젊다는 점에 유의하십시오. 왜냐하면 히포크라테스의 격언에 따르면 젊음은 특히 민첩하고, 활기가 넘치고, 발랄하고, 활동적이고, 경쾌하게 쏘다니다보면 배고픔을 참지 못하니까요), 이 쾌활한 아가씨들은 자발적이고 기꺼운 마음으로 선량한 사람들에게 쾌락을 제공하

---

5) 가톨릭 신학에서 말하는 네 가지 기본 도덕은 용기, 정의, 현명, 절제이다.
6) 세네카의 비극 『티에스테스』 619~620행.
7) 아리스토텔레스는 윤리학에서 교환적 정의와 배분적 정의를 구분했는데, 교환적 정의는 구매와 지불 사이의 형평성과 관련된 것이고, 배분적 정의는 상품의 가치에 따라 정당한 대가를 지불하는 것이다.
8) 카토의 격언은 원래 가장은 만일에 대비해서 자기 토지의 생산물을 최대한 많이 팔아야 한다는 뜻이다.

며, 플라톤과 키케로에 심취해 자신들이 스스로를 위해서만 태어난 것이 아니라고 믿고 자신들의 몸을 일부는 조국을 위해, 일부는 자신들의 남자 친구를 위해 바치는 것이지요."

"실행으로 말하자면, 제2의 밀로[9]처럼 큰 나무들을 베어버리고, 늑대와 멧돼지, 여우들의 소굴이자 산적들과 살인자들의 집합소, 암살범들과 화폐 위조범들의 본거지, 이단자들의 은신처인 어두운 숲을 쓸어버리고 평지로 만들어 밝은 덤불숲과 아름다운 히스가 무성한 땅으로 바꾸어버리고, 크게 자란 나무숲을 이용해서 심판의 밤을 위한 자리를 마련한 것이지요."

"절제로 말하자면, 샐러드와 식물 뿌리를 먹고사는 은자처럼 익지 않은 밀을 먹음으로써 감각적인 식욕에서 벗어나고, 불구자들과 빈민들에게 나누어주기 위해 절약한 것입니다. 이렇게 함으로써 저는 돈을 받고 일하는 풀 뽑는 일꾼들과 물을 타지 않고 기꺼이 포도주를 마셔대는 수확 일꾼들, 빵과자를 주어야 하는 이삭 줍는 일꾼들, 베르길리우스의 테스틸리스[10]를 본받아 밭에 마늘이나 양파, 옥파를 남겨놓지 않는 타작 일꾼들, 도둑질을 일삼는 방앗간 주인들, 그보다 더 나을 것이 없는 빵집 주인들을 대하지 않아도 되지요. 들쥐떼 때문에 생긴 큰 피해, 곳간에서 입은 손실, 바구미들이 먹어치우는 것을 계산에 넣지 않더라도 이렇게 절약하는 것이 적은 것일까요?

전하께서는 익지 않은 밀로 소화하는 데 부담이 없고 흡수도 잘 되는 맛 좋은 초록 소스[11]를 만드실 수 있습니다. 그것은 두뇌를 상쾌하게 하고, 동물적 정기를 활성화시키고, 눈을 기쁘게 하고, 식욕을 돋우고, 미각을 즐겁게 하고, 심장을 튼튼히 하고, 혀를 자극하고, 안색을 맑게 하고, 근육을 강화하고, 피를 조절하고, 횡격막을 가볍게 하고, 간에 생기

---

9) 크로토네의 밀로는 참나무를 패다가 죽었다는 운동선수이다.
10) 베르길리우스의 『목가』 2권에 나오는 요리사로서 온갖 향료를 사용한 요리를 만들었다고 한다.
11) 신 포도즙에 생강과 파슬리를 넣은 소스.

를 주고, 비장을 편하게 하고, 신장의 부담을 줄이고, 허리의 통증을 덜어주고, 추골을 풀어주고, 요도를 비워주고, 정관을 확장시키고, 고환 근육을 수축시키고, 방광을 정화시키고, 성기를 부풀리고, 포경을 교정하고, 귀두를 강하게 하고, 음경이 꼿꼿해지게 하고, 배를 편하게 하고, 트림을 잘 하게 만들고, 소리 없는 방귀나 소리 나는 방귀를 뀌게 하고, 똥 누게 하고, 오줌 누게 하고, 재채기하게 하고, 흐느끼게 하고, 기침하게 하고, 가래침 뱉게 하고, 토하게 하고, 하품하게 하고, 코풀게 하고, 입김 불게 하고, 숨 들이마시게 하고, 숨 내쉬게 하고, 코 골게 하고, 땀 흘리게 하고, 성기를 일으켜 세우고, 그리고 다른 수많은 드문 이점들이 있을 것입니다."

— 자네가 (팡타그뤼엘이 말했다) 머리가 모자라는 자들은 짧은 기간에 많이 써버릴 수 없다는 결론을 내리려 하는 것을 잘 알겠네. 자네가 처음으로 이런 이단적인 생각을 했던 것은 아닐세. 네로는 어떤 인간보다 그의 삼촌인 카이우스 칼리굴라를 존경한다고 주장했는데, 그가 놀라운 창의력을 발휘해 티베리우스가 남겨준 재산과 유산을 며칠도 되지 않아 모두 탕진했기 때문이었지. 그런데 로마인들의 식사와 사치에 관해서 규정한 오르키아 법, 파니아 법, 디디아 법, 리키니아 법, 코르넬리아 법, 레피다니아 법, 안티아 법, 그리고 누구든 연수입 이상으로 지출하는 것을 엄격하게 금지했던 코린토스인들의 법률을 보존하고 지키는 대신에 자네는 프로테르비아 법을 세웠네그려. 이는 유대인들이 유월절에 먹는 어린 양에 해당하는 로마인들의 제물을 규정한 것인데, 이 법에는 먹을 수 있는 것은 모두 먹고 나머지는 불에 던져버려 다음 날을 위해 남기지 말아야 한다고 규정되어 있다네. 과도한 지출로 소유한 것을 모두 먹어치우고 집만 남게 되자 그 안에 불을 지르고는 '다 끝냈다'고 했던 알비디우스에 관해서 카토가 말한 바 있고, 그 후에도 성 아퀴나스가 칠성장어를 모두 먹은 다음에 같은 말을 했던 것[12]과 같이,

---

12) 토마스 아퀴나스는 국왕 루이 9세의 초대를 받은 자리에서 집필 중이던 송가

자네에 관해서도 정당하게 그렇게 말할 수 있다네. 아무래도 상관없는 일이지."

(頌歌) 생각에 빠져 방심한 상태로 생선요리를 먹어치우고 나서 시의 마지막 구절이 머리에 떠오르자 "다 끝냈다!"라고 외쳤다고 한다.

3 파뉘르주는 어떻게 채무자와 채권자를 찬양했는가

"그런데 (팡타그뤼엘이 물었다) 자네는 언제 빚을 청산하려는가?"

— 그리스 책력의 초하룻날에 (파뉘르주가 대답했다) 모든 사람들이 만족하고 전하께서 자신의 후계자가 되실 때지요.[1] 하느님께서 제가 빚을 청산하지 않도록 지켜주시기를. 그렇게 되면 제게 한 푼이라도 빌려주겠다고 나서는 사람을 찾을 수 없을 테니까요. 저녁에 누룩을 넣어두지 않은 자는 아침에 밀가루 반죽을 부풀릴 수 없답니다. 전하께서 늘누구에게 빚을 지고 계시다면, 그는 자기 빚을 받지 못할까봐 두려워서 전하께서 오래 건강하고 행복하게 사시도록 해달라고 하느님께 기도드릴 겁니다. 어느 자리에서나 전하에 관해서 좋게 말하고, 전하께서 빚을 갚기 위해 돈을 빌릴 수 있도록, 즉 다른 사람의 흙으로 자기 구덩이를 메워줄 수 있게 언제나 새로운 채권자들을 물색해드릴 테지요. 예전에 골 지방에서 드루이드 사제들이 정한 관습에 따라 농노와 하인, 종복들은 주인이나 영주의 장례식에서 모두 산 채로 불에 타 죽게 되어 있었을 때, 그들은 같이 죽어야만 하니까 그들의 주인이나 영주들이 죽는 것을 몹시 두려워하지 않았겠습니까? 그들이 계속해서 그들의 위대한 신 메르쿠리우스와 황금의 신 디스[2]에게 오랫동안 주인들이 건강을 유지하

---

1) 그리스 책력에는 초하룻날이 없으므로 세 표현 모두 불가능한 일을 가리킨다.
2) 카이사르는 『갈리아 원정기』에서 골족의 두 신에 관해 설명했는데, 그중 주신 테우타테스(Teutatès)를 로마 신화의 메르쿠리우스와, 지옥의 신이자 지하보물의 관리자인 디스(Dis)를 로마 신화의 지옥의 신 플루톤과 동일시했다.

게 해달라고 기도하지 않았겠습니까? 공들여서 모시고 시중들지 않았겠습니까? 적어도 주인들이 죽을 때까지는 같이 살 수 있었을 테니까요. 더욱더 열성적으로 헌신하는 전하의 채권자들은 팔보다 소매를,[3] 목숨보다 돈을 더 사랑하니까, 전하께서 오래 사시도록 하느님께 기도하고 전하께서 돌아가시는 것을 두려워하리라는 것을 생각해보십시오. 예전에 밀과 포도주 값이 내리고 호경기가 다시 돌아오는 것을 보고 목을 맸다는 랑드루스의 고리대금업자들의 경우가 이 사실을 입증하는 것이지요.

팡타그뤼엘이 아무 대답도 하지 않자 파뉘르주는 다음과 같이 말을 계속했다. "하느님 맙소사! 잘 생각해보니, 전하께서는 제 빚과 채권자들을 비난하시면서 제게 패를 내보이도록 강요하시는군요. 정말이지, (아무것도 없는 데서는 아무것도 생길 수 없다고 말하는) 모든 철학자들의 견해에도 불구하고 아무것도, 원료도 없이 만들어내고 창조하는 존재로서 저는 단지 이 자격만으로 제 자신이 위엄 있고, 존경할 만하며, 두려운 존재라고 여기게 됩니다."

"무엇을 창조한 것입니까? 멋지고 훌륭한, 많은 채권자들이지요. 채권자들은 (저는 화형대만 빼고는 이 주장을 고수하겠습니다) 멋지고 훌륭한 사람들입니다. 아무것도 빌려주지 않는 사람은 추하고 고약한 자이고, 지옥의 비열한 악마의 피조물입니다. 그리고 제가 무엇을 했습니까? 빚을 진 것입니다. 오, 얼마나 귀하고 고전적인 것입니까! 제가 말씀드리지만, 빚이란 단어는 예전에 고상한 크세노크라테스[4]가 계산하고 수를 셌던 모든 자음과 모음의 조합에서 생기는 음절의 수를 능가하는 것이지요. 전하께서 채권자들의 수가 얼마나 많은지에 따라 채무자의 가

---

3) 프랑스어의 소매 'manche'와 팁이라는 뜻의 이탈리아어 'mancia' 사이의 발음의 유사성을 이용한 말장난. 당시에는 소매 속에 돈지갑 같은 물건을 넣어두는 일이 흔했다.
4) 플라톤 학파의 철학자로 자음과 모음의 조합에서 1억 20만 개의 서로 다른 음절을 만들 수 있다고 계산했다.

치를 판정하신다면 실용적인 산술에서 오류를 범하시지 않을 겁니다."

"매일 아침 제 주위에서 겸손하고, 싹싹하고, 인사성 밝은 채권자들을 볼 때, 그리고 한 사람에게 더 환한 얼굴 표정을 짓고 다른 사람들보다 더 환대하면 그 녀석은 자기 일이 제일 먼저 해결되고 시간적으로도 제일 빠를 줄 알고 제 웃음을 현금으로 생각하는 것을 알게 될 때, 제가 얼마나 기분이 좋을지 생각해보십시오. 소뮈르에서 공연했던 수난극에서 천사들과 지품천사들5)을 대동한 하느님 역을 제가 아직도 맡고 있는 것이 아닌가 하는 생각이 들 정도랍니다. 그들은 저의 추종자, 식객, 경배자이며, 저를 위해 문안인사를 하고 기도하는 자들이지요."

"저는 정말로 헤시오도스가 묘사한 영웅적 미덕의 산은 빚으로 이루어진 것이라고 생각했습니다. 그곳에서 저는 학창시절에 줄곧 우등을 차지했지요. 오늘날 모든 사람들이 빚을 져서 새로운 채권자들을 만들려는 열렬한 갈망과 격심한 욕구에 사로잡혀 있는 것을 보면 (길이 험해서 오르는 사람은 별로 없지만) 모든 사람들이 이 산을 목표로 삼고 염원하는 것 같습니다."

"그렇지만 원하는 사람이 다 채무자가 되는 것은 아니고, 원한다고 해서 모두 채권자가 될 수 있는 것은 아니랍니다. 그런데도 전하께서는 저를 이런 고귀한 지복(至福)의 상태에서 끌어내기를 원하십니까? 전하께서는 제가 언제 빚을 면하게 되겠느냐고 물으십니까?"

"더 나쁜 상황이 벌어질 겁니다. 만일 제가 평생 동안 빚이 하늘나라와 지상을 연결시키고 결합시키며, 인류를 보존하는 유일한 수단이자 (그것 없이는 인류가 곧 멸망할 것이라는 말씀입니다) 플라톤 학파의 주장대로 모든 사물을 활성화시킨다는 세계의 위대한 영혼이라고 생각하지 않았더라면, 착한 성자이신 성 바볼랭6)에게 제 자신을 의탁할 겁니다."

---

5) 케루빔. 제2위의 천사.
6) 교회와 병원을 건립하는 데 헌신했던 생 모르 데 포세의 초대 신부.

"사정이 이러하다면, 머릿속으로 차분하게 어떤 세계를 구상해보고 그 모습을 그려보십시오. 원하신다면 철학자 메트로도루스[7]가 상상했던 30번째 세계나 페트론[8]의 78번째 세계를 택하도록 하십시오. 그곳에 채무자나 채권자가 전혀 없다고 생각해보십시오. 그런 곳에서는 어떤 천체도 규칙적인 운행을 하지 않을 겁니다. 모든 것이 무질서해지겠지요. 목성은 토성에 빚진 것이 없다고 생각해 토성을 자신의 영역에서 쫓아내고, 호메로스가 말한 사슬[9]로 모든 영적 존재들, 신들, 천상계, 수호신, 정령, 영웅, 악마와 대지, 바다 등의 모든 원소들의 활동을 정지시킬 겁니다. 토성은 화성과 연합해서 전 세계를 교란시킬 겁니다. 수성은 다른 행성들에 복종하기를 원치 않고, 에트루리아어로 그 이름이 가리키듯이 더 이상 그들의 카밀루스(Camillus)[10]가 되려 하지 않을 겁니다. 그들에게 아무것도 빚진 것이 없으니까요. 금성은 아무것도 빌려준 것이 없으니 숭배를 받지 못할 겁니다.[11] 달은 핏빛으로 어둠에 싸이고 말겠지요. 무엇 때문에 태양이 달에게 자기 빛을 나누어주겠습니까? 어떤 의무도 진 것이 없으니까요. 태양은 지상에 빛을 비추지 않고 천체들도 행운을 가져다주지 못할 겁니다. 왜냐하면 지구가 별들의 양식 공급자라고 헤라클레이토스가 말했고, 스토아 철학자들이 동의했고, 키케로가 주장했던 것처럼, 별들에게 증기와 발산물을 영양분으로 제공하는 것을 중단할 것이기 때문입니다. 각 원소들 사이에서도 어떠한 특성의 교류[12]나 교체, 변환도 이루어지지 않을 겁니다. 아무것도 빌려준 것이

---

7) 에피쿠로스의 제자로 우주는 무한한 수의 세계로 이루어졌다고 주장했다.

8) 피타고라스의 제자로 우주는 삼각형 모양으로 183개의 세계로 이루어졌다고 주장했다.

9) 목성은 로마 신화의 주신 유피테르를 가리키는데, 유피테르는 하늘 위에서 지상에 있는 다른 신들에게 황금사슬의 다른 쪽 끝을 잡아당기게 해서 천체들이 공중에 뜬 채 운행할 수 있도록 했다고 한다.

10) 신들의 봉사자라는 뜻으로 그리스 신화에서는 헤르메스가 이 임무를 담당한다.

11) 금성을 뜻하는 베누스의 라틴어 여격 'veneris'와 숭배하다는 동사의 과거분사 'venerée' 사이의 발음상의 유사함을 이용한 말장난.

12) 각 원소를 특징짓는 두 가지 속성은 각각 다른 원소에 속한 같은 속성과 연결

없으니까 어느 요소든지 다른 요소에 빚진 것이 없다고 여길 테니까요. 흙에서 물이 만들어지지 않고, 물은 공기로 변하지 않으며, 공기에서 불이 만들어지지 않고, 불은 땅을 덥히지 않을 겁니다. 땅은 티탄 신족,[13] 알로아다이,[14] 거인들 같은 괴물들밖에는 생산하지 않게 될 겁니다. 비가 내리지 않을 것이고, 빛이 비치지 않을 것이고, 바람이 불지 않을 것이고, 여름이나 가을도 없어지겠지요. 루치페르[15]는 사슬에서 풀려나 지옥 깊은 곳에서 푸리아들,[16] 포이네, 뿔 달린 악마들을 데리고 나와 큰 민족들이나 작은 민족들의 신들 모두를 하늘나라에서 몰아내려고 할 겁니다."

"아무것도 빌려주지 않는 세상은 지독한 곳이 될 수밖에 없습니다. 파리 대학 학장의 술책보다 더 비정상적인 술책[17]이 횡행하고 두에[18]에서 하는 도박보다 더 고약한 짓거리가 행해질 겁니다. 사람들이 서로 구해주려 하지 않을 겁니다. '도와줘! 불이야! 물이야! 사람 죽는다!'라고 외쳐보았자 소용이 없겠지요. 아무도 도우러 가지 않을 테니까요. 왜냐? 아무것도 빌려준 것이 없으니까 그 사람이 빚진 것이 없기 때문이지요. 그가 큰 화재를 당하건, 난파를 당하건, 파산하건, 죽건 간에 아무도 관심을 갖지 않게 될 겁니다. 아무것도 빌려준 것이 없듯이 차후에도 아무

되는 성질이 있어 원소들 사이에 특성의 교류(symbolisation)가 이루어진다. 예를 들어 상승하는 가벼운 공기는 물의 습기와 불의 열기의 속성을 갖고 있다는 식이다.

13) 하늘과 땅으로부터 태어난 신족으로 올림포스 신족 이전에 세계를 지배했다. 티탄 신족의 크로노스와 레아 사이에서 태어난 제우스가 그의 형들인 넵투누스, 플루톤과 더불어 아버지를 폐위하고 전 세계를 지배하게 된다.

14) 알로에우스의 아내 이피메데이아와 포세이돈 사이에서 태어난 두 거인으로 올림포스 산 위에 산을 쌓고 하늘에 올라가 신들에게 대항하려고 했다.

15) 원래는 『구약』「이사야」 14장 12절. "너 아침의 아들 계명성이여 어찌 그리 하늘에서 떨어졌으며 너 열국을 엎은 자여 어찌 그리 땅에 찍혔는고"에서 바빌론 왕을 가리키는 표현이었으나, 중세 이후 사탄이라는 뜻으로 쓰였다.

16) 로마 신화의 복수의 세 여신들. 포이네는 그중 한 여신의 이름이다.

17) 학생들이 선출하는 파리 대학 학장 선거에는 온갖 술책이 동원되었다고 한다.

18) 시농과 소뮈르 사이의 지명.

것도 빌려줄 일이 없을 테니까요."

"한마디로 이 세상에서 믿음과 희망, 자비가 사라질 겁니다. 사람들은 서로 돕고 구해주러 태어났는데도 말씀입니다. 그리고 모든 악과 저주, 비참의 군단과 함께 불신과 멸시, 원한이 그 자리를 차지할 겁니다. 판도라가 자기 병을 쏟아버린 곳이 바로 여기라고 전하께서는 당연히 생각하시게 될 겁니다. 사람들은 사람들에 대해서 늑대가 되어버릴 테니까요. 리카온[19]과 벨레로폰,[20] 느부갓네살[21]같이 늑대인간과 도깨비가 될 것이고, 강도, 살인자, 독살자, 악당, 사악한 생각을 가진 자, 악의를 가진 자, 그리고 이스마엘[22]과 메타부스,[23] 이런 이유로 인간혐오자라는 별명이 붙었던 아테네인 티몬[24]과 같이 모든 사람들에 대해서 증오심을 가지게 될 겁니다. 그 결과 공중에서 물고기를 키우거나 사슴을 대양 밑바닥에서 풀을 뜯게 하는 것이 아무것도 빌려주지 않는 세상의 이 거지떼를 견디어내는 것보다 쉬운 일이 될 겁니다. 정말이지, 저는 그들을 몹시 증오한답니다!"

"그리고 아무것도 빌려주지 않는 이 불쾌하고 괴로운 세상의 모델에 따라 전하께서는 인간이라는 다른 작은 세계를 상상해보시면, 끔찍한 혼란을 보시게 될 겁니다. 머리는 손과 발을 안내하기 위해 눈의 시력을 빌려주려 하지 않을 겁니다. 발은 머리를 지탱하려 하지 않을 겁니다. 손은 머리를 위해 일하기를 멈출 것입니다. 심장은 사지의 맥박을 위해 그토록 자주 움직여야 하는 데 화가 나서 더 이상 피를 제공하려 하지

---

19) 아르카디아의 왕으로 제우스는 그의 오만불손함을 벌하기 위해 그를 늑대로 만들었다.
20) 코린토스의 왕으로 날개 달린 말 페가소스를 타고 하늘나라로 올라가려다가 제우스의 노여움을 사서 장님이 되었다.
21) 바빌로니아의 왕으로 미쳐버렸기 때문에 사람들에게 쫓겨나 소처럼 풀을 먹게 된다(『구약』「다니엘서」4장 33절).
22) 『구약』「창세기」에 나오는 아브라함과 하갈의 아들.
23) 베르길리우스의 『아이네이스』에 나오는 인물로 모든 사람들에게서 천대를 받았다.
24) 아테네의 철학자로 인간에 대해서 증오심을 갖고 있었다고 한다.

않을 겁니다. 허파는 심장에게 호흡을 제공하려 하지 않을 겁니다. 간은 허파의 유지를 위해 피를 보내지 않을 겁니다. 방광은 신장에게 빚을 지려 하지 않을 것이고 오줌이 없어져버리겠지요. 두뇌는 자연적 진행의 교란을 보고 화가 치밀어 신경에 감각을 제공하지 않고 근육에 운동능력을 제공하지 않을 겁니다. 결국 아무것도 빚지지 않고, 빌려주지도 빌리지도 않는 이 혼란된 세계에서 아이소포스가 그의 『변론』[25]에서 보여주었던 것보다 더 해로운 모반이 일어나는 것을 전하께서는 보시게 될 겁니다. 그렇게 되면 인간은 틀림없이 죽을 수밖에 없겠지요. 아무리 아이스쿨라피우스[26] 자신이 온다 하더라도 곧 찾아올 죽음을 피할 수 없을 겁니다. 그러면 육신은 바로 부패해버릴 것이고, 분개한 영혼은 내 돈을 뒤쫓아[27] 모든 악마들에게로 달려가겠지요."

---

25) 아이소포스의 『우화집』에 나오는 위와 사지를 위한 변론.
26) 로마 신화에 나오는 의학의 신. 그리스 신화의 아스클레피오스에 해당한다.
27) 파뉘르주는 빚을 갚는 것이 악마에게 돈을 주어버리는 것이나 다름없는 일이라고 주장하고 있다.

4 채권자와 채무자를 찬양하는 파뉘르주의 연설 (계속)

"반대로 각자가 빌려주거나 빚을 지고, 모두가 채무자가 되거나 채권자가 되는 다른 세상을 상상해보십시오. 오, 천상계의 규칙적 운행 속에 얼마나 조화로울 것인지! 예전에 플라톤이 그랬던 것처럼 그 화음을 듣는 것 같습니다. 모든 원소들 사이에 얼마나 큰 친화력이 있을 것인가! 오, 대자연은 자신의 업적과 산물에 얼마나 만족할 것인가! 케레스[1]는 밀을 맡고, 바쿠스는 포도주를 맡고, 플로라[2]는 꽃을 맡고, 포모나[3]는 과일을 맡고, 평온한 모습의 유노[4]는 얼마나 온유하고 건강에 넘치며 사랑스러울 것인가!"

"저는 이 광경을 바라보느라 넋을 잃습니다. 인간들 사이에는 평화와 사랑, 환희, 지조, 휴식, 향연, 축제, 기쁨, 행복, 금, 은, 작은 동전, 목걸이, 반지, 상품들이 손에서 손으로 돌아다닙니다. 소송이나 전쟁, 분쟁이 없고, 아무도 고리대금업자, 탐욕스러운 자, 구두쇠가 되거나 박정하게 거절하지 않을 겁니다. 정말이지, 이것이 사투르누스[5]가 다스리던

---

1) 고대 로마의 풍요의 여신.
2) 로마 신화의 꽃과 풍요, 봄의 여신.
3) 로마 신화의 과일의 여신.
4) 로마 신화에서 유피테르의 아내로 여성과 결혼의 여신.
5) 고대 로마의 농경의 신으로 사람들에게 농경과 포도나무 재배법을 가르치고 법률을 제정하는 등 선정을 베풀어 흔히 그의 치세를 황금시대라고 부른다. 그의 제사는 12월 17일부터 1주일 동안 계속되는데 즐거운 축제가 벌어지는 기간이었다.

황금시대가 아니겠습니까? 다른 모든 미덕은 사라지고, 자비가 홀로 이끌고, 지배하고, 통치하며, 군림하는 올림포스 제국의 이상적 모델이었던 시대였지요. 모든 사람들이 선하고, 아름답고 정의로울 겁니다. 오, 얼마나 행복한 세상입니까! 오, 이 세상의 사람들은 얼마나 행복할까요! 서너 배는 더 복될 겁니다. 제가 그런 세상에 살고 있는 것 같습니다. 저는 진정한 하느님을 두고 맹세하건대, 이렇게 각자가 빌려주고 아무것도 거절하지 않는 이 축복받은 세상이 많은 추기경들과 추기경회의 회원들을 거느린 교황을 갖게 된다면, 몇 년 되지 않아 브르타뉴 지방의 9개 주교구를 전부 합친 것보다 더 많은 수의 더욱 건장하고, 더 많은 기적을 행하는 성자들과 그들에게 바치는 더 많은 성경 구절, 더 많은 기원, 더 많은 평신도회의 단장(短杖)들과 더 많은 촛불을 전하께서는 보시게 될 겁니다. 단지 성 이브[6]는 제외하고 말씀입니다."

"청컨대 고상한 파틀랭이 어떻게 기욤 조솔름 영감[7]을 신격화하고 성스러운 찬사로 그를 제3천상계까지 올려놓으려 하면서 단지 이 말밖에 하지 않았는지를 고려해보십시오.

　　그는 원하는 사람에게
　　자신의 상품을 빌려주었도다."

"오, 얼마나 고상한 말입니까!"
"이 모델에 따라 그 속의 모든 기관들이 빌려주고, 빌리고, 빚지는 우리의 소우주, 즉 인간이라는 작은 세계를 상상해보십시오. 이는 대자연이 인간을 빌려주고 빌리도록 창조했기 때문입니다. 인간의 조직보다 천상계의 조화가 더 위대하지는 못할 겁니다. 이 소우주의 창조자의 의도는 이곳의 주인으로 자리 잡게 한 영혼을 보존하고 생명을 유지하도

---

6) 브르타뉴인들은 많은 성자들을 숭배했는데, 그들의 수호성자인 성 이브에 대한 의식은 특별했다고 한다.
7) 중세의 유명한 소극 『파틀랭 선생의 소극』에 등장하는 나사 상인.

록 하려는 것입니다. 생명의 원리는 피입니다. 피는 영혼이 머무는 곳이지요. 이 때문에 이 세계에서 가치 있는 유일한 작업은 계속 피를 생산해내는 것이랍니다. 피를 생산하는 데 각 기관은 고유한 임무를 맡고 있고, 그 위계질서는 끊임없이 하나가 다른 것에서 빌리고, 빌려주고, 서로 빚지는 것과 같이 되어 있는 것이지요. 피로 바꾸는 데 적합한 재료와 금속은 대자연이 제공하는데, 바로 빵과 포도주입니다. 이 둘 속에 온갖 종류의 음식물이 포함되어 있지요. 그래서 이것을 고트어로는 콩파나주(*companage*)[8]라고 부릅니다. 이것들을 찾고, 준비하고, 요리하기 위해 손은 일을 하고, 발은 길을 가고, 육신 전체를 지탱하는 겁니다. 눈은 모두를 인도합니다. 식욕은 비장에서 나오는 약간의 검은 담즙에 의해 위의 입구로 고기를 집어넣을 것을 지시합니다. 혀는 맛을 보고, 이는 씹고, 위는 그것을 받아들여 소화시키고 유미(乳糜)[9]의 상태로 만듭니다. 장간막 혈관은 몸에 좋고 적당한 것을 빨아들이고 배설물은 내버려두는데, 배설물은 배출운동에 의해 용도에 맞는 관을 통해 밖으로 내보내지고, 남은 것은 간으로 보내집니다. 간은 곧 그것을 변화시켜 피를 만들어냅니다. 이 종사자들이 그들의 원기를 돋우는 유일한 양식인 이 황금의 액체가 흐르는 것을 보았을 때 얼마나 큰 기쁨을 느낄지 생각해보셨습니까? 오랜 작업과 수고, 비용을 들인 다음 화덕 안에서 변화된 금속을 볼 때 연금술사들이 맛보는 기쁨도 이보다 크지는 않을 겁니다.

그러면 각 기관은 준비 작업을 하고 새로 이 보물을 순수하게 정제하기 위해 전력을 다합니다. 신장은 신장 혈관을 통해 오줌이라고 부르는 수분을 뽑아내고 요도를 통해 아래로 흘려보냅니다. 아래쪽에는 방광이라는 용도에 맞는 집결지가 있는데, 그곳에서 적당한 시기에 밖으로 배출합니다. 비장은 피에서 검은 담즙이라고 부르는 흙 성분과 찌꺼기를

---

8) 당시에는 랑그도크 지방어를 고트어라고 불렀는데, 콩파나주는 빵과 포도주를 제외하고 식탁에 올리는 모든 음식물을 가리킨다.

9) 지방분이 섞여 젖빛을 띤 임파액.

뽑아냅니다. 담낭은 여분의 노란 담즙을 제거합니다. 그다음에 더욱 잘 정제하기 위해서 다른 장소로 옮겨지는데, 그곳이 심장입니다. 심장은 확장과 수축운동으로 피를 정화하고 붉은색을 띠게 하고, 오른쪽 심실에서 완벽한 상태로 만들어 정맥을 통해 모든 기관에 보냅니다. 발, 손, 눈 등 모든 기관은 그것을 빨아들여 마음껏 영양을 섭취합니다. 이 기관들은 전에는 채권자였지만 이제는 채무자가 됩니다. 심장은 왼쪽 심실에서 피를 정신적 정기라고 부르는 매우 순수한 것으로 정제해서는 정맥에 들어 있는 다른 피를 다시 데우고 환기시키기 위해 모든 기관에 보냅니다. 허파는 폐엽(肺葉)과 주름으로 피를 계속해서 다시 신선하게 만듭니다. 이런 선행에 감사하기 위해 심장은 폐동맥을 통해 허파에 가장 좋은 피를 보냅니다. 마지막에는 뇌의 동맥륜(動脈輪) 속에서 고도로 정화되어 다음 단계인 동물적 정기[10]가 만들어지는데, 이것에 의해 영혼은 상상하고, 의견을 말하고, 판단하고, 결정하고, 심사숙고하고, 추론하고 기억하게 되는 것이지요."

"하느님 맙소사, 이렇게 빌려주고, 빚지는 세상의 깊은 심연에 들어가면, 저는 갈피를 잡지 못하고 길을 잃고 방황하게 됩니다. 빌려주는 것이 신성한 일이고 빚지는 것은 영웅적 미덕이라는 것을 믿으셔야 합니다."

"그리고 이것이 전부가 아닙니다. 빌려주고, 빚지고, 빌리는 이 세계는 마음씨가 매우 착해서 영양 공급이 완결되고 나면 아직 태어나지 않은 인류를 위해서 빌려줄 생각을 미리 하고, 자신과 같은 모습으로 태어날 아이들에 의해 수를 늘림으로써 가능한 한 영속적으로 존재하려 합니다. 이 목적을 위해 각 기관은 자신의 영양분 중에서 가장 귀한 부분을 따로 떼어두었다가 아래쪽으로 내려보냅니다. 대자연은 그곳에 적당한 용기와 집결지를 마련해놓았는데, 영양분은 그곳을 통해 긴 우회로

---

10) 그리스의 의학자 갈레노스에 따르면, 생명은 간에서 만들어지는 피에서 형성되는 자연적 정기(esprits naturels)와 심장에서 형성되는 생명의 정기(esprits vitaux), 그리고 뇌에서 형성되는 동물적 정기(esprits animaux)로 이루어져 있다.

와 굴곡을 거쳐 생식기로 내려가 남성에게서나 여성에게서 똑같이 인류를 보존하고 영속시키는 데 적당한 형태를 취하고 있는 알맞은 장소를 찾게 됩니다. 이 모든 것은 서로가 빌려주고 빚을 짐으로써 이루어지는 것이고, 결혼의 의무라는 것이 바로 이를 두고 하는 말이지요. 대자연은 이를 거부하는 자에게 내릴 형벌도 정해두었는데, 신체 각 기관에 느껴지는 심한 고통과 감각의 광란 상태가 그것이랍니다. 빌려주는 자에게는 기쁨과 환희, 쾌락이 보상으로 주어지게 되지요."

5 팡타그뤼엘은 어째서 채무자와 채권자들을 싫어하는가

"알겠네. (팡타그뤼엘이 대답했다) 자네는 자기 주장만을 고집하는 능란한 변사 같구먼. 하지만 지금부터 성신강림 축일[1]까지 장광설을 늘어놓고 변론을 해보게나. 그래도 결국은 나를 전혀 설득시키지 못할 것이고, 자네의 멋진 말솜씨로도 내가 빚을 지게 만들지 못하는 데 놀라게 될 걸세. (성스러운 사도[2]께서 말씀하시기를) 서로에 대한 사랑과 자비 말고는 누구에게든 빚지지 말라고 하셨다네."

"자네가 지금 내게 멋진 비유와 수사를 사용하는 것이 썩 마음에 들기는 하지만, 자네에게 말하건대, 뻔뻔한 사기꾼, 귀찮은 채무자가 그의 성품이 이미 알려져 있는 마을에 다시 나타난다고 상상해보게나. 그가 도착하면 에베소에서 티아나의 철학자[3]가 보았던 모습대로 페스트가 그곳에 나타났을 때보다도 마을사람들이 더 동요하고 불안에 떠는 것을 보게 될 것이네. 나는 두 번째 악덕이 거짓말하는 것이고, 첫 번째 악덕이 빚을 지는 것이라고 생각했던 페르시아인들의 생각이 틀린 것이 아니라고 생각한다네. 왜냐하면 빚을 지는 것과 거짓말하는 것은 보통 서로 연결되게 마련이기 때문이지."

---

1) 부활절로부터 일곱 번째 일요일.
2) 『신약』「로마서」에 나오는 바울의 말을 가리킨다.
3) 아폴로니오스는 에베소에서 페스트를 퇴치하기 위해 악령이 변신한 거지 한 사람을 돌로 쳐죽이게 했는데, 그를 죽인 다음 돌무더기를 치우자 거품을 문 커다란 개의 시체가 나왔다고 한다.

"그렇다고 해서 절대로 빚을 지거나 빌려주지 말아야 한다는 결론을 내리고 싶지는 않네. 이따금 빚을 지지 않을 만큼 부유한 사람도 없고, 이따금 아무것도 빌려줄 것이 없을 만큼 가난한 사람도 없는 법이니까."

"플라톤이 그의 『법률』에서 이웃사람들이 먼저 자기들의 들판에서 도토(陶土)라고 부르는 종류의 흙(도자기 만드는 데 쓰는 흙)을 발견할 때까지 땅을 파고 곡괭이질을 하고도 그곳에서 샘이 솟거나 물이 흐르는 것을 찾지 못하기 전에는 그들에게 물을 길어가도록 허락하지 말라고 명한 경우가 여기에 해당한다네. 그런 흙은 물질적 특성상 끈적끈적하고 밀도가 높고 미끄러운데다가 비중이 커서 수분을 함유하고 있으므로 쉽게 수분이 빠져나가거나 증발하지 못하기 때문이지."

"그러므로 일을 해서 돈을 벌기보다 언제 어디서나 누구에게서든지 빌리려 하는 것은 큰 수치라네. 일을 하는데도 노동으로 별 소득을 얻지 못하거나 예기치 못한 손실로 재산을 갑자기 잃었을 때만 (내 판단에 따르면) 돈을 빌려야 할 것이네."

"그러면 이 이야기는 그만두세. 앞으로는 채권자들에게 매달리지 말게. 과거의 잘못은 용서하겠네."

─ 이 일에서 (파뉘르주가 말했다) 제가 할 수 있는 최소한의 도리는 전하께 감사드리는 일이겠지요. 그리고 만일 감사의 표시를 선행을 베푸신 분의 애정의 정도에 따라서 해야 하는 것이라면 무한히, 영원히 그렇게 해야 할 겁니다. 전하께서 제게 베푸시는 애정은 주사위로 그 수를 따질 수 없고, 모든 무게와 수, 크기를 초월해서 무한하고 영속적인 것이니까요. 전하께서 제게 베풀어주신 은혜는 제 자신의 자격과 전하에 대한 봉사, 그리고 저의 공적이 바랄 수 있는 것보다 너무도 큰 것이라는 사실을 고백하지 않을 수 없습니다. 하지만 이 문제는 전하께서 생각하시는 것과 같지 않답니다.

"저를 괴롭히고 안절부절못하게 하고 가려워 견딜 수 없게 만드는 것은 문제가 아니랍니다. 왜냐하면 제가 빚을 청산하게 되면, 앞으로 어떤 태도를 취해야 할지 모르기 때문이지요. 저는 그런 상태로 양육된 적이 없고 익숙하지도 않아서 처음 몇 달 동안은 안색이 매우 나쁘리라는 것을 생각하셔야 할 겁니다. 저는 그것이 몹시 두렵습니다."

"게다가 이제부터는 살미공댕 사람들이 방귀를 뀌면 그 냄새가 전부 제 코로 몰려올 겁니다. 이 세상의 모든 사람들이 방귀를 뀌면서 '이건 빚 없는 녀석들 몫이야!'라고 말할 겁니다. 제 생명이 곧 끝날 것으로 예견하고 있습니다. 전하께 제 묘비명을 부탁드립니다. 저는 방귀 냄새에 절어서 죽게 될 겁니다. 만일 언젠가 의사들이 장에 가스가 차는 심한 복통으로 고생하는 부인네들에게 방귀를 뀌게 만들 자극제로서 보통 약에 만족할 수 없을 때, 방귀 냄새에 절어버린 제 초라한 시신에서 얻은 기름[4]이 그들에게 즉시 써먹을 수 있는 치료약이 될 겁니다. 전하께서 그들에게 조금만이라도 그것을 쓰게 허락하신다면, 그 부인네들은 의사들이 예상한 것보다 훨씬 더 많은 방귀를 뀌어댈 테니까요."

"루이 11세 국왕께서 샤르트르의 주교였던 밀르 딜리에[5]가 소송을 하지 못하도록 하셨을 때 연습 삼아 하나만이라도 남기게 해달라고 그가 귀찮게 굴었던 것처럼, 이런 이유 때문에 채권자들을 제게 백여 명 정도는 남겨주시기를 전하께 간청드리려 합니다. 원금을 줄이기보다는 차라리 그들에게 달팽이 양식장과 풍뎅이 양식장을 모두 넘겨주는 편이 낫겠습니다."

— 이미 자네에게 한번 말했으니까 이 이야기는 그만두도록 하세." 팡타그뤼엘이 말했다.

---

4) 방향 처리한 시체에서 추출한 액체를 미라의 기름이라 부르며 의약품으로 사용했다고 한다.
5) 소송 벌이기를 좋아했던 것으로 유명한 샤르트르의 주교(1459~93).

6 새신랑들은 무엇 때문에 전쟁에 나가는 것이 면제되었는가

"그런데 (파뉘르주가 물었다) 새 포도나무를 심은 자들과 새집을 지은 자들, 그리고 새신랑들이 첫해에 전쟁에 나가는 것을 면제받았던 것은 어떤 법률의 규정에 따라 정해진 것일까요?"

— 모세의 법이라네. 팡타그뤼엘이 대답했다.

— 무엇 때문에 (파뉘르주가 물었다) 새신랑들이지요? 포도나무를 심은 자들에게 관심을 갖기에는 제 자신이 너무 늙었습니다. 포도를 수확하는 사람들의 걱정은 이해가 갑니다. 그리고 죽은 돌로 멋진 새집을 짓는 사람들은 제 인생 수첩에는 들어 있지 않습니다. 저는 산 돌, 즉 사람들로 집을 지으니까요.[1]

— 내 의견으로는 (팡타그뤼엘이 대답했다) 첫해에 그들이 사랑을 마음껏 즐기고, 자손의 생산을 위해 노력하고, 상속자들을 충분히 갖도록 하기 위해서라네. 이렇게 함으로써 만일 두 번째 해에 그들이 전쟁터에서 전사하더라도 적어도 그들의 이름과 가문(家紋)은 자식들에게 남게 되는 것이지. 또한 첫 남편이 죽은 다음 재혼 시에 더 적절하게 배정할 수 있게 (그들이 성숙한 나이에 결혼한 것을 고려하면 1년의 시험 기간이면 충분한 것으로 여겨지므로) 그들의 아내들이 불임인지 수태 능력이 좋은지를 사람들이 확실히 알 수 있도록 하기 위해서이기도 하다네. 그러니까 수태 능력이 좋은 여성들은 자식을 늘리고 싶어하는 남자들에

---

1) 『신약』「베드로전서」 2장 5절. "너희도 산 돌같이 신령한 집으로 세워지고."

게, 그리고 불임 여성들은 자식은 원하지 않고 그녀들의 행실, 교양, 우아한 매력 때문에, 또는 단지 집안을 화목하게 하고 가사를 관장하도록 하기 위해 아내를 얻으려는 남자들에게 보내는 식으로 말이지.

— 바렌[2]의 설교자들은 재혼을 미친 짓이고 가증스러운 일로 여겨 혐오한답니다.

— 재혼이 그들에게는 (팡타그뤼엘이 말했다) 심한 4일열(熱)[3]과 같은 것이라네.

— 과연 그렇습니다. (파뉘르주가 말했다) 그래서 앙게낭 수도사[4]도 파리예에서 한창 설교를 하던 중에 재혼에 대한 혐오감의 표시로써 맹세하기를, 만일 자기가 백 명의 처녀들을 범하는 것보다 과부에 올라타고 싶어한다면 즉시 지옥의 악마에게 잡혀가도 좋다고 단언했답니다.

"전하의 의견이 옳고 충분한 근거가 있다고 생각합니다. 그렇지만 만일 이 같은 이유로 그들에게 주어진 면제 때문에 첫해 내내 새로 소유하게 된 사랑스런 신부에게 과도하게 공격을 가해 (그것이 권리이자 의무이므로) 정낭(精囊)에 든 것을 모두 쏟아버린 나머지 그들이 탈진해서 남성다운 용기를 잃고 무기력해져 시들어버리게 된다면, 무어라고 하시겠습니까? 그 결과 만일 전투 당일에 병사들이나 용맹한 기사들과 함께 에니오 여신[5]이 전투를 부추기고, 창검이 난무하는 싸움터로 돌진하는 대신에 암오리들이 잠수하듯 군장을 짊어진 채 꽁무니 빼는 일이 생기면 말씀입니다. 마르스의 깃발 아래서 그들은 제대로 공격다운 공격을 하지도 못할 겁니다. 왜냐하면 그의 애인인 베누스의 장막 아래서 격렬한 공격을 이미 끝낸 다음일 테니까요."

---

2) 라블레 가족은 바렌 쉬르 루아르에 농지를 소유하고 있었다. 재혼 허용 여부에 관해서는 당시에도 논란이 많았다.
3) 저주할 때 쓰는 표현.
4) 칼을 칼집에 넣는다(Enguainnant)는 뜻으로 수도사들의 호색을 암시하는 우스꽝스러운 이름.
5) 그리스 신화에 나오는 살육을 주관하는 여신.

"그 증거로, 우리가 오늘날에도 볼 수 있는 고대부터 전해진 풍습과 전통들 중에 명망 있는 집안에서는 결혼 며칠 후인지는 모르겠으나 숙부를 찾아뵙도록 새신랑을 보내는 것이 있습니다. 그들을 신부에게서 떼어놓아 그동안 휴식을 취하고 다시 충전하도록 함으로써 돌아와서 전투를 더 잘 치르게 하기 위해서지요. 숙부나 숙모가 없는 경우가 자주 있기는 합니다만. 페토 왕[6]이 코르나봉[7]의 전투가 끝난 후 저희들을, 저와 쿠르카예[8] 말씀입니다만, 말 그대로 내쫓지 않고 집에 보내 쉬게 한 것도 같은 방식이지요. 그는 아직도 자기 집을 찾고 있답니다. 제 할아버지의 대모님이 제가 어렸을 때 말씀하시기를,

주기도문과 기도는
그것을 기억하는 사람들을 위한 것이오.
풀 베러 갈 때 부는 피리 소리는
돌아올 때 피리 둘을 합쳐 부는 소리보다 더 크다네."

"제가 이 의견에 동조하는 것은 포도나무를 심는 사람들이 첫해에는 포도나 그들의 노동의 결실인 포도주를 거의 먹지도 마시지도 못하고, 집을 짓는 사람들도, 갈레노스가 『호흡 곤란에 관해서』 2권에서 유식하게 지적한 것처럼, 숨쉴 공기가 부족해 질식할 위험이 있으므로 첫해에는 새로 지은 집에서 살지 않기 때문입니다."

"충분한 이유나 확실히 추론한 근거 없이 제가 질문을 드렸던 것은 아닙니다. 불쾌하게 생각하시지 마옵소서."

---

6) 혼자 지내다가 봄에 모습을 감추는 굴뚝새를 가리키는 것으로 보인다.
7) 목동의 뿔나팔을 가리키는 것이라는 설이 있는데 의미가 불확실하다.
8) 메추라기의 울음소리를 흉내 낸 새피리라는 설이 있다.

7 파뉘르주는 어떻게 귀에 벼룩을 달았고, 멋진 바지 앞주머니[1]를 하고 다니는 것을 포기했는가

다음날 파뉘르주는 오른쪽 귀를 유대식[2]으로 뚫고 거기에 상감 세공을 한 작은 금반지를 달았는데, 반지의 거미발에는 벼룩이 한 마리 끼워져 있었다. 여러분이 의심하지 않도록 (어쨌든 충분한 설명을 듣는 것은 좋은 일이니까) 말하면, 그것은 검은 벼룩이었고, 계산대에 오른 3개월마다의 사육 비용은 히르카니 산 암호랑이[3]를 결혼시키는 데 드는 비용, 여러분들 추산대로라면 60만 마라베디[4] 정도, 그 이상은 별로 넘지 않았다. 비용을 지불할 때 그는 너무 과도한 지출에 분개했고, 그 후로는 폭군들과 변호사들이 하는 식으로, 즉 백성들의 피와 땀으로 그 벼룩을 사육하기로 했다.

---

1) 바지 앞주머니(braguette)는 바지 앞쪽에 삼각형의 주머니 모양으로 붙인 일종의 성기 가리개를 가리킨다.
2) 유대 사회에서는 방면되고 싶어하지 않는 노예들의 귀를 뚫었다고 한다. "종이 진정으로 말하기를 내가 상전과 내 처자를 사랑하니 나가서 자유하지 않겠노라 하면 상전이 그를 데리고 재판장에게로 갈 것이요 또 그를 문이나 문설주 앞으로 데리고 가서 그것에다가 송곳으로 그 귀를 뚫을 것이라 그가 영영히 그 상전을 섬기리라"(『구약』「출애굽기」 21장 5~6절). 16세기에 '귀에 벼룩이 붙었다'(avoir la puce à l'oreille)라는 표현은 성적 욕망에 사로잡혀 있다는 뜻으로 사용되었다.
3) 카스피 해 동쪽에 있는 지방 이름. 베르길리우스 이후로 히르카니 산 호랑이는 다룰 수 없을 정도로 흉포한 짐승으로 알려져 있었으므로, 파뉘르주의 결혼이 어려움을 겪을 것이라는 암시로도 볼 수 있다.
4) 에스파냐의 구리 동전.

그는 반바지를 입던 것을 그만두고, 4온느5) 길이의 거친 모직천을 떠서 단순하게 재단된 긴 법복 모양의 옷6)을 해 입고서 각모(角帽) 위에는 안경을 얹었다.

이런 복장으로 팡타그뤼엘 앞에 나타나자, 팡타그뤼엘은 그가 평소에 최후의 닻7)처럼 모든 불운에 대비한 마지막 안식처로 삼았던 멋지고 굉장한 바지 앞주머니가 없어진 것을 보고 그의 변장이 수상하다고 생각했다.

선량한 팡타그뤼엘은 수수께끼의 의미를 이해할 수 없어서 이 새로운 변장은 무슨 뜻이냐고 그에게 물었다.

"제 귀에 벼룩이 달려 있습니다. (파뉘르주가 대답했다) 저는 결혼하고 싶습니다."

— 그거 잘됐군. (팡타그뤼엘이 말했다) 자네 말을 들으니 나도 매우 기쁘네. 정말이지, 그렇다고 달군 쇠를 손으로 잡을 생각은 없다네.8) 하지만 이렇게 늘어지는 헐렁한 바지를 입고 속셔츠는 무릎 위로 늘어뜨린 채로, 반바지 대신에 점잖고 덕이 높은 사람들이 입는 긴 법복에는 사용하지 않는 색깔의 거친 모직천으로 만든 긴 겉옷을 입는 것은 연인들이 하는 식은 아니지.

"예전에 이단자들과 소수 종파의 사람들이 그렇게 옷을 입었던 것을 두고 여러 사람들은 사기와 기만을 위한 술책이거나 무지한 대중을 억압하려는 욕망 때문에 그렇게 한 것이라고 생각했지만, 그래도 나는 그들을 비난하거나 그것 때문에 그들에게 불리한 판단을 내리고 싶지는 않네."

"각자 자기 의견이 있는 법이네.9) 특히 타지역에서 일어난 일이라 우

---

5) 길이의 단위로 1.188미터에 해당한다.
6) 로마인들이 입던 토가 모양의 옷을 가리킨다.
7) 다른 닻들이 소용이 없을 때 최후의 수단으로 사용하는 가장 큰 닻.
8) 증언의 진실성을 입증할 필요가 있을 때 손을 불에 집어넣는 일이 있었다고 한다.
9)『신약』「로마서」 14장 5절에 나오는 바울의 말("각각 자기 마음에 확정할지니

리와 상관없는 외부 사건에 관해서는 말일세. 그런 것들은 그 자체로서는 좋은 것도 나쁜 것도 아니라네. 왜냐하면 모든 선과 악의 출발점인 우리의 마음과 생각에서 나온 것이 아니기 때문이지. 선한 감정이 건전한 정신으로 다스려지면 선이 생겨나고, 감정이 사악한 정신에 의해 과도하게 타락하면 악이 생기는 법이지. 단지 일반적 관례를 무시하는 새로운 개혁이라는 것이 내 마음에 들지 않는 것뿐일세."

— 이 색은 항아리에는 거슬리지요. 그건 그렇고,[10] 이제부터는 이 작업대에 붙어 앉아서 제 일을 꼼꼼히 챙겨야겠습니다. 일단 제가 빚을 청산하고 난 뒤에는 하느님께서 도와주시지 않는다면, 저는 전하께서 일찍이 보신 적이 없을 만큼 불쾌한 사람이 될 테니까요.

"여기 제 안경을 보십시오. 멀리서 저를 보시면 전하께서는 장 부르주아 수도사[11]를 꼭 닮았다고 하실 겁니다. 저도 내년에는 다시 한 번 십자군 원정을 독려하는 설교를 하게 될 것 같습니다. 하느님께서 불알[12]을 악에서 지켜주시기를!"

"이 거친 모직천으로 된 옷이 보이시지요? 이 속에는 사람들이 거의 알지 못하는 어떤 신비한 힘이 들어 있다는 것을 아셔야 합니다. 저는 오늘 아침에야 이 옷을 입었는데, 벌써부터 근질근질하고 사랑의 열정이 타올라 몽둥이찜질을 당할 걱정은커녕, 결혼해서 아내에게 올라타 갈색 악마[13]같이 밭갈이를 하고 싶은 욕망에 몸이 달아오릅니다. 오, 저는 훌륭한 가장이 될 겁니다. 제가 죽은 다음에 사람들은 저를 완벽한

라")과 관련된 것으로, 당시 복음주의자들은 판단의 자유를 강조하기 위해 이 말을 자주 인용했다고 한다.

10) '항아리에 거슬리다'(aspres aux pots)와 이어진 '그건 그렇고'(à propos) 두 표현은 같은 발음을 이용한 말장난이다.

11) 안경을 낀 프란체스코회 수도사라고 불리던 15세기의 유명한 설교자.

12) 바지 앞주머니에 의해 보호를 받지 못하게 되었으므로 새로운 십자군 원정에 하느님의 가호가 필요하다는 뜻이다.

13) 노동 수사를 뜻하는 갈색 수도복의 수도사(moine bur)에서 유추한 표현으로 보인다.

가장의 모범으로 기억하기 위해서 명예롭게 화장을 해주고 그 재를 간직할 겁니다. 제기랄, 여기 계산대에서 제 출납원 녀석이 ss자를 늘리는 장난[14]을 치지 않아야 할 텐데. 그랬다가는 그 면상에다 주먹세례를 퍼부어 주어야지요."

"제 앞모습과 뒷모습을 보십시오. 이 옷은 옛 로마인들이 평화 시에 입던 토가 모양입니다. 저는 이 옷 모양을 로마의 트라야누스 기념주(記念柱)[15]와 셉티미우스 세베루스[16]의 개선문에서 따온 것입니다. 저는 전쟁에 지쳤고, 투구와 갑옷에 진력이 났습니다. 갑옷을 하도 오래 입은 탓에 양쪽 어깨가 다 해졌습니다. 무기가 사라지고 토가가 지배하는 세상이 오기를! 제가 만일 결혼을 한다면, 전하께서 어제 인용하셨던 모세의 법에 따라서, 적어도 내년까지라도 무사하기를 바랄 뿐입니다."

"반바지로 말하자면, 로랑스 종조모님께서는 전에 제게 말씀하시기를 그것은 바지 앞주머니를 위해 만들어진 것이라고 하셨지요. 고상하고 쾌활한 친구인 갈레노스가 『우리 수족의 용도에 관해서』 9권에서 머리는 눈을 위해 만들어진 것이라고 말했던 것과 같은 논법에 따라 저도 그렇게 생각합니다. 대자연은 우리 머리를 무릎이나 팔꿈치에 갖다 놓을 수도 있었겠지만, 눈으로 하여금 멀리 보게 하기 위해서 몽둥이 끝처럼 신체의 꼭대기인 머리에 자리를 정했던 것입니다. 마찬가지로 우리는 멀리서 등불을 볼 수 있도록 해변의 항구에 등대와 높은 탑이 세워져 있는 것을 보게 되는 것이지요."

"그리고 저는 어느 정도의 기간, 적어도 1년 동안은 무예에서 손을 떼고 쉬기를, 다시 말해 결혼하기를 원하기 때문에 더 이상 바지 앞주머니

---

14) 작은 단위의 동전 'sous'의 약자 'ss'를 길게 늘여 프랑(francs)의 약자 'ff'로 조작한다는 뜻이다.

15) 로마의 트라야누스 황제(98~117)가 다치아(지금의 루마니아)와 치른 전쟁에서 승리한 것을 기념해 세운 원형 기둥 모양의 기념비로 2,500명의 인물상이 부조로 장식되어 있다.

16) 로마의 황제(193~211)로 파르티아인들을 격파해 메소포타미아를 점령하고 브르타뉴까지 북쪽으로 로마제국의 영토를 확장했다.

를 하고 다니지 않을 것이고, 따라서 반바지를 입지 않겠습니다. 왜냐하면 성기 보호대[17)는 무사가 무장을 할 때 갑옷 중에서 첫 번째로 준비하는 장비니까요. 그래서 터키인들의 법에 성기 보호대를 하는 것이 금지되어 있기 때문에 그들이 적절하게 무장을 갖추지 못한 것이라는 주장을 저는 화형대의 불길만은 제외하고 끝까지 고수하겠습니다."

---

17) 반바지의 앞주머니와 무장에 포함되어 있는 조개껍질 모양의 성기 보호대를 프랑스어로는 모두 'braguette'라고 하는데, 여기서는 앞의 문장과 달리 후자의 뜻이다.

8 무사들의 갑옷 중에서 무엇 때문에 성기 보호대가 가장 중요한 장비인가

"자네는 (팡타그뤼엘이 말했다) 성기 보호대가 무사의 갑옷 중에서 가장 중요한 장비라는 주장을 고수하겠는가? 그것은 매우 역설적이고 새로운 이론이로군. 우리는 보통 박차부터 무장을 갖추기 시작한다고 말하니까 말일세."

— 저는 그 주장을 고수하겠습니다. (파뉘르주가 대답했다) 그리고 제가 틀리게 주장하는 것이 아닙니다.

"대자연이 어떻게 초목, 즉 교목, 관목, 풀과 동적인 식물들[1]을 창조하고 나서, 개체는 소멸하더라도 그 종은 세월이 흘러도 결코 사라지지 않고, 영속적으로 생명을 유지하는지 보십시오. 대자연은 경탄할 만한 솜씨를 발휘해 깍지, 보호막, 단단한 껍데기, 씨껍질, 덧꽃받침, 속씨껍질, 이삭, 솜털, 뾰족한 가시를 초목에게 제공해서 영속할 수 있는 능력을 갖춘 싹과 씨를 감싸게 하는데, 이것들은 아름답고 강한 자연적인 성기 보호대와 같은 것입니다. 그런 예들은 완두콩, 잠두, 작은 잠두, 호두, 강낭콩, 목화, 관상용 수박, 밀, 레몬, 밤에서 분명히 볼 수 있는데, 일반적으로 모든 초목이 다 그렇습니다. 우리는 그 싹과 씨가 다른 어떤 부분보다 훨씬 더 잘 감싸지고, 필요한 무장을 모두 갖추고 있는 것을 확실히 볼 수 있습니다. 그러나 대자연은 인간이라는 종에게는 이런 식으로 영속할 수 있는 능력을 제공하지 않은 채, 태초의 황금시대라는 순

---

1) 산호나 해면처럼 붙박이면서도 움직일 수 있는 생물들을 가리킨다.

진무구했던 시절에 벌거벗은 모습으로, 여리고 연약하며 방어나 공격무기를 갖지 못한 상태로 창조했던 겁니다. 초목과 달리 활동적인 존재로, (제 말씀은) 전쟁을 위해서가 아니라 평화를 위해서, 모든 과일과 초목을 즐겁게 향유하며, 모든 짐승들을 평화롭게 지배하기 위한 활동적인 존재로 태어났다는 것이지요."

"유피테르가 지배하던 철의 시대[2]가 도래하면서 인간들 사이에 사악함이 점차 커지자, 대지는 쐐기풀, 엉겅퀴, 가시덤불, 그리고 인간에게 반기를 들려는 식물들의 또 다른 산물들을 생산하기 시작했습니다. 다른 한편으로 거의 모든 동물들도 운명적인 성향에 따라 인간의 지배에서 벗어나서 더 이상 봉사하거나 복종하지 않고, 힘닿는 데까지 저항하며 힘과 능력에 따라 인간에게 해를 끼치기로 함께 은밀하게 공모했던 겁니다."

"그러자 인간은 태초에 누렸던 향유를 유지하고 지배를 계속하기 위해서, 그리고 여러 종류의 동물들이 봉사하지 않고는 편히 지낼 수가 없게 되었기 때문에 다시 무기를 잡을 수밖에 없었지요."

─ 크네의 신성한 거위를 걸고,[3] (팡타그뤼엘이 외쳤다) 지난번 비가 온 후로 자네는 대단한 술꾼, 말하자면 철학자가 되었군 그래.

─ 대자연이 (파뉘르주가 말했다) 어떻게 자신을 무장하도록 인도하는지, 그리고 신체의 어느 부분부터 먼저 무장하게 하는지를 생각해보십시오. 그것은, 하느님의 권능을 걸고 맹세하건대, 불알입니다.

그리고 선량한 프리아포스[4] 나리는
일을 치르고 나면 그녀에게 더 이상 사정하지 않는다네.

---

2) 로마 신화에서 사투르누스 신의 황금시대가 끝난 다음에 유피테르가 지배하는 철의 시대가 온다.
3) 입버릇처럼 내뱉는 일종의 욕설인데 정확한 뜻은 알려져 있지 않다.
4) 발기한 남근으로 상징되는 그리스 신화의 생식과 풍요의 신.

"이렇듯 히브리인들의 지휘관이자 철학자였던 모세가 우리에게 증언한 바에 따르면,[5] 그는 무화과나무 잎으로 만든 매우 뛰어난 발명품인 멋지고 우아한 성기 보호대로 무장했던 것입니다. 그것은 단단함과 잎새가 잘린 모양, 오그라진 상태, 윤기, 크기, 색깔, 냄새, 효능과 기능이 자연적으로 불알을 가리고 무장하는 데 아주 편리한 것이었습니다."

　"로렌 지방의 끔찍한 불알[6]은 예외로 해주십시오. 그것은 반바지 밑바닥까지 닿게 축 처지기 때문에 위쪽에 붙은 성기 보호대 속의 거처를 몹시 싫어해서 속수무책입니다. 그 증거로 고귀한 발랑탱 왕[7] 노릇을 했던 비아르디에르가 오월 초하룻날 낭시에서 더 멋있게 보이려고 자기 불알을 에스파냐식 망토처럼 식탁 위에 펼쳐놓고 닦는 것을 제가 본 적이 있습니다."

　"그러니까 잘못 말하지 않으려면 앞으로 농민 의용병을 전쟁에 내보낼 때 '테보야, 포도주 항아리를 지켜라'고 하지 말고 (머리통을 말하는 것이지요), '테보야, 우유 항아리를 지켜라'고 해야 합니다. 그것은 불알을 가리키는 것이니까, 지옥의 모든 악마들의 이름을 걸고라도 그렇게 해야 합니다. 머리를 잃어버리면 그 사람만 죽지만, 불알을 잃어버리면 모든 인류가 사라져버릴 테니까요."

　"점잖은 갈레노스가 『정액론』 1권에서 심장이 없는 편이 생식기가 없는 것보다 낫다(다시 말해서 덜 해롭다)는 과감한 결론을 내린 것도 이 때문입니다. 성물 보관소처럼, 인류의 보존을 가능하게 하는 씨앗이 그

---

5) 아담과 이브가 선악과를 따먹은 후 부끄러움을 알게 돼 무화과나무 잎으로 몸을 가렸다는 『구약』 「창세기」의 이야기를 가리키는데, 라블레는 「창세기」를 모세가 쓴 것처럼 이야기하고 있다. 따라서 다음에 나오는 '그'는 모세가 아니라 아담을 가리키는 것으로 보아야 한다.

6) 『팡타그뤼엘』 1장에 서양모과를 잘못 먹어 사람들의 신체 일부가 부풀어 오르는 사고가 일어났다는 이야기가 나오는데, 그중에 로렌 지방 사람들은 불알이 엄청나게 커져 3개 만으로도 270리터들이 큰 통을 채울 수 있었다고 한다.

7) 사순절의 첫 일요일에 낭시에서 선출되어 사육제 마지막 날인 참회의 화요일에 왕 노릇을 하던 인물.

곳에 들어 있으니까요. 시인들이 말하는 홍수로 인해 몰살당한 인류를 재건하는 데 데우칼리온과 피라[8]가 사용했던 돌이라는 것이 바로 이것이라는 주장에 저는 백 프랑까지는 걸 수 있습니다."

"이 때문에 용감한 유스티니아누스는 『위선자 제거법』 4권에 '최고선은 속바지와 성기 보호대 속에 있다'는 구절을 집어넣은 것입니다."

"이 이유와 또 다른 이유들로 인해, 메르빌 영주가 어느 날 국왕을 따라 전쟁에 나가기 위해 새 갑옷을 입어보았을 때 (전에 입었던 갑옷은 반쯤 녹슨데다가 몇 년 전부터 그의 뱃가죽이 허리에서 매우 멀어져서 더 이상 사용할 수 없었기 때문에), 그의 아내는 그가 쇠사슬 갑옷만 걸치고 부부생활에서 함께 사용하는 꾸러미와 몽둥이에 별로 신경쓰지 않는 것을 주시하며 생각에 잠겼다가, 철저하게 방어를 강화할 필요가 있다는 판단에서, 벽장에 쓰지 않고 넣어두었던 기마창 시합용 큰 투구로 방어벽을 만들게 했습니다."

"그녀에 관해서 『숫처녀들의 교태』 3권에는 이런 시구(詩句)가 적혀 있습니다.

성기 보호대만 빼고 완전무장을 갖추고
전투에 나가려는 남편을 보고
그녀는 말했다네. '여보, 당신이 다치게 될까봐 두려우니
가장 많이 사랑받는 이것에 무장을 하세요.'
뭐라고? 이런 충고가 비난받아야 한다고?
나는 아니라고 말하겠네. 생기가 넘치는 그것을 보며

---

8) 제우스가 타락한 청동 시대의 사람들을 멸망시키려 할 때 데우칼리온은 프로메테우스의 충고에 따라 방주를 만들어 난을 피하고, 그와 그의 아내 피라만 살아남는다. 그는 어머니의 뼈를 등 뒤로 던지라는 신의 지시에 따라 돌을 던졌더니 데우칼리온이 던진 돌에서는 남자가, 피라가 던진 돌에서는 여자가 생겨나서 새로운 인류를 이루게 된다. 성경에 나오는 대홍수와 구별하기 위해 라블레는 시인들이 말한 홍수라는 표현을 사용했다.

그녀가 가장 두려워한 것은

열정적으로 사랑하는 그 맛있는 부분을 잃는 것이기 때문이라네."

"그러니까 제 새로운 복장에 대해서 더 이상 놀라지 마시기 바랍니다."

9 파뉘르주는 결혼해야 할 것인지, 말 것인지에 대해서 어떻게 팡타그뤼엘에게 조언을 청했는가

팡타그뤼엘이 아무 대답도 하지 않자, 파뉘르주는 깊은 한숨을 쉬며 말을 계속했다.

"전하, 만일 불행히도 모든 구멍이 막히고, 닫히고, 봉쇄되지 않았다면, 결혼하겠다는 제 계획을 들으셨으니, 제게 오랫동안 베푸신 애정으로 전하의 의견을 말해주십시오."

— 자네가 일단 주사위를 던졌고, (팡타그뤼엘이 대답했다) 그렇게 하기로 결심해서 확고한 계획을 세웠으니, 더 말할 필요가 없겠네. 단지 실행에 옮기는 일만 남은 셈일세.

— 그렇게 하지요, 하지만 (파뉘르주가 말했다) 전하의 충고와 고견을 듣지 않고는 실행하고 싶지 않습니다.

— 나는 자네 생각에 동의하고, (팡타그뤼엘이 대답했다) 그렇게 하라고 충고하겠네.

— 하지만 (파뉘르주가 말했다) 제게 있어서 최선의 결정이 새로운 계획을 시도하는 대신 현재의 상태에 머무는 것이라고 전하께서 믿으신다면, 저는 결혼하지 않는 편을 택하겠습니다.

— 그러면 결혼하지 말게. 팡타그뤼엘이 대답했다.

— 그렇게 하지요, 하지만 (파뉘르주가 말했다) 제가 이렇게 평생 동안 배우자 없이 지내기를 바라시는 겁니까? 전하께서도 독신은 불행한 일[1]이라고 씌어 있는 것을 알고 계십니다. 독신인 사람은 결코 결혼한 사람들에게서 볼 수 있는 기쁨을 누릴 수 없는 법이지요.

— 그러면 결혼하게, 제기랄! 팡타그뤼엘이 대답했다.

— 하지만 (파뉘르주가 말했다) 전하께서도 아시다시피 금년은 수확이 많은 해니까.[2] 만일 제 아내가 바람을 피운다면, 제 인내심의 한계를 넘게 될 겁니다. 저는 오쟁이 진 남편들을 좋아합니다. 그들은 제가 보기에 선량한 사람들이고 저는 기꺼이 그들과 어울립니다. 하지만 죽는 한이 있더라도 제가 그렇게 되고 싶지는 않습니다. 그것은 제게는 너무도 통증이 심한 부위입니다.

— 그러면 결혼하지 말게. (팡타그뤼엘이 대답했다) 왜냐하면 '네가 남에게 했던 일을 남도 네게 하리라는 것을 명심하라'고 한 세네카의 격언은 예외 없이 진실이기 때문이지.

— 예외 없이 그렇다는 말씀입니까? 파뉘르주가 물었다.

— 그는 예외 없이 그렇다고 말했네. 팡타그뤼엘이 대답했다.

— 호, 호! (파뉘르주가 말했다) 작은 악마의 이름을 걸고 말이지만! 그가 이 세상에서 그렇다고 말한 것인지, 아니면 저세상에서 그렇다는 것인지 모르겠군요.

"그래요, 하지만 소경이 지팡이 없이 지내지 못하는 것 이상으로 저는 여자 없이는 지낼 수 없기 때문에 (칼코등이[3]가 바삐 움직여야지 그렇지 않으면 저는 살 수 없으니까요) 이렇게 매일 여자를 갈아치우고 몽둥이로 두들겨 맞거나 더 고약하게는 매독에 걸릴 위험을 계속 무릅쓰며 지내느니, 정숙하고 얌전한 여인을 맞아들이는 편이 더 낫지 않을까요? 정숙한 부인들과는 관계를 해본 적이 없거든요. 이 때문에 그녀 남편들이 불쾌해 하는 일이 없기를 바랍니다.

— 그러면 결혼하게, 제기랄! 팡타그뤼엘이 대답했다.

— 하지만 (파뉘르주가 말했다) 만일 하느님께서 원하신다면 제가 정

---

1) 성경에 나오는 이 구절 'veh soli'는 혼인 성사를 옹호하려는 사람들이 자주 인용했던 것이다.
2) 농사에 비유해서 금년은 오쟁이 진 남편이 많이 나오는 해라는 뜻이다.
3) 칼자루의 목에 감은 쇠로 된 테로 여기서는 남성 성기를 가리킨다.

숙한 아내를 맞더라도 그녀가 저를 때리는 일이 생길 수 있을 것이고, 제가 심하게 화를 내지 못한다면 욥의 축소판[4]이 되어버릴 겁니다. 사람들 말로는 정숙한 여자들이 보통 머리가 나쁘답니다. 그래서 집안에서 성질을 더 부린다는 겁니다.[5]

"저는 더 고약한 여자에게 걸려서 그녀의 팔, 다리, 머리, 허파, 비장 가릴 것 없이 두들겨 패고, 심한 매질로 그녀의 옷을 갈가리 찢어놓아, 마왕이 지옥에 떨어질 영혼을 데려가려고 문간에서 기다리게 될지도 모릅니다. 저는 금년에는 이런 소동 없이 지내고 싶고 그것을 피할 수 있으면 좋겠습니다."

— 그러면 결혼하지 말게. 팡타그뤼엘이 대답했다.

— 그렇게 하지요, 하지만 (파뉘르주가 말했다) 지금 결혼하지 않은 제 처지에서 이 어려운 시기에 빚을 청산했다는 사실에 유의하십시오. 빚을 많이 지고 있으면 채권자들은 제가 아버지가 되는 일에 지나칠 정도로 신경쓸 겁니다. 하지만 빚을 청산하고 결혼도 하지 않았으니, 아무도 제게 신경쓰지 않을 것이고 부부애와 같은 사랑을 베풀어주지 않을 겁니다. 그러니 제가 만일 병이라도 걸리면 거꾸로 치료를 받게 될 겁니다. 현자가 말하기를, 아내가 없으면, 다시 말해서 적법한 결혼에 의한 주부가 없으면, 병자는 큰 곤경에 처할 것이라고 했습니다. 교황, 교황특사, 추기경, 주교, 신부, 설교자, 사제와 수도사들에게서 그와 같은 분명한 실례들을 보아왔습니다. 그렇지만 저는 절대로 그런 처지가 되는 않겠습니다.

— 그러면 결혼하게, 제기랄! 팡타그뤼엘이 대답했다.

— 하지만, (파뉘르주가 말했다) 만일 제가 아파서 결혼의 의무를 감

4) 지나칠 정도로 참을성이 강했던 욥과 비교해서 아내에게 꼼짝 못하는 남편을 가리키는 표현이다. 축소판이라는 말의 원어 'tiercelet'는 크기가 암컷의 3분의 1밖에 되지 않는 매 종류의 수컷이라는 뜻이다.

5) 원문은 '집안에서 좋은 식초를 갖게 된다'(avoir bon vinaigre en leur mesnaige)로 되어 있는데, 강한 포도주로 식초를 만들면 신맛이 더 강해진다는 데서 유래한 표현으로, 정숙한 여인일수록 더 신랄해질 수 있다는 뜻이다.

당할 능력이 없어지면, 아내가 제 무능함을 참아내지 못하고 다른 남자에게 몸을 맡길지도 모릅니다. 그리고 필요할 때 저를 도와주지 않을 뿐 아니라 제 불행을 비웃고 (최악의 경우) 제 것을 훔칠는지도 모릅니다. 저는 그런 일이 벌어지는 것을 자주 보아왔는데, 그렇게 되면 그림을 완성하는 데는 조끼 바람으로 들판을 헤매기만 하면 될 겁니다.[6]

— 그러면 결혼하지 말게. 팡타그뤼엘이 대답했다.

— 그렇게 하지요, 하지만 (파뉘르주가 말했다) 저는 제 이름과 가문을 영속적으로 이어나갈 희망을 갖게 해주고, 제 유산과 취득할 재산(며칠 안으로 상당한 재산을 모을 것이고, 게다가 의심할 여지없이 막대한 연금의 수혜자가 될 겁니다)을 물려줄 적법한 아들, 딸을 갖지 못하겠지요. 게다가 제 기분이 울적할 때도, 그애들과 즐거운 시간을 가질 수도 없을 거구요. 제가 매일 보는 것처럼, 관대하시고 자비로우신 부왕께서도 전하와 그렇게 시간을 보내시고, 또 모든 선량한 사람들도 그들의 따뜻한 가정에서 그렇게 하고 있는데 말씀입니다. 빚을 청산하고 결혼을 하지 않아 뜻밖의 일들로 시달리고 있는데…… 전하께서는 저를 위로하시는 대신에 제 불행을 놀리시는 것 같다는 생각이 드는군요!

— 그러면 결혼하게, 제기랄!" 팡타그뤼엘이 말했다.

---

6) 완벽하게 불행한 모습을 보여주는 데 부족한 것이라고는 미친 사람처럼 속옷 차림으로 헛소리를 하며 헤매고 다니는 것밖에 남지 않았다는 뜻이다.

10 팡타그뤼엘은 결혼에 대해 충고하기 힘든 까닭을 어떻게 파뉘르주에게 지적했는가. 그리고 호메로스와 베르길리우스의 책에서 나온 운세

"전하의 충고는, (파뉘르주가 말했다) 제가 잘못 안 것이 아니라면, 리코셰의 노래[1] 같습니다. 그것은 빈정거림과 조롱, 모순되는 불필요한 말의 반복에 지나지 않습니다. 이 이야기가 저 이야기를 뒤집어버리니까요. 저는 어느 편에 서야 할지 모르겠습니다."

— 그것은 (팡타그뤼엘이 말했다) 자네의 말에 너무 많은 '만일'과 '하지만'이 들어 있어서 나로서는 어떤 것을 근거로 삼거나 결론을 내릴 수 없기 때문이라네. 자네는 자신이 무엇을 원하는지 확신하지 못하는가? 요점은 바로 그것이라네. 나머지는 모두 우발적인 것이고 하늘의 운명적 결정에 달린 것이니까 말일세.

"우리는 이 경우에 천국의 기쁨에 대해서 우리가 갖는 관념과 영상이 그대로 결혼 생활에 재현된 것처럼 보이는 사람들을 많이 보고 있지. 다른 사람들은 결혼 생활이 너무도 불행해서 테바이드와 몽세라의 사막[2]에서 은자들을 유혹했던 악마들에게 당하는 것보다 사정이 더 낫지 않을 정도라네. 결혼 생활을 시작하면, 요컨대 일단 발을 들여놓는 순간부터 눈을 가리고, 머리를 숙이고, 땅에 입을 맞추고, 하느님의 가호를 빌고, 우연에 몸을 맡기는 것이 합당한 처신인 셈이지. 이 문제에 대해서

---

1) 끝없이 똑같은 후렴이 반복되는 노래. 리코셰(ricochet)는 보통명사로는 물수제비뜨기 놀이를 가리킨다.

2) 성 앙투안이 테바이드에서 그랬던 것처럼 카탈로니아 지방의 몽세라에 있던 은자들도 고행으로 악마의 유혹을 이겨냈다고 한다.

는 다른 어떤 장담도 자네에게 할 수 없다네."

"이제 자네가 좋다면, 이렇게 해보세나. 베르길리우스의 작품을 가져와서는 손톱으로 세 번 펼쳐서 우리가 정한 숫자의 시구를 가지고 자네의 결혼 운세를 따져보도록 하세. 사람들은 자주 호메로스에서 나온 시구로 자신의 운명을 알 수 있었으니까 말이야."

"그런 실례로, 소크라테스는 감옥에서 아킬레우스가 말하는 대목인 『일리아스』[3] 9장의 다음 구절을 누군가 낭독하는 소리를 듣고,

> 나는 오래 지체하지 않고
> 사흘 뒤에는 아름답고 풍요로운 프티아로 가리라.

플라톤이 『크리톤』에서, 키케로가 『점술론』에서, 그리고 디오게네스 라에르티오스[4]가 썼던 대로, 자신이 사흘 뒤에 죽을 것을 예견하고 아이스키네스에게 그렇게 단언했다고 하네."

"그런 실례로, 자신이 로마 황제가 될 수 있을지를 무척 알고 싶어했던 오필리우스 마크리누스에게 운명은 『일리아스』 8장의 다음 시구로 판결을 내렸다는 것이네.

> 오, 늙은이여, 이제부터 틀림없이
> 젊고 강한 무사들이 그대를 괴롭힐 것이나,
> 그대의 혈기는 소멸되고, 가혹하고 괴로운
> 노쇠가 엄습해 그대를 짓누르니……

---

3) 호메로스가 쓴 것으로 전해지는 그리스 최고의 서사시. 트로이 전쟁을 다루고 있는데, 아킬레우스의 분노에서부터 시작해 헥토르의 장례식을 위해 휴전하는 데서 이야기가 끝난다.

4) 그리스의 역사가로 『철학자들의 전기』를 썼는데, 그는 이 책에서 아테네의 웅변가 아이스키네스를 소크라테스가 속마음을 털어놓은 친구로 소개했다.

실제로 이미 나이가 많았던 그는 제국을 소유한 지 1년 2개월 만에 젊고 용맹한 헬리오가발루스에게 폐위당하고 살해되고 말았지."

"그런 실례로, 자신이 전사하게 될 파르살라 전투의 결말을 알고자 했던 브루투스는 파트로클루스가 말하는 대목인 『일리아스』 16장의 다음 시구를 읽게 되었다고 하네.

> 비열한 파르카이[5]와 라토나의 아들[6]의 분노로 인하여
> 나는 죽임을 당했노라.

이 전투 당일의 암호가 바로 아폴론이었던 것이지."

"마찬가지로 예전에는 로마제국의 제위(帝位) 문제에 이르기까지 특별한 일과 중대한 사건은 베르길리우스의 시구에 나타난 징조에 의해 알려지고 예견되기도 했다네. 이런 식의 운세에 의해 알렉산데르 세베루스가 『아이네이스』[7] 6권의 다음 시구를 읽게 되었던 것처럼 말이지.

> 로마의 자식이여, 제국에 당도할 때
> 세상이 타락하지 않도록 다스려라."

"그러고 나서 몇 년 후에 그는 실제로 로마의 황제가 되었다네."

"나중에 로마 황제가 된 하드리아누스는 트라야누스 황제가 자신에 대해서 어떻게 생각하고 어떤 감정을 가지고 있는지가 불안하기도 하고 몹시 궁금해서 베르길리우스에서 자신의 운세를 찾으려다가 『아이네이스』 6권의 다음 시구를 발견했다네.

---

5) 로마 신화의 운명의 여신들. 단수는 파르카, 복수는 파르카이라고 한다.
6) 아폴론을 가리킨다. 그리스 신화의 레토에 해당하는데, 제우스와의 사이에서 아폴론과 아르테미스를 낳는다.
7) 베르길리우스가 쓴 12권으로 된 라틴 문학 최고의 서사시. 트로이 함락 이후 아이네아스가 로마를 건국하기까지 겪는 여러 모험을 다루고 있다.

저 멀리 손에 장엄하게 올리브 나뭇가지를 쥔 자가
누구냐? 그 잿빛 머리카락과 몸에 지닌 신성한 물건들로 보아
그가 옛 로마의 왕임을 알 수 있노라."

"후에 그는 트라야누스의 양자로 받아들여져 그에게서 제국을 물려받
았지."
"많은 칭송을 받은 로마의 두 번째 클라우디우스 황제[8]에게는 『아이
네이스』 6권의 다음 시구가 그의 운세로 나왔네.

로마에서 세 번째 여름에
그대의 통치가 굳건히 세워진 것을 보게 될 때."

"실제로 그는 2년밖에는 통치하지 못했다네."
"같은 인물이 제국의 통치를 맡기고자 했던 그의 동생 퀸틸리우스에
관해 알아보았을 때 『아이네이스』 6권의 다음 시구가 나왔지.

운명은 대지에 그의 모습을 단지 보여줄 따름이라."

"그런 일이 실제로 일어났다네. 왜냐하면 그는 제국의 지배권을 손에
넣고 나서 17일 만에 살해당했기 때문이지."
"똑같은 운세가 젊은 고르디아누스 황제에게도 나왔다네."
"자신의 행운에 관해 알고 싶어했던 클로디우스 알비누스에게는 『아
이네이스』 6권의 다음 시구가 나왔네.

이 용사는 로마에 큰 혼란이 일어날 때 국가의 동량(棟梁)이 되리라.

---

8) 칼리굴라의 뒤를 이었던 클라우디우스 황제(41~54)가 아니라, 고트족을 정벌
했던 같은 이름의 두 번째 클라우디우스 황제(268~270)를 가리킨다.

카르타고인들에게 대승을 거둘 것이고
골족9)도 반기를 들면 그렇게 되리라."

"아우렐리아누스 황제의 선임자였던 신성한 클라우디우스 황제가 그의 자손들에 관해 알아보았을 때 그의 운세로 『아이네이스』 1권의 다음 시구가 나왔네.

이들에게 오랜 번영을 내가 약속하노니
그 행운은 무궁무진하리라."

"그래서 여러 대에 걸쳐 그의 자손들이 후계자가 되었다네."
"피에르 아미 선생10)은 요정들의 함정에서 벗어날 수 있을지 알아보았을 때 『아이네이스』 3권의 다음 시구를 읽게 되었다네.

즉시 이 야만의 땅을 피하라,
즉시 이 척박한 해안을 피하라."

"그래서 무사히 그들의 마수에서 벗어날 수 있었지."
"수많은 다른 예들이 있지만, 시구에서 찾은 이런 운세들로 예견된 일이 그대로 일어났던 경우는 모두 이야기하기에는 너무 장황할 정도로 많다네."
"그렇지만 나로서는 자네가 잘못 생각하지 않도록, 이런 운세가 어디서나 틀림없는 것이라는 결론을 내리고 싶지는 않다네."

---

9) 현재 프랑스 지역의 원주민은 켈트족 계통의 골(Gaule)족이다. 그들은 기원전 52년 율리우스 카이사르에 의해 정복되었고 영토는 로마제국에 편입되었다.
10) 라블레가 프란체스코 수도회 소속의 퐁트네 르 콩트 수도원에 있던 시절의 동료 수도사. 그리스어를 같이 공부하며 위마니슴 사상에 심취했던 그는 결국 가톨릭교회를 떠나 칼뱅파의 신교 운동에 합류하게 된다.

11 팡타그뤼엘은 어떻게 주사위로 운세를 점치는 것이 부당하다고 지적했는가

"그 일은 (파뉘르주가 말했다) 세 개의 멋진 주사위를 던지는 것으로 더 일찍 신속하게 처리할 수 있을 텐데요."

— 아닐세, (팡타그뤼엘이 대답했다) 그와 같은 운세는 기만적이고, 부당하며 매우 터무니없는 것들이지. 절대로 그런 것을 믿지 말게. 오래전에 우리의 적인 악마 같은 중상모략꾼이 가증스러운 『주사위 놀이』[1]라는 책을 지어 그 옛날 아카이아 지방의 부라에 있던 헤라클레스 상(像)[2] 앞에서 사람들이 했던 것처럼, 지금도 곳곳에서 생각이 단순한 수많은 사람들을 잘못된 길로 이끌어 자신의 올가미에 걸리도록 만들고 있다네. 자네도 알다시피, 부왕이신 가르강튀아 폐하께서 왕국 전체에 그 책을 금지시키시고 인쇄활자와 새겨진 목판과 함께 불태우도록 명하신 것은 대단히 위험한 페스트와 같이 그것을 근절시키고, 제거해서 폐기하려는 것이었지.

"내가 자네에게 주사위에 대해서 말한 것은 골패에도 똑같이 해당되는 것이네. 그것도 마찬가지로 운세에 관한 기만적 술책이라네. 반대로 게리온의 신탁소에 있던 아포누스의 샘에서 티베리우스 황제가 골패를 던져 행운을 얻었던 일을 들먹이지는 말게. 그것은 생각이 단순한 사람들을 영원한 파멸로 이끌기 위해 쓴 중상모략꾼의 계략이니까 말일세."

---

1) 로렌조 스피리토 데 페루지아가 1528년에 쓴 『주사위 점 놀이』를 가리킨다.
2) 고대 그리스 시대에 아카이아 지방의 부라에서는 주사위를 던져 헤라클레스의 신탁을 들었다고 한다.

"그렇지만 자네가 만족할 수 있게 이 테이블 위에 주사위 세 개를 던져보는 것에는 나도 찬성일세. 나온 점수에 따라 자네가 펼칠 페이지의 시구를 정하도록 하세나. 자네 지금 주머니 속에 주사위를 가지고 있는가?"

― 전대 가득히요, (파뉘르주가 대답했다) 메를랭 코카이가 『악마의 나라』[3]에서 설명한 대로, 이것은 악마의 초록색 잎[4]이랍니다. 제가 주사위 없이 악마를 만나게 되면, 초록색 잎이 없다고 붙잡힐지도 모를 일이지요.

그리고는 주사위를 꺼내 던졌는데, 땅에 떨어지자 5점, 6점, 5점이 나왔다.

"16점이군요. (파뉘르주가 말했다) 페이지의 16행에 나오는 시구를 고르기로 하지요. 이 숫자가 제 마음에 듭니다. 우리에게 행운이 따를 것 같군요."

"구주회[5] 놀이할 때 던지는 공처럼, 아니면 전장에서 보병들에게 떨어지는 대포알처럼 모든 악마들을 쓰러뜨리겠습니다. 결혼 첫날밤에 제가 아내를 그 횟수만큼 체질하지 못한다면, 조심해라, 악마들아."

― 나도 믿어 의심치 않네. (팡타그뤼엘이 대답했다) 하지만 벌써부터 그렇게 끔찍한 맹세를 할 필요는 없네. 첫 번째는 실패로 끝나 15점[6]을 내줄 수도 있거든. 끝내고 나올 때야 만회를 해서 16점을 만들 수도 있으니까.

---

3) 『마카로네』의 저자인 폴렌고, 일명 메를랭 코카이는 이 책에서 마법사 메를랭이 악마에 관한 세 권의 저서를 남겼다고 한다. 이 책은 『팡타그뤼엘』 7장의 생 빅토르 도서관의 장서 목록에 들어 있다.

4) 초록색 천이 덮인 도박대와 초록색 잎을 몸에 지니고 있지 않다가 잡히면 벌금을 내야 하는 5월에 하던 놀이라는 이중의 뜻이 있다. 다음 문장에서 초록색 잎을 갖고 있지 않아(sans verd) 악마에게 잡힌다는 것은 이 놀이를 가리키는 것이다.

5) 볼링처럼 공을 굴려 9개의 핀을 쓰러뜨리는 프랑스의 민속놀이.

6) 옛날식 정구 경기에서는 테니스와 같이 첫 번째 공이 실패하면 상대에게 15점을 내주게 된다.

— 그렇게 생각하십니까? (파뉘르주가 말했다) 제 아랫배에서 보초 노릇을 하는 이 씩씩한 용사는 결코 실수한 적이 없습니다. 제가 무능력자들의 조합에 속한 것을 보신 적이 있습니까? 절대로, 절대로, 최고도(最高度)의 절대로 아닙니다. 저는 실수 없이 사제[7]로서, 복된 사제로서 그렇게 행하고 있습니다. 도박꾼들은 제 처지를 이해할 겁니다.

이 말을 마치고 베르길리우스의 작품들을 가져오게 했다. 펼치기 전에 파뉘르주는 팡타그뤼엘에게 말했다.

"몸속에서 심장이 마치 장갑[8]처럼 뛰는군요. 제 왼쪽 팔의 동맥에서 맥을 좀 짚어보십시오. 그 빠르기와 격렬함이 마치 제가 소르본 신학부의 시험[9]에서 집중공격을 당하고 있는 것 같군요.[10] 더 진행하기 전에, 운세를 주관한다고 알려진 헤라클레스와 테니타에 여신들[11]에게 기원을 드리고자 하는데, 전하께서는 어떻게 생각하십니까?

— 이도 저도 말고 (팡타그뤼엘이 대답했다) 그저 손톱으로 책을 펼치기나 하게."

---

7) 여기서 사제(père)는 프란체스코 수도회의 성직자들을 가리킨다.
8) 당시 결혼식 날 장갑을 끼고 서로 등과 어깨를 치던 관습에서 장갑은 흔히 결혼을 나타낼 때 등장하는 표현이다.
9) 신학 학사과정에서 치러야 했던 구술 시험.
10) 점을 쳐서 운세를 알려는 사람은 평온한 마음 상태를 유지해야 하는데, 파뉘르주의 흥분한 모습은 그 결과가 부정적일 것임을 예고하는 것이라 할 수 있다.
11) 주사위 점에서는 헤라클레스 점괘가 가장 좋은 것이었다고 하고, 테니타에 여신들은 운명을 주관하는 파르카 여신들의 다른 이름이다.

12 팡타그뤼엘은 어떻게 베르길리우스의 시구로 파뉘르주의 결혼 생활의 장래를 진단했는가

그래서 파뉘르주가 책을 펼치자 16행에 다음의 시구가 나왔다.

　　그는 신의 식탁에 앉을 자격이 없었고,
　　여신의 침대에도 그의 자리는 없었으니.

"이것은 (팡타그뤼엘이 말했다) 자네에게 유리하지 않은데. 자네 아내는 방탕할 것이고, 따라서 자네는 오쟁이를 지게 될 것이라고 알려주니 말이야."

"자네에게 호의적이 아닌 여신은 사람들이 매우 두려워하는 막강한 처녀신으로 오쟁이 진 남편과 난봉꾼들, 간통한 자들의 적이요, 남편에게 약속한 정절을 지키지 않고 외간 남자에게 몸을 맡기는 음탕한 여인들의 적인 미네르바일세. 하늘나라에서 천둥과 벼락을 내리는 신은 유피테르를 가리키는 것이지."

"옛 에트루리아인들의 원리에 따르면 뇌화(雷火)(그들은 불카누스 신이 만든 번갯불을 이렇게 불렀는데)는 그녀와 머리를 통해 그녀를 낳은 아버지인 주신 유피테르만이 소유할 수 있다고 한 점에 유의하게. 오일레우스의 아들 아이아스[1]의 배들을 불태운 벼락을 내린 것이 그 예라

---

1) 아이아스는 트로이 함락 때 아테나 여신의 제단으로 피한 카산드라를 범하는 오만불손한 행동으로 물의를 일으켰는데, 분노한 여신은 그의 귀국 길에 벼락을 내리고 폭풍을 일으켜 그가 탄 배를 침몰시켰다.

네. 올림포스의 다른 신들에게는 벼락을 치는 것이 허용되지 않는다네. 그 때문에 인간들은 그 신들을 그다지 두려워하지 않는 것이지."

"자네에게 할 말이 더 있는데, 이것은 고대의 신화에서 유래한 이야기라는 것을 알아두게. 거인족이 신들에 대항해서 전쟁을 일으켰을 때, 신들은 처음에는 적을 우습게 보고 자신들이 부리는 시종들의 상대도 되지 않는다고 말했지. 그러나 거인족이 힘을 모아 오싸 산 위에 펠리온 산을 옮겨다 포개놓고, 올림포스 산도 벌써 흔들거리는 상태로 두 산 위에 얹힐 지경이 되자 크게 경악했다네. 그래서 유피테르는 신들의 총회를 소집하게 되었지."

"거기서 신들 모두가 용감하게 방어진을 구축하기로 결의했다네. 그러면서 군인들 사이에 끼여 있던 여성들의 방해로 전투에서 패하는 것을 여러 번 보아왔기 때문에 하늘나라에서 방탕한 여신들을 족제비, 담비, 박쥐, 뾰족뒤쥐, 또는 다른 모습으로 변신시켜 이집트와 나일 강 변방으로 쫓아보내기로 결정했지. 그런데 오직 미네르바만 문예와 전쟁, 지혜와 실행의 여신의 자격으로, 그리고 무장한 채 태어났고 하늘과 공중, 바다와 육지에서 두려움의 대상이었기 때문에 유피테르와 함께 벼락을 칠 수 있게 남겨두었다네."

— 제기랄! (파뉘르주가 말했다) 제가 시인이 말한 불카누스[2]란 말입니까? 아닙니다. 저는 그 신처럼 절름발이나 위조화폐 주조업자, 대장장이가 아니랍니다. 혹시 그의 아내인 베누스처럼 제 아내가 아름답고 상냥할 수는 있겠지요. 하지만 그녀처럼 음탕하지 않을 것이고, 저도 그처럼 오쟁이 진 남편이 되지 않을 겁니다. 그 천박한 안짱다리는 모든 신들이 보는 앞에서 자신이 오쟁이를 졌다는 사실을 공표했지요.

"이런 이유로 전하께서는 정반대로 이해하셔야 합니다. 이 운세는 제 아내가 무장이라고는 전혀 하지 않을 것이고, 까다롭거나 경솔하지 않

---

2) 그리스 신화의 헤파이스토스에 해당하는 로마 신화의 불의 신. 불카누스가 절름발이라는 이야기는 베르길리우스의 주석을 달았던 세르비우스가 한 것이다.

을 것이며, 팔라스³⁾가 두뇌에서 태어난 것과는 달리, 신중하고 정숙하며 충실하리라는 것을 알려줍니다. 그리고 잘생긴 쥐팽⁴⁾은 제 연적이 되지 않을 것이고, 우리가 같이 식사를 하는 일이 있더라도 그는 절대로 제 수프에 자기 빵을 담그지 않을 겁니다."

"그의 무훈과 혁혁한 전과를 생각해보십시오. 그는 전대미문의 가장 힘센 뚜쟁이에 가장 비열한 수도…… 아니 제 말씀은 난봉꾼이었답니다.⁵⁾ 언제나 수돼지처럼 음탕하지요. 게다가 그는 바빌로니아인 아가토클레스가 거짓말한 것이 아니라면, 칸디아 섬의 딕테 산⁶⁾에서 암돼지가 키웠고, 숫염소보다도 더 정력적이었지요. 또 다른 사람들은 그가 아말테라는 암염소의 젖을 먹고 컸다고 합니다. 아케론 강⁷⁾을 두고 맹세하건대! 그가 하루 동안에 사람과 짐승, 산과 강을 포함해서 세상의 3분의 1을 덮쳤답니다. 그것이 유럽⁸⁾이었지요. 이 사건 때문에 암몬 사람들⁹⁾은 뿔 달린 숫염소가 덮치고 있는 자세로 그의 초상을 그리게 했답니다."

"하지만 저는 이 뿔 달린 신¹⁰⁾에게서 제 자신을 지킬 방법을 알고 있지요. 저는 어리석은 암피트리온, 백 개의 안경을 쓴 아르구스, 테베스

---

3) 아테나 여신의 별칭 중의 하나.

4) 쥐팽(Juppin)은 유피테르(Jupiter) 신과 비슷한 발음으로 장난스럽게 만든 이름. 불카누스의 연적은 유피테르가 아니라 군신 마르스이다.

5) 파뉘르주는 프란체스코회 수도사(cordelier)를 가리키는 '수도사'(cor…)라는 말을 꺼냈다가 즉시 비슷한 발음의 '난봉꾼'(bordelier)으로 말을 바꾼다.

6) 유피테르가 교육을 받았던 칸디아(크레타) 섬에 있는 산 이름.

7) 일설에 따르면 아케론은 대지의 자식으로 유피테르와 전쟁을 벌인 티탄족에게 마실 것을 제공한 죄로 지옥으로 쫓겨나 땅 밑을 흐르게 되었다고 한다.

8) 흰 황소로 변신한 제우스가 에우로페를 크레타 섬으로 납치해서 겁탈하고, 이 관계에서 나중에 크레타의 왕이 된 미노스가 태어났다는 설화를 암시하는 것이다.

9) 이집트나 리비아에 살았던 민족으로 유피테르의 머리 모양을 한 암몬 신을 최고신으로 모셨다.

10) 원래 뿔 달린 사람이라는 표현은 아내가 바람을 피워 오쟁이를 졌다는 뜻인데, 여기서는 다른 사람의 아내를 농락하는 유피테르를 가리킨다.

의 허풍선이 리코스, 몽상가 아게노르, 점액질의 아소포스, 털북숭이 발을 가진 리카온, 토스카나의 바보 코리토스, 허리가 강한 아틀라스[11]와 같지 않다는 것을 그가 알게 되리라는 것을 믿으셔야 합니다. 그가 수백 번 백조나 황소, 사티로스, 황금, 누이동생인 유노의 처녀성을 빼앗을 때처럼 뻐꾸기로, 독수리, 숫염소, 에기아에 살던 숫처녀 프티아와 사랑에 빠졌을 때처럼 비둘기로, 불, 뱀, 심지어 벼룩으로, 그리고 에피쿠로스가 말하는 원자나 신학박사답게 이차적 관념[12]으로 변신하더라도, 그를 갈고리로 낚아채버리겠습니다. 제가 어떻게 할지 아시겠습니까? 제기랄! (세네카가 이 주제에 관해 미리 말했고 라크탄티우스가 확인한 바에 따르면) 사투르누스가 하늘이신 아버지에게 그렇게 했고, 레아가 아티스에게 그렇게 했듯이, 저는 작은 털 하나 남겨두지 않고 그의 엉덩이에서 불알을 깨끗이 잘라버리겠습니다. 이런 이유로 그는 결코 교황이 되지 못할 겁니다. 왜냐하면 *그는 고환을 가지고 있지 않으니까요.*"

— 진정하게, 이 사람아, (팡타그뤼엘이 말했다) 진정하라니까. 두 번째로 책을 펼쳐보게.

그러자 다음 시구를 보게 되었다.

뼈가 꺾이고 사지가 부서지니,
공포로 몸속의 피가 얼어붙었도다.

"이것은 (팡타그뤼엘이 말했다) 그녀가 자네 등과 배를 때릴 것이라는 것을 나타내네."

---

11) 불로 변신한 유피테르에게 딸 아이기나가 겁탈당한 아소포스는 강의 신이기 때문에 점액질이라는 형용사가 붙게 된다. 여기에 열거한 인물들은 유피테르에게 아내나 딸이 농락을 당했다는 공통점이 있다.

12) 신학박사답게(magistronostralement)는 소르본 신학박사를 가리키는 우리의 스승(magistri nostri)이라는 표현을 이용한 말장난이고, 이차적 관념이란 스콜라 철학의 용어로 대상에 대한 직접적 관념이 아니라 관념에 대한 관념을 가리키는 것이다.

— 정반대랍니다. (파뉘르주가 대답했다) 이 시구가 예언하는 것은 저에 관한 것이므로, 만일 그녀가 저를 화나게 하면 제가 호랑이처럼 그녀를 두들겨 팰 것이라는 뜻입니다. 성자 마르탱의 몽둥이가 그 일을 대신해주겠지요. 몽둥이가 없는 경우, 리디아 왕 캄블레스[13]가 자기 왕비를 먹었듯이 제가 그녀를 산 채로 먹어치우지 않는다면 악마에게 잡아먹혀도 좋습니다.

— 자네 용기가 대단하구먼. (팡타그뤼엘이 말했다) 이렇게 흥분해 있을 때는 헤라클레스도 자네를 당하지 못하겠어. 하지만 사람들 말이 장이 나오면 두 배가 되고,[14] 헤라클레스도 혼자서는 두 사람을 상대로 싸우지 못한다고 하네.

— 제가 장이라는 말씀입니까? 파뉘르주가 말했다.

— 아니, 아닐세, (팡타그뤼엘이 대답했다) 트릭트락 놀이를 생각했던 것이네.

세 번째로 펼쳤을 때 다음 시구를 보게 되었다.

전리품을 훔쳐 가로채고 싶은
여인의 욕망이 불타올라

"이것은 (팡타그뤼엘이 말했다) 그녀가 자네 것을 훔치리라는 것을 나타내네. 이 세 가지 운세로 자네의 딱한 처지를 잘 알겠네. 자네는 오쟁이 지고, 매를 맞고, 도둑질을 당할 운명일세."

— 정반대랍니다. (파뉘르주가 대답했다) 이 시구는 그녀가 완벽한 사랑으로 저를 사랑하리라는 것을 나타냅니다. 최고도의 사랑의 열정에 불타는 여인은 이따금 애인에게서 무언가를 훔치려 한다고 풍자시인[15]

---

13) 왕비마저 잡아먹어 버리고 나서 후회한 나머지 자살했다고 한다.
14) 여기서 장(Jean)은 놀이판을 사용하는 주사위 놀이의 일종인 트릭트락 놀이에서 잃은 점수를 만회하기 위해서는 두 배를 걸어야 하는 나쁜 패를 가리킨다. 또한 장은 흔히 오쟁이 진 남편을 가리키는 이름이었다.

이 말한 것은 전혀 거짓말이 아닙니다. 무엇을 훔치는 것인지 아십니까? 애인이 찾게 만들기 위해서 장갑 한 짝이나 반바지 단추 한 개같이 사소하고 별것 아닌 물건을 훔치는 것이지요.

"마찬가지로 연인들 사이에서 일어나는 실랑이, 가벼운 말다툼이 사랑에서는 새로운 청량제요 자극제입니다. 예를 들어 칼장수가 철물을 더 날카롭게 갈기 위해 이따금 숫돌을 망치로 두들기는 것과 같은 이치지요."

"그렇기 때문에 세 가지 운세를 대단히 유리한 것으로 저는 받아들입니다. 그렇지 않다면 상소를 하겠습니다."

— 우리의 옛 법학자들이 확인하고 발두스[16]가 『법률 강해』 마지막 권에서 말했듯이, 운세와 운명의 신의 결정에 대해서는 절대로 상소할 수 없는 법이라네.

"그 이유는 운명의 신은 자신의 결정과 정해진 운세에 대해 사람들이 상소할 수 있는 상급자의 존재를 인정하지 않기 때문이지. 이 경우 그가 『법전』의 미성년자에 관한 조항[17] 마지막 장에서 명백하게 말했듯이, 미성년자는 자신의 권리를 모두 되찾을 수 없게 되어 있다네."

---

15) 유베날리스의 『풍자시집』 6편 209~211행에 나오는 말.
16) 14세기 이탈리아의 법학자.
17) 유스티니아누스 법전에 나오는 상속과 피후견에 관한 법률을 해설한 책인 것 같다.

13 팡타그뤼엘은 어떻게 파뉘르주에게 꿈으로 결혼 생활의 행·불행을 점쳐볼 것을 충고했는가

"그러면 우리가 베르길리우스에 의한 운세를 해석하는 데 의견이 일 치하지 못했으니 다른 예언의 방법을 써보도록 하지."

— 어떤 방법 말씀입니까? 파뉘르주가 물었다.

— 적절하고, (팡타그뤼엘이 대답했다) 오래되고 정통적인 것일세. 꿈에 의한 방법이지. 히포크라테스가 『꿈에 관해서』에서, 그리고 플라 톤, 플로티노스, 이암블리코스, 시네시우스, 아리스토텔레스, 크세노폰, 갈레노스, 플루타르코스, 달디스 사람 아르테미도로스, 헤로필루스, 칼 라브리아 사람 퀸투스, 테오크리토스, 플리니우스, 아테네우스[1]가 기술 한 조건이 갖추어진 상태에서 꿈을 꾸면, 영혼은 미래의 일을 자주 예견 할 수 있다네.

"더 길게 자네에게 그것을 증명할 필요는 없을 걸세. 일상적인 예로도 이해할 수 있으니까. 잘 씻기고 젖을 배불리 먹인 후 어린아이들이 깊이 잠들면, 유모들은 요람 곁에 있을 필요가 없기 때문에 그 시간 동안은 하고 싶은 대로 해도 좋다는 허락을 받은 것처럼 자유롭게 나가서 즐기 는 것을 자네도 보았을 걸세. 이런 식으로 우리의 영혼도 육신이 잠들고 각 기관에서 소화가 완료되면 깨어날 때까지는 그곳에 머물 필요가 없 기 때문에 한가로이 노닐며 고향인 하늘나라를 다시 보게 된다네."

---

1) 여기 나오는 인물들은 꿈의 이론이나 해석에 관한 책을 쓴 철학자나 의학자들 이다.

"그곳에서 원래의 신성한 근원에 영광스럽게도 참여함으로써 우주 각 지역에서 중심을 이루고 주변은 존재하지 않는 무한한 정신적 천상계(세 배나 더 위대한 헤르메스[2]의 교리에 따르면 하느님의 영역)를 관조하게 된다네. 그곳에서는 아무 일도 새로 발생하거나 진행되거나 쇠퇴하지 않고 영원한 현재가 지속되며, 영혼은 하계(下界)의 변화 속에 일어났던 일뿐 아니라 미래의 일을 목격하고 그것을 감각과 기관을 통해 육신에 전달하는데, 이를 동료들에게 설명해줄 수 있는 능력을 지닌 사람을 점술가 또는 예언자라고 부르는 것이지. 불완전하고 허술한 육체의 감각으로 인해 방해를 받기 때문에 그것을 본 것처럼 정확하게 전달하지 못하는 것은 사실이라네. 마치 달이 태양의 빛을 받지만, 그것을 받았던 그대로의 빛나고, 순수하고, 강렬하고, 불타는 상태로 우리에게 전달하지 못하는 것과 마찬가지이지. 이 때문에 꿈의 해석에는 능숙하고, 지혜롭고, 기민하고, 경험 많고, 합리적인 해석을 할 수 있는 사람, 그리스인들의 표현을 빌리면 완벽한 해몽가(解夢家)가 필요하다네."

"이 때문에 헤라클레이토스[3]는 꿈에 의해서 아무것도 우리에게 밝혀지지도 않고 감추어지지도 않는다고 말했던 것이지. 따라서 단지 우리에게는 우리 자신이나 다른 사람의 행·불행에 관해서 앞으로 일어날 일의 조짐과 전조만 나타날 뿐이라네. 꿈을 꾼 사람 자신이나 꿈에 나왔던 다른 사람에게 꿈에서와 똑같은 일이 일어났던 수많은 예들을 통해 성서가 이를 증거하고 속세의 이야기들도 이를 확인해준다네."

"아틀란트인들[4]과 에게 해의 섬들 중의 하나인 타소스 섬의 주민들

---

2) 원문의 'Hermès Trismégiste'는 헤르메스 신의 별명. 신플라톤 학파에서는 헤르메스를 모든 지식의 아버지로 간주했다.
3) 그리스의 철학자로 그의 저서는 남아 있지 않으나 후대의 저작들에서 단편적으로 인용된 부분을 통해 그의 사상을 짐작할 수 있다. 그는 사물의 원리를 불이라고 보았고, 모든 것은 영원한 생성의 과정 속에 있으므로 대립적인 것도 종국에는 다시 합쳐지게 된다고 주장했다. 헤겔 이후 현대 변증법의 선구자로 평가받기도 한다.
4) 리비아에 살고 있던 민족.

은 이런 편리한 능력을 갖지 못했다네. 그 고장에서는 아무도 꿈을 꾸지 않았던 것이지. 또한 돌리 사람 클레온과 트라시메데스[5]가 그랬고, 요즘 사람으로는 박식한 프랑스인 빌라노바누스[6] 역시 결코 꿈을 꾸지 않았다네."

"그러니까 내일 쾌활한 새벽의 여신이 분홍빛 손가락으로 밤의 어둠을 몰아내는 시각에 깊은 잠에 빠지도록 하게. 그동안에는 사랑, 증오, 희망, 두려움 같은 모든 인간적인 정념을 떨쳐버려야 하네. 왜냐하면 예전에 위대한 점술가였던 프로테우스[7]도 불, 물, 호랑이, 용, 그리고 다른 기이한 모습으로 변신했을 때는 미래의 일을 예언할 수 없었고, 예언을 하려면 본래의 자연적인 모습으로 복귀해야만 했기 때문이지. 마찬가지로 인간도 신성한 영감과 해몽의 능력을 부여받기 위해서는 자신 속의 신성한 부분(이것을 그리스어나 라틴어로 'Mens'라고 하는데)이 고요하고, 평온하며, 안정된 상태로 외부적인 정념과 감정에 사로잡히지 않아야 하는 것이라네."

— 그렇게 하겠습니다. (파뉘르주가 말했다) 제가 오늘 저녁에는 식사를 조금 해야 할까요, 아니면 많이 해도 될까요? 이렇게 여쭈어보는 것은 이유가 없지 않습니다. 제가 저녁 식사를 잘 하지 못하면, 제대로 잠을 푹 자지 못하고 밤새도록 공상만 되풀이할 뿐이어서 제 배처럼 속이 텅 빈 꿈을 꾸게 될 테니까요.

— 자네의 뚱뚱한 체격과 기질로 보면 (팡타그뤼엘이 대답했다) 저녁 식사를 전혀 하지 않는 것이 좋을 것이네. 고대의 점술가였던 암피아라

---

5) 이 인물들은 플리니우스, 헤로도토스, 플루타르코스의 꿈에 대한 이론적 글에서 꿈을 꾸지 않는 사람들의 예로 언급된다.
6) 당시의 유명한 학자 시몽 드 뇌프빌을 가리키는데, 그는 지금의 벨기에에 속한 에노 지방 출신이었지만 프랑스인으로 간주되었다.
7) 그리스 신화에서 포세이돈의 아들로 노인의 모습을 하고 있는 예언의 능력을 지닌 신. 그에게서 예언을 듣기 위해서는 낮잠 자는 사이에 그를 쇠사슬로 묶어야 하는데, 그는 물, 불 등 여러 형태로 변신을 시도해 빠져나가려고 하다가 결국 할 수 없을 때만 예언을 해주었다고 한다.

오스는 꿈으로 자신의 신탁을 받으려는 자들에게 그날은 아무것도 먹지 말고 포도주는 사흘 전부터 마시지 못하게 했다네. 그렇지만 우리가 그토록 과도하고 엄격한 금식법을 쓸 필요는 없을 것이네. 나도 고기를 포식하고 포도주를 실컷 마신 사람이 정신적 현상에 관한 징조를 이해하기 힘들 것이라고 생각하지만, 그렇다고 오랫동안 고집스럽게 금식을 한 다음에야 성스러운 것을 관조하는 상태에 더 깊숙이 들어갈 수 있다고 믿는 사람들의 의견에는 찬성하지 않네.

"(황공스럽게 거명하자면) 부왕이신 가르강튀아 폐하께서 금욕하는 은자들의 글은 그들의 육신만큼이나 삭막하고 공허하며 고약한 말투로 되어 있고, 육신이 쇠약할 때 정신이 건전하고 평온한 상태를 유지하기 힘들다는 말씀을 자주 하셨던 것을 자네도 분명히 기억할 걸세. 철학자들과 의사들이 주장하는 바에 따르면, 동물적 정기[8]가 생성되면 동맥 속의 피를 통해 운반되어 뇌실 아래에 있는 동맥륜(動脈輪) 속에서 완벽하게 정화되고 정제되기 때문이지. 폐하께서는 우리에게 무리에서 떨어져 고독하게 지내면 주석과 사색, 집필을 더 잘할 수 있을 것으로 생각했던 철학자를 예로 드셨지. 그런데 그의 주변에서 개들이 짖어대고, 늑대들이 울부짖으며, 사자들이 포효하고, 말들이 힝힝거리고, 코끼리들이 울어대고, 뱀들이 쉿쉿 소리를 내고, 당나귀들이 끼끼거리고, 매미들이 맴맴 소리를 내고, 멧비둘기들이 구슬프게 노래 부르는 바람에 퐁트네나 니오르의 장터에 있는 것보다 더 큰 방해를 받았던 것이네. 그리고 배고픔이 그를 육신에 얽매이게 해서, 배고픔을 해결해달라고 위는 울부짖고, 눈은 현기증을 일으키고, 혈관은 사지의 살점에 남은 자양분을 빨아들이며, 양육하고 모셔야 할 본래의 숙주인 육신을 돌보지 않은 채 방황하는 정기를 아래쪽으로 끌어내린다네. 마치 가지 끝에 매달려 공중으로 날아오르려다가 묶인 가죽끈 때문에 더 밑으로 곤두박질쳐버리

---

8) 4장에서도 설명했듯이 고대 그리스 의학에서는 뇌에서 만들어지는 동물적 정기에 의해 인간의 사고 작용이 이루어진다고 주장했다.

는 새처럼 말일세."

"이에 관해서 폐하께서는 모든 철학의 아버지인 호메로스의 권위를 내세우셨는데, 그는 그리스인들이 아킬레우스의 절친한 친구인 파트로클로스의 죽음을 애도하다가, 배고픔이 확실히 모습을 드러내고 그들의 배가 더 이상은 눈물을 흘려보내지 말라고 항의했을 때 비로소, 진작 그랬던 것은 아니고, 눈물을 그쳤다고 했다네. 오랜 금식으로 텅 비어버린 육신에는 울거나 한탄할 수 있는 기력이 남아 있지 않기 때문이었던 것이지."

"모든 일에서 중용이 칭송을 받는데, 여기서도 그것을 지키도록 하게. 자네는 저녁 식사에 동물적 정기를 교란시키거나 현혹시킬 수 있는 잠두, 토끼고기나 다른 육류, (폴립이라고 부르는) 낙지, 양배추나 다른 음식들은 먹지 말게. 거울의 광택이 호흡이나 안개 낀 날씨로 흐려지면, 거울이 앞에 놓인 물체의 상을 제대로 비출 수 없는 것과 마찬가지로, 육체와 정신 사이에 존재하는 끊을 수 없는 친화력 때문에 앞서 먹은 육류의 김이나 증기 때문에 육체가 불안해지거나 동요되면 꿈에 의한 예언의 형식을 정신이 받아들이지 못하기 때문이지."

"크루스투메니아와 베르가메 산[9]의 맛있는 배와 향기로운 사과, 투르산 말린 자두, 그리고 내 과수원에서 나는 버찌를 먹게. 그러면 소요학파의 몇몇 철학자들[10]이 다른 계절보다 사람들이 과일을 많이 먹는 계절인 가을철에 그런 일이 자주 생긴다고 주장했던 것처럼, 과일을 먹은 탓에 자네의 꿈이 모호하고 기만적이고 의심스러운 것이 되지 않을까 걱정할 필요는 없을 것이네. 고대의 예언자들과 시인들의 신비로운 가르침은 이와 같은 것인데, 그들은 가을에 나뭇잎들이 떨어지기 때문에

---

9) 라틴 작가들은 크루스투메니아 산 배를 높이 평가했다고 한다. 베르가메 산 배는 프랑스에 수입되기 시작한 지 얼마 되지 않은 새로운 품종이다.
10) 아리스토텔레스 학파를 가리킨다. 아리스토텔레스가 아테네의 리케이온(프랑스어로 'Lycée')에서 산책을 하며 제자들을 가르쳤다는 데서 소요학파라는 이름이 붙었다.

공허하고 기만적인 꿈들은 땅에 떨어진 나뭇잎들 아래 숨어버린다고 말했던 것이지. 신선한 과일들 속에 풍부히 들어 있는 자연적 열기는 발효되어 쉽게 (포도즙이 발효되는 것을 보듯이) 동물의 기관 속으로 발산되고, 사라지거나 분해되는 데 오랜 시간이 걸리는 것은 사실이라네. 그리고 내 샘의 맑은 물을 마시도록 하게."

— 그 조건이 제게 약간 힘들기는 하겠군요. (파뉘르주가 말했다) 그렇지만 가치 있는 일이라면 아무리 힘이 들더라도, 꿈을 꾸고 나서 내일 아침 식사를 일찌감치 하기로 작정하고 동의하겠습니다. 게다가 저는 호메로스가 말한 두 문[11]과 모르페우스, 이켈로스, 판타소스, 포베토르[12]의 가호를 빌겠습니다. 필요한 경우에 그들이 저를 도와준다면, 그들을 위해 고운 솜털로 만든 멋진 제단을 세우겠습니다. 만일 제가 오에틸레와 탈라메스 사이에 있는 라코니아의 이노[13] 신전 안에 있었다면, 제가 잠든 동안 그녀가 아름답고 즐거운 꿈으로 제 당혹스러움을 해소시켜줄 수 있을 텐데요.

그러고는 팡타그뤼엘에게 물었다. "방석 밑에 월계수 나뭇가지를 몇 개 넣어두는 것이 좋지 않을까요?"

— 그럴 필요 없네. (팡타그뤼엘이 대답했다) 그것은 미신이고, 아스칼론 사람 세라피온, 안티폰, 필로코루스, 아르테몬과 풀겐티우스 플라키데스[14]가 쓴 글은 속임수에 지나지 않네. 늙은 데모크리토스에게 존경심은 표해야겠지만, 악어와 카멜레온의 왼쪽 어깨에 관해서도 똑같은 이야기를 할 수 있네. 박트리아 사람들이 에우메트리데스(Eumetrides)라고 불렀던 돌에 관해서도 마찬가지이고, 에티오피아인들이 암몬의 뿔

---

11) 다음에 설명이 나오듯이 『오디세이아』 19장 562~567행에 꿈의 도시가 묘사되어 있다.
12) 모르페우스는 꿈의 신이고, 판타소스는 환상의 신, 이켈로스 또는 포베토르는 공포의 신이다.
13) 카드모스와 하르모니아의 딸인 이노는 바다의 여신으로 라코니아에 신전이 있었다고 한다.
14) 여기 나오는 인물들은 꿈에 관한 책을 쓴 작가와 학자들이다.

이라고 부르던, 암몬의 유피테르의 뿔처럼 황금색의 숫염소 뿔 모양의 보석에 관해서도 마찬가지이네. 에티오피아인들은 그 뿔을 가진 자의 꿈은 신성한 신탁과 같이 진실되고 틀림없는 것이라고 주장하기는 하지만 말일세."

"아마 자네가 가호를 빌었던 꿈의 두 문에 관해서 호메로스와 베르길리우스가 쓴 것은 사실이겠지. 상아로 된 문을 통해서 혼란스럽고 기만적이고, 불확실한 꿈이 들어오는데, 상아는 아무리 정교한 것이라 해도 그것을 통해서는 아무것도 볼 수 없다네. 그 밀도와 불투명함 때문에 시각적 정기가 침투해서 가시적 사물들을 인지하는 것을 방해하기 때문이지. 다른 문은 뿔로 되어 있는데, 그것을 통해서 확실하고, 진실되고 틀림없는 꿈이 들어온다네. 뿔을 통해서는 그 광채와 투명함 때문에 모든 사물들이 분명히 똑똑하게 모습을 나타내게 되는 것이지."

— 전하께서는 뿔 달린 오쟁이 진 남편들의 꿈은, 파뉘르주가 그렇게 될 것이듯이, 하느님과 아내가 도와주기만 하면, 언제나 진실되고 틀림없는 것이라는 결론을 내리고 싶으신 것이로군요."

14 파뉘르주의 꿈과 그것에 대한 본인의 해석

다음날 아침 7시경에 파뉘르주는 팡타그뤼엘 앞에 나타났는데, 그 방에는 에피스테몽, 장 데 장토뫼르 수도사, 포노크라트, 외데몽, 카르팔랭, 그리고 다른 사람들이 함께 있었다. 파뉘르주가 도착하자 팡타그뤼엘이 말했다.

"우리의 꿈꾸는 자가 오는구나."

— 이 말이 (에피스테몽이 말했다) 예전에 야곱의 자식들에게는 큰 대가를 치르고 호된 시련을 겪게 했지요.[1]

그러자 파뉘르주가 말했다. "저는 몽상가 기요[2]의 집에 가 있었지요. 저는 무척 많은 꿈을 꾸었는데, 전혀 이해할 수 없군요. 꿈에 제게는 젊고 우아하고 완벽한 미모를 갖춘 아내가 있었는데, 그녀는 사랑하는 귀염둥이를 다루듯이 저를 애지중지했습니다."

"어떤 남자도 저보다 더 기분 좋고 즐겁지 못했을 겁니다. 그녀는 저를 쓰다듬고, 간지럽히고, 어루만지고, 주무르고, 입맞추고, 끌어안고, 장난삼아 이마 위쪽에 예쁘고 작은 뿔 두 개를 달아주었어요. 저는 노닥거리는 중에도 공격할 대상을 잘 볼 수 있도록 하려면 눈 아래에 달아야

---

1) "요셉이 그들에게 가까이 오기 전에 그들이 요셉을 멀리서 보고 죽이기를 꾀하여 서로 이르되 꿈꾸는 자가 오는도다. 자, 그를 죽여 한 구덩이에 던지고 우리가 말하기를 악한 짐승이 그를 잡아먹었다 하자. 그 꿈이 어떻게 되는 것을 우리가 볼 것이니라 하는지라"(『구약』「창세기」 37장 18~20행).
2) 속담에 나오는 멍청하고 좀 모자라는 인물의 전형.

하는 법이라고 그녀에게 지적했지요. 모모스[3]가 소뿔의 위치에 대해서 그랬던 것처럼, 그녀에게서 완벽하지 않거나 고쳐야 할 점은 아무것도 발견할 수 없기를 바라는 심정에서 그랬던 거지요. 제 지적에도 불구하고 정신 나간 이 여자는 자꾸만 더 위쪽으로 갖다 박는 것이었어요. 그런데 신기하게도 그녀가 그렇게 해도 전혀 아프지 않았답니다. 잠시 후에 어떻게 된 것인지 모르겠지만 제가 탬버린으로, 그녀는 올빼미로 변한 것 같았습니다. 거기서 잠이 중단되어 저는 불쾌하고, 당혹스럽고, 성이 잔뜩 난 상태로 소스라쳐 깨어났습니다. 이것이 포식을 할 수 있을 만큼 한 접시 가득 담긴 제 꿈 이야기랍니다. 이해하신 대로 설명해주십시오. 카르팔랭, 아침 먹으러 가세나."

― 꿈에 의한 점술에 관해 내가 가진 약간의 분별력만으로도, (팡타그뤼엘이 말했다) 자네 아내가 정말로 사티로스들[4]이 달고 다니는 것 같은 뿔을 겉으로 드러나게 자네 이마에 달아주지는 않으리라는 것은 알겠네. 그렇지만 그녀는 부부의 정절과 성실성에 대한 맹세를 지키지 않고 다른 남자에게 몸을 맡겨 자네를 오쟁이 지게 만들 걸세. 이 점은, 내가 말한 바와 같이, 아르테미도로스[5]도 분명히 밝혔다네.

"또한 그녀가 자네를 탬버린으로 변신시키지는 않겠지만 결혼식의 북처럼 자네를 두들길 것이고, 올빼미로 변하지는 않겠지만 올빼미의 천성[6]이 그렇듯이 자네 것을 훔칠 것이네. 그리고 자네의 꿈이 베르길리우스의 시구와 일치하는 것을 보게. 자네는 오쟁이를 지고, 매를 맞고, 도둑질을 당할 것이네."

---

3) 그리스의 풍자시인 루키아노스에 따르면, 모모스는 남이 한 일을 헐뜯기 좋아하는 신으로, 넵투누스가 만든 황소를 보고 뿔을 눈앞에 다는 편이 좋았을 것이라고 트집을 잡았다고 한다.
4) 쾌락을 즐기고 야수적으로 행동하는 산야의 정령(精靈). 상반신은 사람 모양이고 하반신은 염소의 특징을 가지고 있는데 거대한 남근을 지녔다.
5) 앞에서도 이름이 언급된 그의 『꿈의 해석』 2권 12장에 나오는 내용이다.
6) 오비디우스에 따르면, 욕심이 많은 처녀가 올빼미로 변신했기 때문에 도둑질하는 것이 올빼미의 천성이 되었다.

이때 장 수도사가 외치며 말했다. "정말이지, 전하께서 진실을 말씀하신 것이네. 선량한 친구야, 자네는 오쟁이를 질 거라구. 내가 장담하건대 자네는 멋진 뿔을 갖게 될 거야. 아, 야, 야, 우리의 코르니부스 선생,[7] 하느님께서 자네를 지켜주시기를! 우리에게 설교 두 마디만 해주면, 내가 교구 안에서 헌금을 걷겠네."

— 정반대로 (파뉘르주가 말했다) 제 꿈은 결혼 생활에서 제가 풍요의 뿔과 함께 온갖 이득을 얻게 되리라는 것을 예고한 것입니다.

"전하께서는 사티로스들의 뿔과 같은 것을 갖게 될 거라고 말씀하셨습니다. 아멘, 아멘, 그렇게 될지어다! 될지리다![8] 교황님과 다른 식으로! 이렇게 저는 영원히 사티로스들처럼 힘이 넘치고 지칠 줄 모르는 쇠테 두른 물건을 갖게 될 겁니다. 누구나 바라는 것이지만 하늘에서 이런 물건을 받는 사람은 별로 없지요. 따라서 저는 결코 오쟁이 진 남편이 되지 않을 겁니다. 왜냐하면 이 물건을 갖지 못한 것이 남편들을 오쟁이 지게 만드는 유일하고, 필수불가결한 원인이니까요."

"거지들이 동냥하게 만드는 것이 무엇입니까? 집안에 자루를 채울 것이 없기 때문이지요. 늑대를 숲 밖으로 나오게 만드는 것이 무엇입니까? 사냥할 고기가 없기 때문이지요. 아내들을 방탕하게 만드는 것이 무엇입니까? 여러분은 제 말뜻을 충분히 아시겠지요. 저는 성직자 나리들과 재판관, 변호사, 검사 나리들, 그리고 *무능력자와 주술 걸린 자들에 관해서* 존경할 만한 전례법규에 주석을 단 사람들에게 호소하고자 합니다."

"전하께서 (제가 잘못 생각했다면 용서해주십시오) 뿔을 오쟁이 진 것으로 해석하신 것은 분명히 오류를 범하신 것 같습니다."

"디아나 여신은 예쁜 반달 모양의 뿔을 머리에 달고 있습니다. 그렇다

---

7) 라블레와 동시대 사람이었던 프란체스코 수도회 소속의 설교자 피에르 코르뉘를 가리킨다. 코르뉘(cornu)는 뿔이 달렸다는 뜻이다.
8) 라틴어의 하다(facere) 동사의 수동형 'fiat'과 그것을 엉터리로 변형한 형태 'fiatur'를 연속적으로 사용한 표현.

고 그녀가 오쟁이를 졌습니까? 결혼도 하지 않았는데 도대체 어떻게 오쟁이를 질 수 있단 말입니까? 그녀가 아케톤[9]에게 본때를 보였던 일을 전하게 하지 않을까 두려우니 제발 올바르게 말씀해주십시오."

"선량한 바쿠스도 뿔을 달고 있고, 판[10]과 암몬의 유피테르, 그리고 많은 다른 신들도 마찬가지입니다. 그들이 오쟁이를 졌습니까? 유노 여신이 창녀일 수 있을까요? *전환법*[11]이라는 수사학적 문체(文彩)에 따르면 그렇게 되어야 할 테니까요. 부모 면전에서 어떤 아이를 업둥이, 또는 사생아라고 부른다면, 그것은 솔직하게 그 아버지가 오쟁이를 졌고 어머니는 방탕하다는 사실을 암시하는 것이나 다름없습니다."

"더 잘 이야기를 해보도록 하지요. 제 아내가 달아준 뿔은 풍요의 뿔로 온갖 재물이 담겨 있는 것입니다. 여러분들에게 이를 확실히 보증하는 바입니다. 뿐만 아니라 저는 결혼식의 북처럼 즐거운 마음으로, 언제나 둥둥 울리며 북소리를 내고, 웅웅거리고, 방귀 소리를 낼 겁니다. 이것이 제 행운을 나타낸다는 사실을 믿으셔야 합니다. 제 아내는 작고 예쁜 올빼미처럼 우아하고 매력적일 겁니다. 이를 믿지 않는 자는, 다음 성탄절에 지옥의 교수대에나 가버려라."[12]

— 나는 자네가 말했던 마지막 대목에 주목해서, (팡타그뤼엘이 말했다) 그것을 처음 것과 비교해보았던 것이네. 처음에 자네는 꿈속에서 환희에 차 있었는데, 마지막에는 불쾌하고, 당혹스럽고, 성이 잔뜩 난 상태로 소스라쳐 깨어났다니……

— 그랬지요. (파뉘르주가 말했다) 제가 저녁 식사를 못했으니까요!

<hr />

9) 아케톤은 디아나의 나체를 본 벌로 사슴으로 변했다고 한다.
10) 헤르메스의 아들로 아르카디아의 목동들과 가축의 신. 흔히 목신(牧神)이라고도 하며 상반신은 사람과 같고 하반신은 염소 모양인데 님프들과 미소년을 쫓아다닌다.
11) 전환법(metalepsis)은 결과에 의해서 원인을 나타내는 비유법이다. '유피테르에게 뿔이 달렸다'라는 말은 결국 '유노가 바람을 피워 그가 오쟁이를 졌다'는 뜻이 된다.
12) 15세기 크리스마스 캐럴의 마지막 두 구절.

— 내 예상으로는 모든 것이 나쁜 방향으로 전개될 것이네. 소스라쳐 깨어나게 하거나 당사자를 불쾌하고 성난 상태로 남겨둔 채 끝나는 꿈은 불행의 징후를 분명히 알려주거나 불행을 예고하는 것이라는 점을 확실히 알아두게.

"불행의 징후를 분명히 알려준다는 것은, 다시 말해서 인체의 중심에 내재해 있던 심각하고, 고약하고, 치명적인 전염성을 가진 은밀한 질병이 (의학 이론에 따르면) 소화 기능을 강화시키는 잠에 의해 모습을 나타내기 시작해서 표면으로 드러나는 것이라네. 이 불길한 진행에 따라 휴식은 사라지고 먼저 감각을 느끼는 기관[13]이 그것을 감지해서 대처하게 되는 것이지. 이런 것을 가리켜 속담에서는 무늬말벌을 성나게 하고, 카마리나 호수[14]를 휘젓고, 잠자는 고양이를 깨우는 격이라고 말한다네."

"불행을 예고한다는 것은, 다시 말해서 꿈에 의한 예견을 통해서 영혼으로 하여금 운명적으로 우리에게 예정된 어떤 불행의 실현이 준비 중이라는 것과 조만간 그 결과가 나타날 것임을 이해시키기 위한 것이라네."

"이런 예로 헤카베[15]가 꿈을 꾸고 공포에 질려 깨어났던 일과 오르페우스의 아내인 에우리디케의 꿈을 들 수 있는데, 엔니우스[16]가 말하기를 그녀들은 꿈을 꾸고 난 후에 공포에 질려 소스라치게 놀라며 잠을 깼다고 하네. 그 결과 결국 헤카베는 남편인 프리아모스와 자식들이 살해되고 조국이 파멸되는 것을 목격했고, 에우리디케는 곧 이어 비참한 죽음을 맞게 되었던 것이지."

---

13) 심장을 가리킨다. 당시 의학에서는 두뇌나 척수는 감각을 느낄 수 없다고 생각했다.

14) 시칠리아에 있는 진흙탕 호수인데, 아폴론은 페스트가 발생하는 것을 피하려면 이 호수의 물을 휘젓지 말라고 충고했다고 한다.

15) 트로이의 왕비인 헤카베는 아들 파리스를 낳기 얼마 전에 자기 가슴을 뚫고 나온 횃불이 트로이를 불태우는 꿈을 꾸었다.

16) 로마 초기의 시인으로서 영웅들과 위인들의 생애를 다룬 18권의 『연대기』를 썼다.

"아이네아스도 죽은 헥토르와 이야기하는 꿈을 꾸다가 갑자기 소스라 치게 놀라 잠을 깼다네. 그날 밤에 트로이는 약탈당하고 불태워졌던 것이지. 한 번은 그가 자기 가문의 두 수호신을 꿈에서 보고 공포에 사로 잡혀 잠에서 깼는데 다음날 바다에서 끔찍한 폭풍을 만났다네."

"투르누스[17]는 지옥의 복수의 여신이 아이네아스를 상대로 전쟁을 벌이는 환영을 보고 몹시 분개하며 소스라치게 놀라 잠을 깼는데, 그 후에 오랜 불운을 겪은 끝에 바로 그 아이네아스에 의해 살해당했다네. 수많은 다른 예들이 있지."

"아이네아스에 관해서 이야기한 김에 자네에게 말하자면, 파비우스 픽토르[18]가 먼저 꿈에 의한 점술을 통해 미리 알고 예견하지 못했던 일이 자신에게 일어난 적이 없었고, 그런 일을 하거나 시도한 적도 없었다고 말했던 것에 유의하게나. 이런 예들은 이유가 없지 않다네. 철학자들이 주장하고,

> 하늘나라의 선물인 수면이 우아한 모습으로
> 지친 인간들을 찾아올 때,

라고 시인이 증언한 바와 같이, 수면과 휴식이 신들의 선물이고 특별한 혜택이라고 할 때, 이렇게 주어진 선물이 커다란 불행을 예고하는 것이 아니라면 불만과 분노로 끝날 수는 없는 법이니까 말일세. 그렇지 않다면 휴식은 휴식이 아닐 것이고 선물도 선물이 아닐 것이네. *적에게서 온 선물은 선물이 아니다*[19]라고 흔히 하는 말처럼, 친구인 신들에게서 온 것이 아니라 적인 악마들에게서 온 것일 테이니 말일세."

"만일 한 집의 가장이 풍성하게 차려진 식탁에 앉아 왕성한 식욕으로

---

17) 루툴리의 왕으로 아이네아스에게 전쟁에서 패해 약혼녀인 라비니아를 뺏기고 결국 목숨마저 잃고 만다.
18) 로마에 관한 가장 오래된 연대기를 쓴 역사가.
19) 소포클레스의 말이라고 하는데 에라스무스의 『격언집』에서 인용한 것이다.

식사를 시작하려는 순간에 공포에 질려 소스라쳐 일어서는 것을 보게 된다면, 그 이유를 알지 못하는 사람은 크게 놀라지 않을 수 없을 것이네. 도대체 무슨 일이 있었겠는가? 그는 하인들이 '불이야' 하고 외치거나, 하녀들이 '도둑이야' 하고 외치거나, 아이들이 '사람 살려' 하고 외치는 소리를 들었던 것이겠지. 그럴 때는 식사를 중단한 채 사태를 수습하고 지시를 내리기 위해 달려가야 하는 것일세."

"실제로, 성서를 해석하는 히브리의 신비주의 철학자들과 성경 주석자들은 천사의 출현의 진실성을 (사탄의 천사가 자주 광명의 천사로 위장하고 모습을 나타내므로[20]) 인정할 수 있게 해주는 근거가 무엇인가 하는 문제에 관해서 설명하기를, 두 존재들 사이의 차이는 인자하고 위안을 주는 천사는 처음에는 공포심을 갖게 하다가 마지막에 위안을 가져다줌으로써 인간을 만족시키고 기쁘게 해주는 데 비해서, 유혹하는 사악한 천사는 처음에는 인간을 즐겁게 해주다가 마지막에는 그를 혼란스럽고, 불쾌하며, 당혹스러운 상태에 빠뜨린다고 말했던 것을 나는 기억하네."

---

20) "이것이 이상한 일이 아니라 사단도 자기를 광명의 천사로 가장하나니"(『신약』「고린도후서」 11장 14절).

15 파뉘르주의 변명과 절인 쇠고기와 관련된
수도원의 신비주의적 전통에 관한 설명

"하느님께서 잘 보기는 하지만 듣지 못하는 자들을 지켜주시기를!
(파뉘르주가 말했다) 전하가 잘 보이기는 하지만 아무 말도 들리지 않
습니다. 그러니 무슨 말씀을 하시는지 이해할 수 없군요. 주린 배는 귀
가 없는 법[1]이랍니다. 정말이지, 심한 굶주림의 고통이 저를 울부짖게
만들고 있습니다. 너무 엄청난 일을 했거든요. 금년에 제게 다시 꿈을
꾸게 하려면 무슈 선생[2]보다 솜씨가 더 뛰어나야 할 겁니다."

"제기랄, 저녁 식사를 하지 않다니요? 염병할! 자, 장 수도사, 식사하
러 가세나. 제가 아침 식사를 잘 하고 배가 사료와 곡식으로 적당히 채
워지기만 하면, 필요한 경우 비상시에는 점심 식사는 거를 수 있지요.
하지만 저녁 식사를 하지 않다니요? 염병할! 그건 잘못입니다. 인간의
본성을 거역하는 짓이라구요."

"대자연은 각자 활동하며, 일하고 자기 직업에 종사하도록 낮을 만들
었습니다. 그리고 일하기 편리하게 촛불, 즉 태양의 밝고 기분 좋은 빛
을 제공합니다. 저녁이 되면 대자연은 그 빛을 우리에게서 앗아가며 조
용히 이렇게 말합니다. '이 사람들아, 그대들은 착한 사람들이구나. 이
제 일은 할 만큼 했다. 밤이 되었으니 노동을 멈추고 좋은 빵과 포도주,
고기로 원기를 회복시키고, 잠시 즐긴 다음 내일도 전과 같이 활기차게

---

1) 에라스무스의 『격언집』에서 인용한 옛 속담.
2) 무슈(Mouche)는 파리라는 뜻인데, 솜씨 좋은 요술쟁이의 전형이다.

열심히 일할 수 있게 잠자리에 들어 휴식을 취하도록 해라.'"

"매 사냥꾼들도 그렇게 합니다. 그들은 자기 새들에게 먹이를 준 다음 바로 날려보내지 않고 홰에 앉아 쉬도록 합니다. 금식을 제일 먼저 제도화했던 선량한 교황도 이점을 잘 이해했습니다. 그는 9시과(時課)[3]까지만 금식하도록 하고, 하루의 나머지 시간에는 자유롭게 식사할 수 있게 했던 것이지요. 예전에는, 수도사들과 참사회원들이 여러분에게 그런 말을 해줄 수도 있겠지만, 점심 식사를 하는 사람들은 거의 없었는데, (게다가 다른 일에는 관심 없이 그들에게는 하루하루가 잔칫날이었으며 '미사에서 식사까지'라는 수도원의 속담을 착실히 지켰던 것이지요. 수도원장을 기다리면서도 식탁에서 게걸스럽게 먹어대는 것을 지체하지 않았지요. 수도원장이 나타날 때까지 다른 방식으로, 또는 상황을 고려하는 법 없이, 열심히 먹어대면서 그를 기다리는 것이지요.) 생각에 잠긴 몇몇 몽상가들을 빼고는 모두 이렇게 저녁 식사를 한 데서 유래해서 만찬(cène)을 코이네(coene), 다시 말해서 만인 공유의 것이라고 부르게 된 것이랍니다."[4]

"자네는 잘 알겠지, 장 수도사. 가세, 내 친구, 제기랄, 가자구. 내 배가 개처럼 심한 굶주림에 울부짖고 있네. 시빌레[5]가 케르베로스에게 했던 예를 좇아 아가리에 많은 빵조각을 집어던지자구. 자네는 조과(朝課)[6]에 먹는 빵을 담근 수프를 좋아하겠지만, 나는 아홉 일과[7]를 거친 절인 밭 일꾼 몇 조각이 곁들여진 사냥개의 수프[8]가 더 좋다네."

---

3) 수도원의 일과에서 해가 뜨고 9시간째(none)로 오후 3시경을 가리킨다.

4) 플루타르코스는 『식사론』에서 농담조로 라틴어의 저녁 식사(coena)는 공유(共有)를 뜻하는 그리스어의 'koïné'에서 온 것이라고 말한 바 있다.

5) 아폴론의 신탁을 알리는 무녀. 베르길리우스의 『아이네이스』 6권에 시빌레가 지옥의 문을 지키는 개 케르베로스에게 수면제가 든 꿀을 바른 빵 덩어리를 먹여 잠재우는 이야기가 나온다.

6) 새벽 6시경의 제1기도.

7) 새벽기도에 『구약』이나 『신약』, 「성자전」의 한 대목을 읽는 것을 일과(日課)라고 하는데, 그 수는 경우에 따라 3개에서 9개까지 바뀔 수 있다.

8) 사냥개가 좋아하는 사냥감으로 여기서는 산토끼를 가리킨다.

— 자네 말을 알아듣겠네. (장 수도사가 대답했다) 그 비유법은 수도원의 냄비에서 유래한 것이라네. 밭 일꾼은 밭을 갈았거나 지금 갈고 있는 소를 가리키는 것이고, 아홉 일과를 거쳤다는 것은 다시 말해서 완벽하게 익혀졌다는 것이지.

"선량한 성직자 나리들은 글로 씌어 있지 않고 손에서 손으로 전해진 선대들로부터의 신비주의적 제의(祭儀)에 따라 새벽기도를 하기 위해 교회당에 들어가기 전에, 내가 수도원에서 지내던 시절에는 특별한 사전 준비를 했다네. 똥통에 똥 누고, 오줌통에 오줌 누고, 침통에 침 뱉고, 기침통에 듣기 좋게 기침하고, 꿈통에서 꿈을 꾸어, 불결한 어떤 것도 성무(聖務)에 가지고 들어가지 않도록 했던 것이지. 이 일들을 마치고 나서, 그들은 경건하게 성스러운 예배당으로 (그들의 은어로 수도원의 부엌을 이렇게 불렀는데) 자리를 옮겨 이때부터 바로 우리 주님의 종교적 형제들이 점심 식사에 먹을 쇠고기를 불 위에 올려놓을 것을 경건하게 요청한다네. 그들 스스로 냄비 밑에 불을 지피는 일도 종종 있었지."

"그런데 새벽기도에 아홉 일과가 들어 있는 날은 일과가 단 하나 또는 셋으로 짜인 날보다 이에 비례해서 더 일찍 일어나야 하고, 양피지로 된 경전을 읽느라 짖어대는 바람에 식욕과 갈증은 더 커진다네. 앞서 말한 비교적(秘敎的) 전통에 따라 아침에 일찍 일어날수록 쇠고기를 불 위에 일찍 올려놓게 되고, 불 위에 오래 올려놓으면 더 잘 익혀지고, 더 잘 익혀지면 더 연해져서 이를 덜 쓰면서도 입천장을 더 즐겁게 해주고, 위에 부담을 덜 주어 선량한 수도사들이 영양을 더 잘 섭취하도록 한다네. 그것이 설립자들의 첫 번째이자 유일한 목표였던 것이지. 그들이 살기 위해서 먹는 것이 아니라는 점을 고려해보면, 그들은 먹기 위해서 사는 것이고 이 세상에서 그들의 목숨 외에는 소중하게 여기는 것이 없다는 것을 알 수 있지. 가세나, 파뉘르주."

— 이제는 (파뉘르주가 말했다) 자네 말을 잘 알아듣겠군, 부드러운 불알, 수도원의 신비주의적 불알 같은 친구야. 이 일에는 내가 투자한 자본[9]이 걸려 있다네. 원금과 손실, 이자는 면해주기로 하지. 자네가 수

도원의 요리와 관련된 신비주의적 전통이라는 특별 주제에 관해서 매우 분명하게 강연을 해주었으니, 소송 비용을 무는 것도 감수하겠네. 가세, 카르팔랭! 장 수도사, 내 가죽 전대 같은 친구야, 가자구. 안녕하시오, 내 모든 지체 높은 동료 여러분, 마셔도 될 만큼 충분히 꿈을 꾸었어요. 갑시다!

파뉘르주가 이 말을 채 끝내기도 전에 에피스테몽이 큰 소리로 외치며 말했다.

"사람들 사이에서 남의 불행을 깨닫고, 예측하고, 인지하고, 예언하는 것은 매우 흔하고 일상적인 일이지. 하지만 자기 자신의 불행을 예언하고, 인지하고, 예측하고, 깨닫는 것은 얼마나 드문 일인지! 아이소포스가 『교훈담』에서 사람은 누구나 이 세상에 태어나면서부터 목에 두 갈래로 갈라진 배낭을 걸고 다니는데, 앞쪽에 달린 주머니에는 남의 잘못과 불행이 들어 있어 언제나 우리 눈에 떠어 알 수 있는 데 반해서 우리 자신의 잘못과 불행은 뒤쪽에 달린 주머니에 들어 있기 때문에 하늘의 특별한 혜택을 받은 자들이 아니고는 볼 수도 들을 수도 없다고 말한 것은 대단히 현명한 지적이라네."

---

9) 신비주의적(cabalicque)이라는 표현과 발음상의 유사성에서 사업에 투자한 자본(cabal)에 관한 이야기가 전개된다.

16 팡타그뤼엘이 어떻게 파뉘르주에게 팡주의 무녀와 상의해볼 것을 충고했는가

며칠도 채 되지 않아 팡타그뤼엘은 파뉘르주에게 사람을 보내서 오게 한 다음 이렇게 말했다. "내가 자네에게 늘 품고 있고, 오랜 기간에 걸쳐 더욱 견고해진 애정 때문에 나는 자네의 행복과 이익을 생각하지 않을 수 없다네. 내 생각을 들어보게. 크룰레 근처의 팡주 마을[1]에 매우 유명한 무녀가 하나 있는데, 미래의 모든 일을 예언한다고 하네. 에피스테몽과 동행해서 그녀에게 가서 무슨 말을 하는지 들어보게나."

― 아마 (에피스테몽이 말했다) 카니디아나 사가네,[2] 피티아[3] 같은 마녀겠지요. 그렇게 생각하는 것은 예전에 테살리아 지방[4]보다도 그곳에 더 마녀들이 들끓는다는 악명이 높기 때문입니다. 저는 자진해서 가고 싶지 않습니다. 그 일은 불법이고 모세의 법으로 금지된 것입니다.

― 우리는 유대인이 아니고, (팡타그뤼엘이 말했다) 그녀가 마녀라는 사실이 밝혀지지도 확인되지도 않았다네. 이 문제에 대한 선별과 체질은 자네들이 돌아온 다음으로 미루도록 하세나.

"혹시 그녀가 열한 번째 시빌레[5]이거나 제2의 카산드라[6]일지 누가

---

1) 라블레의 고향인 시농과 부샤르 섬 사이에 있는 마을 이름. 크룰레는 이 마을에 속한 작은 촌락인데 프란체스코회의 수도원이 있었다고 한다.
2) 호라티우스가 『풍자시집』 1권 8장에서 언급한 두 마녀의 이름.
3) 델포이 신전에 있던 예언의 능력을 지닌 무녀(巫女).
4) 고대 그리스의 테살리아 지방에 마녀가 많았다는 것은 속담으로도 전해진다.
5) 보통 델포이, 사모스, 키메리아, 에리트라이의 시빌레가 전통적인 무녀들인데, 로마의 학자 바로는 10명의 무녀를 꼽았다.

알겠는가? 설령 그녀가 무녀가 아니거나 무녀라고 불릴 자격이 없다 하더라도 자네를 당혹스럽게 하는 문제에 관해 그녀와 상의한다고 해서 무어 손해볼 것이 있겠는가? 특히 그 고장 사람들이나 여성들의 보통 수준보다 훨씬 높은 지식과 이해력을 그녀가 갖고 있다는 평판이 나 있으니 말일세. 바보나 항아리, 유리병, 벙어리장갑, 실내화에게서라도 언제든지 배우면서 언제나 새로운 것을 알고자 한다고 해서 무슨 해가 되겠는가?"

"알렉산드로스 대왕은 다리우스 왕과 그의 태수들이 참전한 아르벨라 전투에서 승리를 거둔 후 어느 날 신하 한 사람의 접견을 거절하고는 수천 번 후회했지만 소용이 없었던 일이 있었다는 것을 기억하게. 그는 페르시아에서 승리를 거두었지만, 그가 물려받은 마케도니아 왕국과 너무 멀리 떨어져 있었던 탓에 엄청난 거리만큼이나 그사이에 가로놓인 큰 강들과 왕래를 방해하는 사막과 산 같은 장애물 때문에 그곳의 사정을 알 수 있는 방법을 찾아낼 수 없어 몹시 고심했다네. 그가 이런 곤경에 처해 결코 사소한 것이 아닌 이 문제에 골몰해 있었을 때 (그가 소식을 듣고 대처하기도 전에, 누군가가 이미 그의 나라와 왕국을 점령해서 새로운 왕을 세우고 식민지를 건설할 수도 있을 판이었으므로) 대왕 앞에 시돈 출신의 한 사내가 나타났지. 수완 좋고 분별력 있는 상인이었지만 초라한 몰골에 볼품이 없었던 그는 왕에게 아뢰며 주장하기를 자기가 새로운 통로와 묘안을 찾아냈는데, 이 방법에 따르면 5일 이내에 인도에서의 대왕의 승전 소식을 고국에 전하고 마케도니아와 이집트의 상황을 보고받을 수 있다고 했다네. 대왕은 이 같은 약속이 너무 허황되고 불가능한 것이라고 판단해서 그의 말에 귀를 기울이지 않고 접견을 허락하지도 않았다네."

---

6) 트로이의 왕 프리아모스와 헤카베의 딸로 예언의 능력을 지녔으나 사람들이 그녀의 예언을 믿지 않아 결국 트로이의 멸망을 막지 못했다. 그녀는 아가멤논 왕의 포로가 되어 그리스로 끌려가서 왕과 함께 왕비 클리템네스트라에 의해 살해당한다.

"그 사람의 묘안을 들어보고 판단하는 데 힘들 것이 무엇이었겠는가? 그가 보여주려던 방법이 무엇이고 통로가 어떤 것인지를 알아보았다고 해서 무슨 피해나 손해가 있었겠는가?"

"대자연이 눈이나 혀, 신체의 다른 출구처럼 문을 달거나 가두어두지 않고, 귀를 열려 있는 형태로 만든 것은 이유가 없지 않다고 여겨지네. 그 이유는 언제나 밤중에라도 우리가 계속 들을 수 있게 하고, 들음으로써 지속적으로 배우도록 하기 위해서라고 생각하네. 청각이 다른 감각들보다 지식을 얻는 데 적합하기 때문이지. 또한 그는 토비아스에게 라파엘 천사가 했던 것처럼[7] 하느님께서 보내신 사자였을 수도 있었겠지. 대왕은 너무 성급히 그를 무시해버리고 그 후 오랫동안 후회했다네."

— 옳으신 말씀입니다. (에피스테몽이 대답했다) 하지만 전하께서는 여성에게서, 특히 그런 고장의 그런 여자에게서 조언과 의견을 구하는 것이 매우 유익한 일이라는 점을 제게 납득시키실 수 없을 겁니다.

— 나는 (파뉘르주가 말했다) 여성들의 조언, 특히 노파들의 조언을 매우 만족스럽게 생각한다네. 그녀들의 조언 덕분에 나는 매일 한두 번씩 용변을 매우 훌륭히 볼 수 있으니까 말이지. 이보게, 친구, 그녀들은 진짜 족집게 사냥개들[8]이고 진짜 전례법규[9]라네. 그녀들을 현명한 여자[10]라고 부른 사람들은 매우 적절하게 말한 것이지. 내가 쓰는 말투와 표현으로는 그녀들을 예언의 능력을 지닌 여자들[11]이라고 부른다네.

---

7) "그래서 하느님께서는 라파엘을 보내시며 그 두 사람의 고민을 풀어주게 하셨다. 즉 토비트에게는 그의 눈에서 흰막을 벗겨내어 그 눈으로 하느님의 빛을 다시 보게 하시려는 것이었고, 라구엘의 딸 사라에게는 그에게 붙어 있던 악한 귀신 아스모데오를 쫓아내고 토비트의 아들 토비아의 아내가 되게 해주시려는 것이었다"(『구약』 외경, 「토비트」 3장 17절).

8) 사냥할 짐승들이 숨은 곳을 정확하게 찾아내는 사냥개들을 가리킨다.

9) 예전에 붉은 글씨로 인쇄했다고 하는데, 여기서는 권위 있는 주장이라는 뜻으로 썼다.

10) 원문의 'sages-femmes'는 글자 그대로는 '현명한 여자'라는 뜻인데, 프랑스어로는 산파를 이렇게 표현한다.

11) 파뉘르주가 말하는 예언의 능력을 지닌 여자들(praesages femmes)에서

그녀들은 올바른 지식을 가지고 있기 때문에 현명하기도 하지만, 내가 예언의 능력을 지닌 여자들이라고 부르는 까닭은 그녀들이 앞으로 일어날 모든 일을 훌륭히 예견하고 예언하기 때문이지. 때로는 나는 그녀들을 불결한 여자들(Maunettes)이라고 부르는 대신, 로마인들이 유노 여신을 그렇게 불렀듯이 충고하는 여자들(Monettes)[12]이라고 부르기도 한다네. 그녀들에게서 우리는 언제나 유익하고 도움이 되는 경고를 듣기 때문이지. 이에 관해서는 피타고라스, 소크라테스, 엠페도클레스, 그리고 우리의 오르투이누스 선생[13]에게 물어보게.

"그들과 마찬가지로 나도 성소에서 통용되는 무게의 단위[14]로 값을 매기고 진정으로 노파들의 충고를 존중했던 게르만족의 옛 제도를 하늘 높이 칭송한다네. 그들은 노파들의 충고를 진지하게 받아들인 덕분에 그녀들의 의견과 대답이 행운을 가져다주어 번성할 수 있었던 것이지. 베스파시아누스 황제 시대에 아우리니아 노파와 현모 베레다[15]가 그 증거라네."

"여성이 늙으면 언제나 특출한 능력, 제 말씀은 무녀적인 능력을 많이 갖게 되는 법이지.[16] 가세, 하느님의 도우심과, 가세, 가호를 빌며, 가기로 하세. 잘 있게, 장 수도사. 내 바지 앞주머니를 부탁하네."

'présages'는 원래 전조(前兆)라는 뜻의 명사인데, 여기서는 미리, 전(前)이라는 뜻의 접두사 'pré'와 'sage'(현명한)를 결합해서 '미래를 예언하는 능력을 지닌 현명한' 여자들이라는 뜻으로 새로 만든 말장난이다.

12) 발음의 유사성을 이용한 말장난. 사람들에게 일어날 일을 미리 경고해주는 유노 여신에게는 'moneta'라는 별명이 붙어 있다.

13) 에라스무스에게 적대적이었던 쾰른의 신학자 아루두앵 드 그라에스를 가리키는데, 그는 자기가 부리던 하녀와 관계해서 사생아를 낳았다고 한다.

14) 『구약』「출애굽기」 30장 13절에 나오는 "성소에 세겔대로", 즉 '성소에서 통용되는 세겔로'에서 나온 표현이다.

15) 로마의 역사가 타키투스가 『게르마니아』에서 언급한 게르만족의 여자 예언자들.

16) 특출한(soubeline)과 무녀적(sibylline) 사이의 발음상의 유사성을 이용한 말장난.

— 그러면 (에피스테몽이 말했다) 자네를 따라가기는 하겠네. 하지만 그녀가 답변할 때 점술이나 마법을 사용하는 것을 알게 되면, 나는 자네를 문간에 남겨둔 채 돌아올 것이고 더 이상 동행하지 않겠다는 것을 분명히 밝혀두는 바이네."

17 파뉘르주는 팡주의 무녀에게 어떻게 말했는가

여행길은 사흘이 걸렸다. 사흘째 되던 날 둥그스름한 언덕에 서 있는, 키가 크고 가지가 넓게 뻗은 밤나무 아래서 어떤 사람이 여자 점쟁이의 집을 그들에게 가르쳐주었다. 아무 어려움 없이 그들은 아무렇게나 지어지고, 제대로 된 가구 하나 없는 그을음투성이의 초가집 안으로 들어갔다.

"이런! (에피스테몽이 말했다) 위대한 스코투스 학파의 난해한 철학자 헤라클레이토스[1]는 이런 집에 들어가도 놀라지 않고 자기 제자들에게 환락이 가득 찬 궁정 못지않게 이런 곳에도 신들이 거주한다고 설명했지. 젊은 테세우스를 환대했던 저 유명한 헤칼레[2]의 오두막집도 이러했으리라고 생각하네. 유피테르와 넵투누스, 메르쿠리우스가 업신여기지 않고 들어가 식사를 하고 잠을 잤던 히리에우스 또는 오이노피온[3]의

---

1) 라블레는 13세기 영국의 스콜라 신학자 던스 스코투스의 신학(scotiste)과 기원전 6세기의 그리스 철학자에게 붙여졌던 난해하다는 뜻의 형용사 'skoteïnos'를 일부러 혼동해서 쓰고 있다.

2) 테세우스는 마라톤의 황소를 퇴치하러 가는 도중 노파 헤칼레의 오두막에서 환대를 받았다. 그가 떠난 뒤 헤칼레는 그의 무사귀환을 기원하기 위해 제우스에게 제물을 바쳤다.

3) 제우스, 포세이돈, 헤르메스가 보이오티아를 여행하고 있을 때 히리에우스의 오두막집에서 환대를 받았기 때문에 그의 소원을 들어주기로 했는데, 그는 최근에 죽은 아내를 여전히 사랑하며 재혼할 생각이 없으므로 여자와 교합하지 않고 자식을 얻기를 바란다고 대답했다. 신들은 전날 자기들을 위해 제물로 바쳐진 쇠가죽에 오줌을 누어 이것을 싸서 9개월 동안 땅속에 묻어둘 것을 명했

오두막집 또한 이러했을 것이네. 그곳에서 신들은 숙박료 대신에 요강에 든 것으로 오리온을 만들어주었던 것이지."

벽난로 곁에서 그들은 노파를 발견했다.

"저 여자는 (에피스테몽이 외쳤다) 진짜 시빌레로군. 호메로스가 재투성이의 노파 모습⁴⁾으로 사실적으로 묘사했던 진짜 초상 그대로일세그려."

노파는 병색이 짙은 얼굴에 옷차림은 남루하고, 영양실조에다 이가빠지고, 허리는 구부정한데다 콧물을 줄줄 흘리며 기운 없는 모습으로돼지껍질이 붙은 비계와 오래된 뼈다귀를 넣은 푸른 양배춧국을 끓이고있었다.

"제기랄! (에피스테몽이 말했다) 우리가 잘못 생각했네. 황금가지⁵⁾가없으니까 그녀에게서 아무 대답도 얻지 못할 걸세."

— 내가 준비를 했지. (파뉘르주가 대답했다) 여기 사냥망태기 안에금반지와 멋지고 기분 좋은 카롤뤼스 은화⁶⁾가 들어 있다네.

이 말을 하고 나서, 파뉘르주는 허리를 깊이 숙여 노파에게 절을 하고는, 훈제한 소 혓바닥 여섯 개, 쿠스쿠스⁷⁾가 가득 든 커다란 버터 항아리, 술이 담긴 뿔 모양의 술병, 새로 주조한 카롤뤼스 은화로 가득 찬 숫염소의 불알⁸⁾을 선물하고, 마지막으로 그녀의 약손가락에 아름다운 금반지를 끼워 주었는데, 그 반지에는 뵉스 지방의 두꺼비돌⁹⁾이 멋지게박혀 있었다. 그러고는 노파에게 자기가 방문한 동기를 간단히 설명하

는데 그 쇠가죽에서 오리온이 태어나게 된다. 오리온의 아버지 이름이 오이노
피온이라는 설도 있다.
4) 『오디세이아』 18장 27절에서 한 거지가 오디세우스를 불가에 앉아 있는 노파의
모습에 비유한다.
5) 시빌레가 지옥에 내려가는 아이네아스에게 주었던 부적.
6) 샤를 8세 시대에 주조된 은화(11드니에).
7) 아랍인들이 즐겨 먹는 곡물가루를 말려 좁쌀 모양으로 만든 것.
8) 당시에 돈주머니로 사용했다.
9) 마법의 힘을 지닌 이 보석은 두꺼비의 머리에서 나온 것이라고 생각했는데, 뵉
스 지방에 두꺼비들이 많았다고 한다.

고, 자기 결혼 계획에 예정된 행운에 관해서 의견을 말해달라고 공손하게 부탁했다.

노파는 생각에 잠겨 이를 갈며 잠시 침묵을 지키다가, 뒤이어 통바닥에 걸터앉아 손에 낡은 방추(紡錘)[10] 세 개를 잡고는 그것을 손가락 사이로 이리저리 여러 방법으로 돌리다가 그 끝을 만져보고 제일 뾰족한 것을 손에 쥐고 나머지 두 개는 조를 찧는 절구 밑에 던져버렸다.

그다음에 물레를 잡고 아홉 번 돌렸다. 아홉 번째 돌릴 때는 손을 대지 않고 물레의 움직임을 주시하다가 완전히 멈추기를 기다렸다.

그러고 나서 나는[11] 그녀가 (우리가 나막신이라고 부르는) 에스클로한 짝을 벗고, 마치 사제들이 미사를 드릴 때 흰 천을 목에 두르듯이 앞치마를 머리에 쓰는 것을 보았다. 그러고는 울긋불긋한 여러 색의 낡은 천을 목 아래 묶었다. 이런 차림새로 그녀는 뿔 모양의 술병에 담긴 술을 한 모금 가득 마시고, 숫염소의 불알에서 카롤뤼스 은화 세 닢을 꺼내 그것을 세 개의 호두껍질[12]에 담아 깃털을 모아두는 단지 밑바닥에 놓고 나서, 빗자루를 들고 벽난로 주위를 세 바퀴 돌고, 히스 나뭇가지 반 단과 마른 월계수 가지를 불 속에 던졌다. 그녀는 그것들이 불타는 모습을 조용히 지켜보았는데, 타면서 탁탁 튀는 소리나 다른 어떤 소리도 나지 않는 것을 주시했다.

그러자 그녀는 무시무시한 고함을 지르고, 잇새로 어미변화가 이상한, 야만족의 말 몇 마디를 지껄여댔다. 이를 듣고 파뉘르주는 에피스테몽에게 말했다.

"하느님 맙소사, 몸이 마구 떨리네그려! 내가 마술에 걸린 것 같아. 그

---

10) 라틴 시인들은 시에서 자주 마녀의 방추에 관해 언급한다.
11) 여기서 갑자기 1인칭 서술이 등장하는데, 이 같은 서술상의 모순은 의학박사 라블레의 이름으로 발표된 『제3서』 이후에도 『팡타그뤼엘』에서 거인의 입속 세계를 여행했던 작중 인물 겸 화자인 알코프리바스가 수행원의 자격으로 팡타그뤼엘의 여행에 동참하고 있는 것으로 작가가 간주하기 때문에 나타나는 현상이다.
12) 호두는 다산의 상징으로 결혼식에서 사용되었다.

녀는 기독교도처럼 말을 하지 않는군. 그녀가 앞치마를 머리에 뒤집어 썼을 때보다 키가 네 뼘이나 더 커진 것 같지 않은지 보라구. 이렇게 입술을 움직이는 것은 무슨 뜻인가? 어깨를 흔들어대는 것은 무얼 하려는 거지? 무엇 때문에 그녀는 가재를 뜯어먹는 원숭이처럼 입술로 흥얼거리는 소리를 내는 거지? 귀가 윙윙 울리고 프로세르피나[13]가 소란스럽게 날뛰는 소리가 들리는 것 같네. 악마들이 곧 이곳으로 몰려올 거야. 오, 추악한 짐승들 같으니! 도망치세. 하느님께 저주받은 뱀을 두고 말이지만, 무서워 죽겠어! 나는 악마라면 질색이니까. 그것들은 나를 괴롭히고 불쾌하게 만든다네. 도망치세나!"

"안녕히 계십시오, 마님, 베풀어주신 호의에 깊이 감사드립니다. 저는 절대로, 결코 결혼하지 않겠습니다. 전에도 그랬듯이 지금부터는 결혼을 단념하겠습니다."

이렇게 말하며 방을 빠져나가려 했으나, 노파는 손에 방추를 쥔 채 그들을 앞질러 집 근처의 작은 밭으로 나갔다. 그곳에는 오래된 무화과나무[14] 한 그루가 있었는데, 그녀는 그 나무를 세 번 흔들어 떨어진 여덟 개의 나뭇잎 위에 방추로 몇 가지 짧은 시구를 간단히 썼다. 그러고는 그것들을 바람에 날려보낸 다음 그들에게 말했다.

"원한다면 저것들을 찾으러 가보게나. 찾을 수 있다면 운명에 의해 정해진 그대 결혼의 운세가 거기 적혀 있는 것을 보게 될 거야."

이 말을 하고는 자신의 초라한 은신처로 돌아갔는데, 문간에서 긴 겉옷과 속옷을 겨드랑이까지 치키고 그들에게 엉덩이를 내보였다. 파뉘르주는 그것을 보고 에피스테몽에게 말했다.

"하느님 맙소사, 저것이 시빌레의 구멍이로군."

별안간 그녀가 문을 닫아걸었고, 이후로 다시는 그녀의 모습을 볼 수

---

13) 원래는 로마의 농업의 여신이나 일찍부터 그리스 신화의 지옥의 여왕 페르세포네와 동일시되었다. 중세의 신비극에 루치페르의 아내로 등장하기도 한다.
14) 원래 고대의 시빌레는 종려나무 잎에 글을 썼다고 하는데, 이집트에서는 무화과나무도 신성한 나무로 여겼다.

없었다. 그들은 나뭇잎을 뒤쫓아 달렸는데, 바람이 골짜기의 덤불숲에 그것들을 흩어놓는 바람에 갖은 고생 끝에 겨우 다 모을 수 있었다. 그들은 그것들을 하나하나 차례대로 배열해서 다음과 같이 운을 맞춘 예언을 보게 되었다.

그녀는 그대 명성의
껍질을 벗기리라.

임신을 하겠지만
그대로부터는 아니로다!

그대의 맛있는 끝부분을
빨아먹으리라.

그대의 가죽을 벗기겠지만
전부는 아니로다.

18 팡타그뤼엘과 파뉘르주는 어떻게 팡주의 무녀의 시구를 다르게 해석했는가

　나뭇잎들을 모은 다음, 에피스테몽과 파뉘르주는 절반은 즐거운 마음으로 절반은 괴로워하며 팡타그뤼엘의 궁정으로 돌아왔다. 돌아오는 것은 즐거운 일이었지만 울퉁불퉁하고 돌투성이인 제대로 나 있지도 않은 길로 돌아오는 것은 몹시 괴로운 일이었다. 그들은 자신들이 한 여행과 무녀의 신상에 관해서 팡타그뤼엘에게 자세히 보고했다. 그리고 마지막으로 그에게 무화과 나뭇잎들을 바치고 짧은 시구로 된 글을 보여주었다.

　팡타그뤼엘은 모두 읽고 나서 한숨을 쉬며 파뉘르주에게 말했다.

　"자네는 안색이 좋구먼. 무녀의 예언은 전에 베르길리우스에 의한 운세와 자네 자신의 꿈에 의해서 우리가 알고 있던 사실, 즉 자네가 아내 때문에 수치를 당하리라는 것을 분명하게 밝혀주는 내용이라네. 그녀는 자네를 오쟁이 지게 만들고, 다른 남자에게 몸을 맡겨 그로 인해 임신을 하게 되고, 자네 재산의 상당 부분을 빼돌리고, 자네에게 매질을 해서 신체 어느 부위에 껍질이 까지고 멍이 들게 만들 것이네."

　— 최근에 있었던 예언들에 관한 전하의 설명은 암퇘지가 양념맛을 아는 정도[1]밖에는 이해하시지 못한 겁니다. 제가 이렇게 말씀드리는 것을 불쾌하게 여기시지 않기를 바랍니다. 제 기분이 좀 좋지 않거든요. 그 반대가 옳은 것이랍니다. 제 말씀을 잘 들어보십시오.

---

1) 아무것도 이해하지 못한다는 뜻의 속담.

"노파는 이렇게 말한 것입니다. 잠두는 껍질을 까지 않으면 볼 수 없듯이, 결혼하지 않으면 저의 미덕과 장점은 명성을 얻을 수 없는 것이지요. 전하께서도 제게 여러 번 행정부서와 공직이 사람 됨됨이를 드러내 보이고 그의 뱃속에 무엇이 들었는지를 밝혀준다고 말씀하시지 않았습니까? 그것은 다시 말해서 그 인물이 임명을 받아 직무를 수행할 때 그가 어떤 사람이고 얼마만 한 가치가 있는지를 확실하게 알 수 있다는 이야기입니다. 이전에 사적인 개인 신분일 때는 껍질 속에 든 잠두와 마찬가지로 그가 어떤 사람인지 확실히 알 수 없는 법입니다. 이것이 첫 번째 항목에 관한 설명입니다. 그렇지 않다면 전하께서는 선량한 사람의 명예와 평판이 창녀의 엉덩이에 매달려 있다고 주장하시겠습니까?"

"두 번째는 이렇게 말한 것입니다. 제 아내는 임신을 하게 될 텐데, (이것이 결혼의 첫 번째 행복이라는 것을 이해하셔야 합니다) 저를 임신한 것이 아니라는 사실입니다. 정말이지, 저도 그렇게 생각합니다! 그녀가 임신하게 되는 것은 작고 귀여운 아기일 테니까요. 저는 벌써부터 그애를 지극히 사랑하고 벌써부터 그애 때문에 바보가 되어버린 것 같습니다. 그애는 제 귀여운 송아지가 되겠지요. 그애가 알아들을 수 없는 아기들의 말을 종알거리는 것을 보고 듣노라면, 앞으로는 이 세상의 걱정거리가 아무리 크고 심각하다 한들 제 안중에는 없을 겁니다. 노파에게 축복이 있기를! 저는 정말로, 그녀에게 어리석은 강사들처럼 돌아다니지 않고 정교수직을 차지한 훌륭한 박사들처럼 자리가 잡힌 연금[2]을 살미공댕의 주민 자격으로 만들어주려고 합니다. 그렇지 않다면, 전하께서는 제 아내가 태내에 저를 잉태하고, 품고 다니다가 낳아서 사람들이 이렇게 말하기를 바라시는 겁니까? '파뉘르주는 제2의 바쿠스[3]라

---

2) 단순한 강사(bachelier courant)와 정교수(régent assis dans une chaire)를 돌아다니는 것과 자리를 잡고 앉은 것으로 비교해 만든 말장난.
3) 디오니소스의 어머니 세멜레는 임신한 지 6개월 만에 헤라의 질투로 죽임을 당했기 때문에 제우스는 달이 차지 않은 태아를 자기 넓적다리에 넣고 꿰매어 결국 디오니소스는 제우스에게서 태어나게 된다.

네. 그는 두 번 태어났고, 히폴리토스[4]나 프로테우스처럼 다시 태어났기 때문이지. 한 번은 테티스에게서 두 번째는 철학자 아폴로니오스의 어머니에게서, 그리고 시칠리아의 시메토스 강에서 팔리키 형제들[5]이 태어났던 것처럼 말이야. 그의 아내는 그를 임신했다네. 메가라 시민들이 옛날에 이자를 배로 불려 회수하던 방식과 데모크리토스[6]가 말한 재생이 그에게서 재현된 셈이지.' 그건 잘못된 해석입니다. 제게 그런 이야기는 다시는 하지 마십시오."

"세 번째는 제 아내가 맛있는 끝부분을 빨 것이라고 말하고 있습니다. 저는 그럴 준비가 되어 있답니다. 전하께서도 잘 아시겠지만, 그것은 제 양다리 사이에 한쪽 끝이 붙어 있는 몽둥이를 가리키는 것이지요. 전하께 맹세하고 약속드리건대 그것을 언제나 살과 즙이 많고 잘 채워진 상태로 유지하도록 하겠습니다. 그녀가 빨아서 소득이 없는 일은 결코 없을 겁니다. 영원히 얼마간의, 아니면 더 나은 먹거리가 들어 있을 겁니다. 전하께서는 이 표현을 알레고리로써 설명하시고 그것을 도둑질과 훔치는 짓으로 해석하셨습니다. 저는 그 설명을 찬양하고 알레고리도 제 마음에 듭니다. 하지만 전하께서 말씀하신 의미로는 아닙니다. 성직자들이 사랑이란 대단히 불안한 일이고 진정한 사랑에는 불안이 없을 수 없다고 말하듯이, 아마도 제게 품고 계신 진정한 애정이 전하로 하여금 반대되는 부정적 입장을 취하시게 한 탓이겠지요. 하지만 (제 판단에 따르면) 전하 자신도 아시는 바와 같이, 이 대목에서 훔치는 짓이란 다

---

4) 테세우스의 아들 히폴리토스는 아버지의 저주로 바다의 괴물에게 죽임을 당하는데, 일설에는 아르테미스 여신의 청에 의해 명의 아스클레피오스가 그를 소생시켰다고 한다.
5) 그리스 신화에 나오는 시칠리아의 쌍둥이 신. 제우스와 님프인 탈레이아 사이에서 태어났는데, 그녀는 임신 중에 헤라의 질투가 두려워 지하에 숨어 지냈다. 이 때문에 이들 쌍둥이는 태어난 후에 지상으로 돌아갔는데 이들에게는 다시 돌아온 자라는 뜻의 이름이 붙여졌다.
6) 데모크리토스는 모든 사물은 원자로 구성되어 있다고 주장했는데, 결합된 원자들이 해체되고 다시 새롭게 결합됨으로써 재생된다고 설명했다.

른 많은 라틴 작가들 그리고 고대의 작가들의 작품에서처럼 베누스가 남몰래 은밀하게 따기를 명하는 짧은 사랑의 달콤한 과실을 뜻하는 것이랍니다. 전하의 명예를 걸고, 왜 그렇겠습니까? 왜냐하면 두 문 사이에서, 계단에서, 융단벽걸이 뒤에서, 풀어헤친 짚단 위에서 몰래 숨어서 치르는 사랑의 행위가 견유학파식[7]으로 공개적으로 하거나, 값비싼 모기장 속에서 금색 장막을 두른 채 오래 뜸을 들이며 느긋하게 진홍색 비단으로 된 파리채와 인도산 깃털 장식으로 파리를 쫓고 여자는 짚 매트 바닥에서 뽑은 지푸라기로 이를 쑤셔가면서 하는 행위보다 (더 나은 의견을 고려할 필요 없이 저는 이 주장을 견지하겠습니다) 키프로스 섬 출신의 여신[8]의 마음에 더 들게 마련이기 때문입니다."

"그렇지 않다면, 전하께서는 그녀가 껍질 속에 든 굴을 삼키듯이, 그리고 (디오스코리데스가 증언하듯이) 실리시아의 여인들이 염료용 열매를 따듯이,[9] 빨면서 제 것을 훔칠 것이라고 말씀하시는 겁니까? 그건 잘못된 해석입니다. 훔치는 자는 빠는 대신 가로채는 것이며, 삼키는 대신 착복하고 빼앗으며 속임수를 쓰는 것이니까요."

"네 번째는 제 아내가 가죽을 벗기겠지만 전부는 아니라고 말하고 있습니다. 얼마나 멋진 말입니까! 전하께서는 그것을 매질하고 상처를 입히는 것으로 해석하셨습니다. 그런데 말씀입니다. 하느님께서 불행으로부터 지켜주시기를! 제발 전하의 정신을 세속적 생각의 차원에서 고고하게 대자연의 경이를 관조하시는 경지까지 조금만 고양시키십시오. 그렇게 되면 전하께서는 신성한 무녀의 예언적인 말을 왜곡되게 해석하시면서 범하신 과오를 스스로 탓하시게 될 겁니다."

---

7) 견유학파 철학자 디오게네스는 아내와 성관계를 갖는 것은 합법적이므로 공개적으로 하는 것도 합법적이라고 말했다고 한다.

8) 아프로디테는 키프로스 섬 해변에 도착한 진주조개 속에서 나왔다는 설이 있다.

9) 디오스코리데스의 주석서를 쓴 마티올에 따르면, 실리시아 섬에는 일종의 푸른 떡갈나무가 자라는데, 여인들은 진홍색 염료를 만드는 데 쓰이는 그 열매를 입으로 땄다고 한다.

"인정하거나 받아들이는 것은 아니지만, 제 아내가 지옥에 있는 적의 사주로 저를 골탕 먹이고, 제 명예를 더럽히고, 엉덩이 있는 데까지 오쟁이 지게 만들고, 제 것을 훔치고 저를 모욕하기를 원하고 시도한다고 가정하더라도, 그 의도와 계획을 끝까지 완수하지 못할 겁니다. 마지막 항목에 관해 이렇게 말씀드릴 수 있는 이유는 수도원의 보편신학의 기본 전제에 근거한 것이고 거기서 끌어온 것이랍니다. 전에 아르튀스 퀼르탕[10] 수도사가 저와 함께 고기완자 한 통[11]을 먹어치웠던 어느 월요일 아침에 그 이야기를 해주었지요. 제 기억으로 그날은 비가 왔었는데, 하느님께서 그에게 안부를 전해주시기를!"

"태초에, 아니면 이 세상이 생기고 얼마 지나지 않아 여성들이 함께 모여서 어느 곳에서나 자신들을 지배하려고 드는 남성들을 산 채로 가죽을 벗기기로 모의한 적이 있었답니다. 여성들끼리 하느님의 신성한 피를 걸고 이 결정을 실천하기로 약속하고, 확인하고, 맹세를 했지요. 그러나 오, 여성들의 계획은 얼마나 무모한 것이었던가! 오, 여성이란 존재의 중대한 약점이여! 여성들은 우선 자기들이 가장 좋아하는 힘줄이 많은 해면 조직으로 된 물건부터 가죽, 아니 카툴루스[12]가 말한 것처럼 줄기 껍질을 벗기기 시작했는데, 6천 년 이상이 지난 지금까지도 그 머리 부분밖에는 가죽을 벗지기 못한 것이지요. 이런 결과에 매우 분개한 유대인들은 할례로 자기들 스스로 그것을 잘라서 없애버리고, 다른 나라들에서처럼 여성에게 가죽이 벗겨지기보다 할례받은 자 또는 두 번 절제(切除)한 개종자[13]라고 불리는 편을 택한 것이지요. 제 아내도 이런 공동의 계획에서 이탈하지 않고, 이미 벗겨져 있지 않다면 제 가죽을 벗

---

10) 원문의 'Culletant'은 엉덩이(cul)로 하는 짓거리를 연상시키는 우스꽝스러운 이름.
11) 원문의 'boisseau'는 곡물을 재는 옛 용량 단위로 약 13리터.
12) 카툴루스는 그의 시에서 남성 성기와 관련해 줄기의 껍질을 벗긴다는 뜻의 'glubere'라는 동사를 사용했다고 한다.
13) 에스파냐나 포르투갈에서 기독교로 개종한 유대인들(Marranos)을 가리키는데, 물론 이들은 할례의 흔적을 없앨 수는 없었다.

길 겁니다. 저도 기꺼이 동의하는 바입니다. 하지만 분명히 말씀드리지만, 선하신 왕이시여, 전부는 아니랍니다."

— 자네는 월계수 가지에 관해서는 답변하지 않았네. (에피스테몽이 말했다) 그녀는 우리를 만나자 유심히 살펴보다가 미친 듯이 끔찍한 고함을 지르고, 나뭇가지를 불태웠는데 탁탁 타는 소리나 아무 소리도 나지 않았지. 이는 자네도 잘 알다시피 프로페르티우스, 티불루스,[14] 치밀한 철학자 포르피리오스, 호메로스의 『일리아스』에 관한 주석을 쓴 에우스타티오스와 그밖의 사람들이 증언한 것처럼, 나쁜 조짐이고 매우 두려운 징조라네.

— 정말로 (파뉘르주가 대답했다) 자네는 내게 어리석은 송아지 같은 친구들을 내세우는군! 시인으로서 그들은 미치광이들이고, 철학자로서도 그들의 철학과 마찬가지로 세련된 광기로 가득 찬 몽상가일 뿐이라네."

---

14) 다음에 파뉘르주가 말하듯이 이들은 불길한 예언에 관해 언급한 시인들이다.

19 팡타그뤼엘은 어떻게 벙어리들의 조언을 찬양했는가

이 말을 듣고 나서, 팡타그뤼엘은 꽤 오랫동안 침묵을 지켰는데 깊은 생각에 잠긴 것 같았다. 그러고 나서 그는 파뉘르주에게 말했다.

"사악한 정령이 자네를 유혹하고 있군. 그렇더라도 내 말을 들어보게. 예전에 가장 진실되고 확실한 신탁은 글로 써서 주거나 말로 전해주는 것이 아니라는 이야기를 읽은 적이 있네. 세련되고 정교한 것이라고 사람들이 생각한 신탁들마저도 단어들이 갖는 모호함과 애매성, 난해함뿐 아니라 신탁의 문구(文句)가 짧은 탓에 자주 오류를 범하게 했던 것이지. 이 때문에 예언의 신인 아폴론에게는 비스듬하다는 뜻의 록시아스(Δοξίας)라는 별명이 붙었다네. 몸짓이나 신호로 전해지는 신탁들이 더 진실되고 확실한 것으로 여겨지기도 했다네. 이것이 헤라클레이토스의 견해였지. 유피테르는 암몬에서 이렇게 신탁을 내렸고, 아폴론도 아시리아인들에게 이렇게 예언했다네. 이런 이유로 그들은 아폴론을 그리스인들처럼 수염 없는 나체의 젊은이로 묘사하지 않고, 긴 수염에 옷을 입고 있는, 사려 깊고 분별력을 지닌 늙은이로 묘사했던 것이네. 이 방법을 써보도록 하세. 벙어리에게서 말 대신에 몸짓만으로 조언을 받아보도록 하게."

— 찬성입니다. 파뉘르주가 대답했다.

— 그렇지만 (팡타그뤼엘이 말했다) 태어날 때부터 귀머거리여서 원래 말을 할 줄 모르는 벙어리가 좋을 것이네. 한 번도 말을 들어본 적이 없는 벙어리보다 더 순수한 벙어리는 없을 테니까.

— 어떤 뜻으로 하시는 말씀입니까? (파뉘르주가 대답했다) 한 번도 말하는 것을 들어본 적이 없는 사람은 말을 하지 못하는 것이 사실이더라도, 저는 전하께 매우 비상식적이고 모순된 명제를 논리적으로 추론해 보일 수도 있습니다. 그러니까 전하께서는 이집트 왕 프사메티코스의 지시에 따라 오두막집에 갇혀 지속적인 침묵 속에서 키워진 두 아이가 어느 정도 시간이 지난 다음에 베쿠스(*Becus*)라는 말, 즉 프리지아어로 빵이라는 말을 했다고 헤로도토스가 쓴 것을 믿지 않으시는군요.

— 그것보다 더 믿기 어려운 이야기도 없다네. (팡타그뤼엘이 대답했다) 우리가 자연언어를 가지고 있다고 말하는 것은 잘못된 것이지. 언어란 자의적인 제도와 국민들 사이의 합의로 만들어진 것일 뿐이네. 사람의 목소리는 변증법 학자들이 말하듯이 자연적으로 의미를 갖는 것이 아니라 의지에 따르는 법이라네.[1] 자네에게 이런 말을 하는 것은 이유가 없지 않다네. 바르톨루스는 『의무적 어법』의 제1법규에서, 자기가 살던 시대에 구비오라는 곳에 넬로 데 가브리엘리스 나리가 살았는데, 그는 사고로 귀머거리가 되었지만, 단지 몸짓과 입술의 움직임만 보고서 아무리 은밀히 하는 말이라도 이탈리아 사람이 하는 말이면 모두 이해했다고 말했지. 게다가 나는 박식하고 고상한 작가의 책[2]에서 아르메니아의 왕 티리다테스가 네로 시절에 로마를 방문했을 때 원로원과 로마 시민들은 그들 사이에 영원한 우정이 지속되도록 영예로운 행사와 성대한 예식을 베풀어 그를 영접했는데, 그 도시에서 주목할 만한 것 치고 그에게 구경시키거나 보여주지 않은 것이 없었다는 이야기를 읽은 적이 있네. 그가 떠날 때 황제는 지나칠 정도로 막대한 선물을 한 다음, 이에 덧붙여 무엇이든 원하는 것을 요구하기만 하면 거절하지 않겠노라고 약

---

1) 플레야드파의 시인으로 16세기 프랑스어에 관한 중요한 문헌인 『프랑스어의 옹호와 현양』을 쓴 뒤 벨레(Joachim du Bellay)도 "언어는 풀이나 뿌리, 나무들처럼 저절로 생겨난 것이 아니며 그 효능은 모두 사람들의 의지와 자의적 판단에 의해 세상에 나타나게 된 것"이라고 말했다.

2) 그리스의 풍자시인 루키아노스의 『춤의 대화』를 가리킨다.

속하고 로마에서 가장 그의 마음에 든 것을 고를 수 있도록 했다네. 그는 단지 극장에서 보았던 희극 배우 한 사람을 요구했을 뿐이었지. 그는 그 배우가 하는 말을 한 마디도 알아듣지 못했지만 몸짓과 손짓으로 표현하고자 한 뜻을 이해했던 것이지. 그는 말하기를 자신이 통치하는 나라에는 여러 민족들과 언어가 있어서 그들과 대화하기 위해 여러 명의 통역관을 쓰고 있는데, 그 배우 하나면 모두에게 충분할 것이라고 했다네. 그만큼 그가 손짓으로 의미를 전달하는 능력이 뛰어나서 마치 손가락으로 말을 하는 것 같았기 때문이었지."

"이런 이유로 벙어리의 몸짓과 손짓이 꾸미거나 치장하거나 고안해낸 것이 아니라 자연적인 상태 그대로의 예언을 자네에게 해줄 수 있도록 태어날 때부터 귀가 들리지 않은 벙어리를 골라야 하는 것이라네. 그런 조언을 남자에게서 들을 것인지 아니면 여자에게서 들을 것인지 하는 문제가 아직 남아 있네."

— 두 가지 일이 걱정스럽지 않다면, (파뉘르주가 대답했다) 저는 기꺼이 여자의 조언을 듣겠습니다만.

"그 하나는 여성들은 무엇을 보든지 간에 신성한 이티팔루스[3]가 왕림한 것으로 머릿속에 그리고, 생각하고, 상상한다는 겁니다. 그녀들이 보는 앞에서 어떤 몸짓이나 손짓을 하고, 어떤 태도를 취하든지 간에 그것을 체질하는 행동과 결부시켜 해석하는 것이지요. 여성은 우리의 몸짓 모두를 성적인 의사 표시로 생각할 것이기 때문에 우리는 실수를 하게 될지도 모릅니다. 로마 건국 후 260년 뒤에 일어났던 일을 상기해보시기 바랍니다. 로마의 젊은 귀족이 코일리우스 산에서 태어날 때부터 귀머거리에 벙어리인 베로나라는 라티움의 귀부인을 만났는데, 그녀가 귀머거리인 줄 모르고 이탈리아인들이 하는 몸짓을 곁들여[4] 올라오는 길에 어떤 원로원 의원들을 만났는지를 물었답니다. 그녀는 그가 하는 말

---

3) 바쿠스 축제 때 사용하던 나무를 깎아 만든 발기한 남근상.
4) 이탈리아인들은 몸짓을 곁들여 말을 한다는 뜻이다.

을 알아듣지 못하고, 그녀가 생각하고 있는 것, 즉 젊은 남자가 자연적으로 여인에게 원하는 것을 요구하는 것이라고 상상했던 겁니다. 그래서 (사랑에서는 말보다 비할 데 없이 더 매혹적이고, 효과가 있으며 가치가 확실한) 손짓으로 그를 따로 자기 집으로 끌고 가서는 그 놀이가 자기 마음에 든다는 것을 그에게 손짓으로 알렸습니다. 마침내 입을 벌려 한마디 말도 하지 않은 채 그들은 엉덩이를 비벼대는 멋진 소리를 내게 되었던 것이지요."

"다른 하나는 그녀들이 우리의 신호에 아무 답변도 주지 못할 수 있다는 겁니다. 마치 우리의 암묵적인 요구에 동의하듯이 별안간 벌렁 뒤로 나자빠질 수도 있거든요. 아니면 우리의 제안에 답변을 한다고 하더라도 그 답변이 너무도 터무니없고 허황된 것이어서 그녀들이 생각하는 것이라고는 성과 관계된 것뿐이라고 판단하게 할 수도 있을 겁니다. 전하께서는 크로기뇰에서 페쉬[5]라는 젊은 수녀가 동 레디메[6]라는 젊은 노동 수도사[7] 때문에 임신을 했던 일을 알고 계시지요. 임신한 사실이 알려지자 그녀는 수녀원장에 의해 수도회 총회에 소환되어 부정(不貞) 행위에 대한 비난을 받았는데, 자신이 동의한 것이 아니라 레디메 수도사의 완력에 강제로 당한 것이라고 주장하며 변명을 했답니다. 수녀원장은 대꾸하기를 '고약한 년, 공동침실에서 왜 도움을 청하지 않았단 말이냐? 우리 모두가 너를 구하러 달려갔을 텐데!'라고 했지요. 그랬더니 그 수녀는 공동침실에서는 언제나 침묵을 지켜야 하기 때문에 감히 고함을 지르지 못했노라고 답변했습니다. '그렇지만 (수녀원장이 말했습니다) 너는 고약한 년이로구나, 왜 침실의 이웃 동료들에게 신호를 하지 않았느냐?'

— 저는 (페쉬 수녀가 대답했습니다) 엉덩이로 있는 힘껏 신호를 보

___

5) 원문의 'Fessue'는 엉덩이가 크다는 뜻의 우스꽝스러운 이름.
6) 원문의 'Raide-y-met'는 딱딱한 것을 그곳에 넣는다는 뜻의 우스꽝스러운 이름.
7) 원문의 'frère lai'는 수녀원 일을 도와주며 모금을 하러 다니는 재속 수도사를 가리킨다.

냈지만, 아무도 도와주지 않았어요.

— 그렇다면 (수녀원장이 말했습니다) 고약한 년, 왜 즉시 내게 와서 고하고 그자를 규정에 따라 고발하지 않았느냐? 그런 일이 내게 일어났다면 죄 없음을 증명하기 위해서 그렇게 했을 거야.

— 왜냐하면 (페쉬 수녀가 대답했습니다) 죄를 지어 저주받은 상태로 남게 될까봐 두려웠고, 갑자기 죽게 되지나 않을까 겁이 나서, 저는 그가 방을 떠나기 전에 그에게 고해를 했거든요. 그는 제가 속죄하기 위해서는 그 사실을 누구에게 말하거나 털어놓아서는 안 된다고 말했답니다. 고해한 내용을 발설하는 것은 하느님과 천사들에게 너무 엄청나고 가증스러운 죄이기 때문이지요. 혹시 그 일로 인해 하늘나라의 불길이 수녀원을 모두 태우고 모든 자매들이 다단과 아비람[8]과 함께 심연 속으로 떨어질지도 모를 일이니까요.

— 자네는 (팡타그뤼엘이 말했다) 그런 이야기로 나를 웃기지 못할 걸세. 나는 모든 수도사들이 하느님의 계율을 위반하는 것을 그들 수도회 관구의 법규를 어기는 것만큼도 두려워하지 않는다는 것을 잘 알고 있네. 그러면 남자를 쓰도록 하게. 나는 나즈드카브르[9]가 적당한 인물이라고 생각하네. 그는 태어날 때부터 귀머거리에 벙어리이니까 말일세."

---

8) 『구약』「민수기」 16장. 모세에게 반기를 들었던 다단과 아비람과 그들의 일족은 여호와의 노여움을 사서 심연 속에 빠지게 된다.
9) 랑그도크 사투리로 염소 코라는 뜻의 우스꽝스러운 이름.

20 나즈드카브르가 어떻게 파뉘르주에게 몸짓으로 답했는가

나즈드카브르는 부름을 받고 다음날 도착했다. 파뉘르주는 그가 도착하자 살찐 송아지 한 마리와 돼지 반 마리, 술 두 통, 밀 한 짐, 그리고 잔돈으로 30프랑을 주고 나서 그를 팡타그뤼엘에게 데려갔다. 그리고 방에 모인 귀족들 앞에서 그에게 다음과 같은 몸짓을 해 보였다. 파뉘르주는 꽤 오랫동안 하품을 했고, 하품을 하면서 입 바깥쪽에 오른손 엄지손가락으로 여러 번 되풀이해서 타우(T)¹⁾라는 그리스 문자 모양을 그렸다. 그러고는 눈은 하늘을 올려다보며 머리는 고정한 채로 유산하는 암염소처럼 눈알을 빙글빙글 굴렸다. 그러면서 기침을 하고 한숨을 깊게 내쉬었다. 이렇게 한 다음 그는 바지 앞주머니가 없는 것을 보여주고, 셔츠 밑으로 단도를 두 손으로 움켜쥐고서 양쪽 넓적다리에 대고 두들기며 가락을 붙여 흥얼거렸다. 그러고는 왼쪽 무릎을 구부리고 가슴 위에 양팔을 갖다대어 서로 꼬이게 했다.

나즈드카브르는 주의 깊게 그를 지켜보다가 왼손을 공중에 쳐들고 엄지와 검지손가락을 뺀 나머지 손가락들로 주먹을 쥐어 오므린 채 힘주지 않고 두 손가락이 서로 맞닿게 했다.

"이 손짓이 뜻하는 바를 이해하겠네. (팡타그뤼엘이 말했다) 그것은 결혼을 뜻하는 것이고, 더군다나 피타고라스 학파의 주장에 따르면 30²⁾

---

1) 히브리 신비주의자들은 이마에 이 글자를 붙인 사람은 하느님의 진노로부터 자신을 지킬 수 있다고 생각했다.
2) 피타고라스 학파의 수에 의한 상징 체계에 따르면 30은 결혼을 뜻한다.

이라는 수를 나타내네. 자네는 결혼하게 될 걸세."

— 정말로 고맙네, (파뉘르주는 나즈드카브르 쪽으로 몸을 돌리며 말했다) 자네는 귀여운 내 축하연의 주관자, 갤리선 지휘관, 갤리선 감독, 순찰대원, 순경대장일세그려.

그리고 그는 앞서 말한 왼손을 공중으로 더 높이 쳐들고 다섯 손가락을 모두 펼친 다음 가능한 한 서로 멀리 떨어지게 벌렸다.

"이제는 (팡타그뤼엘이 말했다) 그가 5라는 수가 갖는 의미를 통해서 자네가 결혼하리라는 것을 더 상세하게 암시하는군. 자네는 약혼을 하고, 결혼식을 올리고 결혼을 완결짓게 될 뿐 아니라, 또한 함께 살면서 매일 잔치를 벌이는 것처럼 행복하게 지낼 것이네. 왜냐하면 피타고라스는 5라는 수를 결혼의 수[3]라고 불렀고, 결혼식을 올리고 결혼을 완결짓는다는 것은 5라는 수가 첫 번째 홀수이자 약수의 합보다 작은 수인 3과 첫 번째 짝수인 2가 마치 남성과 여성처럼 함께 짝지어져 만들어진 수이기 때문이라네. 실제로 예전에 로마에서는 결혼식 날 다섯 개의 촛불을 켰는데, 아무리 부자라 할지라도 결혼식에서 초를 더 많이 켜는 것이 허용되지 않았고 아무리 가난하다 할지라도 결혼식에서 초를 더 적게 켜는 것 역시 허용되지 않았다네. 게다가 과거에 이교도들은 다섯 신, 아니면 서로 다른 다섯 가지 은혜를 결혼하는 당사자들에게 베풀어주는 한 신에게 기도를 드렸지. 결혼의 신 유피테르, 결혼 잔치를 주관하는 유노, 아름다운 베누스, 설득과 능변의 여신 피에토, 해산을 도와주는 디아나가 그런 신들이라네."

— 오, (파뉘르주가 외쳤다) 친절한 나즈드카브르여! 저는 그에게 시네[4] 근처의 소작지와 미르발레[5]의 풍차 방앗간을 주고 싶군요.

그리고 나서 벙어리는 몸을 왼쪽으로 틀며 격렬하게 온몸을 흔들며

---

3) 5가 남성수인 3과 여성수인 2의 결합으로 결혼을 뜻한다는 상징적 해석이 당시에 널리 퍼져 있었다고 한다.
4) 라블레의 고향 시농 근처의 마을 이름.
5) 푸아투 지방의 미르보 지역에는 풍차 방앗간이 많았다고 한다.

재채기를 했다.

"이런, 저럴 수가! (팡타그뤼엘이 말했다) 이게 도대체 웬일인가? 이 것은 자네에게 유리한 것이 아니라네. 그는 자네의 결혼이 불길하고 불행하리라는 것을 나타낸 것이네. 이 재채기는 (테르프시온의 학설에 따르면) 소크라테스에게 나타났던 다이모니온이라네. 재채기를 오른쪽으로 하면 계획했던 일을 실행하거나 가려던 곳에 가는 일을 안심하고 과 감하게 할 수 있다네. 일의 시작과 진행, 결과가 좋고 행운이 따를 것이기 때문이지. 하지만 왼쪽으로 재채기를 하면 정반대라네."

— 전하께서는 (파뉘르주가 말했다) 모든 일을 언제나 나쁘게만 생각 하시고 또 하나의 다부스[6]인 것처럼 혼란을 일으키기만 하시는군요. 저는 그렇게 믿지 않습니다. 그리고 늙은 거지 같은 테르프시온에 관해서는 그가 속임수를 썼다는 것 말고는 다른 말을 들어보지 못했습니다.

— 그래도 (팡타그뤼엘이 말했다) 키케로는 『점술』 2권에서 무언가 그에 관해서 말한 적이 있다네.

그러고 나서 파뉘르주는 나즈드카브르를 향하여 몸을 돌리고 다음과 같은 몸짓을 했다. 눈꺼풀을 위쪽으로 까뒤집고 턱을 오른쪽에서 왼쪽으로 비틀고는 혀를 입 밖으로 반쯤 내밀었다. 그러고 나서 가운뎃손가락만 빼고 왼손을 손바닥과 직각이 되게 세운 채 그것을 바지 앞주머니 있는 곳에 놓았다. 오른손은 엄지손가락만 빼고 주먹을 쥐고 똑바로 오른쪽 겨드랑이 밑으로 뒤로 돌려서는 아랍인들이 알 카팀(Al Katim)[7] 이라고 부르는 엉덩이 위쪽으로 가져갔다. 그다음에는 갑자기 자세를 바꾸어서 오른손을 왼손과 같은 모양으로 만들어 바지 앞주머니 있는 자리에 놓고, 왼손은 오른손과 같은 모양으로 만들어 알 카팀 위에 갖다 댔다. 그리고 이렇게 손을 바꾸는 동작을 아홉 번 되풀이했다. 아홉 번째는 까뒤집었던 눈꺼풀을 원래의 위치로 되돌리고, 아래턱과 혀도 그

---

6) 로마의 희극작가 테렌티우스의 극에 나오는 훼방꾼으로 일을 혼란에 빠뜨리는 역할을 한다.
7) 선골(仙骨)을 이루는 척추뼈 5개.

렇게 했다. 그러고 나서 한가로운 원숭이들이나 떼를 지어 귀리를 먹는 토끼들이 그렇게 하듯이, 입술을 움직이면서 사팔눈을 뜨고 나즈드카브르를 힐끗 쳐다보았다.

그러자 나즈드카브르는 오른손을 펼쳐 공중에 처들고 나서 엄지손가락의 첫 번째 마디 있는 곳까지 가운뎃손가락과 약손가락의 세 번째 관절 사이에 집어넣고 엄지손가락 주위를 두 손가락으로 꽉 죄었다가, 집게손가락과 새끼손가락은 똑바로 편 채로 앞서의 두 손가락의 나머지 관절은 주먹 쪽으로 향하게 했다. 손을 이런 모양으로 하고 엄지손가락은 계속 까닥거리면서, 마치 두 다리 위에 얹듯이 새끼손가락과 집게손가락으로 받친 채로 파뉘르주의 배꼽 위에 손을 갖다댔다. 이런 식으로 그의 손은 파뉘르주의 배와 위, 가슴과 목을 거쳐 계속 위쪽으로 올라갔다. 그러다가 턱에 이르자 그는 엄지손가락을 까닥거리며 파뉘르주의 입속에 집어넣었다. 그다음에는 코를 어루만지고 눈 위쪽까지 손을 올렸다가 엄지손가락으로 두 눈을 쑤시는 척했다.

그러자 파뉘르주는 성을 내면서 벙어리를 밀쳐버리고 그에게서 벗어나려고 애썼다. 그러는데도 나즈드카브르는 계속해서 엄지손가락을 까닥거리며 파뉘르주의 눈, 그다음에는 이마와 모자 끝을 만지는 것이었다. 마침내 파뉘르주는 고함을 지르며 이렇게 말했다.

"정말이지, 미치광이 나리, 나를 가만 내버려두지 않으면 매를 맞게 될 거야! 나를 더 화나게 만들면, 주먹으로 네놈의 상스러운 면상을 가면 쓴 꼴로 만들어버릴 테다!"

— 그는 귀머거리일세. (장 수도사가 말했다) 자네 말을 알아듣지 못한다구, 이 불알 같은 친구야. 그의 낯짝에 주먹질을 퍼붓는 것을 몸짓으로 그에게 해 보이게나.

— 이 알리보롱 선생[8]은 도대체 무얼 하려는 거지? 눈언저리에 멍이 들 뻔했잖아. 정말로, 하느님, 맹세하도록 허락해주시옵소서! 잔치판을

---

8) 잘난 체하고 남의 일에 끼어들기 좋아하는 무식쟁이의 전형.

벌여 손가락으로 두 번 튀기기를 곁들여 콧등을 실컷 두들겨 맞게 해줄 테다.

그러고는 입으로 방귀소리를 내며 그를 놓아주었다. 벙어리는 파뉘르주가 물러서는 것을 보자 그를 앞질러 억지로 멈추게 하고는 다음과 같은 몸짓을 했다. 그는 뻗을 수 있는 데까지 오른팔을 무릎 쪽으로 내리고 손가락 모두를 주먹 모양으로 모아서는 엄지손가락은 가운뎃손가락과 집게손가락 사이를 통과하게 했고, 왼손으로는 오른쪽 팔꿈치를 쓰다듬으며 점차로 그쪽 손을 공중으로 쳐들었는데 팔꿈치 높이까지 들었다가 더 높이 올리는 것이었다. 그러다가 갑자기 전과 같이 손을 내렸다. 그리고 나서 몇 차례 손을 들어올렸다가는 내리며 파뉘르주에게 손을 내보였다.

파뉘르주는 이런 행동에 화가 치밀어 벙어리를 때리려고 주먹을 들었다가 임석한 팡타그뤼엘에 대한 존경심에서 행동을 자제했다. 그러자 팡타그뤼엘이 말했다.

"만일 몸짓이 자네를 화나게 만든다면, 오, 사물이 의미하는 것은 얼마나 자네를 화나게 만들 것인가! 모든 진실은 서로 일치하는 법이라네.[9] 이 벙어리는 자네가 결혼하고, 오쟁이 지고, 매를 맞고 도둑질을 당하리라는 것을 지적하고 알리려는 것일세."

— 결혼은 받아들이겠습니다만, (파뉘르주가 말했다) 그다음 말씀에는 이의를 제기하려고 합니다. 여성과 말[10]에 관한 한, 저보다 더 행운을 타고난 사람이 없다는 것을 믿어주시기 바랍니다."

---

9) 스콜라식 변증법의 공리로 모든 진리 사이에는 일치하지 않는 것이 없고 모든 신탁은 합치된다는 뜻이다.

10) 여성들은 화장으로, 말장수들은 속임수를 써서 교묘하게 결점을 감추는데, 파뉘르주 자신은 그런 속임수에 넘어가지 않는다는 뜻이다.

21 파뉘르주는 어떻게 라미나그로비스라는 이름의 늙은 시인의 조언을 들었는가

"지금 자네처럼 그토록 자기 주장만을 고집하는 사람을 일찍이 본 적이 없다는 생각이 드네. (팡타그뤼엘이 말했다) 하지만 내 의견은 자네의 의혹을 풀어주기 위해 모든 돌을 움직여보는 것이 좋겠다[1]는 것이네. 내 생각을 들어보게나. 아폴론에게 바쳐진 새인 백조는 죽음이 다가오기 전에는, (아일리아누스와 민디오스 사람 알렉산드로스[2]가 다른 곳에서 백조들이 죽는 것을 여러 번 보았지만 죽으면서 노래를 부르는 새는 본 적이 없었다고 기록했기 때문에 내가 이렇게 말하는 것이지만) 특히 프리지아에 있는 메안데르 강의 백조들은 결코 노래하는 법이 없다네. 따라서 백조의 노래는 죽음이 가까이 왔다는 확실한 전조(前兆)이고, 백조는 먼저 노래를 부른 다음에야 죽는다는 것이지. 마찬가지로 아폴론의 보호를 받는 시인들도 죽음이 다가오면 으레 예언자가 되고, 아폴론의 영감을 받아 미래의 일을 예언하며 노래를 한다네."

"게다가 노쇠해서 죽을 날이 얼마 남지 않은 늙은이는 누구나 앞으로 일어날 일을 쉽게 예견한다는 말을 자주 들은 적이 있네. 그리고 아리스토파네스가 어떤 희극[3]에서 늙은이들을 시빌레라고 부른 것을 기억

---

1) 가능한 방법을 모두 동원한다는 뜻으로 에라스무스의 『격언집』에 나오는 고대의 경구.
2) 3세기의 철학자인 알렉산드로스의 증언을 아일리아누스가 『역사적 변화』에서 언급한 것.
3) 아리스토파네스의 『기사들』 61행.

하네.

늙은이가 시빌레처럼 예언하도다.

우리가 부두에서 멀리 난바다에 떠 있는 배의 선원과 승객들을 볼 때
에는 말없이 지켜보며 그들이 무사히 입항하기를 기원하지만, 그들이
항구에 다가오면 말과 몸짓으로 그들에게 인사를 건네고 안전한 항구로
돌아와 우리와 함께 있게 된 것을 축하하는 것과 같이, 천사들과 영웅
들, 그리고 (플라톤 학파의 학설[4])에 따르면) 선한 영(靈)들은 인간들에
게 죽음이 다가오는 것을 보면, 지상의 혼란과 걱정에서 벗어나 매우 안
전하고 안락한 항구, 휴식을 취할 수 있는 평온한 항구에 당도하게 된
것처럼 그들에게 인사를 하고, 위로하고, 대화를 나누며 이때부터 벌써
그들에게 예언의 능력을 전해주는 것이라네."

"나는 자네에게 이삭[5]과 야곱,[6] 헥토르에게 예언한 파트로클로스,[7]
아킬레우스에게 예언한 헥토르,[8] 아가멤논과 헤카베에게 예언한 폴리
메스토르,[9] 포시오도니우스[10]에 의해 유명해진 로도스 섬 출신의 인

---

4) 천사와 영들은 인간들에게 계시를 전해주는 것으로 알려져 있다.
5) 『구약』 「창세기」 27장 39~40절. "그 아비 이삭이 그에게 대답하여 가로되 너
   의 주소는 땅의 기름짐에서 뜨고 내리는 하늘 이슬에서 뜰 것이며, 너는 칼을
   믿고 생활하겠고 네 아우를 섬길 것이며 네가 매임을 벗을 때에는 그 멍에를
   네 목에서 떨쳐버리리라 하였더라."
6) 『구약』 「창세기」 49장에 나오는 야곱의 마지막 축복을 가리킨다.
7) 호메로스의 『일리아스』 16장에서 헥토르에게 살해당한 파트로클로스가 죽어
   가며 헥토르의 운명을 예언한다.
8) 『일리아스』 22장에서 헥토르는 죽어가며 아킬레우스의 죽음을 예언한다.
9) 에우리피데스의 비극 『헤카베』에 나오는 이야기로 트라키아의 왕 폴리메스토
   르는 보호하던 프리아모스의 막내아들 폴리도로스를 죽여 바다에 던졌다가,
   프리아모스의 왕비 헤카베에게 발각된다. 헤카베는 아가멤논에게 포로로 잡혀
   있었으나 허락을 받아 폴리메스토르의 두 자식들을 죽이고 그를 장님으로 만
   들어 복수한다.
10) 키케로를 가르쳤던 그리스 철학자로 로도스 섬 출신이고 스토아 철학을 로마

물,[11] 알렉산드로스 대왕에게 예언한 인도인 칼라누스,[12] 메젠티우스에게 예언한 오로데스,[13] 그리고 다른 고대의 예들을 들지 않고, 단지 예전에 랑제의 영주였던 학식 높고 용맹한 기사 기욤 뒤 벨레 공[14]의 예만을 자네에게 상기시키고자 하네. 그는 로마력(曆)으로 날짜를 따지면 위험한 나이[15]에 해당하는 해인 1543년 1월 10일에 타라레 산에서 별세했다네. 임종 서너 시간 전에 그는 맑은 정신에 힘찬 목소리로 우리에게 침착하게 사건들을 예고했는데, 그중 일부는 그 후에 실현되어 우리가 이미 목격한 바 있고 일부는 일어날 것을 기다리고 있다네. 그 당시에는 그가 예고한 일들에 관해서 예측 가능한 어떤 원인이나 징조도 보이지 않았기 때문에 이 예언들이 약간은 당혹스럽고 기이하게 여겨졌지만 말일세."

"여기 빌 오 메르 근처에 라미나그로비스[16]라는 늙은 시인이 사는데, 그는 커다란 암퇘지[17]와 재혼해서 그사이에서 잘생긴 연극패[18]를 낳았지. 내가 듣기로는 그가 죽음의 순간에 이르러 임종할 때가 다 되었다고

에 전파하는 데 기여했다.

11) 키케로의 『점술』 1권 30장에 나오는 이야기로 자기 또래 사람들 여섯 명의 연속적인 죽음을 예언했다고 한다.

12) 키케로의 『점술』에 나오는 이야기로 칼라누스가 죽어가며 알렉산드로스 대왕도 곧 죽을 것임을 예언했다고 한다.

13) 베르길리우스의 『아이네이스』 10권 739~741행. 메젠티우스에게 살해당한 오로데스는 죽어가며 그의 죽음을 예언한다.

14) 라블레가 모시면서 많은 신세를 졌던 뒤 벨레 형제들 중에서 형으로 토리노 총독을 지냈으며, 라블레는 그가 임종하는 자리에 배석했다. 라블레는 『제4서』 26~27장에서 그의 임종 장면을 감동적으로 묘사하고 있다.

15) 7이나 9의 배수에 해당하는 63세를 가리키는데, 기욤 뒤 벨레는 52세로 사망했다고 한다.

16) 빌 오 메르에 살았던 대압운파(大押韻派) 시인 르메르 뒤 벨주를 연상시키는데, 다음에 나오는 시는 기욤 크레탱이라는 시인의 작품이라고 한다.

17) 당시에 사용되던 매독의 은유적 표현.

18) 이 표현은 원래 파리의 법원 서기조합(Basoche)을 가리키는 것으로, 이들은 소극(笑劇)이나 바보극 등을 공연하기도 했다. 이 비유가 무엇을 가리키는지는 불분명하다.

하네. 그에게 가서 노래를 들어보게. 그에게서 자네가 고집하려는 말을 듣게 되고, 그의 입을 통해서 아폴론 신이 자네의 의혹을 해소시켜줄 수도 있을 테니까."

— 그렇게 하지요. (파뉘르주가 대답했다) 에피스테몽, 죽음이 그를 앞지를까 걱정스러우니 즉시 가도록 하세. 자네도 가겠나, 장 수도사?

— 자네에 대한 우정으로 기꺼이 그렇게 하겠네, 귀여운 불알아. (장 수도사가 말했다) 나는 자네를 간[19] 깊은 곳에서부터 지극히 사랑하니까.

즉시 그들은 길을 떠나 시인의 거처에 당도해서 선량한 늙은이가 쾌활한 태도와 환한 얼굴에 초롱초롱한 눈빛으로 임종의 순간을 맞고 있는 것을 보았다.

파뉘르주는 그에게 인사를 하고 왼손 약손가락에 조건 없는 선물로써 금반지를 끼워주었는데, 그 반지의 거미발에는 아름답고 큼지막한 동방의 사파이어가 박혀 있었다. 그러고는 소크라테스의 흉내를 내어 잘생긴 흰 수탉[20]을 바쳤다. 그 수탉은 침대 위에 놓자마자 머리를 쳐들고 활기차게 깃털을 세우고는 목청껏 울어댔다. 그러고 나서 파뉘르주는 결혼에 대해서 갖고 있는 의혹을 말해주고 판단을 내려달라고 공손하게 청했다.

선량한 늙은이는 잉크와 깃털 펜과 종이를 가져오라고 지시했다. 모든 것이 신속하게 준비되었다. 그러자 그는 다음과 같은 글을 썼다.

그녀를 얻어라, 얻지 말아라.
그녀를 얻으면 잘한 일이로다.
실제로 그녀를 얻지 않는다면

---

19) 플라톤 학파에 따르면 간은 정열을 만들어내는 기관으로 인체의 취약한 부분을 교정하는 기능이 있다고 한다.

20) 소크라테스가 크리톤에게 남긴 마지막 말이 의학의 신 아스클레피오스에게 수탉을 제물로 바쳐야 한다는 것이었다는데, 피타고라스 학파에 따르면 수탉은 태양신의 신성한 새이고, 또한 불멸의 영혼의 상징이기도 하다.

절도 있는 행동을 한 것이리라.

뛰어가라. 그래도 보통 걸음으로 걸어라.
물러서라, 단호하게 들어가라.
그녀를 얻어라, 말아라……

굶어라, 두 배로 식사를 해라.
다시 만든 것을 부수어라,
부순 것을 다시 만들어라.
그녀의 장수와 죽음을 기원하라.
그녀를 얻어라, 말아라……

그러고 나서 그들 손에 쓴 것을 넘겨주며 말했다.

"자, 제군들, 하느님의 가호가 있기를. 이 일이나 다른 어떤 일로도 더 이상 나를 괴롭히지 말게. 오월의 마지막 날이자 내게 남은 마지막 날인 오늘, 나는 매우 피곤하고 힘들게 비열하고, 불결하고, 악취를 풍기고, 검고, 얼룩덜룩하고, 갈색, 흰색, 회색 또는 여러 색이 뒤섞인 수많은 짐승들을 집 밖으로 몰아냈다네. 어떤 탐욕의 소굴에서 생겨났는지 알 수 없는 그 짐승들은 나를 편안히 죽게 내버려두려고 하지 않았던 것이지. 그것들은 남몰래 숨어서 나를 물어뜯고, 하르피아[21]처럼 할퀴고, 기생충처럼 괴롭히며, 선한 하느님께서 그의 신자들과 선택된 자들을 위해 불멸의 상태로 다른 세상에 마련해두신 선과 지복을 관조하고 응시하며 벌써 그 접촉을 느끼고 음미하면서 감미로운 명상에 잠겨 있던 나를 억지로 끌어냈던 것이라네. 그것들이 가는 길에서 벗어나 그것들을 닮지 말도록 하게. 더 이상 나를 괴롭히지 말고 조용히 내버려두게. 제발 부탁이네!"

---

21) 그리스 신화에 나오는 머리만 여자이고 몸은 새의 모양을 한 괴물.

22 파뉘르주가 어떻게 탁발 수도회의 수도사들을 위해서 변호했는가

라미나그로비스의 방에서 나오자마자 파뉘르주는 겁에 질려 말했다.

"하느님 맙소사, 내 생각에 그는 이단자가 틀림없네. 그렇지 않다면 내 자신을 악마에게 내주겠어. 기독교계를 이루는 두 반구(半球)인 프란체스코 수도회와 도미니쿠스 수도회의 선량한 탁발(托鉢) 신부들을 비방하다니. 마치 천상에서 운행하는 2개의 평행추처럼 해시계 문자판의 원과 배꼽 사이를 왕복하는 이들의 운동[1]에 의해, 로마 교회의 모든 명사실어증(名詞失語症)[2]적인 망상은 오류나 이단이라는 알 수 없는 말들에 혼란을 느끼며 동심원적으로 분주히 움직인다네. 하지만 모든 악마들의 이름을 걸고 말이지만, 성 프란체스코파 카푸친회와 미니미 수도회[3]의 가련한 수도사 놈들은 로마 교회를 위해 무엇을 했단 말인가? 이 가련한 놈들은 충분히 괴로움을 당하지 않았는가? 『어식국』(魚食國)[4]에서 온 이 가련한 친구들은 궁핍과 재해로 충분히 훈제되고 향수가 뿌려진 것이 아닌가? 장 수도사, 자네의 신앙에 따르면, 이것이 구원의 상태인

---

1) 원문의 'circumbilivagination'은 원(circa)과 배꼽(umbilicus), 왕래하다, 방황하다는 뜻의 'vagor' 동사의 합성어로 라블레가 만들어낸 것인데, 여성의 질(vagina)을 연상시키는 성적인 의미도 들어 있다.
2) 물건의 이름을 잊어버리는 정신 장애.
3) 가장 작은 형제회라는 뜻으로 1453년 파울라의 프란체스코 성인에 의해 창립된 탁발 수도회.
4) 에라스무스가 쓴 토론집의 제목 중의 하나로 그는 이 책에서 형식주의에 얽매여 생선만 먹고사는 성직자들을 풍자하고 있다.

가? 정말이지, 그는 뱀처럼 3만 지게 분량의 악마들에게 떨어지는 천벌을 받고 저세상으로 가는 것이라네. 이 선량하고 꿋꿋한 교회의 기둥들을 비방하다니! 이런 것을 시적 광기라고 부르는가? 나는 결코 그 설명에 만족할 수 없네. 그는 비열한 죄를 지었고, 종교에 대해서 신성모독을 범한 것이라네. 나는 매우 분개했단 말일세."

— 나는 단추 하나만큼도 개의치 않네. (장 수도사가 대답했다) 그들은 모든 사람들을 비방한다네. 모든 사람들이 그들을 비방한다 해도, 나는 아무 관심도 없다네. 그가 무엇이라고 썼는지 보세나.

파뉘르주는 그 선량한 늙은이가 쓴 것을 주의 깊게 읽고 나서 말했다. "그는 헛소리를 하고 있군, 불쌍한 술꾼 같으니라구. 그렇지만 나는 그를 용서하겠네. 그는 죽을 때가 다 된 것 같아. 그의 묘비명이나 써주러 가세! 그가 우리에게 해준 답변에 따르면, 나는 우리가 화덕에 구웠던 그 누구 못지않게 현명하다는 말이로군. 들어보게, 에피스테몽, 이 배불뚝이 친구야. 그는 자기 대답에 확신을 가지고 있다고 생각하지 않나? 정말이지, 그는 교묘하고, 언제나 결론을 내릴 준비가 되어 있는,[5] 타고난 궤변론자라네. 나는 그가 개종한 유대인이라고 장담하겠네. 제기랄, 자기 말을 잘못 알아들을까봐 어찌나 조심을 하는지! 그는 선언명제(選言命題)[6]로 대답할 뿐이라네. 그는 진실을 말할 수밖에 없지. 왜냐하면 하나의 선언명제가 진(眞)이 되기 위해서는 그중 일부가 진인 것으로 충분하니까. 오, 얼마나 파틀랭 같은 친구[7]인지! 브레쉬르의 산티아고 성자시여, 그 자손이 아직도 남아 있습니까?"

---

5) 삼단논법에서 결론을 내릴 때 쓰는 라틴어 표현 '따라서'(ergo)를 어디든지 내세운다는 뜻.

6) 2개 이상의 개념을 빈사(술어)로 하는 명제. 'A는 B 또는 C 또는 D 중의 하나이다'와 같이 귀속될 범위만 보여준다. 예를 들어 '과일 중에서 제일 맛있는 것은 사과나 배, 감 중의 하나이다', '저 사람은 선하거나 아니면 악하다' 등과 같은 것이다.

7) 원문의 'patelineux'는 원래 중세의 『파틀랭 선생의 소극』에 나오는 말솜씨 좋은 악덕 변호사의 이름에서 유래한 것이다.

— 위대한 예언자였던 티레시아스는 (에피스테몽이 대답했다) 예언을 시작하기 전에 언제나 그의 예언을 들으려는 사람들에게 이렇게 분명하게 밝혔다네. "내가 말하는 일은 일어날 수도 있고 일어나지 않을 수도 있다오." 이것이 신중한 예언자들이 말하는 방식이라네.

— 그렇지만 (파뉘르주가 말했다) 유노 여신이 그의 두 눈을 파버렸지.

— 그것은 (에피스테몽이 대답했다) 유피테르 신이 제기한 의문에 관해 그녀 자신보다 더 훌륭히 판결을 내려서 그녀의 분노를 샀기 때문이라네.[8]

— 하지만 (파뉘르주가 말했다) 라미나그로비스가 이처럼 아무 까닭이나 이유, 동기 없이 도미니쿠스 수도회, 프란체스코 수도회, 미니미 수도회의 축복받은 가련한 신부들을 비방하는 것은 도대체 어떤 악마가 씌워서 그런 것일까? 자네에게 분명히 말하건대 나는 대단히 분개해서 말을 하지 않을 수가 없다네. 그는 큰 죄를 지은 거야. 그의 영혼은 3만 수레분의 악마들에게 가게 될 걸세.

— 나는 자네의 말을 이해하지 못하겠네. (에피스테몽이 대답했다) 그 선량한 시인이 검은색과 갈색, 그리고 다른 색의 짐승들에 관해 말했던 것을 자네가 탁발 형제들에 관한 것으로 왜곡되게 해석한 것은 잘못이라고 나는 생각하네. 내 판단에 따르면, 그는 그런 궤변적이고 근거 없는 알레고리로 말하려던 것이 아니었거든. 그는 단순히 본래의 뜻대로 벼룩, 빈대, 진드기, 파리, 모기, 그리고 그밖의 짐승들에 관해 말한 것이고, 그것들은 검은색, 갈색, 회색, 황갈색, 구리색이며 모두가 환자들뿐 아니라 건강하고 활력이 넘치는 사람들도 괴롭히는 성가시고, 포악한 놈들이라네. 혹시 그의 몸속에 회충이나 지렁이, 또는 다른 벌레들

---

8) 오비디우스의 『변신』에 따르면, 유피테르가 티레시아스에게 남자와 여자 중에 누가 더 사랑의 쾌락을 강하게 느끼는지 물어보았을 때, 그는 9년 동안 여자로 지냈던 경험이 있었기 때문에 여성이 느끼는 쾌락이 남성보다 9배나 강하다고 사실대로 말했다고 한다. 이 사실을 밝힌 것이 유노의 노여움을 사서 그는 장님이 되는 벌을 받았는데, 그 대신 유피테르는 그에게 예언의 능력을 주었다.

이 들어 있는지도 모르지. 혹시 그가 팔이나 다리를 (이집트와 홍해 주변지역에서는 흔하고 자주 있는 일이듯이) 아랍인들이 메덴(*meden*)이라고 부르는 얼룩덜룩한 작은 사상충(絲狀蟲)에 물려 고생하는 것일 수도 있고.

"그의 말을 다른 식으로 해석한 것은 잘못이고, 선량한 시인을 중상하고 문제의 수도사들이 그런 피해를 입혔다고 혐의를 씌우는 것은 그들에게 부당한 일을 한 것이네. 자기 이웃에 대해서는 모든 일을 좋은 쪽으로 해석해야 하는 법일세."

— 내게 우유 속에 든 파리를 식별하는 방법을 가르쳐주게나. (파뉘르주가 말했다) 하느님을 두고 맹세하지만, 그는 이단자라네. 내 말은 그가 완성된 이단자, 타락한 이단자, 작고 예쁜 괘종시계[9]처럼 화형에 처할 만한 이단자란 것이지. 그의 영혼은 3만 수레분의 악마들에게 갈 거야. 그게 어딘지 알겠나? 제기랄, 프로세르피나의 구멍 뚫린 변기 바로 아래 그녀가 관장을 해서 배변(排便) 작업한 것을 쏟아붓는 지옥의 요강 속이지. 그곳은 커다란 가마솥 왼쪽에 루치페르의 손톱에서 3투아즈 떨어진 거리에 있는데, 데미우르공[10]의 검은 방 옆이라네. 오, 지저분한 놈 같으니라구!"

---

9) 라 로셸에서 클라벨이라는 신교도 시계 수리공을 그가 만든 괘종시계와 함께 화형시켰던 일을 언급한 것 같다.
10) 중세 신비극에 등장하는 악마들의 아버지의 이름.

23 파뉘르주는 라미나그로비스에게 다시 돌아가기 위해서 어떤 연설을 했는가

"그를 구원하기 위해서 훈계하러 돌아가세. (파뉘르주가 말을 계속했다) 하느님의 이름으로, 하느님의 권능을 위해서 돌아가세나. 이는 우리가 자비를 베푸는 일이 될 거야. 그가 육신과 생명을 잃더라도 영혼이 지옥에 떨어지지는 않을 테니까!"

"우리는 그가 죄를 회개하도록 이끌고, 앞서 말한 많은 축복받은 신부들에게 그들이 자리에 있건 없건 간에[1] 용서를 구하게 하고 그것을 법적으로 확인해야 할 거야. 죽은 다음에 그들이 그를 이단자로 선포하고, 오를레앙의 시장 부인에게 짓궂은 친구들이 했던 것처럼,[2] 지옥에 떨어뜨리지 못하도록 해야지. 그리고 이 지역의 모든 수도원의 선량한 수도사들이 받았던 모욕에 대해 그들의 마음을 풀어주기 위해서 많은 연보금을 내고, 많은 미사를 올리도록 하고, 많은 기일(忌日) 미사를 주문해야 할 것이네. 그리고 그가 세상을 떠난 날에는 영속적으로 그들의 음식량을 다섯 배로 늘리고 가장 좋은 포도주를 가득 채운 뿔 모양의 큰 잔들이 붕붕거리는 소리를 내는 수도사,[3] 보조수도사들, 모금담당 수도

---

1) 고해를 하겠다는 의도를 갖는 것이 신부에게 직접 고해하는 것 못지않게 가치 있는 일이라는 뜻이다.
2) 원문의 'Farfadetz'는 원래 장난치기 좋아하는 요정들을 가리키는데, 여기서는 프란체스코 수도회의 수도사들을 가리킨다. 오를레앙에서 시장 부인이 죽자 수도사들이 그녀가 지옥에서 고생하는 것처럼 목소리를 흉내 내 사기를 쳐서 큰 물의를 빚었던 사건이 있었다고 한다.
3) 원문의 'burgotz'는 원래 풍뎅이라는 뜻인데, 수도사들의 단조로운 기도 소리를

사들뿐 아니라 사제들, 성직자들, 그리고 수련수도사들과 허원(許願)수
도사들의 식탁 사이를 서열에 따라 종종걸음으로 수도 없이 돌아다니게
지시해야 할 것이네. 그렇게 해야 그는 하느님에게서 용서를 받을 수 있
을 게야."

"호, 호, 내가 연설을 하면서 갈피를 못 잡고 헤매고 있군! 내가 그곳
에 간다면 악마가 나를 잡아가라지! 하느님 맙소사, 그 방은 벌써 악마
들로 꽉 차 있다니까! 벌써 그것들이 누가 라미나그로비스의 영혼을 빨
아먹을 것인지, 누가 제일 먼저 *꼬치에서 입으로*[4] 그를 재빨리 루치페
르 나리에게 데려갈 것인지를 악마처럼 다투며 서로 치고 받는 소리가
들리네. 그곳에서 물러서게! 아무것도 보이지 않아. 내가 그곳에 간다면
악마가 나를 잡아가라지! 그들이 오인하지 않을지 누가 안단 말인가?
라미나그로비스 대신에 빚을 청산한 불쌍한 파뉘르주를 덮칠 수도 있을
거야. 나는 사프란색으로 칠을 하고[5] 빚을 졌었기 때문에 그것들은 여
러 번 실패했었지. 그곳에서 물러서게! 아무것도 보이지 않아. 격심한
공포의 고통 때문에, 아이고, 나 죽겠다! 굶주린 악마들 사이에 있다니!
활동 중인 악마들, 협상 중인 악마들 사이에 말이야! 그곳에서 물러서
게! 똑같은 두려움 때문에 도미니쿠스회, 프란체스코회, 카르멜회, 카푸
친회, 테아토회, 미니미회 수도사들 중 누구도 그의 장례식에 참석하지
않을 것이라고 나는 장담하겠네. 그들은 얼마나 현명한지! 그리고 그는
유언으로 그들에게 무엇이든 남겨주라는 지시도 하지 않을 거야. 내가
그곳에 간다면 악마가 나를 잡아가라지! 그가 지옥에 떨어진다면 자기
만 손해 보는 짓이야! 무엇 때문에 그는 선량한 교회의 신부들을 비방했
지? 무엇 때문에 그들의 도움과 경건한 기도, 성스러운 훈계가 가장 절

풍뎅이의 붕붕거리는 소리에 비유한 것이다.
4) 원문의 'de broc en bouc'는 피카르디 사투리로 꼬치에 꿴 것을 입으로 가져간
    다는 뜻이다.
5) 당시 파산한 사람들의 가게 계산대를 노란 사프란색으로 칠했다고 한다. 따라
    서 사프란색이 칠해졌다는 표현은 지불 능력이 없다는 뜻으로 사용되었다.

실히 필요한 순간에 그들을 방에서 몰아냈단 말인가? 무엇 때문에 유언으로 이 세상에서 가진 거라곤 자기 목숨밖에 없는 이 가련한 사람들[6]에게 약간의 보시나 연보, 배를 채울 음식을 주라고 지시하지 않은 거지? 가고 싶은 사람은 그곳에 가라구! 내가 그곳에 간다면 악마가 나를 잡아가라지! 내가 그곳에 가면 악마가 나를 잡아갈는지도 모르는 일이야. 빌어먹을, 그곳에서 물러서게!"

"장 수도사, 자네는 지금 3만 수레분의 악마들에게 잡혀가기를 바라는 건가? 그러면 세 가지 일을 하게나. 우선 내게 자네 돈주머니를 주게. 십자가[7]는 마법을 막아주기 때문이고, 전에 베드 여울에서 군인들이 건널목을 부숴버렸을 때 쿠드레의 징세관이었던 장 도댕이 당했던 일이 자네에게 일어날 수도 있으니까 말일세. 그 상놈은 미르보의 엄격한 계율을 지키는 프란체스코 수도원의 수도사 아당 쿠스쿠알을 만났는데, 자기를 죽은 염소처럼 어깨에 짊어지고 물을 건너게 해주면 옷을 한 벌 주겠다고 약속했지. 그 수도사는 힘이 센 장정이었으니까. 그들은 계약을 맺었다네. 그리고 쿠스크알 수도사는 불알 있는 데까지 겉옷을 걷어붙이고 나서 작고 귀여운 성 크리스토포루스[8]처럼 자기 등에 신세를 지기로 한 도댕을 짊어졌다네. 이렇게 아이네아스가 불타는 트로이에서 자기 아버지 안키세스를 업고 나왔던 것처럼, 즐거운 기분으로 아름다운 성모송(*Ave maris stella*)을 읊으며 그를 업고 갔다네. 그들이 물레방앗간의 방아 위쪽에 있는 여울의 가장 깊은 곳에 이르렀을 때, 그는 업힌 도댕에게 몸에 돈을 지니고 있느냐고 물었지. 도댕은 가죽부대 가득히 돈이 들어 있으며 새 옷을 해주겠다는 약속을 어기지 않을 것이라고 대답했다네. '뭐라고! 쿠스크알 수도사가 말했지. 너는 우리 수도원

---

6) 수도사들의 청빈 서원에 대한 이 정의는 파뉘르주가 열거한 수도사들의 행태와 모순되는 것이다.

7) 동전에 새겨진 십자가를 가리킨다.

8) 성 크리스토포루스는 거인으로 예수를 어깨에 짊어지고 강을 건네주는 모습으로 그려진다.

규정의 명시 조항에서 몸에 돈을 지니는 것을 엄격히 금지하고 있다는 것을 잘 알 텐데. 나를 이 항목에서 죄를 짓게 만들다니, 참 고약한 놈이로구나! 무엇 때문에 돈주머니를 방앗간 주인에게 맡기지 않았느냐? 이제 어김없이 너는 벌을 받아야 해. 너를 미로보의 수도원 총회에 끌고 가면, '긍휼히 여기소서'(Miserere)부터 '번죄의 수소'(Vitulos)에 이를 때까지[9] 고생을 해야 할 거야.' 그러고는 별안간 도랑을 떨쳐버려 물 한가운데 머리부터 바닥에 처박히게 했다네."

"이 예에 따라 내 다정한 친구, 장 수도사여. 악마들이 자네를 더 잘 편안히 데려갈 수 있도록 내게 돈주머니를 주고, 몸에 십자가를 하나도 지니지 말게. 분명히 위험이 도사리고 있다네. 돈을 지니고 십자가를 가지고 있으면 독수리들이 거북 등껍질을 깨기 위해서 그렇게 하듯이, 그것들이 자네를 바위에 던져버릴 거야. 시인 아이스킬로스의 벗겨진 머리가 그 증거라네.[10] 그러면 친구여, 자네는 고통을 받게 될 것이고, 나도 매우 유감스러울 것이네. 그렇지 않으면 그것들이 이카로스[11]가 추락했듯이 자네를 어느 곳인지 알 수 없는 바다에 떨어지게 할 수도 있지. 그 후에 그 바다는 앙토뫼르 해[12]라고 불릴 수 있겠지.

둘째로 빚을 청산하게. 왜냐하면 악마들은 빚을 청산한 사람들을 대단히 좋아하니까. 내 경우로 보아서 나는 그것을 잘 안다네. 그 상것들은 쉬지 않고 내게 치근거리고 아양을 떠는데, 전에 내가 사프란색으로

---

9) 회전(悔悛) 시편으로 사용되는 『구약』「시편」 51장은 라틴어로 '긍휼히 여기소서'로 시작하여 '번죄의 수소'로 끝이 나는데, 수도사들은 이 시편을 찬송하면서 속죄하려는 사람에게 태형을 가했다고 한다.

10) 그리스의 비극시인 아이스킬로스는 그의 대머리를 돌로 착각하고 독수리가 떨어뜨린 거북에 맞아 죽었다고 한다.

11) 크레타의 장인 다이달로스의 아들 이카로스는 미궁을 탈출할 때 아버지의 경고를 듣지 않고 태양을 향해 날아 올라가다가 날개를 붙인 촛농이 녹는 바람에 바다에 떨어져 죽는다. 그가 떨어진 바다를 이카리오스 해라고 부른다.

12) 장 수도사의 이름인 장 데 장토뫼르에서 붙인 지명. 원래 앙토뫼르는 잘게 다진 고기 속이라는 뜻이지만 적을 무자비하게 분쇄하는 장 수도사의 용맹성을 나타내는 별명이다.

칠을 하고 빚을 졌을 때는 그런 적이 없었지. 빚을 진 사람의 영혼은 쇠약하고 불안정해서 악마들의 먹잇감이 되지 못한다네.

셋째로 수도복을 걸치고 그로비스[13] 가죽으로 된 두건을 쓰고 라미나그로비스에게 돌아가게. 3만 척의 배에 가득한 악마들이 이렇게 자격을 갖춘 자네를 데려가지 않는다면, 내가 술값과 나뭇단 값을 지불하겠네. 그리고 만일 자네의 안전을 위해 동반자를 원한다면 내게 기대하지 말게, 절대로 안 되네! 자네에게 미리 일러두겠네. 그곳에서 벗어나게. 내가 그곳에 간다면 악마가 나를 잡아가라지!"

— 내가 손에 단검을 쥐고 있기만 하면, (장 수도사가 대답했다) 혹시 사람들이 그렇게 말하더라도 나는 별로 걱정하지 않을 걸세.

— 자네 말 잘 했네. (파뉘르주가 말했다) 비계[14]에 정통한 박사처럼 말하는군. 내가 톨레도[15]의 학교에서 공부하던 시절에 악마학부의 학부장이었던 악마의 신부님 피카트릭스[16]는 우리에게 악마들은 천성적으로 태양의 빛만큼이나 칼날의 광채를 두려워한다고 말했다네. 실제로 헤라클레스가 지옥에 내려갔을 때는 사자 가죽옷을 입고 몽둥이로 무장했을 뿐이어서, 그 후에 쿠마이의 무녀의 도움과 조언을 받아 휘황찬란한 갑옷과 번쩍이는 날카로운 단검으로 무장하고 지옥에 내려갔던 아이네아스만큼 악마들에게 겁을 주지 못했지. 아마 이런 이유 때문에 장자크 트리불지 영주는 샤르트르에서 세상을 떠날 때 칼을 달라고 해서는 손에 쥐고 용맹한 기사답게 침대 주위로 휘둘러댔던 것일 게야. 그는 이처럼 검술로 그가 죽기를 기다리며 노리고 있던 악마들을 모두 쫓아버리고 나서 죽었다네. 마소라 학자들[17]과 히브리 신비철학자들에게 왜

---

13) 원래 이 표현은 커다란 고양이(grobis) 가죽이라는 뜻인데 라미나그로비스라는 이름의 뒷부분과 같은 발음을 이용한 말장난을 보여주는 것이기도 하다.

14) 비계(lard)와 학예(l'art)가 발음이 같은 것을 이용한 말장난.

15) 중세에 에스파냐의 톨레도는 마법 연구의 중심지였다.

16) 하느님의 신부님(Révérend Père en Dieu) 대신 악마의 신부님(Révérend Père en Diable)이라고 표현한 말장난. 피카트릭스는 13세기에 고대의 마법에 관한 책을 썼는데 이 책이 16세기에 크게 유행했다고 한다.

악마들은 지상의 천국[18]에 들어가지 못하는지를 물어보면, 그들은 그 문에 불타는 칼을 손에 든 케루빔 천사가 있기 때문이라는 것 외에 다른 이유를 대지 못한다네. 왜냐하면 톨레도의 정통 악마학적으로 말하자면, 악마들은 칼로 공격을 받아도 정말로 죽지는 않는다는 것을 인정하기 때문이지. 하지만 앞서의 악마학에 의거해서, 맹렬한 불길이나 검고 짙은 연기를 자네의 단검으로 꿰뚫어 자를 수 있는 것과 같이, 악마들도 절단을 당하면 고통스러워한다고 나는 주장하는 걸세. 그것들이 극심한 절단의 고통을 느끼기 때문에 악마처럼 고함을 지르는 거라구."

"두 군대가 맞붙어 싸울 때 듣게 되는 그처럼 크고 끔찍한 소리가 사람들의 목소리에서 나온 것이라고 생각하는가, 이 불알 같은 친구야? 갑옷이 부딪히는 소리에서? 말의 갑옷이 덜거덕거리는 소리에서? 무기가 깨지는 소리에서? 긴 창이 부러지는 소리에서? 투창이 조각나는 소리에서? 부상당한 사람들의 비명에서? 북과 나팔 소리에서, 말들이 울부짖는 소리에서? 소총과 대포가 발사되는 소리에서? 정말 무엇인가 있기는 있다는 것을 나도 인정하기는 하네. 하지만 큰 소란과 주된 소음은 그곳에 뒤섞여서 부상당한 사람들의 불쌍한 영혼을 노리다가 우발적으로 칼에 맞아 눈에 보이지 않는 기체로 된 그들 실체의 연속성이 단절되는 바람에 괴로워하는 악마들의 고통과 울부짖는 소리에서 나온 것이라네. 마치 꼬치에 끼운 비곗덩어리를 씹어 먹다가 오르두[19] 주방장에게 몽둥이로 손가락을 얻어맞은 하인 녀석처럼 말일세. 그러고 나서 그것들은 악마처럼 비명을 지르고 울부짖는다네. 마치 마르스가 트로이에서 디오메데스에게 부상당했을 때,[20] 호메로스는 그가 1만 명의 사람

---

17) 히브리어 성경을 주석하는 유대 율법학자.
18) 신학자들은 원죄 이후에도 지상의 천국이 존재한다고 믿었다. 여호와는 에덴동산의 입구를 벼락을 내리는 불의 칼을 든 케루빔 천사에게 지키게 한다고 주장했다.
19) 지저분하다는 뜻의 우스꽝스러운 이름.
20) 『일리아스』에서 아킬레우스 다음가는 용사인 디오메데스는 아테나 여신의 도움을 받아 아프로디테와 군신 아레스에게 상처를 입힌다.

들이 함께 외치는 것보다 더 큰 소리로 더 끔찍한 비명을 질렀다고 말했다네."

"그런데 뭐지? 우리는 잘 닦인 갑옷과 번쩍이는 칼 이야기를 하고 있는 판인데. 자네의 단검은 그렇지 못하군. 계속 사용하지 않고 연습이 부족해서, 그것은 정말로 오래된 소금상자의 자물쇠보다도 더 녹이 슬었네그려. 그러니 둘 중에 하나만 하게. 그것을 녹을 잘 벗겨 번쩍번쩍하게 만들든지 아니면 그렇게 녹슨 채로 두고 라미나그로비스의 집으로 돌아가는 일을 삼가든지 하게. 나는 거기 가지 않겠네. 내가 그곳에 간다면 악마가 나를 잡아가라지!"

24 파뉘르주가 어떻게 에피스테몽의 조언을 들었는가

빌 오 메르를 떠나 팡타그뤼엘에게 돌아가는 길에 파뉘르주는 에피스테몽에게 말을 건네며 이렇게 말했다.

"내 동료, 오랜 친구여, 자네는 내 정신이 혼란스러운 것을 잘 알겠지. 많은 해결책을 알고 있는 자네가 나를 도와줄 수 없겠나?"

에피스테몽은 이 말을 받아 파뉘르주에게 그의 변장에 관해서 사람들이 하는 이야기가 얼마나 조롱으로 가득 찬 것인지를 지적하고, 원산초[1]를 복용해 체내의 불량한 체액을 정화시키고 평소에 입던 복장으로 돌아가라고 충고했다.

"내 동료 에피스테몽이여, (파뉘르주가 대답했다) 나는 결혼하고 싶은 욕망에 사로잡혀 있네. 하지만 결혼 생활에서 오쟁이를 지고 불행해질까봐 두렵네. 이런 이유로 (플레시 레 투르에 계시며, 여성들이 자연적으로 요구하는 *유능한 남자들*[2]의 교단의 첫 설립자이기에 모든 여성들이 깊은 신앙심을 가지고 그분의 가호를 비는) 젊은 프란체스코 성인[3]에게 각모 위에 안경을 얹고 반바지에 바지 앞주머니를 달지 않겠다고 맹세했기 때문에 내 정신이 갈피를 잡을 수 없는 상황에서 확실한 해결

---

1) 당시 정신병 치료제로 널리 쓰인 약재.
2) 원문의 'Bons Hommes'는 미니미 수도회 수도사들의 별명인데, 여기서는 여자들에 대한 봉사에 유능하다는 뜻이다.
3) 미니미 수도회를 설립한 파울라의 성 프란체스코는 루이 11세의 초청으로 프랑스에 왔다가 1507년 플레시 레 투르에서 세상을 떠났다.

책을 찾을 수 없는 것이라네."

― 그것 참, (에피스테몽이 말했다) 멋지고 재미있는 맹세로군. 자네가 원래의 모습으로 되돌아가 이 곤욕스러운 방황에서 자연스러운 평정 상태로 지각을 회복시키지 못하다니 놀라지 않을 수 없네. 자네가 말하는 것을 듣고 있노라면, 티레아 시를 사이에 놓고 벌였던 스파르타인들과의 전쟁에서 패한 후 자신들의 명예와 영토를 회복할 때까지는 머리를 기르지 않겠다고 맹세했던 장발의 아르고스인들의 맹세를 떠올리게 된다네. 정강이 보호대를 한쪽만 달고 다녔다는 웃기는 에스파냐인 미구엘 도리스의 맹세[4]도 기억나는군. 둘 중에서 누가 더 토끼 귀가 달린 초록색과 노란색의 두건[5]을 쓸 자격이 있는지, 누가 더 어울릴지 잘 모르겠네. 영광스러운 기사 자신인지 아니면 사모사타의 철학자[6]가 제공한 역사 기록의 기법과 방식을 망각하고 그토록 길고 세밀하고 지겨운 기록을 남긴 앙게랑인지 말일세. 왜냐하면 그 긴 이야기를 읽다보면 어떤 대단한 전쟁이나 왕국의 특별한 변혁이 시작되거나 일어날 것으로 생각하다가, 결국에 가서는 그 미련한 기사와 그에게 도전한 영국인, 그리고 그들에 관해 기록한, 겨자 단지보다도 더 거품을 무는[7] 서기를 비웃게 되기 때문이지. 이는 해산하는 여인처럼 고함을 질러대고 굉장한 신음소리를 냈던 호라티우스의 산 이야기만큼이나 사람들을 조롱하는 일이라네. 그 고함과 신음소리에 모든 이웃사람들이 어떤 놀랍고 기괴한 출산을 볼 수 있을 것으로 기대하고 달려갔지만, 결국 그 산에서 작은 생쥐 한 마리가 태어났을 뿐이었으니까.[8]

---

4) 아라곤의 기사 미구엘 도리스는 영국의 기사에게 도전할 때까지 무릎 보호대를 한쪽만 달고 다니겠다는 기사로서의 맹세를 했다고 한다. 이 일화는 프루아사르의 『연대기』에 이어 속편을 집필했던 앙게랑 드 몽스트를레의 『연대기』 2권에 나온다.
5) 궁정의 광대들이 썼던 두건을 가리킨다.
6) 『역사 기술법』을 쓴 그리스의 풍자작가 루키아노스를 가리킨다.
7) 원문의 'baveux'는 장황하다는 뜻도 있다.
8) 지금도 프랑스에서는 용두사미(龍頭蛇尾)라는 뜻으로 '생쥐를 낳는다'는 표현을

— 그 때문에 내가 미소 짓는[9] 것은 아니네. 다리를 저는 자더러 놀리라지.[10] 나는 맹세한대로 행동하겠네. 자네와 나는 같이 지낸 지 오래되었고 우정의 신 유피테르[11]를 두고 신뢰와 우정을 맹세한 사이니까 자네 의견을 말해주게. 내가 결혼을 해야겠는가, 하지 말아야겠는가?

— 분명히 그 문제는 불확실한 것이네. 내가 그것을 해결하기에는 능력이 부족하다고 느끼네. 의술에서 코스 섬 출신의 늙은 히포크라테스가 어려운 판단이라고 말했던 것이 이 경우에 딱 들어맞는 말이지. 자네의 당혹스러움을 해결해줄 수 있을지도 모르는 몇 가지 방안이 머리에 떠오르기는 하지만, 나를 확실히 만족시켜줄 만한 것들은 못 된다네.

"플라톤 학파의 몇몇 철학자들은 운명을 알기 위해서는 자신을 수호하는 영(靈)을 알아볼 수 있어야 한다고 말하지. 나는 그들의 학설을 잘 이해하지 못하겠고, 자네가 그것을 따르는 데 찬성하지 않네. 허풍이 많이 들어 있으니까. 나는 에스탕고르[12] 출신의 학구적이고 호기심 많은 귀족이 그런 일을 겪는 것을 본 적이 있다네. 이것이 첫 번째 문제점이지."

"다른 문제점도 있다네. 만일 암몬에서 유피테르, 레바디아, 델포이, 델로스, 키라, 파타라, 테기라, 프라이네스테, 리키아, 콜로폰, 그리고 시리아 안티옥 근처의 카스탈리아 샘, 그리고 브랑코스의 자손들[13] 사이에서 아폴론, 도도나에서 바쿠스, 파트라스 근처의 파레스에서 메르

사용한다.

9) 생쥐(souriz)와 미소 짓다는 동사의 1인칭 현재 변화형 'soubrys'의 발음이 같은 것을 이용한 말장난.
10) 앞 자음을 뺀 나머지 부분 'mocque'와 'clocque'의 발음의 유사성을 이용한 말장난인데, 절름발이 앞에서 저는 흉내를 내서 놀림을 받지 말라는 뜻이다.
11) 유피테르는 우정과 충직함의 수호신이다.
12) 원탁의 기사들의 모험을 다룬 중세소설에 나오는 영국의 가공의 지명.
13) 디디모이의 아폴론 신탁소의 창시자이다. 그의 어머니가 태양이 목구멍(branchos)으로 들어가 몸속을 통해 배로 나오는 꿈을 꾸었다고 하여 이런 이름이 붙었다. 아폴론에게서 예언의 능력을 얻었는데, 디디모이의 신탁소의 신관직은 그의 자손들에게 계승되었다.

쿠리우스,[14] 이집트에서 아피스,[15] 카노푸스에서 세라피스,[16] 마이날리아와 티볼리 근처의 알부네아에서 파우누스,[17] 오르코메노스에서 티레시아스, 시칠리아에서 모프소스,[18] 레스보스 섬에서 오르페우스, 레우카디아[19]에서 트로포니오스[20]가 내리던 신탁들이 아직도 군림하고 있다면, 자네의 계획에 관해 그 신탁들의 결정이 어떤 것인지 들어보러 가는 것에 (혹시 그렇게 하지 않을지도 모르겠지만[21]) 찬성하겠네. 하지만 자네도 알다시피 우리들의 봉사자[22]께서 왕으로 오신 이후에는 모든 신탁들이 물고기들보다도 더한 벙어리처럼 입을 닫아버렸고, 이와 함께 모든 신탁과 예언들이 끝이 났다네. 마치 밝은 햇빛이 비치면 모든 요정, 요괴 라미아,[23] 망령, 늑대인간, 장난꾸러기 요정, 어둠의 유령들이 사라지듯이 말일세. 또한 그 신탁들이 아직 통용된다고 하더라도 쉽

---

14) 로마 신화의 상업의 신으로 그리스 신화의 헤르메스에 해당한다. 헤르메스는 아폴론에게서 예언하는 법을 배웠다고 한다.
15) 이집트의 멤피스에서 신성시되던 황소. 프타 신의 현신이라고 한다.
16) 알렉산드리아 시대에 이집트와 그리스 종교의 융합을 위해 만들어진 신. 세라피스는 이집트의 오시리스와 그리스의 제우스, 하데스, 아스클레피오스가 일체가 된 것이다.
17) 로마의 오래된 숲의 신으로 농산물과 가축을 보호한다. 그는 예언의 힘을 가졌는데 아마 숲의 속삭임을 그의 목소리로 생각한 데서 유래한 것 같다. 이 때문에 그는 파우투스(말하는 자)라는 별명으로 불리기도 한다.
18) 아폴론의 아들로 클라로스에 신탁소를 세웠는데 칼카스와 예언 능력을 겨루어 승리했다.
19) 아폴론의 신탁소가 있던 이오니아 해의 니리티스 섬을 가리킨다. 라블레는 이 지명을 트로포니오스의 신탁소가 있던 레바데이아 시와 혼동한 것으로 보인다.
20) 아폴론의 아들로 유명한 건축가이며 델포이의 아폴론 신전, 만티네이아의 포세이돈 신전 등을 세웠다. 그의 신탁소는 깊은 동굴 속에 있었기 때문에 사람들이 두려워했다.
21) 앞에서 라미나그로비스가 사용했던 것과 같은 선언명제.
22) 예수 그리스도를 가리켜 사용한 이 '봉사자'(servateur)라는 용어는 소르본 신학부에서 거부한 것이다. 『팡타그뤼엘』에서 사용된 이 용어는 『가르강튀아』에서는 '구세주'(sauveur)라는 표현으로 대체되는데, 『제3서』 이후에는 다시 '봉사자'라는 용어가 등장한다.
23) 어린아이들을 잡아먹는다는, 여자의 머리에 뱀의 몸을 가진 괴물.

사리 믿지 말라고 충고하겠네. 너무 많은 사람들이 속았으니까."

"게다가 나는 자신이 클라우디우스 황제와 결혼하게 될지를 알아보기 위해 클라로스에서 아폴론의 신탁을 들었던 아름다운 롤리아[24]를 아그리피나가 비난했던 일을 기억하네. 이 일 때문에 그녀는 일단 추방되었다가 그다음에 비참한 최후를 맞았던 것이지."

— 그러면 더 나은 일을 해보세. (파뉘르주가 말했다) 우리의 왕께 말씀드린 다음 생 말로 항구에서 멀지 않은 곳에 있는 오지지 제도[25]로 여행을 가세. 내가 고대의 훌륭한 저자들의 책에서 읽었는데, 사람들 말이 네 개의 섬 중에서 해가 지는 쪽에 가장 가까이 있는 섬에 여러 명의 점쟁이, 점술가, 예언자들이 살고 있다는 것이네. 그곳에는 황금바위 안에 갇혀 아름다운 황금사슬에 묶여 있는 사투르누스가 있는데, 그는 어떤 종류인지 알 수 없는 새들에 의해 (아마 첫 번째 은자였던 성 바울에게 사막으로 음식을 날라다주었던 까마귀와 같은 것일 수도 있겠지) 하늘나라에서 풍성하게 전달되는 신들의 음식과 술을 공급받으며 살아간다고 하네. 그는 자신의 운세와 운명, 앞으로 일어날 일에 관해 듣고 싶어 하는 사람들 누구에게나 확실하게 예언을 해준다네. 파르카이들이 실을 잣거나 유피테르가 고려하고 결정하는 일 치고 인자한 아버지[26]가 잠을 자면서 알지 못하는 일은 아무것도 없기 때문이지. 나의 당혹스러운 처지에 관해 그의 말을 조금이라도 들을 수 있으면 우리의 노력을 많이 줄일 수 있을 것이네.

— 그것은 (에피스테몽이 대답했다) 너무 명백한 사기에 지나지 않고 너무 황당한 우화라네. 나는 그곳에 가지 않겠네."

---

24) 클라우디우스 황제의 정부였던 롤리아 파울리아를 가리킨다. 아그리피나는 삼촌인 클라우디우스의 세 번째 아내가 된다.
25) 플루타르코스는 이 제도가 영국 해안에서 서쪽으로 5일 동안 항해하면 갈 수 있는 거리에 있다고 했다.
26) 사투르누스는 유피테르와 운명의 여신 파르카이들의 아버지이다.

25 파뉘르주가 어떻게 헤르 트리파[1]의 조언을 들었는가

"우리의 왕께 돌아가기 전에 (에피스테몽이 계속 말했다) 내 말을 자네가 믿는다면, 이렇게 해보도록 하게. 여기 부샤르 섬 근처에 헤르 트리파가 살고 있지. 그는 자네도 알다시피 점성술, 흙점, 수상(手相), 골상, 그리고 다른 비슷한 종류의 점술로 미래의 모든 일을 예언한다네. 자네 문제를 그와 상의해보도록 하세."

— 그 문제에 대해서는 (파뉘르주가 대답했다) 나는 아는 것이 없네. 내가 아는 것이라고는 기껏해야 그가 어느 날 위대한 왕 앞에서 초월적인 천상의 일에 관해 논하고 있을 때, 궁정의 시종 하나가 층계와 문 사이에서 꽤 예쁘장하게 생긴 그의 아내를 기꺼이 격렬하게 방아 찧게 해주었다는 것뿐일세. 그는 하늘과 지상의 모든 사물을 안경 없이 볼 수 있고, 과거와 현재, 미래의 사건들을 모두 예언하면서도 방아 찧는 자기 아내만은 보지 못했으며 그 후로도 아무것도 알지 못했지. 좋아! 자네가 원하니 그에게 가보세나. 아무리 많이 배워도 지나치지 않을 테니까.

다음날 그들은 헤르 트리파의 숙소에 도착했다. 파뉘르주는 그에게 늑대 가죽으로 만든 긴 겉옷과 비로드를 씌운 칼집에 금으로 도금한 장검과 천사 모양[2]의 금화 쉰 닢을 선사했다. 그러고 나서 그와 다정하게 자신의 일에 관해서 상의했다.

---

1) 이 인물은 신비주의 철학에 관한 책을 썼고, 1535년 그르노블에서 죽은 쾰른 출신의 연금술사 코르넬리우스 아그리파 폰 네테샤임이라는 설이 있다.
2) 대천사 성 미카엘의 모습이 찍힌 금화.

우선 헤르 트리파는 그를 정면으로 바라보며 말했다.

"자네는 오쟁이 진 남편의 관상과 용모를 하고 있네. 체면을 잃고 치욕을 당한 오쟁이 진 남편 말일세."

그러고는 파뉘르주의 오른손을 요리조리 살펴보며 말했다.

"여기 보이는 유피테르의 산[3] 위쪽의 이 불길한 손금은 오쟁이 진 남편의 손에만 나타나는 것이라네."

그러고는 뾰족한 펜으로 재빨리 여러 개의 점을 찍고 흑점을 쳐서 그것들을 짝지어보며 말했다.

"자네가 결혼하면 곧 오쟁이를 질 것이 확실하다는 것보다 더 명백한 진실은 없다네."

그리고 나서 파뉘르주의 출생시의 별자리를 물었다. 파뉘르주가 대답하자 그는 신속하게 각 부분까지 그의 천궁(天宮)[4]을 그리고, 세 개씩 조합된 상태와 형상[5]을 관찰한 다음 큰 한숨을 쉬며 말했다.

"나는 벌써 분명하게 자네가 오쟁이 질 것이라고 예언했는데, 이것은 자네의 피할 수 없는 운명이로군. 여기 새로운 확실한 증거가 많이 나왔으니 말일세. 나는 자네가 오쟁이를 질 것이라고 단언하네. 게다가 자네는 아내에게 매를 맞고 도둑질을 당할 걸세. 왜냐하면 일곱 번째 궁이 모든 불길한 형상을 갖추고 있고, 산양, 황소, 전갈과 또 다른 뿔을 단 성좌기호들과 싸우는 형세인 것을 볼 수 있기 때문이지. 그리고 네 번째 궁[6]에서 목성의 기(氣)가 약하고, 토성과 수성이 연결되어 함께 사각형을 이루는 것이 보이네. 이 순진한 친구야, 자네는 꼼짝없이 당할 걸세."

---

3) 가운뎃손가락 아래쪽에 손바닥이 볼록하게 솟은 곳으로 수상에서는 이곳의 모양으로 간통의 징조를 알아낼 수 있다고 한다.

4) 점성술사는 사람의 출생시의 별자리에 따라 혹성의 위치와 수대(獸帶)기호(춘분점을 기점으로 황도를 12분(分)해 성좌명을 붙인 것)를 조합해서 개인별 천궁표를 작성하는데, 제7궁이 결혼과 관련된 것이다.

5) 12성좌를 3개씩 조합한 것을 말하는데, 각각의 성좌는 다른 성좌와 120도씩 떨어져 있다.

6) 네 번째 궁은 친척과 우호 관계를 나타낸다.

— 심한 4일열이나 걸려버려라. (파뉘르주가 말했다) 늙은 미치광이, 불쾌한 바보 같으니라구! 모든 오쟁이 진 남편들이 함께 모이는 자리에서 네놈이 깃발을 들어야 할 거야. 그런데 이 두 손가락 사이의 진드기는 어디서 나온 것이지?

이렇게 말하며 두 손가락을 펼쳐 두 개의 뿔 모양으로 만들고 다른 손가락들은 오므린 채 헤르 트리파를 향하여 곧장 앞으로 내밀었다. 그러고는 에피스테몽에게 말했다.

"마르티알리스[7]가 말한 것처럼, 마누라는 도박장을 열고 뚜쟁이 짓을 하는데도, 남들의 고통과 불행을 관찰하고 이해하는 데만 전념했던 진짜 올루스 같은 인물이 여기 있구먼. 요컨대 이자로 말하자면 열일곱 마리의 악마들보다도 더 건방지고 불손하고 무자비하지만, 고대인들이 그런 비천한 상놈을 보고 '거만한 거지'(πτωχαλαξών)라고 적절하게 부른 것처럼 이루스[8]보다도 더 불쌍한 놈이라네. 가세, 묶어두어 마땅한, 광기에 사로잡힌 이 미친놈이 멋대로 헛소리하도록 그와 친한 악마들과 함께 내버려두기로 하세. 악마들이 이런 천한 인간을 모시고 싶어할 것 같다는 생각이 드네. 이런 인간은 '네 자신을 알라'는 철학의 첫줄도 알지 못하고, 자기 두 눈을 멍들게 하는 커다란 나무 그루터기는 보지 못하면서 남의 눈에 든 지푸라기를 볼 수 있는 것을 영광으로 삼는다니까. 플루타르코스가 묘사한 것이 이자처럼 무엇에든 관심을 가지고 참견하는 귀찮은 인간이라네. 그는 남의 집이나 공공장소, 사람들이 모인 곳에서는 스라소니보다도 더 잘 꿰뚫어보지만 자기 집에서는 두더지만큼도 보지 못하는 요괴 라미아 같은 놈이라네. 그 요괴는 밖에서 자기 집으로 돌아오면 마치 벗을 수 있는 안경처럼 눈을 머리에서 떼어내서는 문 뒤에 걸린 나막신에 넣어두기 때문에 아무것도 보지 못하는 것이지."

이 말을 듣고, 헤르 트리파는 히스나무 가지를 손에 쥐었다.

---

7) 로마의 풍자시인.
8) 호메로스의 『오디세이아』에 나오는 거지의 이름으로 속담에 흔히 등장한다.

"그가 나뭇가지를 제대로 잡았군. (에피스테몽이 말했다) 저것이 니칸드로스[9]가 점치는 나뭇가지라고 부른 것이지."

— 자네는 (헤르 트리파가 말했다) 진실을 불점이나 아리스토파네스의 『구름』으로 유명해진 기상점, 물점, 아시리아인들 사이에서 과거에 평판이 높았고 헤르몰라우스 바르바루스[10]가 시험해 보았던 수반점(水盤占)으로 진실을 더 자세히 알고 싶은가? 물이 가득 담긴 대야 속에서 미래의 자네 아내가 두 명의 거친 사내들과 일을 치르고 있는 모습을 보여주겠네.

— 네놈이 코를 내 엉덩이에 처박을 때는, (파뉘르주가 말했다) 안경 벗는 것이나 잊지 말라구.

— 거울점으로 할까? (헤르 트리파가 말을 계속했다) 로마의 황제였던 디디우스 율리아누스는 그 방법으로 앞으로 일어날 모든 일을 예견할 수 있었다네. 자네에게는 안경이 필요 없을 거야. 파트라스 근처의 미네르바 여신의 신전에 있던 샘만큼이나 거울 속에서 선명하게 교접 중인 그녀의 모습을 보게 될 것이네. 과거에 로마인들이 의식에서 경건하게 행하던 체점으로 할까? 체와 집게만 있으면 자네는 악마를 보게 될 것이네. 테오크리토스가 그의 책 『약제술』에서 지적했던 보리가루점, 그리고 밀과 밀가루를 섞는 밀가루점으로 할까? 뼈점으로 할까? 집 안에 준비된 판이 있다네. 치즈점으로 할까? 내게 적당한 브레에몽 산 치즈가 하나 있다네. 고리점으로 할까? 장담하건대, 자네가 고리를 여러 개 돌리면 모두 왼쪽으로 넘어질 걸세. 가슴점으로 할까? 정말로 자네 가슴은 균형이 잘 맞지 않는구먼. 향연점(香煙占)으로 할까? 약간의 향만 있으면 된다네. 복화술사의 배로 점치도록 할까? 페라라에서 복화술사 자코바 로도기나 부인이 그 방법을 오랫동안 사용했지. 당나귀 머리점으로 할까? 당나귀 머리를 타오르는 석탄 위에 올려놓고 구우면 되

---

9) 그리스 콜로폰 출신의 시인이자 의사.
10) 15세기 말 베네치아의 인문주의자인데, 아리스토텔레스 철학의 난해한 부분에 관해 그를 수호하는 영들에게 물어보았다고 한다.

는데, 독일인들이 그 방법을 즐겨 사용했다네. 촛농점으로 할까? 촛농을 물에 떨어뜨리면 자네 아내와 북치는 사내들의 모습을 보게 될 걸세. 연기점으로 할까? 양귀비씨와 참깨를 타오르는 석탄 위에 뿌리면 된다네. 오, 얼마나 멋진 모습인지! 도끼점으로 할까? 자네가 도끼와 흑옥을 구해오기만 하면 우리는 그것을 잉걸불 위에 올려놓을 것이네. 오! 호메로스는 페넬로페[11]의 구혼자들에게 이 방법을 얼마나 확실히 사용했던가![12] 기름점으로 할까? 기름과 초가 있으면 된다네. 재점으로 할까? 재가 볼 만한 상태에 있는 자네 아내의 모습을 공중에 그려주는 것을 보게 될 걸세. 풀잎점으로 할까? 내게 지금 적당한 샐비어잎이 있다네. 무화과잎점으로 할까? 오, 무화과잎을 이용한 점술의 신묘함이여! 이 방법은 예전에 리키아인들의 고장에서 아폴론 신에게 바쳐진 신성한 숲에 있는 디나의 구덩이에서도 행해졌다네. 예전에 티레시아스와 폴리다마스가 찬양하고 확실한 방법으로 실행했던 물고기점으로 할까? 돼지점으로 할까? 돼지를 많이 잡아 방광을 모으면 된다네. 그리스도의 공현절[13] 전날 과자에서 잠두를 찾는 것과 마찬가지로 추첨점으로 할까? 로마의 황제였던 헬리오가발루스가 했던 내장점[14]으로 할까? 약간 불쾌하기는 하지. 하지만 자네는 오쟁이를 질 운명이니까 참아낼 수 있겠지. 무녀의 답시(答詩)에 의한 점으로 할까? 이름점으로 할까? 자네 이름이 어떻게 되지?

— 똥섭개(Maschemerde)다. 파뉘르주가 대답했다.

---

11) 그리스의 영웅 오디세우스의 아내로, 남편이 트로이 원정을 떠난 후 많은 구혼자들이 청혼했지만 이를 뿌리치고 20년 동안 남편을 기다리며 절개를 지켰기 때문에 정숙한 아내의 상징으로 흔히 인용된다.
12) 『오디세이아』 21장에서 돌아온 오디세우스는 구혼자들에게 나란히 놓인 12개의 도끼 구멍을 단 하나의 화살로 관통시키는 사람을 승자로 인정해 페넬로페와 혼인하게 하자는 제안을 한다.
13) 1월 6일. 예수 그리스도가 30회째 생일에 세례를 받고 하느님의 아들로 세상에 나타나게 된 일을 기념하는 날로, 이날 과자에 감추어진 잠두나 도자기 인형을 찾으면 행운이 온다고 한다.
14) 헬리오가발루스는 제물로 바쳐진 어린아이의 내장으로 점을 치게 했다.

— ……아니면 닭점으로 할까? 여기다 멋지게 원을 그려놓고 자네가 주시하는 가운데 24등분할 것이네. 그리고 각 부분에 알파벳 한 글자씩 써놓고, 각 글자 위에 밀알을 하나씩 놓아둘 것이네. 그리고 암컷과 교미해본 적이 없는 잘생긴 수탉 한 마리를 풀어놓아 지나가도록 하지. 그러면 (내가 장담하건대) 자네는 그놈이 C.O.Q.U.S.E.R.A.(오쟁이 지리라) 글자 위에 놓인 밀알을 먹는 것을 보게 될 것이네. 발렌스 황제가 자기 후계자를 누구로 할지 당혹스러워 하며 그 이름을 알고자 했을 때, 닭점을 치는 데 쓰던 예언의 능력을 가진 수탉이 Θ.E.O.Δ.[15] 글자 위에 놓인 것을 먹었던 것처럼 운명적으로 정해진 것이니까.

"자네는 장점술(腸占術)로 더 알고 싶은가? 살점[16]으로? 새들의 날갯짓, 길흉을 알리는 새들의 울음소리, 신성한 암오리의 부리에서 떨어진 낟알이 튀는 모습에 나타나는 징조에 의해서?"

— 똥점으로 하지! 파뉘르주가 대답했다.

— 아니면 강신술로 할까? 아킬레우스에게 티아나 사람 아폴로니오스가 했던 것처럼,[17] 사울 앞에서 여자 예언자가 했던 것처럼,[18] 얼마 전에 죽은 사람을 즉시 소생시킬 수 있네. 그는 우리에게, 에릭토[19]가 불러왔던 망자(亡者)가 폼페이우스에게 파르살리아 전투의 경과와 결말을 예언했던 것보다 더도 덜도 아니게, 모든 것을 말해줄 것이네. 혹시 자네가, 모든 오쟁이를 진 남편들이 천성적으로 그렇듯이, 망자들을 두려워한다면 영매술만 쓰도록 하겠네.

— 광기에 사로잡힌 미치광이 같으니라구, (파뉘르주가 대답했다) 악

---

15) 발렌스 황제의 뒤를 이은 테오도시우스 황제의 그리스식 표기 'Theodos'의 첫 네 글자이다.

16) 제물로 바친 동물들의 살코기로 치는 점.

17) 필로스트라트가 쓴 『아폴로니오스 전(傳)』 4장에 아폴로니오스가 소녀를 소생시킨 이야기가 나온다.

18) 『구약』 「사무엘 상」 28장 8~19절에서 사울은 엔돌의 신접한 여인을 시켜 사무엘의 혼령을 부르게 한다.

19) 루카아노스의 『파르살리아』에 나오는 테살리아의 무녀.

마에게나 가버려라, 그리고 알바니아 용병놈에게 비역질이나 당해라. 그러면 뾰족한 모자20)를 쓰게 될 테니. 제기랄, 왜 내게 에메랄드나 하이에나 돌21)을 혀 밑에 넣고 있으라고 하지 그래? 아니면 오디새의 혓바닥과 청개구리의 심장을 지니고 있으라고 하든지 말이야. 아니면 과거에 메소포타미아에서 아랍인들이 했듯이, 백조와 새들의 울음소리와 노랫소리로 내 운명을 들을 수 있게 용의 간과 심장을 먹으라고 하지 않는 거냐구? 뿔이 돋은 개종자, 악마를 섬기는 요술쟁이, 적그리스도의 마법사는 서른 마리의 악마들이 잡아가라지. 우리의 왕에게로 돌아가세. 우리가 여기 치마 두른 이 악마의 소굴에 왔었다는 이야기를 들으시면, 그분께서 못마땅해 하시리라고 나는 확신하네. 나는 이곳에 온 것이 후회스럽고, 예전에 내 반지 뒤꽁무니를 따라다니며 속삭이던 자가 지금 가래침을 뱉어 저놈의 콧수염을 화려하게 장식해주기만 한다면, 귀한 금화22) 백 닢과 하찮은 동전 열네 닢을 기꺼이 내줄 텐데. 정말로 저놈이 얼마나 악마의 짓거리로 나를 잔뜩 화나게 만들고, 마법으로 내 혼을 빼놓았는지! 완전히 그 냄새에 배어버렸으니! 악마가 그를 잡아가라지! '아멘' 하고, 이제 술 마시러 가세나. 나는 이틀, 아니 나흘 동안은 식사를 하지 않을 거야."

---

20) 알바니아 용병들이 쓰던 원추형 모자를 가리키는데, 마법사의 고깔모자를 연상시킨다.
21) 에메랄드나 하이에나의 눈에서 뽑았다는 돌을 입안에 넣고 있으면 예언의 능력을 가져다준다는 것이다.
22) 장미가 새겨진 영국 금화. 귀한 금화(noble)와 짝을 맞추기 위해 하찮은 동전(roturier)이라는 표현이 만들어진다.

26 파뉘르주가 어떻게 장 데 장토뫼르의 조언을 들었는가

헤르 트리파의 말에 화가 잔뜩 나 있던 파뉘르주는 윔므 마을을 지날 때, 왼쪽 귀를 긁적이고 더듬거리면서 말을 걸었다.

"내 기분을 좀 풀어주게, 배불뚝이 친구야. 그 악마에 홀린 미치광이의 말 때문에 정신이 매우 혼란스럽다네."

"들어보게, 귀여운 불알,[1]

절단된 불알,	고명한 불알,
발이 통통한 불알,	어루만져준 불알,
멍이 든 불알,	풍요로운 불알,
펠트 천으로 된 불알,	틈을 메운 불알,
핏줄이 보이는 불알,	조각된 불알,
화장 회반죽을 바른 불알,	그로테스크한 무늬로 장식된 불알,
아라베스크 무늬로 장식된 불알,	쇠가 붙은 불알,
꼬치에 꿴 산토끼 불알,	고대식 불알
자신만만한 불알,	꼭두서니 염료로 염색된 불알,
윤을 낸 불알,	수놓은 불알,

---

1) 아래에 수직으로 길게 나열한 불알과 관계된 형용사의 목록은 말이 끝없이 확산되어나가는 라블레 특유의 말의 잔치를 보여주는데, 의미로 연결관계를 유추할 수 있는 경우도 있으나 대부분은 단어의 앞부분이나 뒷부분의 발음, 형태상의 유사성에 의해 자유롭게 연상된 단어들의 조합으로 이루어진 것이다.

알록달록한 불알,

망치로 두드린 불알,

맹세한 불알,

낟알이 많이 달린 불알,

성난 불알,

외투로 싼 불알,

두건을 쓴 불알,

유약을 바른 불알,

브라질 산 나무로 된 불알,

듣기 좋은 불알,

활시위를 당긴 불알,

장검 같은 불알,

광란의 불알,

노쇠한 불알,

속을 채운 불알,

반들반들하게 닦은 불알,

양념을 한 불알,

원급(原級)[2] 불알,

속격(屬格) 불알,

거대한 불알,

타원형 불알,

금욕적인 불알,

남성적 불알,

존경할 만한 불알,

한가로운 불알,

묵직한 불알,

주석 도금한 불알,

비계를 넣은 불알,

부르주아 불알,

미끼용 불알,

역청 칠한 불알,

상태가 좋은 불알,

대망의 불알,

흑단으로 된 불알,

회양목으로 된 불알,

라틴식 불알,

갈고리가 달린 불알,

무절제한 불알,

열정적인 불알,

완벽한 치수의 불알,

부푼 불알,

예쁜 불알,

활기찬 불알,

동사적 명사격 불알,

능동태 불알,

생명력이 넘치는 불알,

당당한 불알,

수도원의 불알,

섬세한 불알,

예비용 불알,

대담한 불알,

관능적인 불알,

---

2) 비교급이나 최상급과 달리 형용사나 부사의 기준이 되는 급.

손으로 다루는 불알,

절대적 불알,

사지가 건장한 불알,

쌍둥이 불알,

터키식 불알,

빛나는 불알,

글겅이로 빗겨준 불알,

분주한 불알,

단정한 불알,

신속한 불알,

행운의 불알,

살찐 소처럼 뚱뚱한 불알

수직으로 짠 불알,

많이 찾는 불알,

이중 바닥으로 된 불알,

살쾡이 같은 불알,

오르시니 가문[3]의 불알,

명문 출신의 불알,

부계(父系)의 불알,

말벌처럼 쏘는 불알,

수은 합금 불알,

건장한 불알,

식욕 좋은 불알,

구원의 불알,

두려운 불알,

상냥한 불알,

탐욕스러운 불알,

단호한 불알,

속이 꽉 찬 불알,

궁정식 불알,

다산적 불알,

휘파람 부는 불알,

우아한 불알,

평범한 불알,

기운찬 불알,

충동적인 불알,

늘어진 불알,

일상적인 불알,

세련된 불알,

쾌활한 불알,

격렬하게 쏘는 불알,

교황당원 불알,

선별된 불알,

가사용 불알,

사랑스러운 불알,

조준기가 달린 불알,

대수(代數) 불알,

멋쟁이 불알,

최고의 불알,

유쾌한 불알,

무시무시한 불알,

유익한 불알,

---

3) 중세 이탈리아의 가문과 그 일족이 만든 당파를 가리키는 이름.

기억할 만한 불알,

주목할 만한 불알,

손으로 만질 수 있는 불알,

근육질의 불알,

갑옷을 입은 불알,

보조적인 불알,

비극적인 불알,

풍자적인 불알,

바다 건너온 불알,

반향적인 불알,

소화용 불알,

발작적인 불알,

부풀게 하는 불알,

원기를 회복시키는 불알,

끌로 새긴 불알,

여자에 올라탄 불알,

말에 올라탄 불알,

당나귀에 올라탄 불알,

살찐 불알,

벼락 치는 불알,

천둥치는 불알,

반짝이는 불알,

망치질하는 불알,

숫양처럼 받는 불알,

포효하는 불알,

향기로운 불알,

둥둥 울리는 불알,

정자를 만드는 불알,

호색적인 불알,

약탈하는 불알,

외설적인 불알,

고개를 끄덕이는 불알,

박차를 가하는 불알,

철썩 때리는 불알,

낙오한 불알,

껍데기를 벗긴 불알,

비난받는 불알,

속을 뒤진 불알,

체질한 불알,

곤두박질친 불알,

"화승총으로 발사한 불알, 엉덩이를 움직이는 불알, 장 수도사, 내 친구여. 나는 자네에게 큰 존경심을 가지고 있고 자네를 가장 훌륭한 조언자로 남겨두었다네. 부탁이니 자네 의견을 말해주게. 내가 결혼을 해야겠는가, 아니면 말아야겠는가?

장 수도사는 쾌활한 기분으로 그에게 대답했다.

"악마의 이름으로 결혼하게, 그리고 불알로 주명종(奏鳴鐘)을 힘껏 울리게. 내 말은 할 수 있는 대로 되도록 빨리 하라는 뜻이라네. 오늘 저녁부터 당장 침대 받침대와 침대가 비명을 지르도록 하게나.[4] 빌어먹을, 언제를 위해서 남겨두려는가? 자네는 세상의 종말이 다가온다는 것을 모른단 말인가? 우리는 어제보다 오늘은 3트라뷔[5] 하고 2투아즈 더 가까워진 것이네. 사람들 말로는 적그리스도가 벌써 태어났다네. 아직 어려서 유모와 보모들을 할퀴기만 할 뿐이고 보물[6]을 보여주지 못하는 것이 사실이지만 말일세. 밀 한 부대가 동전 3파타르,[7] 포도주 한 통이 은화 여섯 닢밖에 하지 않는 동안은, *생육하라, 살고 있는 우리들은. 번성하라.*[8] (이 말은 기록되어 있는 것이라네. 내 성무일과서의 재료지.) 최후의 심판 날, *그분께서 심판하러 오실 때,* 자네 불알이 가득 차 있는 것을 사람들이 보게 되기를 원하는가?"

— 자네는 (파뉘르주가 말했다) 정신이 대단히 명철하고 침착한 사람이로군. 장 수도사, 이 대주교 불알아, 자네가 온당한 말을 해주었네. 아시아의 아비도스에 살던 레안드로스가 유럽의 세스토스에 사는 연인 헤로를 만나러 가기 위해 헬레스폰투스 해협을 헤엄쳐 건너면서 넵투누스와 모든 바다의 신들에게 빌었던 것이 바로 그 말이라네.

　　만일 출발했다가 당신들의 총애를 받는 제가
　　돌아오는 길에 빠져죽더라도 상관없나이다.

"그는 불알이 가득 찬 채로 죽기를 결코 원치 않았던 것이지. 지금부

---

4) '결혼의 공시를 하다'(faire crier les bans)와 '침대 받침대가 삐걱거리는 소리를 내게 하다'(faire crier les bancs)라는 두 표현의 발음이 같은 것을 이용한 말장난.

5) 토지 면적의 측량 단위(지방에 따라 34 내지 52제곱미터).

6) 성 요한에 따르면 세상의 종말에 앞서 적그리스도가 나타나는데, 악령들이 그에게 땅속에 묻힌 보물들을 바쳐 사람들을 유혹하게 만든다고 한다.

7) 피카르디의 동전으로 5리아르(1리아르는 4분의 1수)에 해당한다.

8) 처음과 끝 문장 '생육하고 번성하라'는 하느님께서 인간을 창조하고 나서 하신 말씀(『구약』「창세기」1장 22절)이고, '살아 있는 우리들은'「시편」115장 18절에 나오는 구절로 장 수도사가 끼워 넣은 것이다.

터 내가 다스리는 전(全) 살미공댕 영지에서 어떤 악당을 법으로 처형하려고 할 때, 그를 하루나 이틀 전에 사도좌 서기관[9]같이 계집질을 할 수 있도록 해서, 그의 정낭 속에 그리스어의 웝실론(Y) 글자[10]를 그릴 수 있는 것도 남지 않게 할 생각이라네. 그것은 매우 소중한 것이라 어리석게 낭비해서는 안 되지. 혹시 남자를 하나 잉태시킬 수도 있을 테니까. 이렇게 죽으면 남자 하나에 대해서 다른 하나를 남기는 셈이니 그도 회한 없이 죽을 수 있겠지."

---

9) 가톨릭교회의 사도좌 서기관들은 호색으로 소문이 나 있었다고 한다.
10) 그리스 신화의 풍요의 신으로 생산력을 나타내는 남근으로 표시되는 프리아포스 신은 Y자로 상징된다.

27장 수도사가 어떻게 쾌활하게 파뉘르주에게 조언했는가

"성 리고메르[1]를 두고 맹세하건대, (장 수도사가 말했다) 파뉘르주, 나의 다정한 친구여. 자네 처지에서 내가 하지 않을 일은 자네에게도 하라고 충고하지는 않겠네. 단지 자네가 행하는 일이 서로 잘 맞물려 지속될 수 있도록 하게. 만일 중단해버린다면 불쌍한 아이처럼 신세를 망치게 될 것이고, 유모들이 겪게 되듯이, 젖을 아기들에게 계속 먹이지 않으면 젖이 더 이상 나오지 않는 것과 같은 일이 생길 테니까 말일세. 만일 자네가 계속해서 자네 물건을 사용하지 않는다면, 우유 같은 것이 더 이상 생산되지 않고 단지 오줌 누는 용도로밖에 쓸 수 없게 될 것이네. 그러면 불알도 마찬가지로 가죽부대 역할밖에 할 수 없게 되겠지. 자네에게 경고해두는 바이네, 내 친구여. 할 수 있을 때 하지 않았던 탓에 하고 싶을 때 하지 못하게 된 사람들을 나는 많이 보았다네. 전문가들이 말하듯이 용도 폐기로 특권을 상실하게 된 거지. 그러니 이 친구야, 이 아래쪽에 사는 많은 수의 동굴족[2] 모두가 끊임없이 경작할 수 있는 상태를 유지하도록 하게. 그들이 아무 일도 하지 않고 연금을 받아 놀고 먹는 귀족들처럼 살지 못하게 명령을 내리게."

— 유피테르의 이름으로, 그렇게 하겠네. (파뉘르주가 대답했다). 장 수도사, 내 왼쪽 불알, 자네 말을 믿겠네. 자네는 단도직입적으로 일을

---

1) 바 푸아투 지방에서는 성 리고메르의 성물을 숭배했다고 한다.
2) 동굴족 'troglodytes'는 정자를 가리키는 표현.

해치우는군. 유보나 우회 없이 나를 망설이게 만들던 모든 두려움을 확실하게 해소시켜주었네그려. 하늘이 자네에게 이렇게 언제나 낮고 강하게 칠 수 있게 해주시기를![3] 자네가 나를 보러 올 때 언제나 아름다운 침실 하녀들을 준비시켜놓겠네. 자네는 그녀들을 단결시켜주는 후원자가 될 수 있을 거야. 이것이 맹세의 첫 부분이네.

　— 바렌의 종소리의 신탁을 들어보게. (장 수도사가 말했다) 무어라고 말하는가?

　— 종소리가 들리네. (파뉘르주가 대답했다) 그 소리는, 내 갈증을 걸고[4] 도도나의 유피테르 신의 솥[5]보다 운명을 더 잘 예고해주는군.

　　결혼해라, 결혼해라.

　　결혼, 결혼.

　　네가 결혼하면, 하면, 하면,

　　잘 했다고 생각하리라, 리라, 리라.

　　결혼, 결혼.

"자네한테 결혼하겠다고 약속하겠네. 모든 여건이 나를 그리로 이끄니 말일세. 이 말은 청동벽[6]과 같은 것으로 받아들이게."

"두 번째 문제점은 거만한 정원의 신[7]이 별로 호의적이 아니라는 이유로, 과연 내게 아버지로서의 자격이 있는지에 대해서 자네가 일말의 의혹을 품고 인정하지 않으려는 것처럼 여겨진다는 것이네. 그 신이 내 명령을 받들어 어느 것이나 어디에서든 순종적으로 비위를 맞추고, 주

---

3) 정구에서 사용하는 표현.

4) 단언하거나 다짐을 나타낼 때 사용하는 '내 명예를 걸고'(par ma foi)라는 간투사 대신 비슷한 발음 'par ma soif'를 이용한 말장난.

5) 고대 그리스에서 도도나의 신탁이 다른 곳보다 더 인기가 있었다고 한다.

6) 호라티우스의 말로, 어길 수 없는 것이라는 뜻이다.

7) 그리스 신화의 풍요의 신 프리아포스를 가리킨다.

의를 기울여 복종하게 되어 있다는 것을 제발 믿어주게나. 그를 다루는
데는 가느다란 가죽끈,[8] 즉 쇠붙이 달린 끈을 풀어주고 가까이에 있는
사냥감을 보여주며 '이놈아, 훠이 훠이!'[9] 하고 말하기만 하면 된다네."

"내 미래의 아내가 과거의 메살리나[10]나 영국의 윈체스터 후작부인[11]
처럼 베누스의 쾌락에 탐닉한다고 하더라도 그녀를 만족시킬 수 있을
만큼 내가 가득 채워져 있다는 것을 믿어주기 바라네."

"나는 솔로몬 왕이 했던 말[12]을 모르지 않네. 그는 마치 성직자와 학
자처럼 말한 것이지. 그 이후에 아리스토텔레스도 여성은 천성적으로
만족할 줄 모르는 존재라고 말했지. 나도 같은 굵기에 지칠 줄 모르는
쇠붙이 연장을 갖추고 있다는 것을 사람들이 알아주기 바라네."

"헤라클레스, 프로쿨루스 카이사르[13] 같은 전설적인 호색한들과 자신
이 쓴 코란에서 자기 생식기 속에 예순 명의 망나니들을 만들어낼 수 있
는 힘이 들어 있다고 자랑했던 마호메트를 여기서 내게 예로 들지 말게
나. 그 음탕한 자는 거짓말을 한 것이라네."

"테오프라스토스와 플리니우스, 그리고 아테나이오스에 의해 유명해
진, 어떤 풀의 도움으로 하루에 일흔 번 이상을 했다는 인도인을 예로 들
지도 말게. 그 수는 억측에 지나지 않는 것이어서 나는 그 말을 전혀 믿
지 않는다네. 자네도 믿지 말기 바라네. (자네는 진실이 아닌 것은 믿지

---

8) 사냥용 매를 묶어두는 끈인데, 여기서는 바지 앞주머니를 묶는 데 쓰는 끈을
　가리킨다.
9) 사냥용 매를 흥분시키기 위해 내는 소리.
10) 클라우디우스 황제의 왕비였던 메살리나는 음탕한 행실로 유명했다.
11) 윈체스터 주교가 유곽을 경영한다는 소문이 있었다고 하는데, 여기서 창녀들
　을 가리키는 윈체스터의 거위들(Winchestrian geese)이라는 표현이 나왔다
　고 한다.
12) 『구약』 「잠언」 30장 15~16절. "거머리에게는 두 딸이 있어 다고 다고 하느니
　라. 족한 줄을 알지 못하여 족하다 하지 아니하는 것 서넛이 있나니 곧 음부
　와 아이 배지 못하는 태와 물로 채울 수 없는 땅과 족하다 하지 아니하는 불이
　니라."
13) 서기 280년 골 지방의 리용에서 로마 황제를 참칭했던 인물.

않을 테니까) 내 물건, 다시 말해 발기한 내 신성한 남근이 알빈가 시[14]의 모씨(某氏)처럼 세상의 으뜸이라는 것을 믿어주기 바라네."

"들어보게, 귀여운 불알아. 카스트르에 있는 수도원의 수도복을 전에 본 적이 있나? 그 옷을 집에 갖다두면, 그것을 숨겨두든지 내놓든지 간에 그 무시무시한 위력 때문에 그곳의 거주자들, 주민들은 사람과 짐승, 남자와 여자, 심지어 쥐와 고양이까지도 발정하게 된다네. 예전에 이보다도 더 특별한 어떤 기운이 내 바지 앞주머니 속에서 솟구치는 것을 경험한 적이 있다는 것을 자네에게 맹세하네."

"어느 집이나 작은 오두막, 설교나 장터에서의 이야기 대신에 생 멕상에서 공연했던 예수 수난극[15]에 관한 이야기를 들려주기로 하지. 어느 날 공연장 안에서 나는 그 극의 효능과 신비한 특성의 영향으로 인해 배우들과 관객들 모두가 끔찍한 욕망에 사로잡혀서 천사나 사람, 남녀 악마들 누구나 할 것 없이 비벼대고 싶어 안달하는 것을 보았다네. 대사를 읽어주던 자는 대본을 팽개치고, 성 미카엘 천사역을 맡은 배우는 기계 장치를 타고 내려오고, 악마들은 지옥에서 나와서는 가냘프고 불쌍한 여자들을 모두 업어갔다네. 루치페르마저도 쇠사슬을 끊어버렸지. 한마디로 말해서, 나는 이 난잡한 광경을 보고, 자기 면전에서 플로라 여신의 축제가 혼란에 빠지는 것을 보게 되자 구경하기를 그만두었던 감찰관 카토의 예를 따라 그곳에서 빠져나왔다네."

---

14) 이탈리아의 제노바 근처의 도시 이름.
15) 원문의 'Passion'은 예수 그리스도의 수난극과 정열이라는 이중의 뜻이 있다.

28장 수도사는 어떻게 오쟁이 지게 될 것을
걱정하는 파뉘르주를 격려했는가

"자네 말은 알겠네. (장 수도사가 말했다) 하지만 시간은 모든 사물을 해체시킨다네. 대리석이나 반암(斑岩)도 풍화되고 부서지고 말지. 지금은 그렇지 않다고 해도 몇 년 지나지 않아 가죽부대가 비어 불알이 축 늘어진 사람들이 꽤 많더라는 고백을 자네에게서 듣게 될 걸세. 벌써 자네 머리카락이 희끗희끗해지기 시작한 것이 보이네. 자네 턱수염은 회색, 흰색, 황갈색, 검은색 등 각각으로 색이 다르니 마치 세계 지도를 보는 것 같구먼. 여기를 보게. 여기가 아시아고, 여기는 티그리스 강과 유프라테스 강이네. 여기가 아프리카고, 여기는 달의 산[1]이로군. 나일 강의 늪지대가 보이나? 그 너머에 유럽이 있다네. 텔렘 수도원이 보이나? 여기 완전히 흰색인 앞머리는 북극의 산맥이라네. 내 갈증을 걸고, 산에 눈이 내리면, 머리와 턱을 두고 하는 말인데, 바지 앞주머니의 계곡에는 큰 열기가 남아 있지 않은 법이라네."

— 자네의 고약한 암노새[2]에게나 신경쓰게! (파뉘르주가 대답했다) 자네는 상투적 표현의 수사법을 이해하지 못하는군. 산에 눈이 덮이면 벼락, 번개, 낙뢰,[3] 다리의 궤양, 암홍색 빛,[4] 천둥, 폭풍, 모든 악마들은 계곡에 있게 된다네. 그 증거를 원하나? 스위스에 가서 베른에서 시

---

1) 만년설로 뒤덮인 아프리카의 산 이름.
2) 가벼운 동상에 걸렸다는 뜻.
3) 원문의 'lancis'는 낙뢰와 인후염이라는 이중의 뜻이 있다.
4) 번개를 가리킨다.

옹 방향으로 40리 떨어진 곳에 있는 분더베를리히 호수[5]에 가보게. 자연에는 우리가 보는 것처럼 머리는 희어도 꽁지부분은 초록색에 곧고 활기에 넘치는 파 같은 것들도 있다는 것은 고려하지 않고, 자네는 희끗희끗해진 내 머리색만 탓하는군.

"내게 어떤 노쇠의 징후가 보이는 것은 사실이네. 내 말은 원기왕성한 노쇠를 뜻하는 것이지만 아무에게도 말하지 말게. 우리 사이의 비밀로 남겨두세나. 그 이유는 내가 전보다 포도주맛이 더 좋고 더 감칠맛이 난다고 느끼게 되었다는 것이네. 그래서 나는 전보다도 나쁜 포도주를 마시게 되는 것을 더욱 두려워하게 되었지. 이는 무엇인지 알 수 없는 하락을 보여주는 것이고 정오가 지난 것을 의미한다는 점에서 유념해야 하는 것이네."

"그런데 뭐라고? 나는 전만큼, 아니 전보다 더 기분 좋은 반려자라네. 이점에 대해서는 악마의 이름을 걸고 두려워하지 않는다네. 내 걱정거리는 그것이 아니라네. 우리 왕 팡타그뤼엘 폐하께서 악마들 모두를 상대하러 가신다고 하더라도 내가 수행해야 할 텐데, 오랜 부재기간에 내 아내가 나를 오쟁이 지게 만들지 않을까 두려운 것이네. 이것은 결정적 타격을 주는 말이거든. 내가 이야기를 나누었던 사람들은 모두 나를 겁주고 하늘나라에서 내게는 이런 운명이 예정된 것이라고들 단언하니까 말일세."

— 원해서 오쟁이 지는 남편은 없다네. (장 수도사가 대답했다) 자네가 오쟁이 진다면, *따라서*[6] 자네 아내는 아름다울 것이고, *따라서* 자네는 그녀에게서 대접을 잘 받을 것이고, *따라서* 자네는 많은 친구들을 갖게 될 것이고, *따라서* 자네는 구원을 받을 것이네. 이것이 수도원의 수사법의 상투적 표현이지. 죄지은 자여, 자네는 이 때문에 더 쓸모가 있

---

5) 독일어로 '경탈할 만한'(wunderberlich)이라는 뜻의 이 호수는 툰(Thoune) 호수를 가리키는 것 같다.
6) 라블레는 삼단논법에서 흔히 사용되는 따라서(ergo)를 연속적으로 나열해 장 수도사의 궤변의 비논리성을 부각시키고 있다.

을 것이네. 그리고 이런 행복을 맛본 적이 없을 것이네. 자네의 행복은 더 커질 것이라네. 자네가 잃을 것은 아무것도 없지. 자네의 운명이 이와 같다면, 자네는 이에 대항하기를 원하는가? 말해보게, 시든 불알, 곰팡이 슨 불알.[7]

고약한 냄새가 나는 불알,　　굳어버린 불알,
찬물에 반죽한 불알,　　　　대롱대롱 매달린 불알,
얼어붙은 불알,　　　　　　소환당한 불알,
생기 없는 불알,　　　　　　무기력한 불알,
퇴색한 불알,　　　　　　　낟알을 깐 불알,
녹초가 된 불알,　　　　　　버릇없는 불알,
쇠약한 불알,　　　　　　　기진맥진한 불알,
소진된 불알,　　　　　　　등불처럼 속이 빈 불알,
끓어 엎드린 불알,　　　　　똥칠한 불알,
가로막힌 불알,　　　　　　부싯깃으로 문지른 불알,
탈지된 불알,　　　　　　　압축된 불알,
짓눌린 불알,　　　　　　　빈약한 불알,
가루가 된 불알,　　　　　　벌레 먹은 불알,
녹아버린 불알,　　　　　　진이 빠진 불알,
비참한 처지의 불알,　　　　보잘것없는 불알,
고약한 기질의 불알,　　　　절도 없는 불알,
총애를 잃은 불알,　　　　　코르크로 된 불알,
물렁물렁한 불알,　　　　　창백한 불알,
물기가 빠진 불알,　　　　　혐오스러운 불알,
으깨진 불알,　　　　　　　갈가리 찢긴 불알,

---

7) 불알에 관계된 26장의 형용사 목록이 주로 긍정적인 의미였던 데 비해서, 여기서 라블레는 부정적인 형용사들을 주로 사용한다.

흩어진 불알,

주교관을 쓴 불알,

크림처럼 휘저은 불알,

장난감처럼 까부는 불알,

더러워진 불알,

속이 빈 불알,

시무룩한 불알,

산산조각이 난 불알,

썩어빠진 불알,

냄새나는 불알,

금이 간 불알,

내시 불알,

무능력한 불알,

절개된 불알,

밀가루처럼 흰 불알,

탈장이 된 불알,

회저성의 불알,

매독에 걸린 불알,

누더기를 걸친 불알,

꺾인 불알,

잘난 체하는 불알,

야윈 불알,

구멍 뚫린 불알,

무두질한 불알,

생식 기능을 잃은 불알,

얇게 겹쳐진 불알,

해체된 불알,

내장을 꺼낸 불알,

따 모은 불알,

견책당한 불알,

트집 잡힌 불알,

포진이 생긴 불알,

더럽게 칠해진 불알,

주름진 불알,

몹시 피로한 불알,

둔해진 불알,

궁색한 불알,

초라한 불알,

애통해하는 불알,

거세된 불알,

부패한 불알,

축 늘어진 불알,

문둥병에 걸린 불알,

정맥류성(靜脈瘤性)의 불알,

벌레가 든 불알,

절름발이 불알,

정사를 치른 불알,

불순물이 섞인 불알,

별난 불알,

애지중지 아낀 불알,

낡아빠진 불알,

지친 불알,

당나귀 물건 같은 불알,

소금에 절인 불알,

도려낸 불알,

변비가 있는 불알,

깜부기병에 걸린 불알,
가사 상태의 불알,
변조한 불알,
너덜너덜한 불알,
빨판 달린 불알,
과일이 떨어진 불알,
틈이 갈라진 불알,
헐떡거리는 불알,
나무통 냄새 나는 불알,
맥주 냄새 나는 불알,
누관성의 불알,
기운 없는 불알,
저주받은 불알,
수척한 불알,
닳아빠진 불알,
당황해 하는 불알,
망상에 빠진 불알,
노쇠한 불알,
중풍에 걸린 불알,
불구가 된 불알,
마비가 된 불알,
박쥐 불알,
연속적으로 방귀를 뀌는 불알,
쫓기는 불알,
찢겨진 불알,
얼빠진 불알,
악취를 풍기는 불알,
무절제한 불알,

우박 맞은 불알,
풀무로 부풀린 불알,
변질된 불알,
난도질한 불알,
치즈빵처럼 부푼 불알,
칼자국이 있는 불알,
시어진 불알,
악취 풍기는 불알,
쉰 불알,
추위를 타는 불알,
소심한 불알,
분노한 불알,
썩은 냄새가 나는 불알,
축소형 불알,
질겁한 불알,
불량한 불알,
녹이 슨 불알,
늙어빠진 불알,
때 이른 불알,
불구가 된 불알,
손상된 불알,
침울한 불알,
짓눌린 불알,
모래에 묻힌 불알,
비탄에 잠긴 불알,
퇴폐적 불알,
어법에 어긋나게 말하는 불알,
가느다란 불알,

족쇄를 채운 불알, 　　　　　궤양에 걸린 불알,

암살당한 불알, 　　　　　　　수선한 불알,

강탈당한 불알, 　　　　　　　추위로 무감각해진 불알,

초췌해진 불알, 　　　　　　　사라진 불알,

기름진 불알, 　　　　　　　　0점 불알,

나무통 냄새가 나는 불알, 　　구겨진 불알,

손님 없는 불알, 　　　　　　　열에 들뜬 불알.

"악마에 잡혀갈 멍청한 불알아, 파뉘르주, 내 친구여, 자네 운명이 그렇게 예정되어 있는데, 자네는 행성들을 역행시키고 싶다는 것인가? 모든 천구(天球)들이 뒤로 물러서게 하려는가? 행성을 움직이는 영적 존재들이 실수를 범하게 하려는가? 방추의 뾰족한 끝을 부러뜨리려는가? 방추 끝에 달린 고리에 대해 고발장을 작성하려는가? 실패를 비방하려는가? 얼레를 나무라고 비단실을 규탄하려는가? 파르카이들의 실꾸리를 풀려고 하는 것인가? 자네는 4일열에 걸렸군, 불알 큰 바보 같으니. 자네는 거인족[8]보다 더 큰 잘못을 저지르게 될 것이네. 이리 오게, 귀여운 불알아. 자네는 알지 못한 채 오쟁이 지는 것보다 아무 이유 없이 질투하는 남편이 되는 편을 택하겠는가?"

— 나는 이도 저도 싫다네. (파뉘르주가 대답했다) 하지만 만일 내가 그렇게 되었다고 누가 알려주기만 하면, 깨끗이 결말을 짓거나 아니면 이 세상에 몽둥이가 남아나지 않을 것이네.

"정말이지, 장 수도사, 결혼하지 않는 편이 내게는 나을 것 같네. 더 가까이 다가온 지금 종소리가 내게 말해주는 것을 들어보게.

결혼하지 마라, 결혼하지 마라,

---

8) 에라스무스의 『격언집』에 따르면 거인족은 신을 공경하지 않는 오만의 죄를 지었다고 한다.

마라, 마라, 마라, 마라.

결혼하면 (결혼 마라, 결혼 마라,

마라, 마라, 마라, 마라),

후회하리라, 리라, 리라.

오쟁이를 지리라."

"하느님 맙소사! 괴로워지기 시작하는군. 자네들, 수도복을 걸친 인간들은 아무런 해결책도 모른단 말인가? 결혼한 남자는 오쟁이 지는 위험과 심연에 빠지지 않고는 이 세상을 살아갈 수 없을 만큼 대자연은 인간들을 푸대접했단 말인가?"

— 내가 자네에게 방법을 하나 가르쳐주지. (장 수도사가 말했다) 이 방법을 쓰면 자네 아내는 자네 모르게, 자네의 동의 없이 절대로 자네를 오쟁이 지게 하지 못할 걸세.

— 제발 부탁이네, (파뉘르주가 말했다) 비로드같이 부드러운 불알아. 자, 말해보게, 내 친구여.

— 말린디[9] 왕의 보석 세공인이었던 (장 수도사가 말했다) 한스 카르벨의 반지를 끼도록 하게. 한스 카르벨은 박식하고, 노련하고, 학구적이고, 선량하고, 양식 있고, 판단력이 건전하고, 온후하고, 자비심 많고, 적선을 많이 하는 철학자였다네. 게다가 그 이전의 누구 못지않게 쾌활하고, 사람 좋은 친구이고 농담도 잘 하곤 했지. 배가 약간 나오고, 머리를 흔들어대고, 하는 짓이 약간 서투르기는 했지만 말일세. 노년에 들어 그는 콩코르다 대법관의 딸과 결혼했는데, 그녀는 젊고, 아름답고, 맵시좋고, 바람기 있고, 애교 있고, 이웃 남자들과 하인들에게 약간은 지나치게 상냥했다네. 그 결과 몇 주가 지난 다음 그는 호랑이처럼 질투심이많아졌고, 그녀가 다른 데서 엉덩이를 북처럼 두들기게 하는 것이 아닐까 하는 의심을 품게 되었지. 그것을 막기 위해서 그는 젊은 아내에게

---

9) 바스코 다 가마가 희망봉을 돌아 정박했던 아프리카 동쪽 해안의 도시 이름.

간통 때문에 일어났던 유감스러운 사건들에 관한 재미있는 이야기들을 잔뜩 들려주었지. 그리고 자주 정숙한 부인들의 전기를 읽어주었다네. 그는 그녀에게 정조를 지킬 것을 권장하고, 음탕한 유부녀들의 배은망덕한 짓을 강하고 단호하게 저주하며, 스스로 부부간의 정절을 찬양하는 책을 쓰기도 했다네. 그리고 그녀에게 동양의 사파이어로 뒤덮인 아름다운 목걸이를 주기도 했지. 그런데도 그녀가 매우 자유분방하게 행동하며 이웃 남자들을 환대하는 것을 보고는 그의 질투심은 점점 더 커졌다네.

"그러던 어느 날 밤 그런 고민을 안고서 그녀와 잠자리에 들어 꿈을 꾸었는데, 그는 악마와 이야기를 나누며 하소연을 하게 되었지. 악마는 그를 위로하고 다음과 같이 말하며 가운뎃손가락에 반지를 하나 끼워주었다네."

"너에게 이 반지를 주겠노라. 네가 이것을 손가락에 끼고 있는 한, 네 아내는 네가 알고 동의하지 않고는 다른 남자를 육체적으로 알 수 없을 것이다."

"'대단히 감사합니다, 악마님, (한스 카르벨이 말했지) 제가 만일 손가락에서 이것을 뺀다면 마호메트[10]를 부인하겠습니다.' 악마는 사라졌고, 한스 카르벨은 기쁜 나머지 잠에서 깨어 자기 손가락이 아내의 뭐라고 불러야 할지 모를 곳에 들어가 있는 것을 발견했다네. 그의 아내가 그것을 느끼고는 엉덩이를 뒤로 빼면서, '그래요, 아니에요, 그곳에 넣어야 할 것은 그것이 아니라니까요'라고 말했던 것을 이야기해주는 것을 잊었군. 그러자 한스 카르벨은 누군가 자기 반지를 훔치려 하는 것 같은 기분이 들었다네."

"이것이 틀림없는 해결책 아니겠는가? 이 예를 본받아, 자네가 내 말을 믿는다면, 자네 아내의 반지를 계속 손가락에 끼고 있도록 하게."

여기서 그들의 대화와 여행은 끝이 났다.

---

10) 마호메트는 음탕한 인물이라는 평판이 나 있었다.

29 팡타그뤼엘은 파뉘르주의 곤경을 해결해주기 위해 어떻게 신학자, 법률가, 의사와 철학자를 모이게 했는가

궁정에 도착해서 그들은 팡타그뤼엘에게 여행에 관한 보고를 하고 라비나그로비스가 써준 글을 그에게 보여주었다. 팡타그뤼엘은 그것을 읽고 또 읽고 나서 말했다.

"이보다 더 내 마음에 드는 답변을 본 적이 없다네. 요약해서 말하면 그는 결혼의 계획에서는 누구나 자신의 생각에 대해서 스스로 판정을 내려야 하고 다른 사람의 조언을 구할 필요가 없다고 한 것이라네. 내 의견도 언제나 그러했고 자네가 내게 처음 말했을 때 그렇게 말했었지. 하지만 내가 기억하는 바로는 자네는 내심으로는 내 말을 비웃었다네. 그래서 이기심과 자존심이 자네를 기만하고 있다는 것을 내가 알았던 것이지. 다른 식으로 해보세나. 내 생각은 이렇다네. 우리의 존재와 소유한 모든 것은 세 가지 사물, 즉 영혼과 육신, 그리고 재물로 이루어져 있다네. 오늘날에는 이 세 가지 사물의 보존에 필요한 역할을 각각 세 부류의 사람들에게 맡기고 있지. 신학자들이 영혼을, 의사들이 육신을, 그리고 법률가들이 재물을 담당하는 셈이라네. 그래서 내 생각은 이번 일요일에 이리로 신학자, 의사, 법률가를 한 사람씩 초대해 식사를 같이 하면서, 그들과 함께 자네의 곤란한 처지에 관해서 논의하자는 것이네."

― 성 피코를 두고 맹세하지만, (파뉘르주가 대답했다) 가치 있는 결과는 아무것도 얻지 못할 것이 벌써 분명히 보입니다. 세상이 얼마나 자루가 부실한 먼지털이처럼 생겨먹었는지를 보십시오. 우리는 영혼을 신학자들에게 맡겨 지켜달라고 하지만 그들은 대부분 이단자들입니다. 우

리의 육신을 의사들에게 맡기지만 그들은 모두 약을 쓰기 싫어하고 치료법을 찾으려 하지 않습니다. 그리고 우리의 재물을 변호사들에게 맡기지만 그들은 자기들끼리는 절대로 소송을 벌이지 않습니다.

— 자네는 궁신(宮臣)처럼[1] 말하는군. 그렇지만 나는 첫 번째 지적은 인정하지 못하겠네. 왜냐하면 훌륭한 신학자들의 중요한 관심사, 아니 유일하고 전적인 관심사라 할 수 있는 것은 말과 행동, 그리고 글을 통해서 (그들이 물들기는커녕) 오류와 이단을 근절시키고 진정한 살아 있는 가톨릭 신앙을 사람들의 마음속에 깊이 심어주는 것이라는 사실을 내가 알고 있기 때문이지.

"두 번째 지적에는 동의하네. 왜냐하면 훌륭한 의사들은 질병의 예방과 건강의 보존을 위해서 자발적으로 노력함으로써 약에 의한 치료법과 치유 효과에 의존할 필요가 없다는 사실을 내가 알고 있기 때문이지."

"세 번째 지적은 인정하네. 왜냐하면 훌륭한 변호사들은 그들의 변론과 타인의 권리를 보장하는 일에 몰두한 나머지 자신들을 위한 변론에 신경쓸 시간이나 여유가 없다는 사실을 내가 알고 있기 때문이지."

"그러니까 이번 일요일에 신학자로는 히포타데 신부, 의사로는 롱디빌리스 선생, 법률가로는 우리 친구인 브리두아를 초대하도록 하세. 그리고 피타고라스식으로 4의 수[2]를 맞추기 위해서 네 번째 인물로 우리의 충실한 친구인 철학자 트루요강을 초대하자는 것이 내 생각이네. 특히 트루요강 같은 완벽한 철학자라면 제기되는 모든 의문점들에 대해서 명백한 해답을 제공할 수 있을 테니 말일세. 카르팔랭이여, 네 사람 모두를 오는 일요일 점심 시간에 볼 수 있도록 필요한 조치를 취하도록 하게."

— 제 생각에 (에피스테몽이 말했다) 이 나라 전체에서 그들보다 더

---

1) 파뉘르주의 대답은 실제로 이탈리아의 작가 카스틸리오네가 궁신들의 처세술에 관해서 논한 『궁신』에 나오는 재담을 인용한 것이다. 1538년에 리옹의 인문주의자 돌레가 이 책을 번역 출판했다.
2) 피타고라스 학파는 4를 완벽한 수로 생각했다.

나은 선택을 하실 수 없을 겁니다. 단지 주사위로 심판할 수 없는[3] 각자의 분야에서 완벽하다고 해서 이런 말씀을 드리는 것은 아닙니다. 그외에도 롱디빌리스는 전에는 결혼을 하지 않았다가 지금은 결혼한 상태이고, 히포타데는 결혼을 한 적이 없을뿐더러 지금도 그러하고, 브리두아는 결혼을 했지만 지금은 그렇지 않고, 트루요강은 전이나 지금이나 결혼 생활을 계속하고 있기 때문입니다. 제가 카르팔랭에게 수고를 하나 덜어주겠습니다. (좋으시다면) 오래전부터 잘 알고 있는 브리두아를 초대하러 제가 가겠습니다. 툴루즈에서 매우 박식하고 덕스러운 부아소네[4]의 문하생으로 공부를 하고 있는 그의 성실하고 학구적인 아들의 장래에 도움이 될 만한 이야기를 그에게 해줄 수 있을 테니까요.

— 자네 좋을 대로 하게나. (팡타그뤼엘이 말했다) 그리고 그 아들의 장래와 나도 좋아할뿐더러 오늘날 그 분야에서 가장 뛰어난 인물 중의 하나로 존경하는 부아소네 나리의 명예를 위해서 내가 해줄 수 있는 일이 있을지 생각해보게. 기꺼이 애를 써보겠네."

---

3) '심판의 우연성을 배제한'(*extra aleam judiciorum*)이라는 라틴어 표현을 그대로 옮긴 것이다. 'alea'는 원래 주사위라는 뜻인데 여기서는 우연이라는 비유적 의미로 사용된다. 39장부터는 재판장인 브리두아가 이 말을 곧이곧대로 해석해서 주사위를 던져 재판을 해서 물의를 빚는 이야기가 나온다.
4) 장 드 부아소네는 라블레의 친구로 1539년까지 툴루즈 대학의 교수를 지냈다.

30 신학자인 히포타데가 결혼 계획에 대해서 파뉘르주에게 어떻게 충고했는가

다음 일요일 점심 식사가 차려지기도 전에 퐁스브통의 재판관인 브리두아만 빼고 초대받은 손님들은 모두 도착했다. 두 번째 음식이 차려졌을 때 파뉘르주가 깊은 존경심을 표시하며 말했다.

"여러분, 제 질문은 단 한마디입니다. 제가 결혼을 해야겠습니까, 말아야겠습니까? 여러분들에 의해 제 의문이 해소되지 않는다면 저는 알리아코[1]의 해결 불가능한 문제처럼 해결이 불가능한 것으로 간주하겠습니다. 선별판(選別板) 위에 남은 우량종 완두콩처럼 여러분은 각자 자기 분야에서 뽑히고, 선택되고, 걸러진 분들이니까요."

히포타데 신부가 팡타그뤼엘의 권유에 따라 모든 참석자들이 경의를 표하는 가운데 믿을 수 없을 만큼 신중하게 대답했다.

"친구여, 그대는 우리에게 조언을 요청하는데, 우선 자기 자신에게서 조언을 구해야 하는 법이오. 그대는 육체적 욕망의 자극 때문에 육신의 불편함을 느끼고 있소?"

— 매우 강하게 느낀답니다, 신부님. (파뉘르주가 대답했다) 불쾌히 여기지 마시기를.

— 변명할 필요없소, 친구. (히포타데가 말했다) 그런데 이 난처한 상황에서 그대는 하느님에게서 금욕의 능력과 특별한 은총[2]을 받았소?

---

1) 『해결 불가능한 문제들』이라는 개론서를 쓴 논리학자 피에르 다이. 알리아코는 그의 라틴어식 이름이다.

2) 복음주의자들과 종교개혁론자들은 순결을 지킬 수 있는 능력을 많은 사람들이

— 물론 아니지요. 파뉘르주가 대답했다.

— 그렇다면 결혼하시오, 친구여. (히포타데가 말했다) 음욕의 불에 몸을 태우는 것보다는 결혼하는 편이 훨씬 나으니까 말이오.[3]

— 이렇게 말하는 것이 바로 (파뉘르주가 외쳤다) 주위를 빙빙 돌기만 하지 않고 제대로 말 잘했다고 하는 겁니다. 대단히 감사합니다, 신부님! 틀림없이 곧 결혼하겠습니다. 제 결혼식에 신부님을 초대하지요. 암탉의 육신으로![4] 우리는 대단한 식사를 할 겁니다. 신부님은 결혼식 답례품을 받으실 거고 우리는 거위 요리를 먹게 될 겁니다. 젠장![5] 제 아내가 고기를 굽지는 않을 겁니다![6] 그리고 신부님께서 제게 호의와 명예를 베푸시려면, 그 대신 처녀들의 춤을 제일 먼저 인도해주실 것을 청하겠습니다. 해결해야 할 사소한, 제 말씀은 아무것도 아닌 사소한 의혹이 하나 남아 있답니다. 제가 오쟁이를 지지는 않겠지요?

— 물론 그렇지 않을 것이오, 친구. (히포타데가 대답했다) 하느님께서 그렇게 원하신다면 말이오.

— 오! 하느님의 권능이 우리에게 도움을 주시기를! 선량한 사람들이여, 당신들은 나를 어디로 돌려보내는 것인가요? 변증법에서 모든 모순과 불가능한 것들을 받아들이는 조건법[7]에 따르라고요? 알프스 산 너머에서 태어난[8] 내 노새가 날 수 있다면, 알프스 산 너머에서 태어난 내 노새는 날개가 있을 텐데. 하느님께서 원하신다면 나는 오쟁이를 지지

혜택을 받지 못한 특별한 은총으로 간주했다.

3) 『신약』「고린도전서」 7장에 나오는 사도 바울의 말. "만일 절제할 수 없거든 혼인하라. 정욕이 불같이 타는 것보다 혼인하는 것이 나으니라."

4) 이탈리아어의 욕설 'Corpe de galline!'을 프랑스어로 번역한 표현.

5) '제기랄, 빌어먹을!'이라는 뜻의 프랑스어 욕설 'Corps Dieu!'을 'cor beuf!'로 완곡하게 표현한 것.

6) 중세의 『파틀랭 선생의 소극』, 299∼300행에 "그리고 우리 집에서 거위를 드세요./제 아내가 구워드릴 테니."라고 되어 있는 것을 파뉘르주가 반대로 말한 것이다.

7) 프랑스어의 조건법은 영어의 가정법에 해당한다.

8) 프랑스 쪽에서 보면 이탈리아를 가리킨다.

않을 것이고, 하느님께서 원하신다면 오쟁이를 질 텐데. 물론 제가 대처할 수 있는 조건이라면, 저는 절망하지 않을 겁니다. 하지만 하느님께서 기뻐하시는 일들이 세부적으로 정해지는 방에서 열리는 그분의 국무참사회[9]에 저를 넘기려 하시다니. 당신네들, 프랑스인들은 그곳에 가기 위해서 어떤 길을 택하지요? 신부님, 제 결혼식에 오시지 않는 편이 좋을 것 같군요. 결혼식에서 사람들의 소란법석이 신부님의 유언[10] 모두를 꺾어버릴 겁니다. 신부님은 휴식과 침묵, 고독을 좋아하시니까 말입니다. 결혼식에 오시지 않으리라고 저는 생각합니다. 그리고 신부님은 춤이 서툴러서 첫 번째 춤을 인도하기 부끄러우실 겁니다. 제가 방으로 거위고기를 보내드리지요. 결혼식 답례품도요. 원하시면 우리를 위해 건배해주세요.

— 친구여, (히포타데가 말했다) 부탁이니 내 말을 잘 새겨들으시오. 내가 '하느님께서 원하신다면'이라고 말한 것이 그대에게 부당한 짓을 한 것이오? 잘못 말한 것이오? 이것이 불경하거나 수치스러운 조건이란 말이오? 창조주이시며 우리를 지켜주시고 구원해주시는 하느님께 영광을 돌리는 것이 아니겠소? 그분을 모든 선을 베풀어주시는 유일한 분으로 인정하는 것이 아니겠소? 모든 것이 그분의 관용에 달려 있고, 그분의 성스러운 은총이 우리에게 주어지지 않는다면, 아무것도 존재할 수 없고, 가치가 없으며 가능하지 않다는 것을 우리가 선언하는 것이 아니겠소? 우리가 모든 일을 계획할 때 규범에 따른 제약을 두고, 우리가 시도하는 모든 일이 하늘나라에서와 같이 지상에서도 그분의 성스러운 뜻에 따라 처리되도록 위임하는 것이 아니겠소? 이것이 진정으로 그분의 축복받은 이름을 성스럽게 하는 일이 아니겠소? 친구여, 하느님께서 원하신다면 그대는 절대로 오쟁이를 지지 않을 것이오. 그분께서 기뻐

---

9) 하느님의 권위를 왕에 비유한 데서 국왕의 자문기관이었던 국무참사회 (conseil privé)라는 말이 나오게 된다.
10) 프랑스어의 '유언'(testament)이라는 단어를 이탈리아어의 '머리'(testa)와 라틴어의 '정신'(mens)의 합성어로 취급해서 만든 말장난이다.

하시는 일이 무엇인지를 알기 위해서라면, 그분의 신성한 의사가 정해지는 방으로 찾아가 국무참사회의 결정을 알아보지 않고는 이해할 수 없는 난해한 문제를 대할 때처럼 절망할 필요가 없소. 선하신 하느님께서는 은혜를 베푸시어 성서를 통해서 우리에게 계시하시고, 예고하시고, 설명하시고, 명백하게 기술하셨기 때문이라오.

"그대가 결코 오쟁이를 지지 않으리라는 것, 다시 말해서 양갓집 규수로서 도덕적이고 성실한 가정환경에서 양육되고, 행실이 좋은 사람들하고만 사귀며 교제를 해오고, 하느님을 사랑하고 두려워할 줄 알며, 신앙심과 신성한 계율의 준수를 통해서 하느님의 환심을 사기 원하고, 신앙을 잃거나 그분의 신성한 율법을 위반함으로써 그분을 모독하고 은총을 잃게 되는 것을 두려워하는 여성을 아내로 맞이한다면, 그대의 아내는 결코 음탕한 짓을 하지 않으리라는 것을 그 책에서 확인할 수 있을 것이오. 그분의 신성한 율법은 간통을 엄격하게 금하고 있고, 오직 남편에게 충실하고, 그를 소중히 여기며 섬기고, 하느님 다음으로 지성을 다해 사랑할 것을 명하고 있으니까 말이오."

"이와 같은 규율을 더욱 강화시키기 위해서, 그대도 나름대로 부부애로써 아내를 부양하며, 신중한 처신을 계속 유지하고, 좋은 본보기를 보이고, 그녀가 그렇게 살아주기를 그대가 바라는 대로 부부 생활에서 점잖게, 정조를 지키며 도덕적으로 살아가도록 하시오. 도금을 하고 보석으로 장식한 거울보다는 앞에 놓인 물체의 형상을 사실 그대로 비추는 거울이 완벽하고 좋은 것이라고 사람들이 말하듯이, 마찬가지로 부유하고, 아름답고, 우아하고, 고귀한 가문 출신의 여인이 가장 존경을 받는 것이 아니라, 하느님의 도움을 받아 은총을 얻기 위해 수양하고, 남편의 성품에 자신을 맞추려 노력하는 여인이 가장 존경받는 법이라오. 달이 수성, 목성, 화성, 또는 하늘에 떠 있는 다른 어떤 행성이나 별빛도 받아들이지 않는 것을 보시오. 달은 남편인 태양의 빛만을 받을 뿐이고, 태양에게서도 그 위치에 따라 투사되는 양보다 더 많이 받아들이지 않는다오. 이와 같이 그대의 아내에게 도덕성과 성실함의 모범과 본보기가 되도록 하시오. 그리고 자신을 지켜주시도록 하느님의 가호를 계속 간구하도록 하시오."

— 그러니까 신부님께서는 (파뉘르주가 코밑수염을 손가락으로 꼬면서 말했다) 제가 솔로몬[11]이 말했던 현숙한 아내와 결혼하기를 원하시는 거군요? 그녀는 틀림없이 죽고 없겠지요. 제가 아는 바로는 본 적이 없거든요. 하느님께서 이 일로 저를 용서해주시기를! 아무튼 감사합니다, 신부님. 이 편도과자 얇은 조각을 드시지요. 소화에 도움이 될 겁니다. 그리고 이 연한 색의 향료 넣은 포도주를 한잔 마시세요. 건강에 좋고 위에도 좋지요. 계속합시다."

---

11) 『구약』「잠언」 31장 10~31절에 나오는 현숙한 아내의 이야기를 암시한 것이다.

31 의사인 롱디빌리스가 파뉘르주에게 어떻게
충고했는가

파뉘르주가 자기 이야기를 계속하며 말했다.

"소시냑에서 갈색 옷의 수도사들을 거세하던 사람이 코도레유[1] 수도사를 거세한 다음에 했던 첫마디가 '다음 사람들!'이었지요.[2] 저도 마찬가지로 '다음 사람들!'이라고 말해야겠습니다. 자, 롱디빌리스 선생님, 제게 답해주세요. 제가 결혼을 해야겠습니까, 말아야겠습니까?"

— 내 노새의 측대보(側對步)[3]를 두고 말하지만! (롱디빌리스가 대답했다) 나는 이 문제에 대해서 무어라고 대답해야 할지 모르겠군요. 그대는 자신의 내부에서 찌르는 듯한 육욕의 충동을 느낀다고 말하는 것인가요? 우리 의과대학에서 채택하고 있는 고대의 플라톤 학파의 결론에서 빌려온 이론에 의거한다면 육체의 욕망은 다섯 가지 방법으로 억제될 수 있다고 나는 생각하지요. 술에 의해서.

— 나도 그렇게 생각합니다. (장 수도사가 말했다) 내가 몹시 취했을 때는 잠잘 생각밖에는 나지 않으니까요.

"내가 말하려는 것은 (롱디빌리스가 말했다) 술을 과도하게 마신 경우랍니다. 과도한 음주는 사람의 몸에서 피를 차게 하고, 신경을 이완시키고, 정액을 흩어버리고, 감각을 마비시키고, 운동 능력을 교란시키는데, 이 모든 것이 생식을 위한 행위에 부적절한 것이지요. 실제로 그대

---

1) '뜨거운 귀'(chaude-oreille)라는 뜻의 우스꽝스러운 이름.
2) 이 에피소드에 관해서는 알려진 것이 없다.
3) 네발짐승이 같은 편의 앞발과 뒷발을 동시에 들고 걷는 걸음걸이.

는 취한 술꾼들의 신인 바쿠스가 여성화된 것처럼, 내시나 거세된 사람 같이 수염 없이 여장한 모습으로 그려진 것을 보았을 겁니다. 술을 절도 있게 마시는 경우는 사정이 전혀 다르지요. 옛 속담에 우리에게 이 사실을 지적해주는 것이 있는데, 베누스는 케레스[4]와 바쿠스가 없으면 몸이 얼어붙어 꼼짝 못한다고 되어 있지요. 또한 시칠리아 사람 디오도루스[5]의 이야기에 따르면 고대인들이 이렇게 생각했다고 하는데, 특히 파우사니아스[6]가 증언하는 바로는 람프사코스[7]인들은 프리아포스 나리가 바쿠스와 베누스의 아들이라고 생각했다는 거지요."

"두 번째로 어떤 약물과 식물들에 의해서 사람은 몸이 차지고 마술에 걸린 것처럼 성교 불능 상태가 되지요. 실험을 해보면 헤라클레스의 수련, 버들가지, 버드나무, 삼씨, 인동덩굴, 위성류, 서양 박하, 만드라고라,[8] 독당근, 작은 야생난초, 하마의 가죽 등이 사람의 몸속에 들어가면 그 기본적 효능만큼이나 특별한 속성에 의해 생식력이 강한 정액을 얼어붙게 하거나 죽이고, 그렇지 않으면 그것을 본성에 의해 정해진 장소로 인도해야 할 정기[9]를 흩어버리거나 그것이 방출되는 통로와 관을 막아버리지요. 반대로 우리는 열이 오르게 하고, 흥분시키고, 사랑의 행위를 하기 적합한 상태로 만들어주는 약들도 가지고 있답니다."

— 하느님 덕분에, (파뉘르주가 말했다) 저는 그럴 필요가 없어요. 당신은 어떠십니까, 선생님? 그렇다고 불쾌히 여기지는 마십시오. 선생님을 나쁘게 말하려는 뜻은 아니니까요.

— 세 번째로 꾸준한 노동에 의해서. 왜냐하면 노동을 하면 육체의 소

---

4) 고대 로마 신화의 풍요의 여신.
5) 고대사를 쓴 그리스의 역사가.
6) 그리스의 지리와 역사에 관한 책들을 쓴 학자.
7) 소아시아의 미시아 지방에 있던 도시 이름.
8) 사람의 형상을 닮은 서양 가지과의 약용식물로 고대와 중세에 마법의 약을 만드는 데 사용되었다.
9) 중세의학에서는 동물적 정기의 주요 기능 가운데 하나가 정액을 생식기로 운반하는 것이라고 생각했다.

모가 매우 심해지기 때문에 신체 각 기관에 양분을 공급하기 위해 피가 분산되어 세 번째 소화 작용의 잉여물[10]로 정자 분비물을 생산할 시간이나 여유, 능력을 가질 수 없게 되는 것입니다. 대자연은 인간이라는 종의 번식보다는 개체를 보존하는 데 이 잉여물이 훨씬 더 필요한 것으로 여겨 특별히 간수하니까요. 이와 같은 이유로 언제나 사냥에만 열중하는 디아나[11]를 순결하다고 말하지요. 이와 같은 이유로 예전에는 격투기 선수들이나 군인들이 훈련하던 경기장을 정결한 곳[12]이라고 말했지요. 이와 같은 이유로 히포크라테스는 『공기, 물, 장소에 관해서』라는 책에서 그 시대에 살던 스키타이의 몇몇 종족들은 쉴 새 없이 말을 타거나 노동을 했기 때문에 내시들보다도 사랑의 유희에 더 무능력하다고 썼지요. 반대로 철학자들이 무위(無爲)를 음란의 어머니라고 불렀던 것처럼 말이지요.

"어떤 사람이 오비디우스에게 무슨 이유로 아이기스토스[13]가 간통을 저질렀는지를 묻자 그가 할 일이 없었기 때문이라는 것 외에는 다른 답변을 하지 않았지요. 그리고 이 세상에서 무위를 제거하면 쿠피도[14]의

---

10) 고대의학에서 정액의 생산에 관해서는 세 가지 이론이 있었는데, 엠페도클레스와 히포크라테스는 신체 각 기관이 정액의 생산에 모두 참여하는 것으로 생각했고, 플라톤은 척수와 뇌에서 정액이 만들어지는 것으로 생각했고, 아리스토텔레스는 음식물이 위와 간, 세포조직에서 세 번에 걸쳐 소화 흡수되는 과정에서 피를 만들고 남은 영양분이 정액으로 만들어진다고 생각했다. 여기서 롱디빌리스는 아리스토텔레스의 이론을 따르고 있는 것이다.
11) 로마 신화의 수목의 여신으로 그리스 신화의 아르테미스에 해당한다. 원래는 탄생, 다산, 인간과 동물의 수호신이나 흔히 남자에 관심이 없고 사냥에만 열중하는 젊고 아름다운 처녀의 모습으로 묘사된다.
12) 라틴어의 '경기장'(castra)과 '정숙한'(casta) 사이의 발음상의 유사성을 이용한 말장난.
13) 아가멤논이 트로이 전쟁에 출정한 사이에 그의 아내 클리템네스트라의 정부 노릇을 하다가 귀국한 왕을 왕비와 공모해서 살해했다. 그러나 아가멤논의 아들 오레스테스가 장성한 다음 어머니와 아이기스토스를 죽여 아버지의 원수를 갚았다.
14) 로마 신화에서 베누스의 아들로 사랑의 신. 그리스 신화의 에로스에 해당한다.

재주와 그의 활과 화살통, 그리고 화살은 누구에게도 상처를 입힐 수 없게 되어 아무 쓸모가 없어질 것이라고 말했지요. 왜냐하면 그는 공중을 나는 두루미나 (파르타인들이 잘 하는 것처럼) 숲 속에서 궁지에 몰린 사슴들을, 다시 말해서 근심에 사로잡혀 일에 열중해 있는 사람들을 쏘아 맞힐 만큼 뛰어난 사수는 결코 아니기 때문이지요. 그는 사람들이 가만히 앉아 있거나 누워서 한가로이 지내기를 바라는 것이지요. 실제로 테오프라스토스[15]는 누가 그에게 어느 날 사랑이란 것이 어떤 짐승, 어떤 사물이라고 생각하는지를 묻자 한가한 정신의 열정이라고 대답했답니다. 디오게네스도 마찬가지로 호색이란 다른 할 일이 없는 사람들의 관심사라고 말했지요. 시쿠온 출신의 조각가 카나코스는 무위와 나태, 무기력이 방탕의 가정교사라는 점을 이해시키기 위해서 선배들이 모두 그렇게 했던 것처럼 서 있는 자세로 베누스 상을 만들지 않고 앉아 있는 모습으로 만들었지요."

"네 번째로 열성적인 연구에 의해서. 연구에 몰두하면 믿을 수 없을 만큼 정기가 분산되어 생식을 위한 잉여물을 지정된 장소로 보내고 공동(空洞)을 팽창시키는 신경을 조절함으로써 인간의 본성의 전파를 위해서 그 잉여물을 몸 밖으로 배출하는 역할을 담당하는 정기가 남아 있지 않게 되기 때문이지요. 연구에 몰두해 있는 사람의 모습을 관찰해 보면, 감각을 통한 지각과 상상력, 이해력, 추리력, 판단력, 기억력으로 뇌실을 채우기에 충분한 양의 정기를 직접 공급하기 위해 모든 뇌동맥들이 강철활의 줄처럼 팽팽하게 당겨져 있는 것을 볼 수 있을 겁니다. 왼쪽 심실에서 발원(發源)된 동맥이 끝나고, 생명의 정기가 긴 우회경로를 거쳐 목적지에 도달해 동물적 정기로 만들어지는 동맥류의 끝에 이르기까지 해부해 보면 분명히 볼 수 있는 뇌동맥의 관들을 통해서 차례차례로 신속하게 흐르고 있지요. 이런 방식으로 연구에 열중한 사람을 보면, 자연적 기능들이 모두 정지되고 외부적 감각이 모두 기능을 멈추게 되

---

15) 『성격론』을 쓴 그리스의 소요학파 철학자.

므로, 한마디로 말해서 그의 생명이 몸속에 들어 있지 않고 도취상태에서 자신 밖으로 빠져나간 것으로 판단하게 될 겁니다. 그래서 소크라테스가 철학을 하는 것은 죽음에 대한 학습과 다른 것이 아니라고 말했던 것이 틀린 말이 아니라고 여러분은 말하게 되는 겁니다. 아마 이 때문에 눈의 방황으로 인해서 사색이 중단되는 것을 안타깝게 여겨 시력을 잃는 편이 사색을 방해받는 것보다 낫다는 판단에서 데모크리토스는 스스로 눈을 멀게 했던 것이겠지요."

"이런 이유로 지혜의 여신이자 학자들의 후원자인 팔라스[16]는 숫처녀라고 일컬어지고, 무사이[17] 역시 처녀들이며, 우아의 여신들도 영원한 순결을 유지하고 있는 것이지요. 쿠피도는 어느 날 어머니 베누스가 왜 무사이를 공격하지 않느냐고 묻자 그녀들은 매우 아름답고, 순수하며, 정직하고, 정숙한데다가, 한 여신은 천체를 관찰하고, 다른 여신들은 수를 계산하고, 기하학적 물체의 치수를 재고, 수사법을 만들어내고, 시를 짓고, 음악을 작곡하는 등 각자 계속해서 일에 몰두해 있기 때문에 그녀들에게 다가갈 때 해를 입히게 될까봐 두렵고 부끄러워 활시위를 늦추고, 화살통을 닫고, 횃불을 꺼버린다고 대답했다는 이야기를 나는 읽은 적이 있지요. 그는 그녀들을 똑바로 바라보고 그녀들의 감미로운 노랫소리와 서정적인 시가를 듣기 위해 눈을 가린 띠를 풀었던 것이지요. 그러고는 이 세상에서 가장 큰 희열을 맛보면서 그녀들의 아름다움과 우아함에 매혹된 나머지 아름다운 음악을 들으며 종종 잠이 들어버리곤 했지요. 그래서 그녀들을 공격하거나 그들의 연구를 방해할 엄두도 내지 못했던 것이랍니다."

"이 문제에서 동맥에 집결되는 정기와 정신적 피[18]의 분산에 관해 언

---

16) 지혜의 여신 미네르바의 다른 이름.
17) 제우스와 기억의 여신 므네모시네 사이에서 태어났으며 예술을 담당하는 9명의 여신들. 그리스어로 단수는 무사, 복수는 무사이라고 한다.
18) 4장에 심장의 왼쪽 심실에서 피가 매우 순수한 정신적 정기로 정제된다는 이야기가 나온다.

급하면서 내가 앞에서 했던 설명에 따르면, 히포크라테스가 앞서 말한 책에서 스키타이인들에 관해서 썼던 것, 그리고 『생식론』이라는 책에서 사람들은 누구나 (귀 옆쪽에 있는) 이하선(耳下線) 동맥이 끊어지면 생식에 무능력해진다고 말했던 것은 맞는 이야기이지요. 그가 정자는 대부분 뇌와 척추골에서 생성된다고 주장했던 것도 마찬가지랍니다."

"다섯 번째로 사랑의 행위에 의해서."

— 이 말이 나오기를 고대했지요. (파뉘르주가 말했다) 저는 이 방법을 택하겠습니다. 원하는 사람들이 있으면 앞에 나왔던 방법들을 써보라고 하고 말이지요.

— 이 방법은 (장 수도사가 말했다) 마르세유에 있는 생 빅토르 수도원의 원장이었던 스킬리노 형제가 육신의 고행이라고 불렀던 것이지요. 내 생각으로는 (성녀 라드공드가 방문했던 시농 위쪽에 살던 은자[19])도 같은 생각이었는데) 테바이드[20])의 은자들이 하루에 스물다섯 번 내지 서른 번 정도 일을 치르는 것보다 더 적절하게 그들의 육체를 괴롭히고, 방탕한 음욕을 다스리고, 육신의 반란을 꺾을 방도를 찾을 수 없었을 겁니다.

— 내가 보기에 파뉘르주 군은 사지의 균형이나 체액의 조화, 정기의 구성 상태가 양호하고, 나이도 적당한데다가 적절한 계제에 결혼하려는 합당한 의지를 갖추고 있군요. 만일 그가 비슷한 기질의 여성을 만난다면 바다 건너의 왕국 하나쯤은 차지할 만한 능력을 가진 자식들을 잉태하게 될 겁니다. 조건을 갖춘 자식들을 보기를 원한다면 되도록 일찍 결혼하는 편이 좋을 겁니다.

— 우리 선생님, (파뉘르주가 말했다) 곧 그렇게 하겠습니다. 믿어 의심치 마시기를. 선생님께서 고명한 말씀을 해주시는 동안 제 귀에 달린

---

19) 6세기 프랑크 왕국의 왕비였던 성녀 라드공드는 시농이 내려다보이는 산속의 동굴에 살던 은자(성 요한)를 방문했던 적이 있다.

20) 나일 강 상류에 있던 고대 이집트의 세 지방 중의 하나로 수도는 테베스. 초기 기독교 시대에 은자들은 주로 이 지방의 사막에서 고행을 했다.

벼룩이 전에 없이 저를 간지럽히는군요. 잔치를 위해 선생님을 붙들어 두어야겠습니다. 약속드리지만, 우리는 굉장한 식사를 넘치도록 하게 될 겁니다. 물론 사모님과 이웃 부인네들도 모시고 오셔야지요. 그리고 거침없이 판을 벌립시다요!"

32 롱디빌리스가 어떻게 오쟁이 지는 것이 결혼의 자연스러운 속성이라고 선언했는가

"아직 (파뉘르주가 계속해서 말했다) 해결해야 할 사소한 문제가 하나 남아 있어요. 선생님도 예전에 로마의 깃발에 S.P.Q.R.[1] 즉 '아무것도 아닌 사소한 일'(*Si Peu Que Rien*)이라고 씌어져 있는 것을 보신 적이 있으시지요? 제가 오쟁이를 지지는 않겠지요?"

— 구원의 항구여, (롱디빌리스가 외쳤다) 내게 무엇을 물어보는 겁니까? 당신이 오쟁이를 지겠냐구요? 친구여, 나는 결혼을 했고 당신도 곧 하게 되겠지요. 그러면 당신의 머릿속에 철필(鐵筆)로 결혼한 남자는 오쟁이 질 위험에 처해 있는 것이라고 써놓도록 하세요. 오쟁이 진다는 것은 당연히 결혼의 속성에 속하는 것이니까요. 그림자가 몸을 따라다니는 것만큼이나 오쟁이 질 위험이 결혼한 남자를 따라다니는 것은 자연스러운 일이랍니다. 누군가 '그는 결혼한 사람이다'라는 세 마디 말을 하는 것을 들었을 때 '그러니까 그는 오쟁이를 이미 졌거나, 앞으로 지게 될 것이거나, 현재 질 수 있는 상태에 있다'라고 말하면, 당신은 자연적 결과물에 관해서는 풋내기 건축가라는 소리는 듣지 않을 겁니다.

— 악마들에게 잡혀갈 심기증(心氣症) 환자[2] 같으니라구! (파뉘르주가 외쳤다) 내게 무슨 말을 하는 겁니까?

---

1) 실제로는 '원로원과 로마 시민'(*Senatus Populus Que Romanus*)이라는 글귀가 씌어 있었다고 한다.
2) 일종의 신경쇠약증으로 당시에는 늑골 하부나 간, 비장, 지라 등의 내장에서 병이 발생한다고 생각했다.

— 친구여, (롱디빌리스가 대답했다) 히포크라테스는 어느 날 데모크리토스를 방문하러 랑고 섬에서 폴리스틸로[3]로 가면서 오랜 친구인 디오니스에게 편지를 써서 자기가 없는 동안 아내를 명예롭고 존경받는 그녀의 친정 부모님 댁에 데려다주라고 부탁했답니다. 그녀가 혼자 집에 남아 있는 것을 원치 않았기 때문이지요. 그러면서 동시에 그녀가 자기 어머니와 어디로 외출하는지를 감시하고, 친정에서 어떤 사람들의 방문을 받는지 동정을 살펴달라고 부탁했다는 겁니다. 그는 편지에 '내가 전에 겪어보아서 알고 있는 아내의 도덕심과 정숙함을 믿지 못해서가 아니라 그녀가 여자라는 것, 그것이 이유의 전부'라고 썼던 것이지요.

"친구여, 여성들의 천성을 달의 모습에 비유하는데, 그것은 여러 가지 중에서 특히 남편들이 보는 앞에서 모습을 숨기고, 자신을 억제하며 속마음을 밝히지 않는다는 점 때문이지요. 남편들이 없으면 유리한 상황을 이용해서 그녀들은 여유를 즐기며, 방황하고 쏘다니거나, 위선을 벗어버리고 진짜 모습을 드러낸답니다. 태양과 같은 선상에 있을 때는 하늘이나 땅에 모습을 나타내지 않지만, 태양에서 가장 멀리 떨어진 반대 지점에 있게 되면 특히 밤중에 충만한 상태로 다시 빛을 발하며 모습을 완전히 드러내 보이는 달처럼 말이지요. 여성들이란 모두 이렇게 하게 마련이랍니다."

"내가 여성이라고 말하는 것은 이처럼 연약하고, 가변적이고, 쉽게 바뀌고, 지조가 없고, 불완전한 성을 가리키는 것입니다. 내가 보기에 대자연은 여성을 창조할 때 (경의를 표하며 존경심을 가지고 하는 말이지만) 천지만물을 창조하고 형상을 부여할 때 사용하던 양식(良識)에서 벗어나 길을 잃고 헤맸던 것 같습니다. 내가 1만 하고도 5백 번도 더 생각해보아도, 대자연이 여성을 창조하면서 각자의 여성적 자질을 완벽하

---

3) 트라키아 지방의 지명으로 라블레는 코스 섬과 압데라라는 옛 이름 대신 당시의 지명을 사용하고 있다. 그리스인들은 발칸 반도 동쪽 지역 전부를 트라키아 지방이라고 불렀다.

게 만들려고 하기보다는 남성의 사회적 필요와 인류의 영속적 유지라는 목적을 더 많이 고려한 탓이라고 해석하는 것 외에는 이 문제에 대해서 다른 설명을 찾지 못하겠습니다. 플라톤이 여성들을 이성적 동물과 야만적 짐승들 사이에서 어떤 위치에 자리 잡게 해야 할지 몰랐다는 이야기는 분명한 사실이지요. 왜냐하면 대자연은 여성들의 몸속 은밀하고 깊은 곳에 남성들에게는 없는 동물,[4] 즉 하나의 기관을 집어넣었는데, 그 기관에서 때로는 자극적이며 부식성이 강하고, 찌르는 듯한 고통이나 괴로운 흥분을 느끼게 하는 염분, 아질산과 붕사 성분이 들어 있는 체액들을 만들어내지요. 그 자극과 고통스러운 스멀거리는 느낌으로 인해서 (이 기관에는 신경조직이 있고 생생한 감각을 느끼기 때문에) 몸 전체가 뒤틀리며 정념으로 가득 차고, 모든 감각은 마비되고, 모든 생각은 혼란에 빠져버립니다. 이렇게 해서 대자연이 그녀들의 이마를 약간의 수치심으로 적셔주지 않았더라면, 예전에 프로이토스의 딸들[5]과 바쿠스의 무녀와 여사제들이 바쿠스 축제 때 그랬던 것보다도 더 끔찍하게 미쳐버린 여자들처럼 남자들의 바지 앞주머니 끈[6]을 좇아 달리는 모습을 볼 수 있었을 겁니다. 이 무시무시한 동물은 해부해 보면 명백히 알 수 있듯이 몸의 모든 주요 기관들과 연결되어 있으니까요."

"나는 아카데모스 학파[7]와 소요학파들의 이론에 따라 그것을 동물이라고 부르는 것입니다. 왜냐하면 아리스토텔레스가 쓴 것처럼 고유의 운동이 생명체의 확실한 지표라고 한다면, 그리고 저절로 움직이는 것을 동물이라고 부른다면, 플라톤이 그것을 가리켜 동물이라고 불렀던 것은 당연한 일이기 때문이지요. 플라톤은 그것이 호흡 곤란, 조급증,

---

4) 살아 움직이는 물체라는 뜻으로, 플라톤 학파의 의사들은 자궁이 감각을 느끼고 자율적 반응 능력이 있는 동물이라고 생각했다.

5) 바쿠스에 대한 경배를 소홀히 했다가 벌을 받아 자신들이 암소로 변할 줄 알고 미쳐 날뛰었다고 한다.

6) 바지 앞주머니를 반바지에 묶어두는 데 쓰는 끈.

7) 플라톤이 아테네의 아카데모스 정원에서 제자들을 가르쳤던 데서 유래해서 플라톤 학파를 가리킨다.

근육 수축, 흥분과 같은 격렬한 운동을 일으켜 죽음과 매우 흡사한 기절이나 가사 상태, 간질 발작, 뇌졸중 등이 일어났을 때와 같이 여성에게 모든 감각과 운동 능력을 상실하게 만드는 일이 자주 발생하는 것을 목격했다고 합니다. 게다가 우리는 이 동물이 분명하게 냄새를 식별하는 것을 알 수 있습니다. 여성들은 그것이 악취를 피하고 향기를 따라다닌다는 것을 느낄 수 있는 것이지요."

"나는 클라우디오스 갈레노스가 이 기관에 대해서 고유의 자율적인 운동은 존재하지 않으며 우연의 결과라는 것을 증명하려고 애썼고, 그의 학파의 다른 학자들도 그 자체 내에 냄새에 대한 감각적 식별 능력이 있는 것이 아니라 냄새나는 물질의 다양성에서 기인한 다양한 반응일 뿐이라는 것을 입증하려고 노력했다는 것을 알고 있습니다. 그렇지만 그들이 말한 것과 원인으로 내세운 것을 면밀히 조사해보고 크리톨라오스의 저울[8]에 달아본다면, 그들이 진리의 추구보다는 자발적으로 선배들을 추종하려는 의도에서 그렇게 말한 것이라는 사실을 알 수 있을 겁니다."

"이 논쟁을 더 계속하지는 않겠어요. 단지 비난받을 일 없이 정숙하게 살아오면서 이 광란의 동물을 이성에 복종하게끔 이끌 줄 알았던 정숙한 여인들에게 바치는 찬사는 결코 미미한 것이 아니라는 말을 당신에게 해두렵니다. 그리고 이 동물을 위해서 대자연이 남성의 몸속에 마련해놓은 음식물로 이것이 포만감을 느낀다면 (포만감을 느낄 수 있다면 말이지만), 모든 개별적 운동은 정지되고, 모든 욕망이 채워지고, 모든 광기가 진정된다는 말을 덧붙이고 이야기를 끝내기로 하지요. 그러니까 언제나 값을 잘 치르고 만족시켜줄 만한 능력을 가지고 있지 못한 바에야, 우리는 오쟁이 질 영원한 위험에 처해 있다고 하더라도 놀라지 말아야 한다는 겁니다."

---

8) 아리스토텔레스 학파 철학자로, 저울에 달아보면 정신적 재물이 물질적 재물보다 무게가 더 나간다고 주장했다.

— 작은 물고기와는 다른 이름으로![9] (파뉘르주가 말했다) 선생님의 전문 분야에서는 어떤 처방책을 갖고 있지 않습니까?

— 물론 있지요, 친구여. (롱디빌리스가 대답했다) 그것도 아주 좋은 방법을 알고 있는데, 내가 사용하는 것이지요. 1천8백 년 전에 유명한 저자[10]가 쓴 책에 나오는 이야기랍니다. 들어보세요.

— 선생님은 (파뉘르주가 말했다), 정말이지, 좋은 분이시로군요. 지극정성을 다해서 사모합니다. 이 마르멜로 열매로 만든 젤리를 좀 드시지요. 이 과일 속에 들어 있는 수렴제 성분은 위로 통하는 관을 적절하게 봉쇄해서 첫 번째 소화 작용[11]을 돕는답니다. 아니, 무슨 소리를 하는 거야? 성직자 앞에서 라틴어를 지껄이다니![12] 네스토르[13]의 잔만큼이나 큰, 이 굽 달린 잔에 마실 것을 따라드릴 테니 기다리세요. 향료를 넣은 백포도주를 한잔 더 하시겠어요? 구협염(口峽炎)은 겁내지 마세요, 그럼요. 이 안에는 개양귀비나 생강, 후추 같은 것은 들어 있지 않답니다. 까마귀 호두나무 있는 곳 위쪽에 커다란 마가목이 심어져 있는 포도밭에서 수확한 라 드비니에르 특산 백포도주에다 고운 계피가루와 정제한 고급 설탕을 넣었을 뿐이니까요."

---

9) 하느님의 아들을 물고기(ichtus)로 상징했던 것에 대한 암시로 볼 수 있는데, '하느님 맙소사, 제기랄' 등의 욕설을 완곡하게 표현한 것이다.

10) 플루타르코스에 따르면 우화작가 아이소포스를 가리킨다.

11) 고대의학에서는 소화가 위와 간, 세포조직에서 3단계에 걸쳐 이루어진다고 생각했다.

12) 전문가 앞에서 아는 체를 했다는 뜻.

13) 호메로스의 『일리아스』 11장 631행에 대단한 술꾼이었던 네스토르의 잔에 대한 묘사가 나온다.

33 의사인 롱디빌리스가 어떻게 오쟁이 질 위험에
   대한 처방을 내놓았는가

"유피테르가 올림포스 궁전의 명부와 그의 모든 남신과 여신들의 일 정표를 조사하던 시기에, (롱디빌리스가 말했다) 그는 각자에게 축일의 날짜와 계절을 정해주고, 신탁을 내릴 장소와 여행지[1]를 지정하고, 그 리고 그들의 제사 의식을 결정하고 나서……"

— 그는 오세르의 주교였던 탱트비유처럼 하지 않았나요? (파뉘르주 가 물었다) 그 고상한 주교는 선량한 사람은 누구나 그렇듯이 좋은 포도 주를 즐겼지요. 그래서 바쿠스의 조상인 포도나무의 싹을 돌보는 데 특 별한 주의를 기울였지요. 그런데 여러 해 동안 그는 태양이 황소좌 아래 를 지나는 시기[2]에 해당하는 성 조르주, 성 마르크, 성 비탈, 성 외트로 프, 성 필립과 성 십자가 축일,[3] 예수 승천절[4] 등에 발생했던 서리, 이 슬비, 차고 짙은 안개, 얼음비, 추위, 우박과 다른 재해로 인해 포도나무 싹이 한탄스럽게도 망쳐지는 것을 보게 되었답니다. 그래서 그는 앞서 말한 성자들이 우박과 서리를 내리게 해서 포도나무 싹을 망치는 성자 들이라고 생각하게 되었지요. 이 때문에 그는 이 성자들의 축일을 성탄

---

1) 기독교의 성자 숭배를 위한 순례여행으로 볼 수도 있으나, 원래는 고대 그리스 나 로마에서 신상(神像)을 운반하던 의식을 가리키는 것이다.
2) 4월 22일.
3) 날짜가 매년 바뀌는 예수 승천절과 달리 나머지 축일은 4월 23일에서 5월 3일 까지 날짜가 정해져 있다.
4) 부활절 후 40일.

절과 주현절5) 사이의 겨울철로 옮기고 싶어했지요. 그 시기에는 문제의 성자들이 원하는 만큼 우박과 서리를 내리더라도 경의를 표하며 존경심을 가지고 묵인하기로 하고 말이지요. 이 시기에 내리는 서리는 포도나무 싹에 피해를 주기는커녕 분명히 이로운 것이 될 테니까요. 그리고 그 자리에 성 크리스토포루스, 목이 잘린 성 요한, 성녀 막달레나, 성녀 안나, 성 도미니크, 성 로랑의 축일6)을 갖다놓고, 게다가 8월 중순을 5월로 옮기려고 했지요. 이 계절에는 서리가 내릴 위험이 없는 것은 물론이고, 찬 음료나 응고우유7)를 만들어 파는 사람, 나뭇가지를 얽어 정자를 만들거나 시원하게 저장한 포도주를 파는 사람들보다 인기 있는 직업도 없으니까요.

— 유피테르는 (롱디빌리스가 말했다) 그 당시에 자리에 없던 가련한 심술꾸러기 코쿼아주8)를 잊었던 것이지요. 그는 자기 소작인과 부하들 중 하나가 저지른 음란한 행위에 대한 소송사건 때문에 청원을 하러 파리의 법원에 가 있었답니다. 며칠 후인지는 모르겠으나, 코쿼아주는 자신이 부당한 대접을 받은 것을 알게 되자 그 청원을 포기하고, 자신을 명부에서 제외하지 말 것을 새로 청원하기 위해 직접 위대한 유피테르 앞에 나타났지요. 그는 과거의 공적과 예전에 유피테르를 위해서 했던 성실하고 가치 있는 봉사 실적을 내세우면서 자신이 축일도 없이 제사와 경배를 받지 못하는 신세가 되지 않게 해달라고 집요하게 요구했답니다. 유피테르는 모든 특전의 분배가 끝났고 명부도 종결되었다는 것을 보여주며 사과를 했지요. 하지만 코쿼아주 나리가 하도 귀찮게 구는 바람에 마침내 그를 명부와 편성표에 올리고 지상에 그를 위한 경배와 제사, 그리고 축일을 정하도록 명했답니다.

"그의 축일은 (전체 일정표에 여분의 빈자리가 없었기 때문에) 질투

---

5) 1월 6일.
6) 이 성자들의 축일은 6월과 8월 사이에 들어 있다.
7) 골풀 바구니에 담아서 물기를 뺀 응고우유나 신선한 치즈.
8) 오쟁이 지는 것을 의인화한 인물.

의 여신과 겹치게 되었고, 그의 지배를 받는 대상은 결혼한 남자들, 특히 아름다운 아내를 가진 남편들로 정해졌지요. 그를 위한 제물은 아내들에 대한 남편들의 의심, 불신, 역정, 감시, 조사, 염탐으로 정해졌고, 여기에 덧붙여 결혼한 남자들은 누구나 그를 경배하며 찬양하고, 그의 축제를 이중으로 거행하고 앞서 말한 제물을 바치라는 엄격한 지시가 내려졌지요. 지시대로 그를 찬양하지 않는 자들에게는 벌로써 코퀴아주 나리가 호의를 베풀거나 도움을 주지 않고, 관심을 갖거나 그들의 집을 방문하지도 않을 것이며, 아무리 간청하더라도 그들과 어울리려 하지 않고, 그들을 경쟁자 없이 자기 아내들하고만 영원히 썩도록 내버려두고, 이단적인 불경한 자들처럼 영원히 그들을 외면할 것이라고 위협했지요. 이는 올바르게 자신을 찬양하지 않는 자들에게 신들이 내리던 처벌의 관례이기도 했지요. 바쿠스가 포도 재배자들에게, 케레스가 경작자들에게, 포모나가 과수 재배자들에게, 넵투누스가 선원들에게, 불카누스가 대장장이들에게, 그리고 이런 식으로 다른 사람들에게도 그렇게 했던 것이지요. 반대로 (지시대로) 그의 축일에 휴업하고, 거래를 중지하고, 개인 업무를 내버려둔 채 그의 제사 의식에 따라 질투의 여신의 주관으로 아내를 감시하고, 가두고, 학대하는 자들에게 그는 언제나 호의를 베풀고, 아끼고, 자주 그들과 어울려 밤낮으로 그들의 집에 기거하며 결코 자리를 뜨지 않겠다는 확실한 약속을 덧붙였던 것이지요. 내 말은 이것으로 끝입니다."

— 하, 하, 하! (카르팔랭이 웃으면서 말했다) 이것은 한스 카르벨의 반지보다도 더 순진한 처방이로군요. 내가 이 말을 믿지 않으면 악마가 나를 잡아가도 좋아요! 여성들의 천성은 이와 같습니다. 벼락은 딱딱하고 견고한 내구성이 있는 물체가 아니면 부수고 태울 수 없는 것처럼, 부드럽고 속이 텅 비고 유연한 물체에는 떨어지지 않습니다. 벼락은 비로드 천으로 된 칼집은 그대로 둔 채 쇠로 된 칼에 불이 붙게 만들고, 뼈를 덮고 있는 살을 상하게 하지 않고 몸속의 뼈를 태워버리기도 하지요. 이와 같이 여성들은 금지된 금기 사항이라는 사실을 알지 못하면, 관심

을 기울이거나 교활한 술수와 재주를 부려 거역할 생각을 하지 않는답
니다.

— 분명히 (히포타데가 말했다) 우리 박사들 가운데 몇몇은 히브리인
들이 이브라고 부른 세상 최초의 여성이 모든 지혜를 담은 선악과가 금
지된 것이 아니었다면 그것을 먹고 싶은 유혹을 결코 느끼지 않았으리
라고 말하기도 했다오. 사정이 이와 같은지라 음흉한 유혹자가 어떻게
그녀에게 첫마디부터 이 금지된 사실을 일깨워주었는지를 생각해보도
록 하시오. '이것은 네게 금지된 것이란다. 그러니까 너는 이것을 먹어
야만 하는 거야. 그렇지 않으면 여자도 아닐 테니까'라는 논리를 넌지시
이해시키려는 듯이 말이오."

34 일반적으로 여성들은 무엇 때문에 금지된 것들을 갈망하는가

"내가 오를레앙에서 난봉꾼 노릇을 하던 시절에, (카르팔랭이 말했다) 귀부인들을 그물에 걸리게 해서 사랑놀이로 이끌기 위한 수단으로써 그녀들의 남편이 얼마나 질투심이 강한 사람인지를 생생하게, 확실하게, 불길한 결말을 암시하며 주지시키는 것보다 더 설득력 있고 효과적인 수사법을 찾을 수 없었지요. 그것은 내가 꾸며낸 이야기가 결코 아니랍니다. 이에 관한 것은 책에 씌어 있고, 법률이나 실례, 합당한 이유, 일상적 증거들이 많이 있으니까요. 일단 이와 같은 확신이 머릿속에 들어가면 그녀들은 어김없이 남편들을 오쟁이 지게 만들지요. 하느님의 이름으로! (욕을 하려는 것이 아니라) 그녀들이 세미라미스, 파시파에, 에게스타,[1] 헤로도토스와 스트라본이 기술한 이집트의 만데스 섬의 여인들,[2] 그리고 다른 암캐들이 했던 짓을 해야만 하더라도 말입니다."

— 정말로 (포노크라트가 말했다) 나는 교황 요한 22세가 어느 날 쿠앵뇨퐁 수녀원[3]에 들렀다가 수녀원장과 다른 원로 수녀들에게서 서로 고해를 주고받을 수 있는 특전을 베풀어달라는 요청을 받았다는 이야기

---

1) 아시리아의 여왕인 세미라미스는 말과 관계를 가졌고, 크레타의 미노스 왕의 왕비인 파시파에는 황소와 관계해 미노타우로스라는 괴물을 낳았다. 에게스타는 곰으로 변신한 하신(河神)과 관계를 가졌다.
2) 만데스 섬의 여인들은 목신인 판에게 경배하기 위해 숫염소와 관계를 가졌다고 한다.
3) 퐁트브로 수녀원을 가리키는 것으로 보이는데, 전설에 따르면 이 수녀원에서는 수녀들이 원장수녀에게 고해성사를 받을 수 있었다고 한다.

를 들은 적이 있지요. 수녀들에게는 사소하지만 은밀한 결점이 있게 마련인데, 남성인 고해신부들에게 그것을 털어놓는 것이 그녀들로서는 감당하기 어려운 수치라는 점을 내세우며, 고해라는 봉인 아래 자기들끼리는 더 자유롭게 거리낌 없이 이야기할 수 있을 것이라고 주장한 것이었지요.

"여러분에게 기꺼이 허락해주지 못할 것은 없지만, (교황이 대답했지요) 한 가지 곤란한 점이 있다네. 그것은 고해성사란 비밀로 지켜져야 한다는 것이지. 그대들 여성들은 그 비밀을 간직하고 있기가 어려울 것이네."

— 아주 잘 할 수 있답니다. (그녀들이 대답했지요) 남자들보다 더 잘 말씀입니다.

"그날로 성부(聖父)님[4]은 미리 작은 홍방울새를 한 마리 넣어둔 상자를 수녀들에게 주며 안전한 비밀 장소에 보관하라고 신신당부하면서 만일 그것을 비밀리에 간수할 수 있다면 그녀들이 요청한 것을 교황의 이름을 걸고 들어주겠노라고 약속했답니다. 그렇지만 만일 어길 경우에는 성직재판에 회부해 영원한 파문의 벌을 내리겠노라고 엄포를 놓아 어떤 식으로든 그 상자를 여는 것을 엄격하게 금지시켰지요. 금지 명령이 내려지자마자 그녀들의 마음속에는 그 안에 무엇이 들어 있는지를 보고 싶은 욕망이 불타올라 그것을 열어보기로 작정하고 교황이 문 밖으로 나가기만을 초조하게 기다렸던 것이지요. 성부님은 그녀들에게 축복을 내려준 다음 자기 숙소로 물러갔지요. 그가 수녀원 밖으로 채 세 걸음도 떼기 전에 수녀들은 모두 한꺼번에 금지된 상자를 열어 무엇이 들었는지를 보려고 몰려들었답니다. 다음날 교황은 (그녀들이 보기에는) 특전을 베풀어주려는 의도에서 수녀들을 방문했지요. 하지만 그 문제를 결정하기 전에 그는 자기가 맡겼던 상자를 가져오라는 명령을 내렸지요. 상자는 가져왔지만 새는 더 이상 그 속에 들어 있지 않았습니다. 그러자

---

4) 로마 교황의 존칭.

그는 수녀들에게 그렇게 신신당부했던 상자를 그토록 짧은 시간 동안도 비밀리에 간수하지 못하는 것에 비추어볼 때, 고해성사의 비밀을 지키는 것이 그녀들에게는 너무 어려운 일이라는 사실을 지적했지요."

— 선생님, 이렇게 오시니까 정말 반갑습니다. 선생님 이야기를 듣는 것은 매우 즐거운 일이고, 이 모든 것이 다 하느님 덕분입니다. 선생님께서 전에 몽펠리에에서 앙투안 사포르타, 기 부기에, 발타자르 누아예, 톨레, 장 캉탱, 프랑수아 로비네, 장 페르드리에, 그리고 프랑수아 라블레[5] 등 우리의 옛 친구들과 함께 귀먹은 여인과 결혼했던 남자에 관한 희극적인 교훈극 공연에 출연하셨던 때 이후로 뵙지를 못했군요.

— 그 공연 때 나도 있었지요. (에피스테몽이 말했다) 선량한 남편은 아내가 말을 하게 되기를 바랐지요. 그녀는 의사와 외과의사가 기술을 발휘해 말을 하게 되었는데, 그들은 그녀 혀 밑에 설소대(舌小帶)의 잘못된 부분을 잘라냈던 것이지요. 말을 하게 되자 그녀가 어찌나 말이 많은지 남편은 의사를 찾아가 그녀가 입을 다물게 할 수 있는 처방을 요구했지요. 의사는 자기 기술로는 여성들이 말을 하게 만들 수는 있어도 입을 다물게 할 수는 없다고 대답했답니다. 그러고는 아내의 끝없는 수다에 대처할 수 있는 유일한 처방은 남편 귀를 먹게 하는 것이라고 말해주었지요. 그 친구는 그들이 만들어준 무언지 알 수 없는 마법의 약 덕분에 귀머거리가 되었지요. 그의 아내는 남편이 귀머거리가 된 것을 보고, 그가 들을 수 없으니까 말을 해보았자 소용이 없게 된 것에 격분했지요. 그러고 나서 의사가 보수를 요구하니까 남편이 자기는 진짜 귀머거리라서 그의 요구를 알아듣지 못하겠노라고 대답했지요. 의사는 그의 등에 무언지 알 수 없는 가루를 뿌렸는데, 그 효력으로 인해 그는 미치광이가 되어버렸답니다. 그러자 미친 남편과 격분한 아내가 합세해서 의사와 외과의사를 실컷 두들겨패서 그들을 반쯤 죽여놓았지요. 이 파틀랭식의

---

5) 몽펠리에 의과대학 학생들은 소극이나 교훈극을 공연하곤 했다고 한다. 여기에 열거된 사람들은 라블레와 같이 공연했던 동급생들로 보이는데, 이중에는 나중에 유명한 의사가 된 사람들도 있다.

연극[6] 공연 때만큼 많이 웃어본 적이 없답니다.

— 우리 이야기로 되돌아옵시다. (파뉘르주가 말했다) 당신의 알아들을 수 없는 말을 프랑스어로 옮겨보자면, 나는 과감하게 결혼을 해야 하고 오쟁이 질 것을 두려워해서는 안 된다고 말하려는 것이로군요. 그건 패를 잘못 읽은 거요! 선생님, 내 결혼식 날 환자 때문에 다른 곳에 붙들려서 결혼식에 오시지 못할 것 같은 생각이 드는군요. 이해하겠습니다.

대변과 오줌은 의사에게는 최상의 음식,
저 집에서는 밀짚을 줍고, 이 집에서는 낟알을 주워라.

— 당신은 잘못 인용한 거요. (롱디빌리스가 말했다) 다음 행은 이런 것이지요.

우리에게는 증상이지만 당신에게는 합당한 음식이라오.

— 내 아내가 건강이 나쁘다면, 히포크라테스의 『격언집』 2권 35장에 나오는 지시대로, 다른 조처를 취하기 전에 오줌을 살펴보고, 맥박을 짚어보고, 아랫배와 배꼽 부위의 상태를 검사하겠습니다.

— 아니, 아니지요. (파뉘르주가 말했다) 그 방법은 적절하지 않습니다. 그것은 『임신 확인에 관해서』라는 항목을 다루는 우리 법률가들 몫이지요. 나는 그녀를 위해 대황을 이용한 관장을 준비시키겠어요. 다른 곳의 더 긴급한 업무를 소홀히 하지는 마세요. 거위고기는 댁으로 보내 드리지요. 우리는 언제나 친구로 지낼 수 있을 겁니다.

그러고 나서 그는 의사에게 다가가 아무 말도 하지 않고 손에 장미금화 네 닢을 쥐어주었다. 롱디빌리스는 그것을 넙죽 잘 받아챙기고는 분

6) 『파틀랭 선생의 소극』에서 양치기 티보는 변호사가 보수를 요구하자 귀가 늘리지 않는 척하며 돈을 주지 않는다.

개한 듯이 격한 어조로 말했다.

"에, 에, 에! 선생, 그럴 필요는 없었는데. 그래도 대단히 고맙습니다. 나는 사악한 사람들에게서는 절대로 아무것도 받지 않지요. 하지만 선량한 사람들에게는 절대로 아무것도 거절하지 않지요. 언제든지 도와드리겠습니다."

— 돈을 지불하면 말이지요. 파뉘르주가 말했다.

— 물론이지요." 롱디빌리스가 대답했다.

35 철학자인 트루요강이 어떻게 결혼의 어려움에 관해서 논했는가

이 말이 끝나자 팡타그뤼엘은 철학자인 트루요강에게 말했다.

"우리의 충직한 친구여, 손에서 손으로 넘겨진 성화[1]가 그대에게 주어졌소. 이제 그대가 답변할 차례요. 파뉘르주가 결혼을 해야겠소, 말아야겠소?

― 둘 다이지요. 트루요강이 대답했다.

― 무슨 말씀을 하시는 겁니까? 파뉘르주가 물었다.

― 자네가 들은 대로라네. 트루요강이 대답했다.

― 제가 무얼 들었는데요?

― 내가 말한 것이지. 트루요강이 대답했다.

― 하! 하! 우리가 어디까지 이야기했지요? (파뉘르주가 말했다) 넘어갑시다. 제가 결혼을 해야겠습니까, 말아야겠습니까?

― 이도 저도 아닐세. 트루요강이 대답했다.

― 내가 정신착란이 되어버리지 않는다면, 그리고 내가 당신 말을 알아들을 수 있다면, 악마에게 잡혀가도 좋아! 기다리세요. 당신 말을 더 똑똑히 들을 수 있게 내 왼쪽 귀에 안경을 끼겠습니다.

이때 팡타그뤼엘은 홀의 문간에 키네[2]라는 이름의 가르강튀아의 작은 개가 와 있는 것을 알아보았다. 그 이름은 토비트의 개[3] 이름을 딴

---

1) 고대 그리스의 올림픽 경기에서 주자들이 전하던 성화를 가리킨다.
2) 그리스어로 개라는 뜻.
3) 『구약』의 외경 「토비트」에는 이 개에 대한 언급이 없다. 복음주의자들은 6장 2

것이었다. 그러자 그는 참석한 모든 사람들에게 말했다.

"국왕 폐하께서 여기서 멀지 않은 곳에 계시니 모두 일어납시다."

이 말이 채 끝나기도 전에 가르강튀아가 연회장으로 들어왔다.[4] 모두 일어나서 왕에게 공손하게 절을 했다. 가르강튀아는 모든 참석자들에게 인자한 모습으로 답례한 다음 말했다.

"나의 좋은 친구들이여, 부탁이니 자리를 지키고 하던 이야기를 계속해서 나를 기쁘게 해주기 바라오. 이 테이블 끝에 의자를 하나 가져오너라. 모든 참석자들을 위해 건배할 수 있게 마실 것을 다오. 여러분을 환영합니다. 이제 말해보시오. 무슨 이야기를 하고 있었소?"

두 번째 음식이 차려진 다음 팡타그뤼엘이 대답하기를 파뉘르주가 결혼을 해야 하는지, 말아야 하는지 하는 곤란한 문제를 제기했는데, 이에 관한 히포타데 신부와 롱디빌리스 선생의 답변이 끝나고, 왕이 들어왔을 때 충직한 트루요강이 답변하는 중이었다고 했다. 그러고는 파뉘르주가 '결혼을 해야 할지, 말아야 할지' 첫 질문을 하자 '그는 둘 다'라고 대답했고, 두 번째 질문에 대해서는 '이도 저도 아니다'는 답을 했다는 것이었다. 그러자 파뉘르주는 그런 모순되고 역설적인 답변에 대해서 불만을 터뜨리며, 아무것도 이해할 수 없다고 항의하던 중이라고 말해주었다.

"내 생각으로는 이해할 것 같네. (가르강튀아가 말했다) 예전에 한 철학자는 누가 어떤 여자의 이름을 대며 전에 관계를 가진 적이 있느냐고 물어보자 '나는 그녀를 애인으로 가졌지만, 그녀는 나를 애인으로 갖지 못했소'라고 말했지. 나는 그녀를 소유했지만, 소유당하지는 않았다는 뜻이라네."

— 스파르타의 한 하녀가 비슷한 답변을 했지요. (팡타그뤼엘이 말했다) 누가 그녀에게 남자와 관계를 가진 적이 있느냐고 물어보았더니, 그

절에 나오는 개 이야기를 부모의 동의 없는 비밀 결혼을 비판하기 위한 의도를 담은 것으로 해석했다.

4) 『팡타그뤼엘』 23장에 그가 세상을 떠났다는 이야기가 나온다.

녀는 남자들은 이따금 자기와 관계를 가졌지만 자기는 그런 적이 없다고 대답했답니다.

— 이처럼 (롱디빌리스가 말했다) 우리는 양극단 중 한쪽에 가담하거나 다른 한쪽을 제거함으로써, 그리고 시간의 배분에 의해서 때로는 이쪽 끝, 때로는 저쪽 끝에 서서 의학에서는 중성, 철학에서는 중용이라고 말하는 것을 실현하지요.

— 내가 보기에는 (히포타데가 말했다) 성스러운 사도[5]께서 "결혼한 자들은 결혼하지 않은 자같이 하며 아내 있는 자들은 없는 자같이 하며"[6]라고 하셨을 때 더 적절하게 표현하신 것 같습니다.

— 나는 이런 식으로 (팡타그뤼엘이 말했다) 아내가 있다는 것과 없다는 것을 해석하겠소. 아내가 있다는 것은 대자연이 창조한 용도에 맞게, 즉 남자를 돕고 즐겁게 해주는 동반자로서 아내를 갖는다는 뜻이고, 아내가 없다는 것은 아내 곁에서 나약해지지 말고, 오직 하느님께 바쳐야 할 지고의 사랑이 아내 때문에 변질되지 않도록 하고, 조국과 국가, 친구들에게 진 의무를 저버리지 말고, 아내의 비위를 맞추기 위해 공부와 일을 등한시해서는 안 된다는 뜻으로 말이오. 아내가 있다는 것과 없다는 것의 말뜻을 이런 식으로 해석한다면, 그 표현을 대립되거나 모순된 것으로 보지 않아도 될 것이오."

5) 성 바울을 가리킨다.
6) 『신약』「고린도전서」 7장 29절.

36 피론[1] 학파의 회의주의 철학자인 트루요강의 계속된 답변

"선생님은 오르간 소리처럼 듣기 좋게 말씀하시는군요. (파뉘르주가 대답했다) 하지만 저는 진리가 숨겨져 있다고 헤라클레이토스가 말했던 캄캄한 우물 밑까지 내려왔다는 생각이 드는군요. 저는 아무것도 보지 못하고 들을 수 없으며, 감각은 무디어져 마법에 걸린 것이나 아닌지 몹시 두렵습니다. 다른 식으로 말해보겠습니다. 충직한 친구여, 움직이지 마세요. 호주머니에 넣지 마세요. 주사위를 던지는 방식을 바꾸고 선언 명제 없이 말하도록 하지요. 제가 보기에 연결이 제대로 되지 않는 명제들 때문에 혼란스러워 하시는 것 같군요. 자, 그러면, 하느님의 이름으로, 제가 결혼을 해야겠습니까?

트루요강: 그런 것 같소.

파뉘르주: 그럼 절대로 결혼하지 않으면요?

트루요강: 그 일에서 아무런 난점도 보지 못하겠소.

파뉘르주: 전혀 보지 못하신다구요?

트루요강: 전혀, 아니면 시각(視覺)이 나를 속였거나.

파뉘르주: 제게는 5백 가지 이상이나 보이는데요.

트루요강: 세어보구려.

파뉘르주: 제 말은 정확한 것은 아니지만, 확실한 수를 불확실한 것으

---

1) 회의주의를 창시한 그리스 철학자. 인간은 진리에 도달할 수 없으므로 일체의 것을 의심해야 한다고 주장했다. 그의 이름을 따서 회의주의를 피론주의 (Pyrrhonisme)라고 하기도 한다.

로, 정해진 수를 정해지지 않은 것으로 간주하면, 다시 말
해서 많다는 뜻으로 한 말이랍니다.

트루요강: 듣고 있소.

파뉘르주: 모든 악마를 걸고 하는 말인데, 저는 여자 없이는 지낼 수
없어요!

트루요강: 그 천한 짐승들은 내버려두시오.

파뉘르주: 하느님의 이름으로, 좋아요! 제 살미공댕 영지 사람들은,
디도가 한탄을 하며 그렇게 말했듯이,[2] 여자 없이 혼자 잠
자리에 드는 것은 짐승 같은 삶을 사는 것이라고 말한다니
까요.

트루요강: 좋을 대로 하게.

파뉘르주: 얼씨구! 잘 됐군. 그러니까 결혼을 할까요?

트루요강: 아마도.

파뉘르주: 결혼하면 좋을까요?

트루요강: 걸리는 여자에 달렸지.

파뉘르주: 그러니까 제가 기대하는 대로 잘 걸리면, 저는 행복할까요?

트루요강: 상당히.

파뉘르주: 일을 반대로 해보지요. 잘못 걸리면요?

트루요강: 나는 빠지겠네.

파뉘르주: 그래도 제발 충고해주세요. 제가 어떻게 해야겠습니까?

트루요강: 하고 싶은 대로 하게.

파뉘르주: 순 엉터리로군.[3]

트루요강: 부탁이니 주문은 외지 말게.

---

2) 베르길리우스의 『아이네이스』 4장 550~551행에 나오는 디도의 말. "왜 나는
동물처럼 혼자 살 수 없단 말인가?"

3) 원문의 'Tarabin tarabas'는 상대의 말이 마음에 들지 않아 짜증이 날 때 쓰는
일종의 간투사로 요즘도 '시시하다! 엉터리다!'라는 뜻으로 'taratata'라는 표현
이 쓰인다.

파뉘르주: 하느님의 이름으로, 좋아요! 저는 선생님께서 충고해주시
　　　　는 대로 하겠어요. 무슨 충고를 해주시겠습니까?

트루요강: 아무것도.

파뉘르주: 결혼할까요?

트루요강: 나와는 상관없는 일이네.

파뉘르주: 그러면 결혼하지 말까요?

트루요강: 더 이상 말 못하겠네.

파뉘르주: 만일 결혼하지 않으면 결코 오쟁이 지는 일이 없을까요?

트루요강: 그렇게 생각했지.

파뉘르주: 제가 결혼하는 경우를 가정해보기로 하지요.

트루요강: 그걸 어디에 놓는단 말인가?[4]

파뉘르주: 제 말은 결혼하는 경우를 가정해보자는 뜻입니다.

트루요강: 나는 다른 곳에 매여 있네.

파뉘르주: 내 코 속에 든 똥 같으니라구! 용기를 내서 몰래 욕설이라
　　　　도 한 판 할 수 있으면, 속이 좀 풀리겠는데! 자, 참자! 그
　　　　러니까 결혼을 하면 오쟁이를 지게 될까요?

트루요강: 그럴 것 같네.

파뉘르주: 만일 제 아내가 신중하고 정숙하다면, 저는 오쟁이를 지지
　　　　않을까요?

트루요강: 자네가 정확하게 말한 것 같네.

파뉘르주: 들어보세요.

트루요강: 실컷 하게.

파뉘르주: 제 아내가 신중하고 정숙할까요? 이 문제만 남았군요.

트루요강: 의심스럽네.

파뉘르주: 그녀를 본 적이 없으시죠?

---

4) '가정하다'(mettre le cas)라는 표현에서 동사 'mettre'를 문자 그대로 물건을
　 어느 곳에 놓는다는 뜻으로 해석한 것.

트루요강:. 내가 아는 바로는.

파뉘르주: 그러면 왜 알지 못하는 일을 의심하세요?

트루요강: 그럴 만한 이유가 있지.

파뉘르주: 그러면 만일 그녀를 아신다면요?

트루요강: 더욱 그렇지.

파뉘르주: 내 귀여운 시동아, 여기 내 모자를 줄 테니, 안경은 놔두고, 안마당에 가서 30분 동안만 나 대신에 실컷 욕을 하거라. 네가 원할 때 나도 네 대신에 욕을 할 테니까. 그런데 누가 저를 오쟁이 지게 만들까요?

트루요강: 누군가가.

파뉘르주: 나무로 된 소 배때기를 걸고, 누군가 나리, 내가 자네를 손 봐주고 말 거야!

트루요강: 말은 자네가 했네.

파뉘르주: 내가 외출할 때 아내에게 베르가모[5]식 정조대를 채워놓지 않는다면, 눈에 흰자위도 없는 악마[6]가 나도 같이 데려가 라지.

트루요강: 더 정확하게 이야기해보게.

파뉘르주: 이야기 따위는 개같이 똥싸고 노래하는 짓거리일 뿐이라구 요. 결론을 찾아보도록 하지요.

트루요강: 반대하지 않겠네.

파뉘르주: 기다리세요. 이곳에서는 피 한 방울도 짜낼 수 없으니 선생 님의 다른 혈관에서 피를 뽑아보겠어요. 결혼하셨나요, 하 지 않으셨나요?

트루요강: 이도 저도 아니고, 둘 다이기도 하지.

파뉘르주: 하느님께서 우리를 도와주시기를! 지쳐서 땀도 나고, 제기

---

5) 정조대 생산지로 유명했던 이탈리아의 도시.
6) 온통 검은색으로 뒤덮인 사람이라는 뜻으로 악마를 가리킨다.

랄, 소화도 되지 않는군. 선생님께서 말씀하시고 답변하신 것을 귀나팔로 여과해 제 이해력의 전대 속에 담느라고 횡격막과 그 뒤쪽 흉곽 전체가 활동을 중지한 채 팽팽하게 당겨진 상태랍니다.[7]

트루요강: 내게는 상관없는 일이네.

파뉘르주: 이랴, 앞으로! 충직한 친구여, 당신은 결혼한 건가요?

트루요강: 내 생각에 그렇다네.

파뉘르주: 전에도 결혼한 적이 있나요?

트루요강: 가능한 일이지.

파뉘르주: 첫 번째 결혼했을 때 행복했나요?

트루요강: 불가능한 일은 아니라네.

파뉘르주: 두 번째 결혼은 어떤가요?

트루요강: 내 운명이 이끄는 대로지.

파뉘르주: 그런데 말이지요, 진지하게 말해서, 결혼 생활이 행복한가요?

트루요강: 그럴 법한 일이네.

파뉘르주: 자, 이런, 빌어먹을, 성 크리스토포루스가 짊어졌던 짐[8]을 두고 하는 말인데, 당신에게서 결론을 끌어내려고 하느니 차라리 죽은 나귀에게 방귀를 뀌게 해보려는 편이 나을지도 모르겠군요. 하지만 이번에는 당신을 꼼짝 못하게 만들어보겠어요. 충직한 친구여, 지옥의 악마가 부끄러워하게 진실을 고백합시다. 오쟁이 진 적이 없습니까? 내 말은 여

---

7) 고대의학에서는 기억 작용이 일어날 때 횡격막과 그 뒷부분은 생명의 정기의 소화 작용을 지원하는 활동을 중지하고 동물적 정기를 농축시키기 위해 팽팽하게 당겨진다고 생각했다. 이는 고대 그리스인들이 횡격막(phrenes)과 이해력(phronésis) 사이에 연관성이 있다고 생각한 데서 연유한 것으로도 볼 수 있다.

8) 성 크리스토포루스는 아기 예수를 등에 짊어지고 강을 건네주는 모습으로 그려지므로, 여기서 말하는 짐은 아기 예수를 가리킨다.

기 있는 당신을 두고 하는 말이고, 저기 정구장에 가 있는 당신을 말하는 것이 아니랍니다.[9]

트루요강: 그런 적 없네. 운명으로 예정된 것이 아니라면.

파뉘르주: 살을 걸고,[10] 나는 그만두겠어! 피를 걸고, 집어치운다니까![11] 몸을 걸고, 포기하겠단 말이야! 그는 내 손으로는 잡을 수가 없어."

이 말을 듣고, 가르강튀아가 자리에서 일어나 말했다.

"모든 일에서 선하신 하느님께서는 찬양을 받으실지어다. 지금까지 본 바에 따르면, 내가 처음 지식을 접하게 되었던 때 이후로 세상은 잘생긴 아들[12]이 되어버렸구나. 우리는 지금 어떤 처지에 놓여 있는가? 그러니까 오늘날에는 가장 박식하고 현명한 철학자들은 피론주의자, 모순론자(aporrhéctiques), 회의론자, 에페코스주의자[13]들의 사색의 전당과 학교에 들어가버렸군. 선한 하느님께서는 찬양을 받으실지어다! 정말로 앞으로는 사자들은 갈기를, 말들은 말총을, 황소들은 뿔을, 물소들은 콧방울을, 늑대들은 꼬리를, 염소들은 수염을, 새들은 발을 잡아붙들 수 있겠으나, 이런 철학자들은 말꼬리를 잡아 결코 붙들 수 없겠구나. 잘들 있게, 내 좋은 친구들이여."

이 말을 마친 다음 그는 참석자들 곁을 떠났다. 팡타그뤼엘과 다른 사람들이 뒤를 따르려 했으나, 그는 허락하지 않았다.

가르강튀아가 홀에서 나가자 팡타그뤼엘이 손님들에게 말했다.

---

9) 회의주의를 표방하는 철학자의 말이 공허하게 겉돌아 마치 토론에 참여하고 있지 않은 것 같다는 뜻이다.

10) 이어지는 세 표현은 예수 그리스도의 피와 살과 몸을 두고 맹세한다는 뜻이다.

11) 원문의 'renaguer'는 랑그도크 사투리이다.

12) 교활한 재주꾼들이 판을 치는 세상을 가리킨다.

13) 회의주의 철학자들이 정신의 평정을 얻기 위해서는 판단을 중지해야 한다는 의미에서 '나는 움직이지 않는다'는 뜻의 그리스어 'ephekôs'를 신조로 내세운 데서 유래한 용어 'éphectique'로 앞의 세 용어들과 마찬가지로 회의주의자들을 가리킨다.

"플라톤의 「티마이오스」[14]에서는 모임을 시작할 때 손님들의 수를 세었지만, 우리는 거꾸로 끝날 때 세어보도록 하세. 하나, 둘, 셋, 네 번째가 어디 있지? 네 번째는 우리 친구 브리두아 아니었나?"

에피스테몽이 그를 초대하려고 집에 갔었지만 만날 수 없었노라고 대답했다. 미를랭그 지방의 미를랭그 고등법원의 집행관이 찾아와서는 그가 전에 내렸던 어떤 판결에 대해서 종심(終審) 재판관들 앞에 직접 출두하여 해명하라는 소환장을 전달했다는 것이었다. 그 때문에 그는 지정된 날짜에 출석해서 궐석 재판을 받지 않으려고 전날 출발했던 것이다.

"나는 무슨 일인지 알고 싶소. (팡타그뤼엘이 말했다) 그는 40년도 넘게 퐁스브통의 재판관을 지내며, 그동안 4천 건도 넘는 최종판결을 내렸소. 그가 내린 2천3백9건의 판결에 대해서 유죄선고를 받은 피고측이 미를랭그 지방의 미를랭그 고등법원의 종심 재판소에 상소했지만, 그가 내렸던 모든 판결은 재가와 동의, 추인을 받았으며 상소는 거부되고 기각되었던 것이오. 지난 세월 내내 언제나 직무를 매우 성실하게 수행하며 살아온 그가 지금 만년에 이르러 직접 출두하라는 소환장을 받았다는 것은 재앙이라고밖에 볼 수 없소. 내 있는 힘을 다해 그가 공정한 재판을 받을 수 있도록 돕고 싶소. 오늘날 세상은 더욱 고약하게 바뀌어 정당한 권리를 갖고 있어도 도움을 필요로 하게 되었다오. 그리고 어떤 놀라운 일이 생길지 염려스러우니 내가 이제부터 그 일에 개입할 작정이오."

그때 식탁이 치워졌다. 팡타그뤼엘은 손님들에게 금과 은으로 된 반지, 보석, 접시 등의 귀하고 영광스러운 선물을 주고 다정하게 감사 인사를 한 다음 자기 침소로 돌아갔다.

---

14) 플라톤의 『대화편』 중의 하나로 피타고라스 학파의 철학자인 티마이오스가 플라톤의 우주론을 설명한다.

37 팡타그뤼엘은 어떻게 파뉘르주에게 미치광이의 조언을 구하라고 설득했는가

팡타그뤼엘은 침소로 돌아가는 길에 복도에서 몽상가 같은 자세로 머리를 좌우로 흔들며 공상에 잠겨 있는 파뉘르주를 발견하고 그에게 말했다.

"자네는 송진에 달라붙은 쥐새끼 같아 보이네. 송진을 떼어내려고 애쓰면 애쓸수록 송진이 온몸에 달라붙게 된다네. 자네도 마찬가지로 곤경의 늪에서 빠져나오려고 애쓰면 애쓸수록 전보다 더 그곳에서 헤어나지 못할 것이고, 내게는 한 가지 해결책밖에 생각나는 것이 없다네. 민간속담에 미치광이가 현자에게 훌륭한 가르침을 줄 수 있다고 하는 말을 나는 여러 번 들은 적이 있네. 현자들의 답변이 자네를 충분히 만족시키지 못했으니까 미치광이에게 조언을 구해보도록 하게. 이렇게 하면 자네 기분에 더 맞는 답변을 얻어 만족하고 흐뭇해 할 수 있을지도 모르는 일이니까. 미치광이들의 의견과 조언, 예언으로 많은 제후와 왕들이 국가를 지키고, 많은 전투에서 승리를 거두고, 많은 난관을 해결했다는 사실을 자네는 알고 있겠지."

"실례를 들어 자네에게 상기시킬 필요는 없을 것이네. 이런 이치에 자네는 동의하겠지. 왜냐하면 사적인 집안일을 세심하게 보살피고, 집안을 다스리는 데 경계를 늦추지 않고 주의를 기울이며, 정신을 딴 데 팔지 않고, 재산을 모으고 부를 축적할 기회를 놓치지 않고, 가난으로 인한 곤경에 현명하게 대비할 줄 아는 사람을 이 세상에서는 현자라고 부르지만, 천국의 영(靈)들[1]이 판단하기로는 미련한 자에 지나지 않기 때문이네.[2] 그들이 보기에 현명해지기 위해서, 내 말은 신적인 영감에 의해 예언의 능력을 받기에 적합한 현자, 선지자가 되기 위해서는 자기 자신을 잊고, 자신에게서 벗어나야 하고, 감각적 인식에서 모든 세속적인 감정을 비우고, 인간적인 관심사를 제거함으로써 정신을 정화하고, 모든 것을 무념(無念)의 상태로 가져가야 한다는 것이지. 이 상태를 속인들은 광기 탓으로 돌린다네."

"이런 식으로 무식한 대중들은 라틴 민족의 왕 피쿠스의 아들이었던 위대한 예언자 파우누스를 파투엘루스라고 불렀던 것이지."[3]

"이런 식으로 우리는 어릿광대들이 등장인물들의 배역을 정할 때 바보와 익살꾼 역을 그 극단에서 가장 재능 있고 연기가 뛰어난 배우들이 맡도록 하는 것을 보게 된다네."

"이런 식으로 수학자들은 왕들과 바보들은 출생시의 별자리가 같다고 말하기도 하지.[4] 그리고 점성술에서는 같은 운세를 타고난 아이네아스와 코로이보스[5]의 예를 드는데, 후자를 에우포리온은 미치광이였다고 말했다네."

"내가 자네에게 조반니 안드레아[6]가 라 로셀의 시장과 주민들에게 보

---

1) 지상세계의 일들에 관여하는 천사들을 가리킨다.

2) 『신약』 「고린도전서」 3장 19절에 나오는 사도 바울의 말. "이 세상 지혜는 하나님께 미련한 것이니"를 인용한 것.

3) 당시 사람들이 많이 읽던 콩티의 『신화』에 따르면 목신(牧神)인 파우누스(프랑스어로 'Faune')는 라블레가 말한 대로 라틴 민족의 왕 피쿠스의 아들로 반인반수의 사티로스족의 선조라고 한다. 그리고 베르길리우스의 주석집을 썼던 세르비우스는 목신에게 파투엘루스라는 별명을 붙였는데, 이 말은 미치광이(fou)와 예언자(prophète)라는 뜻을 동시에 갖고 있다.

4) 에라스무스의 『격언집』에 나오는 격언이다. 에라스무스는 또한 광기의 예로 코로이보스에 관해 언급했다.

5) 프리지아의 왕 미그돈의 아들로 트로이의 공주 카산드라의 약혼자. 세르비우스가 쓴 내용을 에우포리온이 확인한 바에 따르면, 트로이 함락 후 약탈이 벌어졌을 때 미쳐버렸다고 한다.

6) 인문주의자였던 조반니 안드레아가 다음에 나오는 일화를 간단히 소개한 적이 있는데, 뒤이은 법률학자들에 대한 언급은 티라코의 『부부법』에 근거한 것이다.

낸 교황칙서의 법규에 관해 말했던 것, 그의 뒤를 이어 파노르미타누스가 같은 법규에 관해, 바르바티아가 『로마법전』에 관해, 최근에 자송이 파리의 유명한 미치광이로 카예트의 증조부인 세니 조앙[7]에 관해 『조언집』에서 말했던 것을 이야기해도 계제에 맞지 않는 일은 아닐 것이네. 그 사건은 다음과 같은 것이었다네."

"파리의 프티 샤틀레에 있는 불고기집의 진열대 앞에서 짐꾼 하나가 불고기 연기냄새를 맡으며 빵을 먹고 있었는데, 이렇게 냄새를 배게 하니까 훨씬 더 맛있다고 생각을 했지. 불고기장수는 그가 하는 대로 내버려두었다네. 마침내 빵을 모두 먹어치우자 불고기장수는 그 짐꾼의 목덜미를 움켜잡고 불고기 연기 값을 치르라고 요구했다네. 짐꾼은 그의 고기에 피해를 주지 않았고, 아무것도 가져가지 않았으니 빚진 것이 없다고 말했지. 그러고 문제가 된 연기는 밖으로 발산되어 흔적 없이 사라져버리는 것이고, 파리에서 불고기 연기를 길거리에서 팔았다는 이야기를 들어본 적이 없다고 말했지. 불고기장수는 자기 불고기 연기는 짐꾼들이 먹으라는 것이 아니므로 값을 치르지 않으면 그의 갈고리[8]를 뺏어버리겠다고 대답했다네."

"짐꾼은 몽둥이를 꺼내들고 방어자세를 취했다네. 말다툼이 커지게 되었지. 구경거리를 좋아하는 파리 시민들이 사방에서 싸움을 보려고 몰려왔지. 그곳에 마침 파리 시내에 살던 세니 조앙이 있었다네. 그를 알아보고 불고기장수가 짐꾼에게 물었지. '자네는 우리 분쟁을 조앙 나리에게 맡기기를 원하나? — 좋소, 젠장할 놈의 것'이라고 짐꾼은 대답했다네."

"그러자 세니 조앙은 그들 사이의 불화에 대해서 알아본 다음에 짐꾼에게 전대에서 동전을 한 닢 꺼내라고 지시했다네. 짐꾼은 그의 손에 필리포스 동전[9]을 한 닢 건네주었지. 세니 조앙은 그것을 손에 쥐고는 무

---

7) 세니 조앙은 익살꾼의 전형이고, 카예트는 『팡타그뤼엘의 예보』에도 언급된 루이 12세 궁정의 유명한 어릿광대였다.
8) 짐꾼들은 등에 짐을 지고 운반할 때 갈고리를 사용했다고 한다.

게가 제대로 나가는지 확인하려는 것처럼 왼쪽 어깨 위에 올려놓았지. 그러고는 진짜인지 소리를 들어보려는 것처럼 왼손 손바닥 위에 올려놓고 소리를 나게 했지. 그러고는 주조가 제대로 되었는지를 보려는 것처럼 오른쪽 눈의 눈동자 위에 얹었지. 이 모든 것이 구경거리를 좋아하는 파리 시민들 모두가 침묵을 지키고, 불고기장수는 의기양양하게 기다리고 짐꾼은 낙담한 가운데 진행됐다네. 마지막으로 그는 진열대 위에 동전을 올려놓고 몇 번 소리가 나게 했다네. 그러고는 재판장의 위엄을 보이며 자신의 어릿광대 지팡이를 마치 왕홀이나 되는 것처럼 당당하게 손에 쥐고, 늘임표처럼 주름이 잡힌 종이 귀덮개가 달린 가짜 담비가죽으로 된 두건을 단정하게 머리에 쓰고, 사전에 두세 번 기침을 한 다음 큰 소리로 말했지."

— 본 법정은 불고기 연기로 빵을 먹은 짐꾼이 불고기장수에게 돈 소리로써 민사상 대가를 지불한 것으로 판결하노라. 본 법정은 양측이 각자의 집으로 돌아갈 것을 명하며, 소송 비용은 지불할 필요 없고, 이상으로 판결을 마치노라.

"이 파리의 미치광이의 판결은 앞서 말한 박사들이 보기에 대단히 공정하고 감탄할 만한 것으로 여겨져서 그 사건이 그곳 고등법원이나 로마의 로타 재판소,[10] 또는 아레오파고스 재판관들[11] 사이에서 판결이 내려졌다고 하더라도 과연 그들이 더 법률적으로 확실하게 처리할 수 있었을지 의심스럽다고 할 정도였다네. 사정이 이러하니 이제는 자네가 미치광이의 조언을 받을 것인지 마음을 정해야 하네."

---

9) 필립 5세의 초상이 새겨진 20수짜리 동전.
10) 성직자들의 재판을 담당하던 상고법원.
11) 아테네의 아레오파고스 언덕에서 열렸던 유명한 법정의 재판관들.

38 팡타그뤼엘과 파뉘르주는 어떻게 트리불레의 특징을 묘사했는가

"제 영혼을 걸고, (파뉘르주가 말했다) 그렇게 하기를 원합니다. 창자가 뚫린 것 같은 기분이 드네요. 조금 전에는 창자가 조이는 듯한 느낌이 들었고 변비가 있었거든요. 하지만 우리가 이렇게 조언을 위해 지혜의 정수를 선택했으니, 우리 상담을 최고 단계까지 미친 사람이 주재해 주었으면 합니다."

"트리불레가 (팡타그뤼엘이 말했다) 완전하게 미친 것같이 보이네."

파뉘르주가 대답했다. "순수하게 전적으로 미쳤지요."

팡타그뤼엘	파뉘르주
운명적[1] 미치광이,	높은 음계의 미치광이,
본래적 미치광이,	본위기호와 반음 내림표[2]의 미치광이,
천상의 미치광이,	지상의 미치광이,
쾌활한 미치광이,[3]	명랑하고 장난 잘 치는 미치광이,

---

1) '운명적'(fatal)의 첫 글자로 길게 늘인 *f*는 바장조 음계(Fa majeur)를 가리키는 것으로 이 음계에는 반음 내림(bémol)이 하나 있는데, 다음에 나오는 '본래적 미치광이'는 본위기호(♯)로 본래의 음정으로 되돌아가는 것을 암시한 것이라는 해석도 있다.
2) 원문의 표현 'de *b* quarre et de *b* mol'은 본위기호(♯)와 반음 내림표(♭)를 가리키는 것이다.
3) 쾌활한 성품을 지닌 사람은 목성의 영향을 받고 태어난 것인데 관대하고 인자

수성의 영향을 받은 미치광이, 귀엽고 잘 까부는 미치광이,

달의 영향을 받은 미치광이, 술 장식[4]을 한 미치광이,

지구의 미치광이, 공이를 단 미치광이,

중심에서 벗어난 미치광이,[5] 방울 단 미치광이,

창공의 영기(靈氣)를 받은 웃음 짓는 베누스[7]의 미치광이,

유노[6]의 미치광이,

북극의 미치광이, 포도주 찌끼 같은 미치광이,

영웅적 미치광이, 순수한 포도즙 같은 미치광이,

천재적 미치광이, 일급 포도주 같은 미치광이,

예정된 미치광이, 발효된 포도주 같은 미치광이,

위엄 있는 미치광이, 선천적[8] 미치광이,

카이사르식 미치광이, 교황 같은 미치광이,

황제 같은 미치광이, 추기경 회의의 미치광이,

국왕 같은 미치광이, 추기경 수행원 같은 미치광이,

족장 같은 미치광이, 교황 교서의 미치광이,

독창적 미치광이, 공의회의 미치광이,

충성스러운 미치광이, 주교 같은 미치광이,

공작 같은 미치광이, 박사 미치광이,

기수(旗手) 같은 미치광이, 수도원의 미치광이,

하며, 수성의 영향을 받고 태어난 사람은 좀도둑질을 잘 하고 교활하며, 달의
영향을 받고 태어난 사람은 건망증이 심하다고 한다.

4) 술 장식과 연이어 나오는 절굿공이 모양 장식과 방울들은 어릿광대의 모자에
매다는 장식들을 가리킨다.

5) 지구를 우주의 중심이라고 생각한 고대인들의 우주론에 따르면 다른 행성들은
중심에서 벗어나 있다는 뜻이다.

6) 유노는 공기층의 상층부를 지배하는 것으로 알려져 있었다.

7) 콩티의 『신화』에 베누스는 환희와 유희의 여왕으로 웃기를 좋아한다고 되어
있다.

8) 여기와 왼쪽 다섯 번째 아래에 같은 단어 'original'이 나오는데, 이 단어는 '선
천적'과 '독창적'이라는 두 가지 다른 뜻으로 구별해서 번역했다.

영주다운 미치광이,
궁내관(宮內官) 미치광이,
중요한 미치광이,
법무관 같은 미치광이,
총체적 미치광이,
선택된 미치광이,
원로원 의원 미치광이,
로마군 기수 미치광이,
의기양양한 미치광이,
세속적 미치광이,

집안일 하는 미치광이,
모범적 미치광이,
희귀한 이국적 미치광이,
궁정의 미치광이,
예절 바른 미치광이,

인기 있는 미치광이,
친근한 미치광이,
탁월한 미치광이,
총애받는 미치광이,
라틴식 미치광이,
일상적 미치광이,
두려운 미치광이,
초월적 미치광이,

세무 담당 미치광이,
교회법 부속서(附屬書)의 미치광이,
띠 두른 박사모를 쓴 미치광이,
풋내기 미치광이,
꼬리가 긴 미치광이,
광기의 학위를 수여받은 미치광이,
단골손님 미치광이,
처음 학사가 된 미치광이,
옷자락 받드는 조수 미치광이,
의무 이상의 선행을 베푸는
미치광이,
방계의 미치광이,
목마른 측근9) 미치광이,
날지 못하는 새 같은 미치광이,
철새 미치광이,
나뭇가지 사이를 옮겨 다니는
미치광이,
털갈이한 새 같은 미치광이,
귀족용 미치광이,
얼룩점이 있는 미치광이,
도벽이 있는 미치광이,
꽁지 깃털이 다시 난 미치광이,
야생조류 미치광이,
허튼소리하는 미치광이,
말의 턱밑 가죽띠를 한 미치광이,

---

9) 교황의 전권 특사를 암시한 '측근'(*a latere*)이라는 라틴어 표현과 프랑스어의 '목마른'(altéré)이라는 형용사의 비슷한 철자와 발음을 이용한 말장난.

최고의 권위를 가진 미치광이,　　　몸이 부은 미치광이,

특별한 미치광이,　　　수탉보다 더 화려한 미치광이,

형이상학적 미치광이,　　　필연적 귀결의 미치광이,

황홀경에 빠진 미치광이,　　　동방의 미치광이,

규범적 미치광이,　　　숭고한 미치광이,

빈사적(賓辭的)[10] 미치광이,　　　진홍색[11] 미치광이,

난폭한 미치광이,　　　혈색이 좋은 미치광이,

참견하기 좋아하는 미치광이,　　　부르주아 미치광이,

시각론에 정통한 미치광이,　　　깃털 비를 든 미치광이,

산술에 정통한 미치광이,　　　감금해야 할 미치광이,

대수에 정통한 미치광이,　　　양태적 미치광이,

신비적 해석에 정통한 미치광이, 이차적 의도에 따르는 미치광이,

유대교 율법에 정통한 미치광이, 달력 제조하는 미치광이,

화학적 혼합물을 제조하는
미치광이,　　　이질적 미치광이,

개략적 미치광이,　　　총체적 미치광이,

요약적 미치광이,　　　축약적 미치광이,

과장적 미치광이,　　　배꼽춤 추는 미치광이,

환유적 미치광이,　　　교황이 날인한 미치광이,

우의적 미치광이,　　　대리인 미치광이,

비유적 미치광이,　　　수도사 두건을 쓴 미치광이,

중복적 미치광이,　　　정식 자격을 갖춘 미치광이,

머리가 아픈 미치광이,　　　엉큼한 미치광이,

뇌에 병이 난 미치광이,　　　무뚝뚝한 미치광이,

심장병이 난 미치광이,　　　물건이 잘생긴 미치광이,

---

10) 스콜라 철학의 용어로 명제에서 주체의 속성을 규정하는 개념. '소는 동물이
　　다'에서 동물이 이에 해당한다.

11) 뛰어나다는 뜻.

장에 병이 난 미치광이,
간에 병이 난 미치광이,
비장에 병이 난 미치광이,
배에 가스가 차는 미치광이,
합법적 미치광이,
방위각과 일치하는 미치광이,
천구(天球)의 원형 궤도와
일치하는 미치광이,
균형 잡힌 미치광이,
처마도리 모양의 미치광이,
받침대 모양의 미치광이,
전형적 미치광이,
고명한 미치광이,
민첩한 미치광이,
엄숙한 미치광이,
연례적 미치광이,
축제에 나오는 미치광이,
오락을 제공하는 미치광이,
마을에 사는 미치광이,
재미있는 미치광이,
특권적 미치광이,
촌스러운 미치광이,
일상적 미치광이,

언제나 있는 미치광이,
장단에 맞는 미치광이,
단호한 미치광이,
상형문자를 쓰는 미치광이,

발톱이 부실한 새 같은 미치광이,
불알이 큰 미치광이,
우울한 미치광이,
바람이 잘 통하는 미치광이,
요리 만드는 미치광이,
오래된 수림(樹林) 같은 미치광이,
석쇠 받침쇠 같은 미치광이,

가난한 미치광이,
카타르성 염증에 걸린 미치광이,
우아한 미치광이,
24금짜리 미치광이,
기이한 미치광이,
형편이 나쁜 미치광이,
터무니없는 미치광이,
몽둥이를 든 미치광이,
어릿광대 지팡이를 든 미치광이,
솜씨가 좋은 미치광이,
도량이 큰 미치광이,
비틀거리는 미치광이,
시대에 뒤진 미치광이,
촌스러움을 보이는 미치광이,
가슴살대가 붙은 상의를 입은
미치광이,
우아한 미치광이,
화려한 옷을 입은 미치광이,
끈질긴 미치광이,
그림수수께끼 같은 미치광이,

정통적 미치광이,   원형이 있는 미치광이,

가치 있는 미치광이,   예복용 후드를 드리운 미치광이,

귀중한 미치광이,   소매 단이 넓은 옷을 입은
미치광이,

광신적 미치광이,   다마스커스식 금속 세공을 한
미치광이,

환상적 미치광이,   금은 상감을 한 미치광이,

림프성 체질[12]의 미치광이,   동양적 스타일의 미치광이,

판[13]처럼 음탕한 미치광이,   바리톤으로 노래하는 미치광이,

기교를 잘 부리는 미치광이,   반점이 있는 미치광이,

불쾌하지 않은 미치광이,   화승총 사격도 이겨내는 미치광이.

팡타그뤼엘: 예전에 로마에서 미치광이들의 축제를 퀴리누스 축제[14]
라고 불렀던 것에 타당한 이유가 있다고 한다면, 프랑스
에서도 당연히 트리불레 축제를 제정할 수 있을 텐데.

파 뉘 르 주: 모든 미치광이들이 껑거리끈[15]을 하고 있다면, 엉덩이
가죽이 벗겨졌을 텐데.

팡타그뤼엘: 그가 파투아 여신[16]의 남편인, 우리가 말했던 파투엘루

---

12) 임파액이 과잉 분비되어 근육 빈약, 안면 창백, 비활동성 등의 특징이 나타나
는 체질을 가리킨다.

13) 원래는 아르카디아의 목동과 가축의 신인데, 그리스 신화에 편입되어 헤르메
스의 아들로 바뀌게 되고 모든 신들을 기쁘게 했다는 이유로 판(Pan)이라는
이름이 붙여졌다고 한다. 그의 상반신은 털이 많은 인간의 모습으로 수염이
있고 이마에 뿔이 2개 나 있고 하반신은 염소의 모습으로 발에는 발굽이 있다.
그는 산야를 자유롭게 돌아다니며 요정들이나 미소년들을 뒤쫓고 실패했을 때
는 자위행위를 하고, 나무그늘에서 낮잠 자는 것을 방해받게 되면 노해서 사
람이나 가축들에게 공포(panique)를 보낸다고 전해진다.

14) 로마 신화에서 평화를 사랑하는 군신 퀴리누스의 이름을 딴 축제로 프랑스의
미치광이들의 축제와 같이 1월 21일에 열렸다.

15) 말의 엉덩이 부분에 묶는 끈으로 앞쪽은 안장이나 길마와 연결된다.

스 신이라면, 그의 아버지 이름은 보나디에스,[17] 할머니 이름은 보나데아[18]일 텐데.

파 뉘 르 주: 모든 미치광이들이 측대보로 걷는다면, 다리가 휘었더라도 그는 1투아즈 이상 그들보다 앞설 수 있을 텐데. 지체하지 말고 그에게로 가세나. 그에게서 어떤 훌륭한 해결책을 얻을 수 있을 거야. 나는 기대가 된다네.

— 나는 브리두아의 재판에 참석하고 싶네. (팡타그뤼엘이 말했다) 내가 루아르 강 저편에 있는 미를랭그로 가는 동안, 카르팔랭을 블루아[19]로 보내 트리불레를 이리 데려오도록 지시하겠네.

카르팔랭을 파견한 다음 팡타그뤼엘은 파뉘르주, 에피스테몽, 포노크라트, 장 수도사, 짐나스트, 리조톰, 그리고 다른 부하들과 함께 미를랭그로 길을 떠났다.

---

16) 로마 신화에서 파우누스 신의 아내(누이) 이름은 파투아 또는 파우나였다.

17) '좋은 날'이라는 뜻으로 인사말로 쓰이며, 파우사니아스에 따르면 아르카디아의 신 이름이라고 한다.

18) '좋은 여신'이라는 뜻으로 풍요의 여신이며 지금도 위대한 어머니라고 불리기도 한다. 로마인들은 때로는 그녀를 파우나와 동일시하기도 했다.

19) 당시 유명한 어릿광대였던 트리불레는 블루아 출생으로 왕을 수행해서 블루아 지방에 자주 체류했다고 한다.

39 팡타그뤼엘은 어떻게 주사위의 운명에 따라 소송사건의 판결을 내렸던 브리두아의 재판에 참석했는가

　다음날 소환시간에 맞추어 팡타그뤼엘은 미를랭그에 도착했다. 재판 장과 원로원 의원들, 판사들은 그에게 법정에 같이 들어가서 무엇 때문 에 브리두아가 투슈롱드[1] 의원에게 불리한 판결을 내렸는지 그 결정에 관해서 근거로 내세우는 이유를 들어보자고 청했다. 그 판결은 1백인 재판소[2]가 보기에는 전혀 공정한 것이 아니었던 것이다.

　팡타그뤼엘은 기꺼이 수락하고 함께 들어가 법정에 앉아 있는 브리두 아를 보게 되었다. 그는 사정을 설명하거나 변론을 하는 대신에 『*교회법 령집*』[3] 86장 *심각한 타락* 법령에 대한 *부주교*[4]*의* 주해에 의거해서 노 쇠에 수반되는 여러 가지 불편과 재앙을 근거로 내세우며, 자신이 매우

---

1) 리귀제 근처의 지명.

2) 1백인의 재판관으로 구성된 재판소라는 뜻으로 파리 고등법원을 가리킨다.

3) 이탈리아 볼로냐의 교회법학자 그라티아누스가 1140년에 집필한 최초의 『교회 법령집』(*Décret*)에 들어 있는 조항으로 육체적 노쇠는 노인의 지혜로 상쇄될 수 있다는 내용이다. 이 『교회법령집』은 이후 교회법의 근간이 된다.
　여기서 브리두아의 법률에 대한 인용은 『로마법전』과 교회법에 근거한 것이 다. 민법에는 『유스티니아누스 법률요강』(*Institutes*), 『판례집』(*Digeste*), 『유 스티니아누스 법전』(*Code*), 『신법전』(*Novelles*)이 있고, 교회법에는 그라티아 누스의 『교회법령집』(*Décret*), 그레고리우스 9세의 『교황령집』(*Décrétales*), 『제6서』(*Liber sextus*), 『클레멘스 교령집』(*Clémentines*), 『교회법 부속서』 (*Extravagantes*) 등이 있다.

4) 부주교라는 별명으로 불리던 15세기 이탈리아의 교회법학자 귀도 데 바이소를 가리킨다.

노쇠했고 시력이 전처럼 좋지 못하다는 것 외에는 다른 답변을 하지 않았다. 그는 말하기를 그런고로 늙고 잘 볼 수가 없어서 야곱을 에서로 착각했던 이삭과 같이,[5] 문제가 된 소송의 판결에서 숫자 4를 5로 잘못 보았을 수가 있다는 것이었다. 그는 특히 작은 주사위들을 사용했다는 점과, 법률의 규정에 따라『판례집』병역 조항의 "외쪽 불알인 자" 법과『판례집』법률 규정 조항의 "거의 전부"로 시작되는 법,『판례집』"토목 담당관에 관한 칙령" 전부와,『판례집』경계석 이동 조항의 성 아드리아누스 법, 그리고『판례집』혼인의 해소 조항의 "사실인 경우" 법에 대해서 루도비쿠스 로마누스[6]가 내렸던 판결에 나오듯이, 대자연의 불완전함을 범죄로 간주해서는 안 된다는 점을 지적했다. 그리고 다른 식으로 처리한다면,『유스티니아누스 법전』제외되거나 상속권이 박탈된 자식 조항의 "최대의 결점"[7] 법에 따르면 명백한 것이듯이, 인간 대신에 대자연을 비난하게 되리라는 것이었다.

"친구여, (이 법정의 재판장인 트랭카멜[8]이 물었다) 무슨 주사위를 말하는 것이오?"

— 판결의 주사위(alea judiciorum)[9]에 관해, (브리두아가 대답했다)『교부 교리집』26장, 질문 2번의 "우연"에 관한 법령,『판례집』구매의 형태 조항의 "구매가 아니거나"로 시작되는 법,『판례집』의 소유권 조항에 근거한 법과 이에 관한 바르톨루스[10]의 주해에 기록되어 있는 바와 같이, 나리들, 여러분도 최고재판소에서 일상적으로 그것을 사용하시지요. 소송에 대한 판결을 내릴 때, 앙리 페랑다 박사[11]가 지적한

---

5)『구약』「창세기」27장.

6)『유스티니아누스 법전』과『판례집』의 주석자.

7) 아들과 딸들의 상속에서 공정한 분배를 규정한 법률.

8) 허풍선이라는 뜻의 우스꽝스러운 이름.

9) 직역하면 브리두아의 말대로 '판결의 주사위'인데 비유적으로 판결의 우연성을 뜻하는 표현이다. 실제로 민사재판에서는 법률이 애매한 경우 주사위 사용을 허용했다고 한다.

10) 이탈리아 볼로냐와 피사의 법학교수로『로마법전』의 대표적 주석자.

바 있고, 마법에 관한 마지막 법령의 주해에 대한 설명과 『판례집』 판결 조항의 "그러나 둘 다 ……이므로"로 시작되는 법에서 소송과 분쟁을 해결하기 위해서는 주사위로 내린 결정이 대단히 훌륭하고, 정직하고, 유익하고, 필요한 것이라고 박사들이 지적하듯이, 다른 재판관들도 모두 그렇게 한답니다. 발두스[12]와 바르톨루스, 그리고 알렉산데르[13]는 『유스티니아누스 법전』 교황 특사에 관한 총론 조항의 "만일 두 사람이"[14] 로 시작되는 법에서 더욱 분명하게 그렇게 말하기도 했지요.

— 그런데 친구여, (트랭카멜이 물었다) 그대는 어떻게 한다는 말이오?

— 간단히 답변드리겠습니다. (브리두아가 말했다) 『유스티니아누스 법전』 상고 조항에서 반론 항의 "보다 풍부한"으로 시작되는 법의 가르침과 『판례집』 법률 1장 경고 조항에 관해서 '현대인들은 짧은 것을 좋아한다'는 주석에 따라서 말씀입니다. 저는 나리들, 여러분처럼, 그리고 예를 들어 『교황령집』의 관례에 관한 조항의 "서한에서"로 시작되는 법령의 주해와 이에 관한 무죄 조항과 같이, 우리의 법률이 언제나 따르도록 명하는 사법부의 관례대로 하지요. 사색가[15]가 3항 통상적 의무와 마지막 항 모든 재판관들의 직무의 제목, 그리고 1항 교황답서의 제시에서 지적한 바에 따라, 훌륭한 재판관은 응당 그렇게 해야 하듯이 저는 고소, 소환, 출두, 위임, 예심, 예비 절충, 공술, 의견 진술, 진술 조서, 원고인의 새양변, 청원, 심문, 원고인의 반론, 피고인의 2차 답변, 원고인의 2차 답변, 보충서류 제출, 증인에 대한 기피 신청, 기소 이유, 증거

---

11) 느베르 출신으로 『교회법령집』의 주석자.
12) 15세기의 로마법과 교회법 학자. 그와 다음에 나오는 두 사람에 대해서 라블레는 『팡타그뤼엘』, 10장에서 다른 법학자들과 함께 "모든 것에 관해 무지하고 멍청하기 짝이 없는 뚱보 송아지들에 지나지 않다"고 말한 바 있다.
13) 15세기에 교회법의 권위자였던 알렉산데르 타르타니 데 이몰라를 가리킨다.
14) 공동 상속자들 사이에서 분쟁이 생겼을 때 운명에 의한 결정 방법을 규정한 법률.
15) 『사법의 거울』을 쓴 교회법 학자 기욤 뒤랑의 별명.

보존, 증인 진술의 검증, 피고인과 증인들의 대질 심문, 피고인과 공동 피고인들의 대질 심문, 고발장, 상소 확인서, 국왕에게 제출하는 재심 탄원서, 서류 제출 명령, 관할 위반의 이의 신청, 사전 행위, 소송 이송, 송부, 회송, 사실 인정, 판결 연기 사유, 조정, 상소, 자인서, 판결 통지, 그리고 기타 양쪽 당사자들이 납부한 당과와 양념[16] 같은 것을 잘 보고, 다시 보고, 읽고, 다시 읽고, 뒤적이고, 훑어봅니다.

"그러고 나서 저는 제 사무실 책상 한쪽 끝에 피고인의 모든 소송서류 자루들을 올려놓고, 나리들, 여러분처럼, 제일 먼저 피고인에게 주사위에 의한 결정의 기회를 제공하지요. 이는 『판례집』 법률 규정 조항의 *"가장 유리한 자들"* 법과 '당사자들의 권리가 명백하지 않은 사건에서는 원고인보다는 피고인에게 유리하게 처리해야 한다'고 말한, "만일 법률이"로 시작되는 법령의 같은 제목이 붙은 6권에 나와 있는 것이지요."

"이렇게 하고 나서, 저는 원고인의 자루들을, 나리들, 여러분처럼, 책상 다른 쪽 끝에 *마주보게* 올려놓지요. 왜냐하면 『판례집』 자신과 타인의 권리를 존중하는 소송인 조항의 *보상법 혼합* 항에서 법률 1장 *"보자"*로 시작되는 단락에 대한 주해와 『판례집』 *물질과 명예에 의한 보상* 조항에 따르면, *대립적인 두 항을 나란히* 놓으면 더 분명해지기 때문이지요. 마찬가지로 저는 동시에 원고인에게도 주사위에 의한 결정의 기회를 제공하지요."

— 하지만 (트랭카멜이 물었다) 친구여, 그대는 소송을 제기한 당사자들이 주장하는 권리가 모호하다는 사실을 무엇으로 알 수 있다는 거요?

— 나리들, 여러분처럼, (브리두아가 대답했다) 말하자면 양측에 많은 자루들이 있을 때지요. 그럴 때는 저는 나리들, 여러분처럼, 『판례집』 법률의 다양한 규정 조항의 *"언제나 약정에서는"*으로 시작되는 법

---

16) 이 두 용어는 대심(對審) 재판에서 원고와 피고가 재판장에게 지불해야 하는 사례비나 소송세를 가리킨다.

과 같은 문제에 관해 같은 제목으로 운을 붙여서,

언제나 모호한 경우에는 최소의 것 쪽으로 기운다.

라고 한 기본법의 구절에 따라 작은 주사위를 사용하지요. 이 법은 교회법에 의해서 *같은 제목이 붙은 6권의 모호한 질문에 관한 법령*에 채택된 것이지요.

"저는 다른 보기 좋고 균형 잡힌 커다란 주사위들을 가지고 있는데, 나리들, 여러분처럼, 사건이 좀더 투명할 때, 다시 말해서 자루가 더 적을 때 그것을 사용하지요."

— 그렇게 하고 (트랭카멜이 물었다) 그대는 어떻게 판결을 내리는 것이오?

— 나리들, 여러분처럼, (브리두아가 대답했다) 저는 사법관이나 호민관, 집정관들이 주사위로 정한 우연한 운명에 의해 행운을 얻은 사람에게 유리하게 판결을 내립니다. *『판례집』* 저당에서의 선임자 조항의 *"선임자"와 "채권자"* 법, *『유스티니아누스 법전』*의 *"집정관"* 조항의 법률 1조와 '*시간적으로 제일 먼저인 사람이 법률에서는 유리하다*'고 되어 있는 법령 6조의 규정은 이렇게 하도록 명하고 있지요."

40 브리두아는 주사위의 운명에 따라 판결이 내려진 소송들을 심리했던 이유를 어떻게 설명했는가

"그랬군 그래, 그런데 (트랭카멜이 물었다) 친구여, 주사위를 던져 정해진 운명에 따라 판결을 내렸다면, 왜 소송 당사자들이 그대 앞에 출두한 당일 그 시간에 지체하지 않고 결정을 내리지 않은 것이오? 자루들 속에 든 소송 기록과 사법 절차와 관련된 다른 서류들을 그대는 무슨 용도로 사용한 것이오?"

— 나리들, 여러분처럼 (브리두아가 대답했다) 그 서류들은 세련되고, 필요한데다가 공인된 세 가지 일에 사용했지요.

"첫째로 형식을 위해서지요. *증서 발행 자격과 교황답서 제시 자격*에서 사색가는 이를 잘 입증했지요. 게다가 여러분께서는 사법 절차에서 수속 과정 때문에 객관적 정황과 본질이 자주 훼손된다는 사실을 너무도 잘 알고 계십니다. 왜냐하면 『판례집』 제출용도 조항의 율리아누스 법과, 『판례집』 팔키디아 법에 대한 주해에서 "*만일 40세 된 자가*"로 시작되는 법 조항, 그리고 『교황령집』 열 번째 조항의 "*방청객에게*" 법령과 *미사의 거행*에 관한 "*어떤 경우*"로 시작되는 장에 나오듯이, *형식이 바뀌면 본질도 바뀌기* 때문이지요."

"두 번째로 나리들, 여러분처럼, 저는 건전하고 건강에 좋은 운동을 하는 데 그 서류들을 사용하지요. 여러분께서는 궁정의 어의(御醫)에 관한 법령, 12권을 언급하시겠지만, 위대한 의사였던 고(故) 오토만 바다르 선생은 제게 신체적 운동 부족이 나리들, 여러분과 모든 사법 관리들의 부실한 건강과 짧은 수명의 유일한 원인이라고 여러 번 말씀하셨답니다. 이는 그보다 먼저 바르톨루스가 『유스티니아누스 법전』 법률 1장 ······한 것에 대한 판결 조항에 대한 주해에서 잘 지적했던 점입니다. 이 때문에, 나리들, 여러분과 따라서 우리들에게도, 부차적인 것은 중심적인 것을 따르기 때문에, 같은 제목의 『판례집』 법률 규정 6권과 "중심적인 것이"로 시작되는 법과 "계략으로는 아무것도"로 시작되는 법, 『판례집』의 보증을 선 사람에 관한 "보증인" 법과 교황 특사의 직무에 관한 『교회법령집』 1장에서와 같이, 몇 가지 정직하고 유희적인 운동은 『판례집』 주사위와 우연의 놀이 조항의 "습관에 따라"로 시작되는 법과 『정통법전』[1]의 "모든 사람들이 복종하도록"으로 시작되는 6항과 규정에 관한 『판례집』의 "만일 무상으로"로 시작되는 법과 『유스티니아누스 법전』 법률 1장의 공연물 조항 11권에 의해서 허용이 된 것이지요. 이것이 성 토마스[2]의 견해이기도 한데, 알베리쿠스 데 로사타 선생[3]이 그의 책 2부 2권 질문 98번에서 매우 적절하게 인용했지요. 그는 바르바티아[4]가 『군주들에 대한 간언』에서 증언한 바와 같이, 뛰어난 실무가이자 엄숙한 박사였지요. 그 이유는 『판례집』 전문의 "3년째 되는 심의관은 누구든지" 단락에 대한 주해에 설명되어 있지요.

이따금씩 쾌락을 너의 근심거리에 섞도록 하라."

"실제로 1489년 어느 날 재무 담당 사법관 나리들의 사무실에 금전관계 사건 때문에 찾아가 문지기의 금전적[5] 허가를 받고 그곳에 들어갔다가, 나리들, 여러분께서 모든 것은 돈이 명령을 내린다는 것을 아시고

---

1) 『유스티니아누스 신법전』의 라틴어 축약판.
2) 『신학대전』을 쓴 토마스 아퀴나스를 가리킨다.
3) 『어휘론』을 쓴 14세기 이탈리아 베르가모 출신의 교회법 학자.
4) 15세기 이탈리아의 법학자.
5) '개인적'(péculière)이라고 말해야 할 것을 발음이 비슷한 '금전적'(pécuniaire)으로 바꾸어 만든 말장난.

계시듯이, 그리고 발두스가 『판례집』 "만일 상세한 주문이" 조항의 "특수성" 법에 관해서, 살리체토[6]가 『유스티니아누스 법전』 자금의 형성 조항의 "징수" 법에 관해서, 추기경[7]이 『클레멘스 교령집』 1부에서 *세례*에 관해서 말했듯이, 저는 그들 모두가 식사 전이나 후에 건강에 좋은 운동으로 파리 잡기 놀이[8]를 하는 것을 보았지요. 주의 사항으로 파리 잡기 놀이가 정직하고, 건강에 좋고, 오랜 전통이 있는 합법적인 것이기만 하다면, 제게는 상관없는 일이지요. 그 놀이를 만들어낸 무스쿠스[9]의 이름을 딴 그 놀이에 관해서는 『유스티니아누스 법전』 상속권에 대*한 조사* 조항의 "*만일 이사 후에*"로 시작되는 법에 언급되어 있고, 파리 잡기 놀이를 하는 사람들은 법률적으로 용인될 수 있다고 『유스티니아누스 법전』 법률 1장, *책략의 면책 사유* 10권에 나와 있지요."

"제 기억으로는 그때 파리 노릇을 한 사람은 티엘만 피케 선생이었는데, 그는 앞서 말한 사무실의 나리들 모두가 자기와 어깨를 여러 번 부딪치는 바람에 법모(法帽)를 망가뜨린 것을 보고 놀려댔지요. 그러면서 한편으로는 재판소로 돌아가면, 『교황령집』 추정 조항의 법령 1조와 이에 관한 주해에 의거해서, 그들의 아내들이 법모를 이렇게 망가뜨린 것을 용서하지 않을 것이라고 말했지요. 그렇기는 하지만 저는 감히, 나리들, 여러분처럼, 재판관들의 세계에서는, 바르톨루스와 요하네스 데 프라토[10]가 『판례집』 조건과 논증 조항의 "오류" 법에서 지적한 것처럼, 자루를 비우고, 서류를 뒤적이고, 대장(臺帳)에 기록하고, 바구니를 채우고, 소송사건을 검토하는 것보다 더 낫고, 향기로운 운동은 없다고 말하겠습니다."

"세 번째로, 나리들, 여러분처럼, 저는 시간이 모든 사물을 숙성시킨

---

6) 14~15세기 이탈리아 볼로냐의 법률가 바르톨로메오 다 살리체토.
7) 추기경이라는 별명을 가졌던 중세의 법학자이며 주석가 자바렐라를 가리킨다.
8) 파리로 정해진 사람을 다른 사람들이 뒤쫓는 놀이.
9) 라틴어로 파리(musca)와 비슷한 발음 때문에 붙인 이름.
10) 15세기 이탈리아 피렌체의 법률가.

다고 생각합니다. 시간에 의해서 모든 사물은 명백하게 되는 것이지요. 『유스티니아누스 법전』 법률 1장 예속 조항에 대한 주해와, 『정통 법전』 원상회복과 출산하는 여인 조항, 사색가의 책에 "조언의 요청" 이라는 제목이 달린 부분에 따르면, *시간은 진실의 아버지*이지요. 이 때문에, 나리들, 여러분처럼, 저는 충분히 검토하고, 불필요한 것을 제거하고, 논의가 이루어지게 함으로써 소송사건이 시간의 경과에 따라 무르익게 만들고, 그다음에 주사위로 정해지는 운명을 패소한 당사자들이 좀더 천천히 감당할 수 있도록, 판결을 연기하고, 지연시키고, 뒤로 미루는 것이랍니다. 『판례집』 "후견 면제"와 "세 가지 짐" 법에 관한 주해에서,

기꺼이 짊어지는 자에게는 짐은 가벼운 법이다.

라고 지적한 것처럼 말이지요.

소송사건을 시작 단계에 날것 그대로나 설익은 상태에서 재판을 하게 되면, 의사들이 충분히 곪기 전에 종기를 째거나 사람의 몸에서 해로운 체액이 숙성되기 전에 제거할 때 지장이 생긴다고 말한 것처럼, 위험이 따를 수 있지요. 왜냐하면 『정통법전』 "이 구성은"으로 시작되는 무고한 자 조항 첫 부분과 『교황령집』의 거짓 맹세에 관한 조항에,

질병에 대한 약의 기능을 소송사건에서는 재판이 담당한다.

라고 되어 있기 때문이지요.

게다가 대자연은 우리에게 잘 익은 다음에 과일을 따먹으라고 가르치고 있지요. 『유스티니아누스 법률요강』 사유의 분할 조항의 "어떤 자에게"로 시작되는 단락과 『판례집』 취득 조항에서 "처녀들은 성숙했을 때 결혼시켜야 한다"고 한 율리아누스 법, 『판례집』 부부간의 증여 조항의 "이 법규가 …… 할 때"로 시작되는 법의 "만일 …… 와 혼인하면"으로

시작되는 단락의 1장 27번 질문과 또한 주해에서 말하는 것처럼,

그녀의 처녀성이 활짝 꽃피었으니 혼인 적령기에 이른 것이다.

『교회법령집』 23장, 2번 질문 마지막 단락과 33장 마지막 법령에 나오듯이, 어떤 일이나 무르익었을 때 해야 하는 법이지요."

41 브리두아는 소송사건에서 중재자 역할을 했던 인물에 관해서 어떻게 이야기했는가

"그 점에 관해서 말하자면 (브리두아가 계속해서 말했다) 제가 푸아티에에서 법률의 잠언 선생[1] 밑에서 법학을 공부하던 시절에 스마르브에 페랭 당댕[2]이라는 사람이 살고 있었는데 그는 존경할 만한 인물로서 훌륭한 농부였고, 성가대에서 노래도 썩 잘 불렀으며, 신용이 있는데다가, 나리들, 여러분 중에 가장 연세 많으신 분만큼이나 나이도 지긋한 사람이었지요. 그는 커다란 모자를 쓴 위대한 호인인 라트랑 공의회와 청록색 새틴 천으로 된 풍성한 옷을 입고 커다란 흑옥 묵주를 든 그의 아내 조칙(詔勅) 여사[3]를 만난 적이 있다고 말했지요."

"그 선량한 인물은 소송사건에서 푸아티에 재판소 전체와 몽모리옹 법정, 파르트네 르 비외 법정에서 처리된 것보다 더 많이 화해를 성사시켰기 때문에 주위 사람들 모두에게서 큰 존경을 받았지요. 『판례집』 서약 조항의 *"그러나 만일 한 사람에게서"* 로 시작된 법의 서두와 채무 약속 조항의 *"지속적으로"* 로 시작되는 법에서와 같이, 그는 재판관도 아니고 선량한 호인에 지나지 않았지만 샤비니, 누아예, 크루텔, 에뉴, 리

---

1) 법규를 외우기 쉽도록 간결하게 요약한 잠언을 모은 책을 가리키는데, 여기서는 의인화되어 있다.
2) 미친 피에로라는 뜻의 이름.
3) 여기서 말하는 조칙(국왕과 의회의 합의로 공포된 칙령)은 교황의 간섭에서 벗어나 독자성을 유지하자는 프랑스 교회의 행동강령을 정했던 1438년의 조칙을 가리키는데, 이 조칙은 바로 제5차 라트랑 공의회(1512~17)가 열리던 시점에 국왕과 교황의 협약에 의해서 폐지되었다.

귀제, 라 모트, 뤼지냥, 비본, 므조, 에타블과 인근 지역에서 벌어지는 모든 논쟁, 소송과 분쟁 사건들은, 마치 그가 최고 재판관이나 되는 것처럼, 그의 판단에 따라 해결되었지요. 인근 마을에서 돼지를 잡으면 그는 으레 구운 고기와 순대를 대접받았지요. 그는 거의 매일같이 잔치나 결혼식 피로연, 세례식, 산후 회복 축하연에 참석하거나 화해를 성사시키기 위해 술집에 가 있곤 했지요. 중재에 성공하면, 그는 화해와 완벽한 합의, 그리고 새로운 기쁨의 표시로서, 박사들이 『판례집』 위험 조항과 판매한 물건의 이익금 조항 법률 1조에서 지적하듯이, 반드시 당사자들에게 함께 술을 마시도록 했다는 것을 아셔야 합니다."

"그에게는 트노 당댕이라는 이름의 아들이 하나 있었는데, 그 아들은 키가 크고 여자들에게 친절한 젊은이였지요. 하느님께서 저를 도와주시기를! 그도 마찬가지로 소송 당사자들을 화해시키는 조정자 역할을 하려 했지요. 여러분께서도 아시다시피,

아들은 자주 아버지를 닮고,
딸도 손쉽게 어머니가 간 길을 따른다.

그리고 『교회법령집』 1장 "만일 누군가가"로 시작되는 질문 6번에 대한 주해과 항상성 조항의 법령 5조 1장에 대한 주해도 같은 이야기를 한 것입니다. 또한 이에 관해서는 『유스티니아누스 법전』의 결미(結尾)에 나오는 혼인 적령기 이전인 자와 기타 대리 상속인 법과 인간 조건에 관한 『판례집』의 합법적 혼인 법, 토목 담당관의 칙령에 관한 『판례집』의 "만일 그가 원하지 않는다면"으로 시작되는 법률에 대한 주해, 『유스티니아누스 법전』의 대역죄에 관한 율리아 법의 "누구든지"로 시작되는 법률에도 박사들의 주석이 달려 있는데, 『교회법령집』 부정한 자들에 관한 법령 27조, 질문 1번의 주해에 따르면 "수도사가 잉태시켜 수녀가 낳은 자식들은 제외한다"고 되어 있지요. 그래서 그는 소송사건의 조정자라고 자칭하며 그 역할을 맡았지요."

"이 직무에 그는 매우 적극적이었고 주의를 게을리하지 않았지요. 왜냐하면『판례집』신용 부정에 대한 대처 조항의 "미성년 후견인" 법과 이에 관한 "실제로 …… 아닌"으로 시작되는 법에 따르면, 법률은 주의를 기울이는 자를 돕게 마련이기 때문이지요. 그래서 그는 낌새를 알아챈 즉시로,『판례집』만일 네발짐승이 불행을 초래했다는 말이 나오는 경우 조항의 아가소 법에서 "그는 감지했다"라는 말에 대한 주해 1번에 따라 엉덩이에 코를 들이대고, 그 고장에서 소송이나 분쟁이 벌어졌다는 이야기를 들으면 당사자들을 화해시키기 위해서 개입하곤 했지요.

　　일하지 않는 자는 먹지도 말게 하라.[4]

고 씌어 있고,『판례집』발생한 피해 조항의 "…… 하더라도"로 시작되는 법에 대한 주해가 말하는 것도 이것이지요. 걷는 속도보다 더 빨리 달리는 것은,

　　가난이 노파에게 강제로 시킨 것이다.

라는 말은『판례집』자식들의 확인 조항의 "어떤 자가 아내를 위해서 행하면"으로 시작되는 법에 대한 주해와『유스티니아누스 법전』삽입된 조건 조항의 "만일 여럿이"로 시작되는 법에 나오는 것이지요. 하지만 이런 일에서 그는 지독히도 운이 없어서 아무리 사소한 것이라 하더라도 분쟁이라고 부를 만한 어떤 사건도 화해를 성사시킨 적이 없었지요. 화해를 시키는 대신에 그는 그들을 더욱 성나게 만들고 감정을 악화시킬 뿐이었답니다. 나리들, 여러분께서도 아시다시피,『판례집』결정 번복을 위해서 시행되는 권리 포기 조항의 법률 2조에 대한 주해에,

---

4)『신약』「데살로니가후서」3장 10절에 나오는 성 바울의 말.

> *말은 모든 사람들에게 받아들여지나, 지혜는 소수에게만 받아들여*
> *지는 법이다.*

라고 씌어 있는 바와 같지요. 그래서 스마르브의 술집 주인들은 그가 일을 시작한 후로는 1년 동안에 그의 아버지 시대에 반시간 만에 팔아치웠던 것만큼도 화해주를 (그들은 리귀제 산의 좋은 포도주를 이렇게 불렀는데) 팔지 못했다고 말하는 것이었지요."

"그 결과 그는 아버지를 찾아가 하소연했고, 자신의 실패의 원인을 자기 시대 사람들의 사악함 탓으로 돌리면서 예전에도 세상사람들이 이처럼 사악하고, 소송하기 좋아하고, 난잡하고, 화해시키기 어려웠다면, 아무리 그의 아버지라 하더라도 왕년에 누렸던 틀림없는 조정자라는 명예와 칭호를 얻지 못했을 것이라고 대놓고 아버지를 공박한 일이 일어났지요. 트노가 했던 행동은, 『판례집』 소송의 조건 조항의 3조 "만일누가"로 시작되는 단락과 『정통법전』 혼인 조항의 "그러나 승인된 것은"으로 시작되는 단락 4편에 대한 바르톨루스의 주해에 따르면, 자식들에게 자신들의 아버지를 비난하는 것을 금하는 법률에 위반되는 것이었지요."

"다른 식으로 (페랭이 대답했지요) 해야 한단다, 내 아들 당댕아. 『유스티니아누스 법전』 상소 조항의 "그들 역시"로 시작되는 법에 대한 주해에 따르면,

> *'법에 따라'가 자리를 잡으면, 모든 것은 그렇게 처리되는 것이 합*
> *당한 일이다.*

그곳에 토끼가 숨어 있는 것이 아니란다. 너는 분쟁을 조정하는 데 성공한 적이 없지. 왜 그런지 아느냐? 너는 분쟁이 아직 푸르고 날것 상태인 초기 단계부터 손을 댔기 때문이란다. 나는 그것들을 모두 조정하는 데 성공했지. 왜 그런지 아느냐? 나는 그것들이 무르익고 소화가 다 된

마지막 단계에 손을 댔기 때문이란다. 『유스티니아누스 법전』 채무에 대한 서명과 이전 조항의 "죽지 않으리라"로 시작되는 법에 대한 주해는 이렇게 말하고 있지.

　　많은 위험을 겪고 무르익은 다음에 과일은 더 달콤해진다.

　속담에서 흔히 병이 끝날 무렵에 부름을 받은 의사는 운이 좋다고 하는 말을 너는 알지 못하느냐? 의사가 개입하지 않더라도, 저절로 쇠퇴기에 접어든 병이 끝나버리기 때문이지. 마찬가지로 내 소송인들도 소송의 마지막 목적지에 이르게 되면 돈주머니가 텅 비어버린 관계로 스스로 기력이 빠져버리는 것이지. 그들은 고소나 청원도 중지해버린 상태였단다. 돈주머니 속에 고소와 청원을 계속할 자금이 남아 있지 않았기 때문이지.

　　돈이 부족하면, 모든 것이 부족해진다."[5]

　"그렇게 되면 소송 당사자들에게는 단지 '이자가 먼저 항복했다네. 그가 먼저 화해하자는 말을 꺼냈거든. 그가 먼저 지쳐버린 것을 보면 그가 주장했던 권리가 명분이 없었던 게지. 그는 약점을 가지고 있었던 거야'라고 사람들이 말하는 것을 듣게 되는 치명적인 수치를 면하기 위해서 중매쟁이, 중개자의 자격으로 화해하라는 말을 꺼내줄 누군가가 아쉬울 뿐이었던 것이지. 당댕아, 나는 이때 돼지비계에 들어가는 콩처럼 적절하게 나타나기만 하면 된단다. 이것이 내게는 성공이고, 수확이고, 행운이지. 그러니 귀여운 내 아들, 당댕아, 너에게 말하건대 이런 방법으로 나는 위대한 왕과 베네치아인들,[6] 황제와 스위스인들,[7] 영국인들

---

5) 오래전부터 내려온 라틴어 경구로 돈이라는 단어 'pecunia'를 둘로 나누어 만든 말장난이다(*Deficiente pecu, deficit omne, nia*).
6) 1508~15년 사이에 벌어진 루이 12세와 베네치아인들 사이의 분쟁을 가리킨다.

과 스코틀랜드인들,[8] 교황과 페라라인들[9] 사이에 평화를 가져다주지는 못하더라도 적어도 휴전시킬 수 있을 거야. 더 멀리 밀고 나가볼까? 하느님께서 나를 도와주신다면, 터키와 페르시아 왕,[10] 타타르인들과 모스크바인들[11] 사이에서도 가능할지 모르는 일이지."

"명심해라. 나는 쌍방이 전쟁을 하는 네 지쳐, 금고를 바닥내고, 신하들의 돈주머니를 탕진시키고, 소유지를 팔아치우고, 영토를 저당 잡히고, 식료품과 군수품이 고갈된 다음에야 이 일에 착수하려는 것이란다. 그때가 되면, 하느님, 아니면 그분의 어머니의 이름으로, 그들은 한숨 돌리고, 그들의 폭력 행위를 절제할 수밖에 없을 거야. 이것이 『교황령집』 "만일 어느 날"로 시작되는 법령에 대한 주해가 가르치고 있는 것이지.

할 수 있다면 미워하겠지만, 그렇지 못하면 내키지 않더라도 좋아하리라."

---

7) 1515년 프랑수아 1세는 스위스 연방과 프리부르에서 영구 평화조약을 체결했다.
8) 영국과 스코틀랜드 사이의 전통적 적대관계를 말하는데, 1513년에는 플로덴 전투에서 영국왕 헨리 8세에 대항해 전쟁을 벌였던 스코틀랜드의 왕 잭 4세가 전사했던 사건이 있었다. 스코틀랜드는 전통적으로 프랑스의 동맹국이었다.
9) 이탈리아의 페라라 공국은 13~16세기 동안 에스테 가문이 지배했는데, 1598년 교황령이 되었다.
10) 1534년 터키는 페르시아를 침공해 이라크와 바그다드를 점령했다.
11) 타타르인들의 계속된 침략으로 인해 1551년에는 러시아와 타타르인들 사이에 전쟁이 벌어졌다.

42 소송사건들은 어떻게 생겨나고 어떻게 완성되는가

"이 때문에 (브리두아가 계속해서 말했다) 나리들, 여러분처럼, 저는 소송사건이 무르익고 신체 기관이 다 갖추어져 완성되기를 기다리며 시간을 끌지요. 그것들은 서류와 자루들을 가리키는 것이지요. 『유스티니아누스 법전』 공동체의 분할 조항의 "만일 ……이 우월하다면"으로 시작되는 법의 서두와 『교황령집』 봉헌 조항의 법령 1장, "정식 절차" 법규와 이에 관한 주해에 있지요."

"소송사건은 처음 태어날 때 나리들, 여러분이 보시기에도 그렇겠지만, 제가 보기에는 형체가 없고 불완전한 것 같습니다. 마치 갓 태어난 곰 새끼가 손이나 발, 가죽, 털, 머리가 없이 투박하고 형체가 없는 살덩어리에 지나지 않는 것처럼 말이지요. 『판례집』 아킬리아 법 조항의 법률 2조 끝부분에 관한 박사들의 지적에 나오듯이, 암곰이 수없이 핥아서 그 살덩어리가 완벽하게 팔다리를 갖추게끔 만드는 것이지요."

"이처럼 저는, 나리들, 여러분처럼, 소송사건들이 처음에는 형체나 팔다리가 없이 생겨나는 것을 보지요. 그것들은 한두 덩어리로 되어 있고, 그때는 보기 흉한 짐승에 불과하지요. 그렇지만 그것들을 잘 쌓고, 끼워 넣고, 자루에 담으면, 정말로 팔다리가 생기고 형체를 갖추었다고 말할 수 있게 되지요. 왜냐하면 『판례집』 팔키디아 법 조항의 "만일 …… 하는 자가"로 시작되는 법, 『교황령집』의 교황답서 조항의 "선택된 경우"로 시작되는 법령, 바르바티아의 『조언집』 12부 2권, 그리고 그보다 먼저 발두스가 『교황령집』 관습 조항의 마지막 법령, 그리고 『판례집』 "전시하기 위해서" 조항의 율리아누스 법과 교황 특사와 신탁 유증(遺贈) 조항 3장에 썼듯이, 형태가 사물에 존재를 부여하는 것이니까요. 그 방식은 파울루스 법령 질문 1번의 고행에 관한 주해가 이렇게 말하는 것과 같지요.

출발은 취약하더라도, 더 나은 행운이 뒤따르리라."

"나리들, 여러분처럼, 『유스티니아누스 법전』3권 1장에서 다룬 집행관, 정리(廷吏), 종교재판소의 집달리, 소송 대리인, 검찰관, 경찰서장, 변호사, 조사관, 기록원, 공증인, 법원 서기, 하급법원 판사들도 똑같이 소송 당사자들의 돈주머니를 계속해서 힘껏 빨아먹음으로써 소송사건들에 머리와 발, 발톱, 주둥이, 치아, 손, 정맥, 동맥, 신경, 근육, 체액을 생성시키지요. 이것이 소송 기록을 담은 자루들입니다. 『교황령집』칙령 4호 "너는 받았다" 법령의 봉헌 조항에 관한 주해에는 이렇게 되어 있지요.

겉옷이 그 속에 든 마음을 드러낸다."

"여기서 이 소송인의 자격으로 그들은 사법 관리들보다 더 행복해진다는 점에 주목해야 합니다. 왜냐하면,

주는 것이 받는 것보다 더 즐거운 일이다.

라고 『판례집』법률 3조에 대한 주해와 『교황령집』미사의 거행 조항의 "마르타에게 ……할 때"로 시작되는 법령과 "내가 혐오했던"으로 시작되는 법령 1호 질문 24번에 대한 주해에 나와 있으니까요.

천둥을 내리는 자의 징벌은 주는 자의 마음속을 헤아린다.

이와 같이 해서 소송사건은 완벽하고, 우아하고, 형태를 잘 갖추게 되지요. 교회법령의 주해에는,

교황을 기쁘게 하는 것은 받아라, 걷어라, 가지라는 말이다.

라고 되어 있지요.

이것이 알베리쿠스 데 로사타가 로마라는 말에 대해서 더 분명하게 말한 것이지요.

로마는 손을 갉아먹고, 갉아먹을 수 없는 손을 혐오한다.
로마는 주는 자들을 보호하고, 주지 않는 자들을 경멸하며 혐오한다.

그 이유가 무엇일까요?

내일 받게 될 닭보다 지금 가진 달걀이 더 낫다.

『판례집』 합의 조항의 "그들이 ……할 때"로 시작되는 법에 대한 주해에도 같은 말이 나오지요. 반대되는 방법의 난점은 『유스티니아누스 법전』 충적토와 늪지대 조항의 마지막 법률에 대한 주해에 들어 있지요.

일이 잘못될 때, 치명적 빈곤이 가중된다."

"소송이라는 말의 진정한 어원은 고소 제기를 위해서는 많은 자루가 필요하다[1]는 사실에 있습니다. 이에 관해서는 우리가 신성한 것으로 받드는 다음과 같은 격언이 있지요.

---

1) '고소 제기'(prochatz)와 '많은 자루들'(prou sacs)이라는 표현의 철자와 발음상의 유사성을 이용한 말장난.

소송에 의해서 수당은 늘어나고,
소송에 의해서 권리는 얻어진다."

"『교황령집』 추정 조항의 "이것"으로 시작되는 법령에 대한 주해와
『유스티니아누스 법전』 보호관찰 조항의 "도구" 법과 "서신에 의한 것
이 아니라"로 시작되는 법, "진솔한 지적에 의한 것이 아니라"로 시작
되는 법에서도 마찬가지이지요.

분산된 노력은 무용하지만, 반복하면 매우 유용한 것이 된다."

— 과연 그렇지. 하지만 (트랭카멜이 물었다) 친구여, 현행범으로 유
죄가 인정되는 피고가 붙잡힌 범죄 행위의 경우에 그대는 어떻게 처리
하는가?

— 나리들, 여러분처럼, (브리두아가 대답했다) 저는 『교황령집』 법령
7호 "만일 누가 ……와 함께"로 시작되는 질문 32번에 대한 주해에 따
라, 소송사건의 개시를 위해 원고인에게 명해서 실컷 잠을 잔 다음 제게
출두하도록 하는데, 그가 잠을 잤다는 사실에 대한 확실한 법률적 확인
서를 제출하게 하지요.

가끔은 선량한 호메로스도 졸 때가 있다."

"이 같은 행위는 다른 신체 기관을 생성시키는데, 마치 그물코를 엮어
갑옷 위에 걸치는 겉옷을 만들듯이, 이것에서 다른 것이 만들어지는 것
이지요. 마지막에는 예심 서류들에 의해 소송사건이 형체를 제대로 갖
추고 팔다리가 완벽하게 만들어진 것을 보게 되지요. 그러면 저는 제 주
사위로 돌아가지요. 제가 이렇게 주사위를 끼워넣는 데는 입증된 이유
나 유명한 실례가 없는 것이 아니지요."

"스톡홀름 진지²⁾에 있던 그라티아노라는 이름의 생 세베르 출신 가스

코뉴 사람이 도박에서 돈을 몽땅 잃고 매우 화가 났지요. 여러분도 아시다시피 안토니오 다 부트리오[3]가 『교황령집』 첨가 조항의 "이의가 있는 소송에 의해서 ……할 때"로 시작되는 법령에서 말했듯이, 돈은 또 다른 피이고, 그리고 발두스는 『유스티니아누스 법전』 해방 노예 조항의 "만일 네 가족에게"로 시작되는 법에 대한 주해와 『유스티니아누스 법전』 변호인과 다양한 판결 조항의 변호인 법에서 말했듯이, '돈은 사람의 생명이자 빈곤에 처한 상황에서는 최대의 보증인'이니까요. 그는 도박장에서 나와 모든 동료들 앞에서 큰 소리로 말했지요. '소 대가리를 걸고, 이놈들아! 술통 병이 네놈들을 확 안짱다리로나 만들어버려라! 암송아지 동전을 스물네 닢이나 날렸으니, 이제는 더 신나게 치고, 패고, 뭉개버리는 일만 남은 셈이로군. 네놈들 중에 나와 정정당당하게 겨루어보고 싶은 놈이 있느냐?'[4] 아무도 대답을 하지 않자 그는 독일 용병들[5]의 진영으로 건너가서 똑같은 말을 반복하며 자기와 결투하자고 싸움을 걸었지요. 그렇지만 그들은 이렇게 말했지요. '저 가스코뉴 놈은 우리 가운데 하나와 싸우겠다고 큰소리를 치지만, 도둑질이나 하려는 놈이지. 부인네들, 가방을 조심하시오.'[6] 그러고는 그들 진영에서 아무도 결투하려고 나서지 않았지요."

"상황이 이렇게 되자 그 가스코뉴 사람은 프랑스 용병들의 진영으로 건너가 앞에 한 말을 되풀이하며 가스코뉴식으로 깡충깡충 뛰면서 용감하게 결투를 신청했지요. 하지만 아무도 그를 상대해주지 않았지요. 그러자 그 가스코뉴 사람은 진영 끝 쪽에 있던 크리세 출신 기사인 뚱보 크리스티앙의 막사 곁에 가서 드러누워 잠이 들어버렸답니다."

---

2) 1518년 덴마크는 스웨덴의 스톡홀름을 포위 공격했다.
3) 15세기 이탈리아 볼로냐의 법률가.
4) 원문은 가스코뉴 방언으로 되어 있다.
5) 원문의 'Hondrespondres'는 100파운드라는 뜻의 저지 독일어 'Hundert Pfunder'를 프랑스식으로 발음한 것으로, 이 말은 독일 용병들을 가리키는 별명이었다고 한다.
6) 원문은 독일어로 되어 있다.

"그때 다른 용병 하나가 돈을 몽땅 잃고 나서는, 자기도 그와 똑같이 돈을 잃었으니, 가스코뉴 사람과 결투하겠다고 굳게 작정하고 칼을 뽑아들었지요.

　　돈을 잃으면 진짜 눈물을 흘린다.

라고 『교황령집』 "*……하는 자들이 많다*"로 시작되는 법령의 3항 복구에 관한 주해에 씌어 있는 것처럼 말이지요. 그는 진영을 헤매며 찾아다니다가 마침내 잠들어 있는 그자를 발견했지요. 그래서 그에게 말했지요. '야! 이 불쌍한 놈, 악마의 자식놈아. 일어나. 나도 너처럼 내 돈을 몽땅 잃었어. 신나게 한판 겨루며 우리 비곗덩어리를 잘 비벼보자. 베르덩에서 만든 내 칼이 네놈 것보다 길지 않은지 잘 보도록 해라.'

"가스코뉴 사람은 깜짝 놀라서 그에게 대답했지요. '성 아르노의 머리를 걸고! 나를 깨우는 네놈은 누구냐? 오, 오, 가스코뉴의 수호성자이신 성 세베르시여, 잘 자고 있는 저를 저 상놈이 귀찮게 구는군요.'"

"그 용병은 다시 결투를 신청했지만, 가스코뉴 사람은 그에게 이렇게 말했지요. '야, 이 불쌍한 놈아, 나는 충분히 쉬었으니까 네놈을 때려눕힐 수 있어. 나처럼 너도 가서 한숨 자거라. 그다음에 싸우자꾸나.'"

"돈을 잃은 것을 잊게 되자 싸우고 싶은 생각마저도 잃어버린 것이지요. 한마디로 말해서, 결투를 벌이고 경우에 따라서는 서로 죽일 수도 있는 상황에서 그들은 함께 술을 마시러 가서 칼을 담보로 외상술을 마셨던 것이지요. 수면이 이같이 좋은 효과를 발휘해 두 용사들의 불타는 분노를 진정시킨 것입니다. 이 경우에는 조반니 안드레아가 『제6서』 판결문과 재판 내용 조항의 마지막 법령에 관해서 했던 금과옥조와 같은 다음 말이 잘 맞아떨어지지요.

　　일을 멈추고 휴식을 취하고 나면 정신은 현명해진다."

43 팡타그뤼엘은 주사위의 결정에 따라 행해진 재판에 대해서 어떻게 브리두아를 변호했는가

그러고 나서 브리두아는 입을 다물었다. 트랭카멜은 그에게 법정에서 나가라고 명했고 그대로 시행되었다. 그러자 트랭카멜은 팡타그뤼엘에게 말했다.

"존엄하신 왕자님, 전하께서 이 고등법원과 미를랭그 후작령 전체에 베풀어주신 무한한 은혜에 대한 의무 때문만이 아니라 위대한 하느님께서 전하께 허락하신 양식과 명철한 판단력, 그리고 감탄할 만한 학문을 고려하여, 저희는 전례 없이 역설적이고 기이한 브리두아 사건에 대해 판결을 내려주실 것을 청하는 바입니다. 전하께서 임석하셔서, 그가 주사위의 결정에 따라 재판했다고 고백하는 것을 보고 들으셨으니, 이 사건에 대해 전하께서 보시기에 합법적이고 공정한 판결을 내려주실 것을 부탁드립니다."

이 말에 팡타그뤼엘이 대답했다.

"여러분, 잘 아시다시피 나는 신분상 소송사건에서 판결을 내릴 위치에 있지 않습니다. 하지만 여러분께서 이 같은 영예를 내게 주려 하시니까 재판관 대신에 청원자의 역할을 하겠습니다."

"나는 브리두아가 지닌 여러 가지 자질을 확인할 수 있었는데, 그것을 참작하면 이번에 일어난 사건에 대해서 그는 용서받을 만하다고 여겨집니다. 첫째는 노쇠, 둘째는 단순함인데, 여러분은 이 두 가지 사유에 의한 과오에 대해서는 우리의 법과 법률들이 용이하게 죄의 용서와 감면을 허용한다는 것을 너무 잘 알고 계십니다. 세 번째로 우리 법률에서 마찬가지로 브리두아에게 유리하게 추론해낼 수 있는 다른 사유를 확인했는데, 그것은 과거에 40년 이상 비난받을 만한 행위를 찾아낼 수 없을 만큼 그가 공정하게 처리해왔던 수많은 판결의 대양(大洋) 속에서 단 한 번의 과오는 폐기되고, 소멸되고, 흡수될 수 있는 것이라는 점입니다. 내가 루아르 강에 바닷물을 한 방울 넣더라도 아무도 그것을 알아채지 못할 것이고, 이 한 방울 때문에 강물이 짜졌다고 말할 사람도 없으리라는 것과 같은 이치입니다."

"그리고 내가 보기에는 유서 깊은 여러분의 최고재판소에서 이전에 그가 주사위의 결정에 따라 내렸던 모든 판결들이 사람들에게 훌륭한 것으로 받아들여질 수 있었던 것은 그렇게 되도록 하느님께서 허락하신 알 수 없는 무엇인가가 작용했기 때문이라고 생각합니다. 그분께서는, 여러분도 아시다시피, 그분의 영광이 자주 현명한 자들을 어리석게 만들고, 강한 자들을 낮추고, 단순하고 겸손한 자들을 세우심으로써 나타나기를 원하십니다."[1]

"나는 이 모든 것들을 고려에서 제외하겠습니다. 단지 여러분이 그렇게 주장하더라도 내가 인정하기를 원치 않는 우리 왕가에 대한 의무에서가 아니라, 먼 옛날부터 루아르 강 이편이나 저편에서 우리가 여러분 나라의 체제와 특권을 존중하며 보여주었던 참된 우정에 의해서, 이번에는 그를 용서해주시기를 요청할 뿐입니다. 그것도 두 가지 조건을 붙여서 말입니다. 첫째는 그가 문제의 판결에서 패소한 당사자의 요구를 들어주거나 그렇게 하기로 약속한다는 조건입니다. 그가 이 약정조항을 준수하고 보상할 수 있게 내가 필요한 지시를 내리고 만족할 만한 조처를 취하겠습니다. 둘째는 그의 업무를 지원할 수 있게 여러분이 좀더 젊고, 학식이 높고, 신중하고, 능숙하고, 양심적인 판사를 한 사람 그에게 붙여주어, 그 판사의 의견에 따라 소송 절차를 진행하게 한다는 조건입

---

1) 『신약』 「고린도전서」 1장 27절. "그러나 하나님께서 세상의 미련한 것들을 택하사 지혜 있는 자들을 부끄럽게 하려 하시고 세상의 약한 것들을 택하사 강한 것들을 부끄럽게 하려 하시며."

니다."

"여러분이 그를 직무에서 완전히 면직시키고자 하는 경우에는 순전히 기부하는 셈 치고 그를 내게 인도해주시기를 간곡히 당부합니다. 우리 왕국에서는 그가 나를 위해 봉사할 수 있는 자리와 업무를 충분히 찾아낼 수 있을 것입니다. 그렇게 해주신다면 창조주이자 모든 선을 지키시고 베푸시는 선하신 하느님께 그분의 신성한 은총 속에 여러분이 영원히 머물게 해주시도록 열심히 기도드리겠습니다."

이 말을 끝내자, 팡타그뤼엘은 재판소 관계자들 모두에게 경의를 표하고, 법정 밖으로 나왔다. 문 앞에서 그는 파뉘르주, 에피스테몽, 장 수도사와 다른 사람들을 만났다. 그곳에서 그들은 말을 타고 가르강튀아에게로 돌아갔다.

도중에 팡타그뤼엘은 그들에게 브리두아 재판관의 이야기를 조목조목 들려주었다. 장 수도사는 퐁트네 르 콩트 수도원에서 고귀한 아르디용 신부[2]를 모시고 있던 시절에 페랭 당댕을 알고 지냈노라고 말했다. 짐나스트는 앞서 말한 가스코뉴 사람이 용병에게 대꾸할 때 자기는 크리세 출신 기사 뚱보 크리스티앙의 막사 안에 있었노라고 말했다. 파뉘르주는 주사위의 결정에 따른 재판에서, 특히 그토록 오랜 기간에 걸쳐 행운이 계속되었다는 것을 믿으려 하지 않았다. 에피스테몽은 팡타그뤼엘에게 다음과 같이 말했다.

"몽틀레리의 행정관에 관해서 비슷한 이야기를 들은 적이 있습니다. 그런데 그처럼 여러 해 동안 연속적으로 주사위에 따른 결정에 행운이 계속된 것을 어떻게 생각하십니까? 특히 성격상 그 자체가 애매하고, 혼란스럽고, 복잡하고, 불분명한 분야인 재판에서 한두 번 정도 그렇게 우연에 맡겼다면 그것은 그리 놀랄 만한 일은 아니지만 말씀입니다."

---

2) 아르디용 신부는 라블레의 후원자였던 조프루아 데스티사크의 후임으로 퐁트네 르 콩트의 수도원장을 지냈다.

44 팡타그뤼엘은 인간의 판단력의 불확실성에
관해서 어떤 기이한 이야기를 했는가

"그런 논쟁이 (팡타그뤼엘이 말했다) 아시아의 지방 총독이었던 크나이우스 돌라벨라[1] 앞에서 벌어졌지. 그 사건은 다음과 같은 것이었네."

"스미른에서 한 여인이 첫 남편과의 사이에서 아베세(ABC)라는 이름의 아들을 하나 두었다네. 남편이 죽자 얼마간 시간이 지난 다음 그녀는 재혼을 했는데, 두 번째 남편과의 사이에서 에에프제(EFG)라는 이름의 아들을 얻었지. (여러분도 알다시피 죽은 전 남편이나 아내의 자식들에 대해서 의붓아버지, 계부, 계모, 의붓어머니가 애정을 갖게 되는 일은 매우 드문 일이므로) 이 남편과 아들은 몰래 그녀를 배신하고 계획적으로 아베세를 죽여버렸지."

"그 여인은 비열한 배신 행위를 알게 되자, 그 범죄가 처벌받지 않는 것을 원치 않았기 때문에 첫아들의 죽음을 복수하기 위해 둘 다 죽이고 말았다네. 그녀는 사법부에 체포되어 크나이우스 돌라벨라 앞에 끌려가게 되었지. 그 앞에서 그녀는 아무것도 감추지 않고 사실을 고백했다네. 단지 그녀는 덧붙여 말하기를 자신은 의무에 따라 사리에 맞게 그들을 죽인 것이라고 했다네. 그 소송사건의 정황은 이와 같은 것이었네."

"그는 사건이 대단히 애매한 것이어서 어느 편을 들어야 할지 알 수 없었지. 두 번째 남편과 자식을 죽인 여인의 범죄는 중대한 것임이 틀림

---

1) 이 재판은 법률학자들이 자주 인용하는 것이었는데, 로마의 지방 총독은 군대 지휘권도 가지고 있었다.

없지. 그렇지만 살인의 원인은 백성들의 정당한 권리로서 지극히 당연한 것으로 여겨졌다네. 그에게서 모욕을 받거나 해를 입어서가 아니라 단지 유산을 전부 독차지하고 싶은 탐욕 때문에 그들이 함께 공모해서 계획적으로 그녀의 첫아들을 죽인 것이니까 말일세. 그래서 결정을 내리기 위해 그는 아테네의 아레오파고스 재판관들에게 사람을 보내 그들의 의견과 판결을 들어보기로 했던 것이지."

"아레오파고스 재판관들은 소송 당사자들에게 조서에 나와 있지 않은 내용에 대해 직접 심문할 수 있도록 그들을 백 년 후에 자기들에게 보내 달라는 답변을 했다네. 이는 다시 말해서 그 사건이 대단히 당혹스럽고 불분명한 것이어서 자신들로서는 무슨 말을 하고 어떻게 판결을 내려야 할지 알 수 없다는 것이었지."

"주사위의 결정에 따라 사건을 처리하려는 자는 어떤 일이 일어나더라도 길을 잃고 헤매는 일은 없을 것이네. 주사위의 결정이 그 여인에게 불리하게 내려지는 경우는 사법부의 권한에 속하는 복수를 스스로 한 것이니까 처벌을 받아 마땅한 것이 되고, 그 여인에게 유리하게 내려지는 경우는 그녀가 겪었을 극심한 고통을 참작한 것이 되는 셈이니까."

"하지만 브리두아가 그처럼 여러 해 동안 계속할 수 있었던 것은 놀라운 일이라네."

— 전하의 질문에 (에피스테몽이 대답했다) 확실하게 대답을 해드릴 수는 없겠습니다. 추측을 해보자면, 판결에서 이 같은 행운은 행성들의 유리한 위치[2]와 천체의 이동을 주관하는 천사들의 호의로 볼 수 있습니다. 법률과 칙령, 관습과 법령들 사이의 대립과 모순을 알고, 중상모략을 일삼는 지옥의 중상모략꾼[3]의 사기술책을 간파함으로써, 자신의 학식과 능력을 믿지 않은 채, — 그자는 자줏빛의 사자로 변신해서 그의 대리자인 타락한 변호사, 재판관, 검찰관, 또는 다른 앞잡이들을 통해

---

2) 점성술에서 지구에서 보았을 때 2개의 별 사이, 또는 태양이나 달과 다른 별 사이의 상대적 위치를 가리킨다.
3) 그리스어의 '*diabolos*'를 번역한 말로 사탄을 가리킨다.

검은 것을 흰 것으로 바꾸고, 소송 당사자들 각자에게 자신이 당연한 권리를 갖고 있다고 여기게끔 환상을 심어주지요. (여러분도 아시다시피 이 세상에는 변호사를 찾지 못해 소송을 벌이지 못할 만큼 부당한 사유는 없는 법이니까요) ― 정의로운 심판자인 하느님께 겸허하게 자신을 의탁하고, 하늘의 은총이 자신을 도우시기를 간구하며, 결정적 판결과 관련된 우연과 불확실성에 대해서 성스러운 성령께 판단을 일임하고, 주사위의 결정에 따라 우리가 하느님의 뜻이라고 부르는 그분의 힘과 의지를 탐색하려는 브리두아 재판관의 단순함과 진실된 마음을 그 천사들이 살피고, 정당한 제소를 통해 정의에 의해서 자신의 올바른 권리가 지켜지기를 요청한 사람에게 행운이 돌아가도록 주사위들을 움직이고 구르게 한 것이겠지요. 유대교의 율법학자들이 운명 그 자체에는 어떠한 불의도 들어 있지 않으며, 단지 운명에 의해서 인간들이 불안해하고 두려워하는 가운데 신의 의지가 나타나는 것이라고 말한 것처럼 말씀입니다.

"저는 그렇게 생각하거나 말하고 싶지도 않고, 물론 믿지도 않지만, 미를랭그 지방의 미를랭그 고등법원에서 법을 책임지고 있는 사람들의 부정이 너무도 상궤를 벗어난 것이고 그 부패 또한 너무도 명백하기 때문에 어떤 일이 벌어지더라도, 주사위를 던져서 소송사건을 결정하는 일이 심성이 타락한 그들의 피가 잔뜩 묻은 손을 거치는 것보다 더 나빠지는 않을 것입니다. 특히 모든 법률에 대한 그들의 통상적 지침이라는 것이 신앙심 없고, 불성실하고, 무식하고, 교활하며, 타락한데다가 인색하고 부정한 인물이었던 트리보니아누스[4]가 제공했던 것이기 때문입니다. 그는 법률과 칙령, 교황칙서와 법규, 법령을 가장 많이 내겠다고 하는 소송 당사자들에게 현금을 받고 팔았던 것입니다. 그리고 이런 식으로 그들에게 자기들이 늘상 사용하는 법률의 작은 조각과 견본들을 가

---

4) 동로마제국의 황제 유스티니아누스 1세의 지시로 『유스티니아누스 법전』을 편찬한 6세기의 법률학자로 당시 인문주의자들에게서 심한 비판을 받았다.

지고 천을 재단해주고, 완전한 법을 이루게 하는 나머지 부분을 제거하고 폐기시켜버렸던 것이지요. 만일 온전하게 법률이 남아 있거나 혹시 사람들이 12동판법과 채권자 칙령[5]에 대한 옛 법률학자들의 주석서를 보게 되면, 세상에 자신의 악행이 명백하게 알려지게 될까봐 두려웠기 때문입니다."

"이 때문에 재판소 바닥에 마름쇠[6]를 깔라고 그 시절에 카토가 권했던 것처럼,[7] 소송의 양측 당사자들로서는 자신들의 권리를 그들의 보증과 판단에 일임하기보다는 마름쇠 위를 걷는 편이 더 나을 (다시 말해서 불행한 일이 덜 생기는) 경우가 종종 있지요."

---

5) 12동판법은 로마 최초의 성문법이고, 채권자 칙령은 로마법의 기초가 된 것이다.
6) 기병의 공격을 막기 위해 땅바닥에 박아놓은 쇠심.
7) 위험을 명백히 눈으로 볼 수 있게 한다는 뜻.

45 파뉘르주는 어떻게 트리불레의 조언을
받아들였는가

엿새 후 팡타그뤼엘은 트리불레가 블루아에서 수로를 통하여 도착한 시간에 맞추어 돌아왔다. 그가 도착하자 파뉘르주는 그 속에 넣은 완두 콩 때문에 소리가 나는, 바람이 잔뜩 든 돼지 방광을 그에게 주었고, 또 한 금박을 입힌 나무칼과 거북 등껍질로 만든 작은 가방, 그리고 버들가 지발이 둘러져 있는, 브르통 포도주[1]를 가득 채운 술병 하나와 블랑뒤 로 사과[2] 스물다섯 개가량을 그에게 주었다.

"그는 어떻게 (카르팔랭이 말했다) 속이 찬 양배추처럼 미쳐버렸을 까?"

트리불레는 칼과 가방을 허리에 차고, 돼지 방광을 손에 들고, 사과를 몇 개 먹고는 포도주를 모두 마셨다. 파뉘르주는 주의 깊게 그를 지켜보 다가 말했다.

"전에 미치광이를 본 적은 없지만, 기꺼이 벌컥벌컥 마시지 않는 자들 은 만 명도 더 보았다네."

그러고는 우아하게 수사적인 말로 자신의 일을 그에게 설명했다.

그가 말을 끝내기도 전에 트리불레는 그의 어깨 사이를 주먹으로 힘껏 치고, 그의 손에 술병을 쥐어주고, 그의 코를 돼지 방광으로 두들기고, 머리를 심하게 흔들며, 답변이라고는 다음과 같은 말을 했을 뿐이었다.

---

1) 브르타뉴 산 포도주라는 뜻이 아니라 투렌 지방에서 경작되는 브르통이라는 포 도로 담은 포도주를 가리킨다.
2) 유명한 사과 품종.

"맙소사, 하느님, 성난 미치광이여, 수도사를 조심하라! 뷔장세[3]의 백파이프여!"

이 말을 마치자, 그는 무리에서 벗어나 완두콩이 내는 소리를 즐기며 돼지 방광을 가지고 노는 것이었다. 그다음에는 그에게서 아무 말도 끄집어낼 수 없었다. 그리고 파뉘르주가 질문을 더 하려고 하자 트리불레는 나무칼을 뽑아 그를 찌르려고 했다.

"정말이지, 꼴좋게 됐군 그래! 이것 참 멋진 해답이로구먼, 저자도 미쳤지만, 그것은 부인할 수 없는 일이지. 하지만 내게 그를 데려온 사람은 더 미쳤고, 그에게 내 생각을 전한 나 역시 얼마나 미친 짓을 한 것인지."

— 정곡을 (카르팔랭이 대답했다) 찌른 말일세.

— 열 내지 말고 (팡타그뤼엘이 말했다) 그의 말과 행동을 검토해보도록 하세나. 나는 그의 특별히 신비로운 점에 주목했는데, 예전에 터키인들이 이런 미치광이를 경전학자[4]나 예언자로 존경했다는 사실은 그리 놀라운 일이 아니라네. 자네들은 그가 말을 하기 위해 입을 열기 전에 어떻게 머리를 움직이고 흔들었는지를 보았는가? 고대 철학자들의 학설과 주술사의 의식, 그리고 법률학자들의 고찰에 따르면, 이 같은 동작은 운명을 예언하는 정령에게서 영감을 받을 때 하게 되는 것이라네. 이 정령이 작고 불안정한 물체 속에 갑자기 들어가게 될 때, (여러분도 알다시피 작은 머리가 큰 뇌를 담을 수 없듯이) 의사들의 말에 따르면 인간의 육체 각 기관이 떨리는 현상이 나타난다는 것이지. 이는 한편으로는 지게 될 짐의 무게와 급속한 침입에 의한 것이고, 다른 한편으로는 그 짐을 지게 되는 신체 기관의 기능적인 한계 때문이라네."

"단식을 한 사람이 손을 떨지 않고 포도주가 가득 든 커다란 술잔을 들 수 없는 것이 이러한 이치의 분명한 예라네. 고대의 예시(豫示)로서

---

3) 앵드르 지방의 도시로 풍적(백파이프) 생산으로 유명했다.
4) 원문의 'musaphiz'는 코란의 주석자(Mussaph)라는 뜻이다.

예언을 하던 피티아[5]는 신탁에 의해서 답하기 전에 집에 있던 월계수 가지를 흔들었다고 하네. 마찬가지로 람프리디우스[6]는 점술가로 유명했던 헬리오가발루스 황제가 위대한 우상을 모시는 여러 축제에서 광신적인 내시들 한가운데서 공개적으로 머리를 흔들었다고 말했다네. 플라우투스는 그의 『당나귀 극』에서 사우리아스[7]가 이성을 잃은 미치광이처럼 머리를 흔들어 마주치는 사람들을 겁주면서 길을 갔다고 썼다네. 그리고 다른 책에서 그는 카르미데스가 무엇 때문에 머리를 흔들었는지를 설명하면서 그가 황홀경에 빠져 있었다고 말했지."

"이와 같이 카툴루스의 『베레킨티아와 아티스』[8]에는 광란에 빠진 마이나데스들, 즉 바쿠스를 따르는 여인들과 그를 섬기는 무녀들은 예언의 능력이 있으며, 송악 가지를 들고 머리를 흔든다는 이야기가 나온다네. 키벨레 여신의 거세된 제관들도 같은 식으로 그들의 임무를 수행한다고 하네. 고대의 신학자들에 따르면 여기에서 여신의 이름이 유래했다고 하지. 실제로 퀴비스탄($Kυβίσται$)은 구르다, 비틀다, 머리를 흔들다, 그리고 사경(斜頸)인 척한다는[9] 의미가 있다네."

"티투스 리비우스는 로마의 바쿠스 축제에서 남자와 여자들은 몸을 흔들고 기형적으로 비비 꼬는 방식으로 예언 능력을 얻는 것 같다고 썼다네. 왜냐하면 철학자들이 공통적으로 주장하고 대중들이 믿는 바에 따르자면, 하늘에서 영감을 받을 때뿐 아니라 예언을 밝히거나 공표할 때도 광기에 사로잡혀 몸을 떨거나 흔드는 동작이 수반되어야만 예언

---

5) 델포이의 아폴론 신전의 여사제.

6) 4세기 로마의 전기작가.

7) 플라우투스의 『당나귀 극』에 나오는 인물의 이름.

8) 카툴루스의 작품 63편에 나오는 시로, 프리지아의 모신(母神) 키벨레의 연인 아티스는 베레킨티아 산에서 여신의 질투로 인해 미치광이가 되어 자신의 성기를 절단하게 된다. 이 작품 23행에 바쿠스의 무녀들이 송악으로 장식한 머리를 흔든다는 이야기가 나온다.

9) 원래 사경(torticolis)은 의학 용어로 목이 한쪽으로 비스듬히 구부러져서 잘 펴지지 않는 증상을 가리키지만, 여기서는 경건한 신앙심을 과시하기 위한 위선자들의 태도를 가리킨다.

능력이 주어지기 때문이었지."

"실제로 탁월한 법률가였던 율리아누스는 언젠가 만일 한 노예가 광신적이고 광기에 사로잡힌 사람들과 함께 어울려 대화를 나누고 혹시 이처럼 머리를 흔들지 않고도 예언을 했다면, 그를 정상이라고 볼 수 있는가 하는 질문을 받고 정상이라고 볼 수 있다고 답했던 것이네."

"이와 마찬가지로 우리는 오늘날 가정교사나 학교 교사들이 (마치 항아리 손잡이를 잡아들 듯이) 제자들이 혹시라도 이상한 생각에 정신이 팔리거나 엉뚱한 정념으로 마음이 혼란해졌을 때, 그들의 지각을 다시 정상으로 되돌리기 위해서 (이집트 현자들의 교리에 따르면 기억의 여신에게 바쳐진 기관이라고 하는) 귀를 붙잡고 잡아당겨 머리를 흔들게 만드는 것을 볼 수 있지. 이것이 베르길리우스가 킨토스 산의 아폴론[10]이 자신을 흔들었을 때 경험했었노라고 고백했던 것이네."

---

10) 킨토스는 아폴론이 태어난 델로스 섬에 있는 산 이름이다. 베르길리우스는 『목가』 6편 3~4행에서 전원시인으로서의 자신의 소명을 일깨워주기 위해 아폴론이 자기 귀를 잡아당겼다고 말한 바 있다.

46 팡타그뤼엘과 파뉘르주는 트리뷸레의 말을 어떻게 서로 다르게 해석했는가

"그는 자네가 미쳤다고 했네. 그런데 어떻게 미쳤다는 뜻일까? 만년에 이르러 결혼으로 자신을 묶고 예속되기를 원하는 광기에 사로잡힌 미치광이라는 뜻이겠지. 그는 자네에게 '수도사를 조심하라!'고 말했지. 내 명예를 걸고, 자네가 어떤 수도사 때문에 오쟁이 지게 되리라는 뜻이라네. 내가 유럽과 아프리카, 아시아의 평화적인 유일한 지배자라고 하더라도, 내게는 명예보다 더 중요한 것이 있을 수 없으니, 내 명예를 걸도록 하지."

"내가 우리의 미친 현자 트리뷸레의 말을 얼마나 존중하는지 명심하게. 다른 신탁이나 답변들은 자네가 오쟁이 질 것이라고 간단히 결론을 내렸지만, 누구에 의해서 자네 아내가 불륜을 저지르고 자네를 오쟁이 지게 만들 것인지는 분명히 밝히지 않았지. 그런데 이 고귀한 트리뷸레는 그것을 말했다네. 그리고 그렇게 오쟁이 지는 것은 추악하고 대단히 분개할 만한 일이라네. 자네 부부의 잠자리를 수도사가 간음으로 더럽히는 일이 있어서야 되겠는가?"

"게다가 그는 자네가 뷔장세의 백파이프가 될 것이라고 했네. 이는 다시 말해서 자네에게 뿔이 달리고, 뿔 모양으로, 뿔이 솟게 되리라는 뜻이지.[1] 자기 형제들 중 하나에게 뷔장세의 소금 사업권을 얻어주기 위

---

1) 백파이프(cornemuse)라는 단어의 앞부분 'corne'는 뿔이라는 뜻인데, 이 말에서 비슷한 의미의 파생어들 'corné', 'cornard et cornu'이 연속적으로 이어진다.

해서 국왕 루이 12세에게 백파이프를 달라고 청했던 사람처럼,[2] 자네도 마찬가지로 덕성을 갖추고 정절을 중시하는 여인과 결혼한다고 생각하지만, 백파이프같이 신중한 행실은 비어 있고, 오만함이란 바람으로 속이 가득 차서 시끄럽게 굴며 불쾌하게 처신하는 여인과 결혼하게 될 것이네."

"게다가 그가 돼지 방광으로 자네를 두들기고, 주먹으로 허리를 쳤던 것에 주목하게. 이는 그녀 때문에 자네가 매 맞고, 조롱당하고, 자네가 보브르통[3]의 꼬마들에게서 돼지 방광을 훔쳤듯이, 자네 것을 훔치리라는 것을 예고한 것이라네."

― 그와 반대랍니다. (파뉘르주가 대답했다) 제가 경솔하게 광기의 영역에서 벗어나기를 원하는 것은 아니지요. 저는 그곳에 속해 있고, 지금도 그 상태에 있다는 것을 인정합니다. 세상사람들은 모두 미쳤습니다. 그리고 로렌 지방에서 푸(Fou)는 투(Toul) 근처에 있습니다.[4] 모두가 미쳤지요. 솔로몬은 미친 자들의 수가 무한하다고 말했지요. 아리스토텔레스가 증명한 바와 같이, 무한에서는 아무것도 빼거나 더할 수 없습니다. 그리고 제가 미쳤으면서도 미치지 않았다고 생각한다면, 저는 지독한 미치광이일 테지요. 마찬가지로 이 때문에 정신이상자와 미치광이들의 수는 무한히 많은 것이지요. 아비센나[5]는 광기의 종류가 무한하다고 말했지요.

"하지만 그의 말과 행동 중에 나머지는 제게 유리한 것이랍니다. 그는 제 아내에 대해서 '수도사를 조심하라!'고 했습니다. 이는 카툴루스의

---

2) 뷔장세는 백파이프의 생산지로 유명했기 때문에 이와 같은 말의 실수가 가능해진다.
3) 라블레의 고향 시농 근처의 촌락 이름.
4) 실제로 로렌 지방의 푸(Fou) 마을은 투(Toul)에서 30리 거리에 있다고 한다. 미치다(fou)와 모두(tout)라는 단어들과 같은 발음의 지명을 이용한 말장난으로, '모두가 미친 것이나 다름없다'는 것을 암시한다.
5) 대표적인 아랍 의학자로 서양 중세의학에 많은 영향을 미쳤다. 페르시아어로는 이븐 시나이다.

연인이었던 레스비가 가지고 있던 참새처럼,[6] 그녀의 기쁨이 될 참새를 가리키는 것이지요. 그놈은 예전에 파리잡이 도미티아누스[7]처럼 파리를 좇아 날아다니며 즐거운 시간을 보낼 겁니다."

"게다가 그는 그녀가 솔리외나 뷔장세의 멋진 백파이프처럼 쾌활한 시골여자일 것이라고 했습니다. 진실한 트리불레는 제 본성과 내면적 성향을 잘 알고 있었던 것입니다. 왜냐하면 분명히 말씀드리지만, 엉덩이에서는 백리향 냄새가 나고, 머리를 풀어헤친 목녀(牧女)들이 화려한 옷차림에 잘 접합되지 않는 곳[8]에 향수 냄새를 풍기는 궁정의 귀부인들보다 더 제 마음에 든답니다. 그리고 전원풍의 백파이프 소리가 궁정의 류트와 비올라 다 감바,[9] 바이올린 소리보다 제 귀에는 더 듣기 좋습니다."

"그는 제 허리 한가운데를 주먹으로 쳤지요. 하느님의 사랑으로, 좋다구요. 연옥에서 그만큼의 형벌을 덜게 되었으니! 그는 나쁜 뜻에서 그렇게 한 것이 아니랍니다. 시동 녀석을 한 대 때린 것쯤으로 생각했겠지요. 그는 덕성을 갖춘 미치광이지요. 제가 단언하지만, 그에게는 죄가 없습니다. 그에 대해서 나쁘게 생각하는 것이 죄를 짓는 일이지요. 저는 기꺼이 그를 용서하겠습니다."

"그는 제 코를 두들기며 놀려댔지요. 이런 것들은 모든 신혼부부들이 그렇게 하듯이, 저와 제 아내가 벌이게 될 사소한 장난질을 가리키는 것이지요."

---

6) 수도사(moine)와 참새(moineau)의 비슷한 발음에서 유추 관계가 성립된 것으로 볼 수 있다. 카툴루스는 연인인 레스비의 참새와 그 참새의 죽음을 노래한 두 편의 짧은 서정시를 썼다.

7) 에라스무스는 『격언집』에서 로마의 역사가 수에톤의 책에 나오는 일화를 소개하는데, 이에 따르면 로마의 도미티아누스 황제는 하루에 한 시간씩 다른 일은 하지 않고 파리를 잡았다고 한다.

8) 여성 성기를 가리킨다.

9) 옛날식 첼로.

47 팡타그뤼엘과 파뉘르주는 어떻게 신성한 술병의
신탁을 들으러 가기로 결정했는가

"전하께서 고려하지 않으신 다른 사항이 있습니다. 그렇지만 그것이 문제의 핵심이지요. 그는 제 손에 술병을 건네주었습니다. 그것이 무슨 의미일까요? 무슨 말을 하려고 한 것일까요?"

— 아마 (팡타그뤼엘이 대답했다) 자네 아내가 술주정뱅이일 것이라는 뜻이겠지.

— 그와 반대랍니다. (파뉘르주가 말했다) 왜냐하면 그 술병은 비어 있었으니까요. 브리 지방의 성 피아크르의 척추뼈[1]를 두고 전하께 맹세하건대, 유일한, 아니 달의 영향을 받는[2] 우리의 미친 현자 트리불레는 제게 술병을 돌려주었습니다. 그래서 저는 첫 번째 소원을 다시 되살려서 스틱스 강과 아케론 강[3]에 두고 맹세하건대, 제 계획에 관해서 신성한 술병의 신탁을 받기 전에는 전하 앞에서 모자에 안경을 걸치거나 반바지에 바지 앞주머니를 달지 않겠습니다.

"제 친구가 하나 있는데 그는 매우 사려 깊은 인물로서 그 신전과 신탁이 내려지는 장소와 나라, 지역이 어디인지를 알고 있답니다. 그는 확

---

1) 브리 지방의 수호성자인 성 피아크르의 척추뼈는 모(Meaux)의 성당에 보관되어 있었다.
2) '유일한'(l'unique)과 '달의 영향을 받는'(*lunaticque*)이라는 표현 사이의 발음상의 유사성을 이용한 말장난이다. 당시에는 미친 사람이 주기적으로 발작하는 것이 달의 영향 때문이라고 생각했다.
3) 그리스 신화에 나오는 지옥에 있는 강 이름. 원래는 신들만이 이 강들의 이름으로 맹세할 수 있었다고 한다.

실하게 우리를 그곳으로 안내할 수 있을 겁니다. 제발 제 청을 거절하지 마시고 함께 그곳으로 가주시기를 간절히 부탁드립니다. 저는 아카테스나 다미스처럼[4] 여행 내내 전하와 동행하겠습니다. 저는 오래전부터 전하께서 외국으로 여행하기를 좋아하시고, 늘 보고 배우기를 원하시는 것을 보아왔습니다. 우리는 놀라운 것들을 보게 될 겁니다. 제 말씀을 믿으십시오!

— 기꺼이 그렇게 하겠네! (팡타그뤼엘이 대답했다) 그렇지만 분명히 우연한 사고와 위험이 잔뜩 도사리고 있는 이 먼 외국 여행을 시작하기 전에……

— 무슨 위험을 말하시는 겁니까? (파뉘르주가 그의 말을 중단시키며 말했다) 군주가 나타나면 사법관이 물러나고, 태양이 나타나면 암흑이 사라지며, 캉드에서 성 마르탱의 유골이 도착하면 병이 도망치듯이,[5] 제가 어디 있든지 간에 위험은 저에게서 사방 70리 밖으로 도망쳐버린다니까요.

— 그런데 (팡타그뤼엘이 말했다) 우리가 길을 떠나기 전에 먼저 처리해야 할 일이 몇 가지 있네. 첫째로 트리불레를 블루아로 돌려보내기로 하세. (이 일은 즉시 시행되었는데, 팡타그뤼엘은 그에게 주름이 잡힌, 금실로 짠 긴 겉옷을 선물했다.) 둘째로 우리는 부왕께 여쭙고 허락을 받아야 할 것이네. 그리고 또한 안내와 통역을 위해서 무녀를 한 사람 물색할 필요가 있겠지."

파뉘르주는 자기 친구인 크세노만[6]이면 충분할 것이고, 게다가 등불 나라를 거쳐갈 예정이므로 그곳에서 학식이 높고 유능한 등불을 하나 고용하면, 아이네아스가 낙원을 방문했을 때 시빌레 무녀가 했던 역할[7]

---

4) 아카테스는 트로이의 영웅 아이네아스의 절친한 친구이고, 다미스는 티아나의 철학자 아폴로니오스의 충실한 제자였다.
5) 시농 근처의 캉드 생 마르탱을 가리키는데, 장님과 중풍환자가 기적이 일어나면 자기들 수입이 끊길 것을 걱정하는 이야기가 나오는 『성 마르탱의 신비극』을 암시하는 것으로 보인다.
6) 그리스어로 외국 것을 좋아하는 사람이라는 뜻.

을 이 여행에서 그가 할 수 있으리라고 대답했다. 트리불레를 데려다주기 위해서 그곳을 지나던 길에 카르팔랭이 이 말을 듣고 다음과 같이 외쳤다.

"파뉘르주, 호, 빚을 청산한 친구야, 칼레에서 데비티스 경(卿)을 데려가게. 그는 좋은 친구[8]이고, 채무자들, 즉 등불들을 잊지 않는다네.[9] 이렇게 하면 우리는 좋은 친구와 등불을 갖게 될 것이네."

— 내 예감으로는 (팡타그뤼엘이 말했다) 가는 길에 우리에게 우울한 사건이 일어나지 않을 것 같네. 나는 벌써 그것을 분명히 알 수가 있다네. 단지 등불나라의 언어를 잘 하지 못하는 것이 유감스러울 따름일세.

— 제가 여러분 모두를 대신해서 (파뉘르주가 말했다) 등불나라의 말을 하도록 하지요. 저는 그 말을 모국어처럼 잘 이해한답니다. 저는 그 언어를 늘상 쓰는 말처럼 할 수 있지요.

Briszmarg d'algotbric nubstzne zos
Isquebfz prusq; alborlz crinqs zacbac.
Misbe dilbarlkz morp nipp stancz bos.
Strombtz, Panrge walmap quost grufz bac.

"자, 에피스테몽, 무슨 말인지 짐작할 수 있겠나?
— 그것은 방황하는 악마들, 지나가는 악마들, 기어가는 악마들의 이

---

7) 원문에는 그리스 신화에서 영웅이나 덕을 쌓은 사람들이 죽고 나서 가게 되는 들판을 뜻하는 낙원 'champs Elisiens'이라는 표현이 나오는데, 베르길리우스의 『아이네이스』 6권에 따르면, 아이네이스는 쿠마의 시빌레 무녀의 안내를 받아 지옥에 내려가게 된다.

8) 원문에는 'goud fallot'라고 되어 있는데, 영어의 '좋은 친구'(good fellow)를 프랑스어식으로 표기한 것이다.

9) 카르팔랭은 파뉘르주를 '빚을 청산한 친구'(monsieur le quitte)라고 부르고, 이와 관련지어 칼레의 영국 총독(lord Deputy)을 채무를 가리키는 데비티스(Debitis) 경으로 만들어, 그는 채무자(*debitoribus*)를 잊지 않는다는 말장난을 한 것이다.

름이겠지.

— 자네 말은 진실이라네,[10] 멋진 친구여. (파뉘르주가 말했다) 이 말은 등불나라의 궁정에서 사용하는 말이거든. 여행 중에 자네에게 멋진 작은 사전을 만들어주겠네. 그렇게 하는 데는 새 신발 한 켤레 만드는 시간이면 충분할 거야. 자네는 날이 밝는 것을 알아채기도 전에 그 언어를 잘 배울 수 있을 것이네. 내가 한 등불나라의 말을 구어체로 번역하면 이런 노래가 된다네.

사랑에 빠졌을 때 온갖 불행이
나를 따라다녔지. 행복했던 적이 없었지.
결혼한 사람들이 더 행복한 법이고,
파뉘르주도 그렇고 잘 알고 있다네.

— 그러면 이제 (팡타그뤼엘이 말했다) 부왕께 여쭈어 그분의 뜻을 알아보고 허락을 받는 일만 남은 셈이로군."

---

10) 원문에는 바스크 사람의 발음을 흉내 내어 진실(*vraies*)이라는 말을 'brayes'로 발음한 것으로 되어 있다. 이 발음은 또한 '당나귀가 울다'(*braire*)는 말을 연상시킨다.

48 가르강튀아는 자식들이 부모에게 알리고 허락받지 않은 결혼이 불법인 이유를 어떻게 지적했는가

팡타그뤼엘은 성의 큰 홀 안으로 들어가다가 자문회의를 마치고 나오는 선량한 가르강튀아를 만났다. 그는 자신들의 모험에 관해서 간략하게 이야기하고, 계획을 설명하고는 부왕의 뜻과 허락으로 그 계획을 실행에 옮길 수 있게 해달라고 간청했다. 호인인 가르강튀아는 손에 들고 있던 청원에 대한 답변서들, 그리고 아직 답변을 하지 않은 진정서들이 들어 있는 커다란 상자 두 개를 오래전부터 그의 청원사건 담당관이었던 윌리크 갈레에게 넘겨주고 나서, 팡타그뤼엘을 따로 불러 평소보다 더 명랑한 표정으로 다음과 같이 말했다.

"내 소중한 아들아, 네가 늘 고결한 욕망을 갖도록 지켜주시는 하느님께 찬양을 드리며, 이 여행을 성사시키려는 네 뜻을 매우 기쁘게 생각하는 바이다. 그러면서도 나는 결혼하고자 하는 의지와 욕망이 네게도 찾아와주기를 바란단다. 이제는 너도 결혼하기에 적당한 나이가 된 것 같구나. 파뉘르주는 계획을 방해하는 난관을 극복하려고 무진 애를 쓰는데 말이다. 이제 네 생각을 말해보아라."

"관대하신 아버님, (팡타그뤼엘이 대답했다) 저는 아직까지 그 생각을 해보지 못했습니다. 저는 이 일을 아버님의 선하신 뜻과 부친으로서의 권위에 일임하겠습니다.[1] 아버님을 기쁘게 해드리지 못하고 결혼해

---

1) 결혼에 관한 이 이야기에서 라블레는 당시 논란이 되던 부모의 동의 없는 당사자들끼리의 비밀 결혼을 비판하고 있다. 1545년 트리엔트 공의회에서 로렌 추기경은 국왕의 이름으로 사제가 이 같은 결혼식을 집전하는 것을 금지시켜줄

사느니 차라리 슬프게 해드린 벌로 아버님 발치에서 바로 목숨을 잃게 되기를 하느님께 빌겠습니다. 저는 고대의 법에서, 그것이 신성한 것이거나 세속적 또는 야만적인 것이든 간에, 어디에서도 부모와 가까운 친척들이 동의하고, 바라고, 권하지 않더라도, 결혼은 자식들의 자유의지로 할 수 있는 것이라고 주장하는 것을 들어본 적이 없습니다. 법률가들은 누구나 이 자유를 자식들에게서 박탈하여 부모의 몫으로 남겨두었던 것입니다."

— 소중한 내 아들아, (가르강튀아가 말했다) 나는 너를 믿는다. 그리고 네가 정당하고 칭찬할 만한 것들만 인지하고, 감각의 창을 통해서 올바른 지식이 아닌 것은 아무것도 네 정신의 거처에 들어오지 못하게 해주신 데 대해 하느님께 찬양을 드리는 바이다. 왜냐하면 내가 젊었던 시절에 대륙에서 한 나라가 발견되었는데, 그 나라에 살던 정체를 알 수 없는 성직자들[2]은 두더지 굴에 틀어박혀 지내며, 프리지아의 키벨레 여신의 신관(神官)들만큼이나 (그들이 음탕하고 호색적 성향이 있는 사제들[3]이 아니라 거세된 수탉들이기나 한 것처럼) 결혼을 혐오했단다. 그들은 결혼하는 사람들에게 자신들이 결혼에 대해서 정한 법률을 강요했는데, 나로서는 그들의 비밀스러운 신전의 철책 안에 머무르지 않고 자신들의 신분과 정반대되는 일에 개입한 이 성직자들의 강압적인 방자함과, 그처럼 고약하고 야만적인 법률에 동의하고 복종하며, 그런 규정들이 결혼한 사람들의 행복이나 이익과는 전혀 상관없이 그들의 입문자들[4]에게 얼마나 유리하게 되어 있는지를 (그것이 새벽별보다 더 분명

것을 교황청에 요구했으나 받아들여지지 않았다.

2) 원문에 나오는 표현 'pastophores'는 원래 신상(神像)을 운반하는 임무를 맡았던 이집트의 사제들을 가리킨다. 라블레는 수도사들이 두더지들처럼 자신들의 소굴에 은신해 있다고 비판한다.

3) 원래 원문의 'galls'은 수탉이나 거세를 했던 키벨레 여신의 사제들을 가리키는 말이지만, 여기서는 가톨릭교회의 사제들을 암시하는 것으로 볼 수 있다.

4) 비교(秘敎)의 입문자들이라는 뜻으로 여기서는 사제들을 가리키는 것으로 볼 수 있다.

하게 눈에 띄는 것인데도) 보지 못하는 결혼한 사람들의 어리석은 소심함 중에서 어느 것을 더 증오해야 할지 알 수 없을 정도란다. 이것이 편파적이고 사기성이 농후한 자들이라고 그들을 의심하게 만들기에 충분한 이유인 것이지.”

“마찬가지로 그들은 뻔뻔스럽게도 그들의 입문자들을 위해서 의식과 제물에 관한 법률을 제정하려 할지도 모른다. 사람들이 땀을 흘리며 힘들게 일해 얻은 재물에 대해서 십일조의 세금을 부과하고 그것을 갉아먹으며 자신들은 풍족하게 먹고살기 위해서이지. 그래서 (내 판단으로는) 사람들에게 그들이 부과한 법률보다 더 사악하고 부당한 것은 있을 수 없을 것이다. 왜냐하면 (네가 잘 말했듯이) 아버지들이 알고, 인정하고, 동의하지 않은 상태에서 자식들에게 자기 멋대로 결혼할 수 있는 자유를 허용하는 법률은 세상천지에 없기 때문이지.”

“네게 말한 법률을 이용해서 마을의 난봉꾼, 깡패, 범죄자, 목매달아 마땅한 놈, 파렴치한, 악취 풍기는 놈, 문둥이, 산적, 도둑, 악당들은, 만일 그 난봉꾼이 사제 하나와 나중에 포획물을 함께 나누기로 결탁하기만 하면, 그가 고른 처녀가 귀족이거나 아름답고, 부유하고, 얌전하고, 정숙한 여자라 하더라도 아버지의 집과 어머니의 품에서 가족들의 반대를 무릅쓰고 강제로 탈취할 수 있게 된 것이란다.”

“고트족, 스키타이인, 마사게타인들[5]이 적의 요새를 오랫동안 포위하고 많은 희생을 치르며 공격을 가한 끝에 강제로 점령했다고 하더라도 그보다 더 사악하고 잔인하게 행동할 수 있겠느냐? 도덕적 의무를 다해 딸들을 소중하게 양육하고, 정직하게 훈육시켜서 적당한 때에 그들 이웃의 오랜 친구들이 마찬가지로 정성을 기울여 양육하고 교육시킨 아들들과 결혼시킴으로써, 그 자식들 사이에서 이 같은 결혼에서 맛볼 수 있는 큰 기쁨인, 자신들과 닮은 모습에 성품뿐만 아니라 재산과 살림, 유산도 모두 물려받을 후손이 태어나는 것을 보게 되기를 기대하던

---

5) 카스피 해 동쪽에 살던 야만족.

부모들로서는 알지도 못하는, 타향 출신의 야만적이고, 타락한 불량배인 종기투성이에 송장 같은 몰골을 한 무일푼의 보잘것없는 사내가 쳐들어와 그처럼 아름답고, 섬세하고, 유복하고, 건강하게 기른 딸들을 자기 집에서 납치해 끌고 가는 것을 보게 된다면 비탄에 잠기지 않을 도리가 없는 것이지. 그들에게 이 광경이 어떻게 보이리라고 너는 생각하느냐?"

"게르마니쿠스 드루수스의 별세 소식을 들었을 때 로마와 그 동맹국의 백성들이 겪었던 슬픔도 그보다 더 컸으리라고는 생각할 수 없을 것이다."

"그리스 여인 헬레네가 불륜을 저지른 트로이인[6]에 의해 은밀하게 납치된 것을 알았을 때 라케데모니아인들[7]이 느꼈던 괴로움이 그보다 더 동정을 살 만한 것이었다고도 생각할 수 없을 것이다."

"그들의 고통과 탄식은 케레스가 딸 프로세르피나를 납치당했을 때,[8] 이시스가 오시리스를 잃었을 때,[9] 베누스가 죽은 아도니스를 보았을 때,[10] 헤라클레스가 힐라스가 실종된 것을 알았을 때,[11] 헤카베가 폴릭

---

6) 트로이의 왕 프리아모스의 아들 파리스를 가리킨다.

7) 스파르타인들을 가리킨다.

8) 케레스는 로마 신화의 풍요와 대지의 여신이고 프로세르피나는 원래 로마 신화의 농업의 여신이나 그리스 신화의 페르세포네와 동일시되기도 한다. 그리스 신화에서 페르세포네는 곡물과 대지의 생산물의 여신 데메테르의 딸로 지옥의 신 하데스에게 납치되어 명계(冥界)의 여왕이 된다.

9) 오시리스는 이집트 신화의 명부(冥府)의 신. 오시리스는 원래 이집트의 왕으로 누이동생인 이시스와 결혼해 선정을 베풀었으나, 형제인 세트에게 살해당하고 그 시체는 갈기갈기 찢겨 나일 강에 버려진다. 그의 아내인 이시스 여신은 오랜 세월에 걸쳐 남편의 시체 조각을 모아서 매장하고 태양의 신인 아들 호루스와 함께 왕국을 빼앗은 세트를 무찔러 원수를 갚는다.

10) 아도니스는 시리아 왕 테이아스 또는 키프로스의 왕 키니라스와 그의 딸 미라(또는 스뮈르나) 사이의 불륜 관계에서 태어난 미소년으로 아프로디테의 사랑을 받는다. 그는 사냥을 하다가 멧돼지에게 받혀 죽었는데, 그 피에서 아네모네가 피어났고 그의 죽음을 애도하는 아프로디테의 눈물에서 장미가 피어났다고 한다.

11) 힐라스는 헤라클레스의 시동으로 함께 황금양피를 찾기 위한 아르고나우테스

세네를 빼앗겼을 때,[12] 그녀들이 느꼈던 것보다 덜했다고도 생각할 수 없을 것이다."

"그렇지만 그들은 사탄에 대한 두려움과 미신에 사로잡혀 있었고, 두 더지 굴에 사는 자가 참석해 계약을 체결했기 때문에[13] 감히 그에게 반 대하지 못하는 것이지. 그토록 사랑한 딸들을 빼앗기고 집에 돌아와서 아버지는 자신이 결혼한 날과 시(時)를 저주하고, 어머니는 그렇게 슬 프고 불행한 출산을 했을 때 유산하지 못했던 것을 애석해하면서 눈물 과 탄식 속에 그들의 생을 마감하게 되는 것이지. 당연히 기쁜 마음으로 딸들의 극진한 보살핌을 받으며 생을 마감했어야 할 텐데 말이다."

"어떤 사람들은 그런 모욕을 참아내지 못하고 슬픔과 고통으로 인해 정신병자처럼 넋이 나가 물에 빠져죽거나, 목을 매거나 자살을 하기도 하지."

"더 영웅적인 기상을 가진 사람들은 유괴 당한 누이동생 디나의 복수 를 했던 야곱의 자식들의 예[14]와 같이, 은밀하게 감언이설로 자기 딸들 을 유혹한 난봉꾼과 그와 결탁한 두더지 굴에 사는 자를 찾아내어 그 즉 시로 그들을 잔인하게 죽인 다음 그 시체를 갈기갈기 찢어서 늑대와 까 마귀들의 먹이로 들판에 던져버리기도 하지. 이 같은 용감하고 의협심 강한 행위에 대해 두더지 굴에 사는 동료 입문자들은 몸을 떨고 처량하 게 탄식하며, 무시무시한 고소를 제기해서는 그런 범죄 행위는 본보기 로 마땅히 처벌받아야 한다고 절박하고 집요하게 주장하면서 세속적 권 력과 정부의 사법기관에 귀찮게 탄원을 해댄단다."

"하지만 형평성에 대한 인간의 본성이나 갖고 있는 권리, 그리고 황제

들의 원정에 참가했는데, 소아시아의 키오스 섬에서 샘에 물을 길러온 소년의 아름다움에 반한 물의 요정들이 그를 물속으로 끌어들여 실종된다.
12) 폴릭세네는 트로이의 왕 프리아모스와 왕비 헤카베 사이에서 태어난 딸인데, 트로이가 함락된 후 아킬레우스의 아들 피로스가 아버지의 망령을 달래기 위 해서 그녀를 살해해 제물로 바친다.
13) 사제가 혼례식을 주관한다는 뜻.
14) 『구약』 「창세기」 34장.

의 법 어디에도 그런 행위에 대해서 처벌이나 고문을 하도록 규정한 항목이나 법률 조문, 항(項)이나 절(節)은 찾을 수 없었지. 그것은 도리에 어긋난 것이고 인간의 본성이 혐오하는 일이기도 하니 말이다. 왜냐하면 이 세상에서 덕성을 갖춘 사람 치고 자기 딸이 죽었다는 소식보다도 그녀가 유괴되어 치욕을 당하고 순결을 잃었다는 소식을 들었을 때, 도리와 인간의 본성에 따라 정신적으로 더 큰 충격을 받지 않을 사람이 없을 것이기 때문이란다. 그래서 누구나 자기 딸을 부당하게 고의적으로 살해한 살인자를 현장에서 잡게 되면 도리에 따라 그 즉시로 그를 죽일 수 있고, 인간의 본성에 따라 의당 그렇게 해야 하는 것이므로, 그렇게 했다고 해서 사법부에 체포되지 않는 것은 당연한 일이지. 그러므로 두더지 굴에 사는 자의 사주를 받아 자기 딸을 유혹해서 집에서 유괴하려는 난봉꾼을 잡았을 때, 그녀가 동의했다손 치더라도, 그들이 수치스러운 죽음을 맞게 할 수 있고, 또 의당 그렇게 해야 하며, 그들의 시체를 누구나 바라는 대로 포근하게 마지막으로 영혼을 감싸주는 대지라는 위대한 어머니의 품, 즉 우리가 무덤이라고 부르는 곳에 받아들여질 자격이 없는 것처럼 야생의 짐승들에게 던져주더라도 놀라운 일이 아니란다."

"내 소중한 아들아, 내가 죽은 후에도 이와 같은 법률이 이 왕국 안에 받아들여지는 일이 없도록 주의하거라. 내가 이 육신 속에서 숨을 쉬고 사는 동안 나는 내 주 하느님의 가호를 받아 이곳에 올바른 질서가 유지되도록 할 것이다. 그리고 네가 결혼 문제를 내게 일임한 것에 대해서 나도 찬성하는 바이다. 내가 필요한 조처를 취하도록 하겠다."

"파뉘르주의 여행에 필요한 준비를 하도록 해라. 에피스테몽과 장 수도사, 그리고 네가 고른 사람들을 함께 데리고 가거라. 내 재물들을 마음대로 사용하도록 해라. 네가 하는 모든 일은 나를 기쁘게 할 것이다. 탈라사[15]에 있는 조선소에서 키잡이와 선원, 통역관 등 네가 원하는 승

---

15) 그리스어로 바다라는 뜻.

무원들을 뽑도록 해라. 그리고 우리들을 지켜주시는 봉사자이신 하느님의 이름으로 순풍에 돛을 올리고 출발하거라. 나는 네가 없는 동안 신붓감을 구하고, 네 결혼식 때 일찍이 본 적이 없는 성대한 잔치를 벌일 수 있도록 필요한 준비를 하겠다."

49 팡타그뤼엘은 어떻게 출항 준비를 했는가, 그리고 팡타그뤼엘리옹이라는 이름의 풀에 관해서

며칠 후 팡타그뤼엘은 아들의 여행을 위해서 진심으로 기도하는 선량한 가르강튀아에게 하직 인사를 한 다음, 파뉘르주와 에피스테몽, 텔렘 수도원 원장인 장 데 장토뫼르 수도사, 그리고 특히 위험한 여행길을 다녀본 경험이 많은 위대한 여행가 크세노만을 비롯해서 다른 귀족가문 출신의 수행원들을 대동하고 생 말로 근처의 탈라사 항구에 도착했다. 크세노만은 파뉘르주의 요청으로 오게 되었는데, 그는 살미공댕 영지에 어딘지는 잘 모르겠지만 부속봉지를 소유하고 있었다.

그곳에 도착해서 팡타그뤼엘은 살라미스 사람 아이아스[1]가 예전에 그리스인들을 트로이로 수송하기 위해서 몰고 왔던 수만큼의 선박에 항해 준비를 갖추도록 했다. 선원, 키잡이, 노잡이,[2] 통역관, 장인, 무사들을 뽑고, 식료품, 화포, 군수품, 의복, 금전과 길고 위험한 여행을 하는 데 필요한 화물들을 실었다. 다른 여러 가지 물건들 중에서 나는 그가 자신의 이름을 딴 팡타그뤼엘리옹 풀을 마르지 않은 생것 그대로, 그리고 같은 양만큼 절여서 저장한 상태로 잔뜩 싣게 하는 것을 보았다.

팡타그뤼엘리옹 풀의 뿌리는 작고, 좀 둥글고 딱딱하며, 끝이 무디고, 흰색에 잔뿌리는 별로 없으며, 팔꿈치 길이[3] 이상으로는 땅속에 뿌리를

---

1) 살라미스 왕 텔라몬의 아들로 12척의 배를 이끌고 그리스의 트로이 원정군에 참가했다.
2) 원래 'hespaliers'는 프로방스어로 갤리선에서 맨 앞줄에 앉아 노를 젓는 사람들을 가리킨다.

내리지 않는다. 뿌리에서 단 하나의 줄기가 나오는데, 겉은 초록색이고 속은 흰색이며, 미나리과 식물(*smyrnium olusatrum*), 잠두, 용담처럼 비어 있고, 나무처럼 단단하고 곧으며 부서지기 쉽고, 약간 홈이 파진 원주 형태로 우툴두툴하고, 섬유질로 가득 차 있다. 이 섬유질, 특히 메사(*mesa*), 즉 가운데 부분과 밀라세아(*mylasea*)[4]라고 부르는 부분에 이 풀의 특별한 가치가 모두 들어 있다.

이 풀의 키는 보통 5 내지 6피트 정도이다. 어떤 경우에는, 말하자면 부드럽고, 습기가 많고, 토질이 가볍고, 올론[5]이나 사비나 지방[6]의 팔레스트리나 시 근처의 로세아같이 축축하고 춥지 않으며, 어부들의 축제[7]나 하지 무렵에 비가 부족하지 않은 땅에서는 창 길이 이상으로 크게 자라기도 한다. 테오프라스토스의 권위에 따르면, 교목성 접시꽃[8]이 그렇게 자란다고 하는데, 이 풀은 뿌리와 줄기, 연결 가지와 오래 살아남는 가지들을 갖고 있는 나무와는 달리 일년초인데도, 나무의 키를 능가하는 경우도 있다. 그리고 줄기에서 굵고 튼튼한 가지가 나온다.

잎사귀는 길이가 가로 폭의 세 배가 되고, 언제나 푸르고, 아르칸나[9]처럼 약간 우툴두툴하고, 질기며, 수탉의 낫 모양의 꼬리깃이나 두견초처럼 가장자리가 톱니 모양이고, 끝은 마케도니아의 긴 창처럼 뾰족하고, 외과의사들이 사용하는 란세트[10] 모양을 하고 있다. 이 잎 모양은 서양물푸레나무와 짚신나물 잎과 별로 다르지 않고 등골나물류와 매우 비슷해서 몇몇 식물학자들은 야생 상태의 팡타그뤼엘리옹 풀을 재배한

---

3) 원문의 'coubtée'는 옛 길이의 단위로 약 50센티미터 정도이다.

4) 팡타그뤼엘리옹에 대한 해설은 플리니우스의 『박물지』의 내용을 따른 것으로, 이 책에 따르면 밀라세아는 품질이 낮은 삼을 가리킨다. 라블레는 평범한 삼과의 식물을 놀라운 능력을 가진 기적의 풀로 변모시키고 있다.

5) 현재의 프랑스 중부 대서양 연안의 방데 지방에 있는 사블 돌론 시를 가리킨다.

6) 이탈리아 중부의 지방 이름.

7) 이탈리아의 테베레 강에서 6월 7일에 열리는 축제.

8) 테오프라스토스의 『식물지』 15권에 나오는 이야기이다.

9) 뿌리에서 붉은 염료를 채취하는 식물.

10) 양날의 끝이 뾰족한 의료용 칼.

것이 바로 등골나물류라고 말한 바 있다. 그리고 잎사귀들은 줄기 주위에 같은 간격으로 둥글게 줄기마다 다섯 또는 일곱 개씩 나 있다. 대자연은 이 풀을 특별히 총애해서 그 이파리 수가 신성하고 신비로운 이 두 가지 홀수[11]가 되게 했던 것이다. 잎의 냄새는 강하고 민감한 사람들의 코에는 별로 기분 좋은 것이 아니다.

씨앗은 줄기의 상단 약간 아래쪽에 열린다. 다른 풀들만큼 씨앗이 많이 열리는데, 둥글고 긴 네모꼴의 장사방형(長斜方形)으로 마치 햇볕에 그을린 듯한 밝은 검은색을 띠고 있고, 약간 단단하며, 연약한 껍질에 싸여 있고, 홍방울새, 방울새, 종달새, 검은머리방울새, 검은방울새 등 노래 잘하는 새들이 좋아하는 먹이다. 그러나 남자가 이 씨앗을 많이 자주 먹으면 정자가 파괴된다. 그리고 예전에는 그리스인들이 이 씨앗으로 스튜, 파이, 튀김요리를 만들어 식사 후에 맛있는 후식이나 술맛을 돋우기 위해 먹기도 했지만 소화가 잘 안 되고, 위에 나쁘고, 피를 오염시키고, 지나친 열기 때문에 뇌에 충격을 주며, 머릿속을 유해하고 통증을 유발하는 독기로 가득 채운다.

그리고 여러 가지 식물들에 남성과 여성의 양성이 있듯이, 이는 우리가 월계수, 종려나무, 떡갈나무, 털가시나무, 수선화, 만드라고라, 고사리, 느타리버섯, 쥐방울, 실편백, 테레빈나무, 풀리오,[12] 작약, 그리고 다른 식물들에서도 볼 수 있는 것인데, 마찬가지로 이 풀에도 꽃은 피지 않지만 씨앗이 많이 열리는 남성초(男性草)와 희끄무레한 색의 작은 꽃들은 많이 피지만 쓸모가 없고 진짜 씨앗을 맺지 못하는 여성초(女性草)가 있다. 여성초는 다른 종자들에서도 그렇듯이 남성초보다 잎은 더 넓지만 덜 질기고 키도 그만큼 자라지 않는다.

이 팡타그뤼엘리옹 풀은 제비가 다시 돌아올 무렵에 심어서 매미들의 목청이 쉬기 시작할 때쯤 땅에서 거두어들인다.

---

11) 피타고라스에 따르면, 홀수는 정확하게 둘로 나뉘지 않기 때문에 불멸의 수이다.
12) 경련 진정제, 흥분제로 쓰이는 박하의 일종.

50 유명한 팡타그뤼엘리옹 풀은 어떻게 가공해서 사용하는가

팡타그뤼엘리옹 풀은 추분 무렵에 다양한 나라별로 국민들의 창의성에 따라 여러 방법으로 가공 처리된다. 팡타그뤼엘이 처음 가르쳤던 것은 줄기에서 잎과 씨앗을 따고, 흐르지 않는 고인 물에 날씨가 건조하고 물이 따뜻할 때는 5일 동안, 구름이 끼고 물이 찰 때는 9일에서 12일 동안 담가두라는 것이었다. 그러고는 햇볕에 말린 다음 그늘에서 껍질을 벗겨서 (우리가 말했듯이 이 풀의 모든 가치와 효능이 들어 있는) 섬유질을 목질(木質) 부분과 분리시킨다. 목질 부분은 불꽃을 더 밝게 하거나, 불을 지피는 데, 아니면 아이들 장난감으로 돼지 방광을 부풀리는 데 쓰는 것 외에는 다른 용도가 없다. 어떤 때는 식충이들이 이것을 빨대처럼 사용해 포도주 통의 마개를 통해서 숨을 들이마시며 몰래 새로 담근 포도주를 빨아마시는 데 사용하기도 한다.

현대의 몇몇 팡타그뤼엘리스트들[1]은 이와 같은 분리 작업의 수고를 덜기 위해서, 알크메네가 헤라클레스를 낳는 것에 심사가 뒤틀려 유노가 출산을 방해하려고 손가락을 깍지끼고 있던 모습과 같이 제작된 분쇄용 기계를 사용하기도 한다. 이 기계 속을 통과하는 동안 목질 부분은 으깨지고 부서져서 쓸모가 없게 되고 섬유질만 온전하게 남는다. 이 분리 작업에만 종사하는 사람들은, 세상사람들의 의견에 반(反)해서, 그리고 모든 철학자들의 주장과도 반대로, 뒤로 물러서면서 자기 밥벌이

---

1) 팡타그뤼엘리슴을 신봉하는 사람들이라는 뜻이다.

를 하는 사람들이다.[2]

가장 확실한 이득을 얻을 수 있게 이 풀의 가치를 최대한 활용하려는 사람들은 파르카이 세 자매들의 소일거리, 고귀한 키르케가 밤에 즐겨했던 일, 페넬로페가 남편인 오디세우스 부재중에 그녀의 환심을 사려는 구혼자들을 피하기 위해서 오랫동안 핑계 삼아 했던 일[3]이라고 전해지는 작업을 한다. 이와 같이 이 풀에는 헤아릴 수 없을 만큼 놀라운 효능이 들어 있는데, 여러분에게 이 풀의 이름이 붙여진 사연을 설명함으로써 (나로서는 모두 소개하는 것이 불가능하기 때문에) 그 일부만 소개하도록 하겠다.

나는 식물들의 이름이 여러 가지 방식으로 붙여진다는 것을 알아냈다. 어떤 것들은 처음으로 그 식물을 발견했거나 식별했던 사람, 또는 그것을 사람들에게 처음 전했거나 경작한 사람, 재배법을 개발하거나 실용화한 사람의 이름을 따서 이름이 붙여졌던 것이다. 산쪽속 (*mercuriale*)은 메르쿠리우스에서, 파나케아(*panacea*)는 아스클레피오스의 딸인 파나케이아[4]에서, 쓴쑥속(*armoise*)은 디아나와 같은 여신인 아르테미스[5]에서, 등골나무류(*eupatoire*)는 에우파토르 왕[6]에서, 텔레피움(*telephium*)은 텔레포스[7]에서, 에우포르비움(euphor-

---

2) 밧줄을 꼬는 사람들이 계속 뒤로 물러앉으면서 작업하는 모습을 가리킨다.

3) 천을 짜는 일을 가리킨다. 그리스 신화의 모이라에 해당하는 운명의 세 여신들은 운명의 실을 짜거나 끊어버리는 일을 맡고 있고, 베르길리우스에 따르면 오디세우스를 유혹했던 요정인 키르케도 밤중에 벽에 거는 장식융단을 짰다고 한다. 그리고 호메로스의 『오디세이아』에는 페넬로페가 시아버지 라에르테스의 수의를 다 짜고 나면 구혼에 응하겠다고 구혼자들을 설득해서 낮에 짠 천을 밤이 되면 다시 풀어 3년을 버텼다는 이야기가 나온다.

4) 모든 것을 치료하는 여신이라는 뜻으로, 그리스 신화의 의술의 신 아스클레피오스의 딸이다.

5) 로마 신화의 디아나는 그리스 신화의 아르테미스에 해당한다.

6) 소아시아의 폰토스 왕국의 왕이었던 미트리다테스 6세(기원전 132~기원전 63). 로마제국에 대항하다가 폼페이우스에게 패한 후 자살하고 만다.

7) 헤라클레스의 아들로 트로이 원정에서 아킬레우스에 의해 부상당했다가 그의 치료를 받고 회복된다.

bium)은 유바 왕[8]의 의사였던 에우포르보스에서, 클리메노스(*clyme-
nos*)는 클리메노스[9]에서, 알키비아디온(*alcibiadion*)은 알키비아데
스[10]에서, 겐티안(*gentiane*)은 스클라보니아[11]의 왕 게니투스에서 유
래한 것이다.[12] 발견한 풀들에 이렇게 이름을 붙일 수 있는 특권을 예전
에는 매우 중요한 것으로 여겼기 때문에, 넵투누스와 팔라스[13] 사이에
서 둘이 같이 발견한 땅, 후에 아테네인들이 미네르바와 같은 여신의 이
름인 아테네[14]라고 부르게 된 땅에 이름을 붙이는 문제로 분쟁이 벌어
졌던 것이다. 마찬가지로 스키타이의 왕 린코스는 케레스 여신이 사람
들에게 밀을 전하라고 보냈던 젊은 트립톨레무스를 비열하게도 죽이려
고 애썼는데, 그 이유는 그를 죽임으로써 자기 이름을 붙여 사람들 생활
에 매우 유용하고 필수적인 이 곡식의 발견자라는 불멸의 명예와 영광
을 얻기 위해서였다. 그 비열한 짓 때문에 케레스 여신이 그를 스라소니
또는 삵쾡이로 변하게 했다고 한다. 마찬가지로 단지 이 분쟁 때문에 카
파도스 지역을 본거지로 삼았던 왕들 사이에 오랜 기간에 걸쳐 큰 전쟁
들이 일어났다. 그곳에서 벌어졌던 분쟁 때문에 한 종류의 풀에 폴레모
니아,[15] 다시 말해서 전쟁이라는 이름이 붙여졌던 것 같다.

어떤 식물들에는 다른 곳으로 전파되기 이전에 자라던 원래의 산지

---

8) 북아프리카에 있던 누미디아 왕국(지금의 알제리에 해당)의 왕으로 로마 내전
   에서 폼페이우스의 편을 들었다가 카이사르에게 패한 후 자살했다.
9) 고대 그리스 중부 아르카디아의 왕.
10) 그리스의 군인, 정치가로 소크라테스의 제자였다.
11) 발칸 반도 북쪽 일리아 지방에 있던 왕국.
12) 여기에 나오는 설명은 모두 플리니우스의 『박물지』에 의거한 것이다.
13) 그리스 신화의 아테나 여신의 별칭. 그녀와 포세이돈이 아티카를 차지하려고
    다투었을 때 신들은 최고의 선물을 한 신에게 그 소유권을 인정하기로 결정했
    는데, 포세이돈은 삼지창으로 염수(鹽水) 샘이 솟아나게 했고 아테나는 올리
    브를 싹트게 했다. 신들이 여신의 승리를 인정해 아티카는 아테나가 소유하게
    되고, 아테나이(아테네)라고 불리게 되었다.
14) 로마 신화의 미네르바는 그리스 신화의 아테나에 해당한다.
15) 그리스어로 폴레모스는 전쟁이라는 뜻이다. 이 풀은 자스민의 일종인 것 같다.

이름이 붙여졌다. 메디스 과실(pommes *médices*)은 메디아 지방에서 처음 발견된 레몬이고, 페니키아 과실(pommes *punicques*)은 페니키아(카르타고를 가리킨다)에서 가져온 석류를 말한다. 리구스티쿰(*ligusticum*)은 제노아 해안 지역의 리구리아에서 가져온 미나리과의 약초이다. 암미아누스가 증언한 바에 따르면, 대황(*rhabarbe*)은 미개한 지역에 있는 라(Rha)라는 강 이름에서 유래한 것이고,[16) 세멘시나(*santonicque*),[17) 호로파(foenu *grec*),[18) 밤(castanes), 복숭아(*persicques*), 노간주나무(*sabine*)[19) 등도 그렇고, 라벤더(*stoechas*)[20)는 예전에는 스테샤드라고 불리던, 내가 사는 이에르 제도[21)의 옛 이름에서 온 것이고, 스피카 켈티카(*spica celtica*)[22)와 다른 것들도 그런 식이다.

어떤 식물들은 반어적으로 반대되는 이름을 갖게 되었다. 쓴쑥(*absynthe*)은 파인트와 반대되는 것인데, 마시기 괴로운 것이기 때문이다.[23) 홀로스테온(*holosteon*)[24)은 뼈투성이라는 말인데, 실제로는

---

16) 로마의 역사가 암미엔 마르켈린은 이 강(지금의 볼가 강)에 관해 언급했지만 대황(rhubarbe)의 이름이 여기서 유래했다고 하지는 않았다. 이 식물의 어원을 미개한(barbare) 지역에 있는 라(Rha)라는 이름의 강이라는 표현에 갖다 붙인 말장난으로 보인다.

17) 산토네스(Santones)인들의 나라에서 온 식물이라는 뜻.

18) 고대에 사료로 재배하던 호로파(fenugrec)는 약용으로도 쓰이는 콩과 식물이다. 원문에 나오는 철자 'fœnu grec'은 그리스가 원산지라는 것을 가리킨다.

19) 밤은 그리스의 테살리아 지방에 있던 카스타네아(Castanea) 시에서, 복숭아는 페르시아에서, 노간주나무는 이탈리아의 사비니 산맥에서 온 것으로 알려져 있었다.

20) 플리니우스는 라벤더의 옛 이름이 이에르 제도의 옛 지명에서 유래한 것이라고 썼다.

21) 『제3서』초판 제목에서 라블레는 자신의 신분을 의학박사이며 프랑스 바르 지방에 있는 이에르 제도의 제관이라고 밝히고 있다. 15쪽의 주 1) 참조.

22) 라틴어로 '켈트족의 이삭'이라는 뜻으로 감송(甘松)의 일종인데 향기가 나고 흥분제로 쓰였다고 한다. 켈트족의 알프스(Alpes celtiques)라고도 부르던 남부 알프스 지방이 원산지이다.

23) 쓴쑥(absynthe)의 접두어 'abs-'는 '분리, 상실'이라는 뜻으로 반대되는 의미를 나타내는 경우가 많다. 파인트(pynthe)는 옛 부피의 단위로 0.93리터에 해

정반대이다. 왜냐하면 이 풀보다 연약하고 부드러운 것은 자연 속에서 찾아볼 수 없기 때문이다.

어떤 식물들은 그 효능과 작용에 의해서 이름이 붙여졌다. 해산하는 여성들을 돕는 쥐방울,[25] 같은 이름이 붙어 있는 병을 고치는 데 쓰이는 지의(地衣),[26] 연화제(軟化劑)로 쓰이는 접시꽃, 머릿결을 아름답게 만드는 물자리풀, 알리숨,[27] 콜히쿰,[28] 베키움,[29] 다닥냉이를 뜻하는 나스투리움,[30] 사리풀을 뜻하는 유스키암,[31] 그리고 다른 것들이 있다.

어떤 식물들은 그것이 지니고 있는 놀라운 특성에 의해서 이름이 붙여졌다. 헬리오트로프(héliotrope)[32]의 경우 태양을 따르려고 하는 관심이 그 특징이다. 이 풀은 태양이 뜨면 피어나고, 태양이 솟아오르면 위로 뻗고, 태양이 기울면 고개를 숙이고, 태양이 지면 움츠러들기 때문이다. 섬공작고사리(adiantum)[33]는 물가에서 자라지만 물속에 오래 담가두어도 물기를 머금지 않는다. 조밥나물, 들쇠채, 그리고 다른 것들도 그런 식이다.

어떤 식물들에는 변신한 남자나 여자의 이름이 붙여졌다. 월계수를 뜻하는 다프네(daphné)는 다프네[34]에서, 도금양(myrte)은 미르신[35]

낭한다. 손쑥은 마시기는 피로훈 짓이지빈, 그깃으로 오목색비 밥싱브 낟을 만든다.

24) 이 말은 그리스어로 뼈투성이라는 뜻이지만 연한 질경이를 가리킨다.

25) 해산 후에 체액의 순환을 돕는 것으로 알려져 있었다.

26) 구진과 비슷하게 발진하는 피부병도 같은 이름인 'lichen'으로 부른다.

27) 진통제(anti-rage)라는 뜻으로 겨자과의 잡초를 가리킨다.

28) 콜히쿰 씨앗 또는 구근을 말린 것은 류머티즘이나 신경통 치료약으로 쓰인다.

29) 그리스어로 기침이라는 뜻으로 머위를 가리킨다.

30) 냄새가 지독해서 코를 비비게 만든다.

31) 그리스어로 돼지 잠두라는 뜻으로 사리풀을 가리킨다.

32) 그리스어로 해를 따라 돈다는 뜻으로 지치과에 속하는 여러해살이 풀을 가리킨다.

33) 그리스어로 물이 침투할 수 없다는 뜻이다.

34) 아르카디아의 강의 신 라몬의 딸로 그녀를 연모한 아폴론의 추격을 피해 도망치다가 붙잡히게 되자 아버지에게 구원을 청했는데, 라몬은 그녀를 월계수로

에서, 소나무(*pytis*)는 피티스[36]에서 이름이 유래한 것이고, 양엉겅퀴를 뜻하는 키나라(*cynara*), 수선화(*narcisse*), 사프란(*saphran*), 스밀락스(*smilax*)[37]와 다른 것들도 마찬가지이다.

어떤 식물들은 비슷한 모양에 의해서 이름이 붙여졌다. 속새쇠뜨기를 뜻하는 히푸리스(*bippuris*)[38]는 말꼬리를 닮았고, 알로페쿠로스(*alopecuros*)는 여우 꼬리, 프실리온(*psylion*)은 벼룩, 델피니움(*delphinium*)은 돌고래, 뷔글로스(*buglosse*)는 소 혓바닥, 붓꽃(*iris*)의 꽃모양은 무지개, 물망초(*myosata*)는 생쥐 귀, 코르노푸스(*coronopous*)는 작은 까마귀 발과 비슷하게 생겼고, 그리고 다른 것들도 마찬가지이다.

이름을 서로 주고받는 경우도 있는데, 파비우스 가문은 잠두(febves)에서, 피소 가문은 완두콩(pois)에서, 렌툴레스 가문은 렌즈콩(lentielles)에서, 키케로 가문은 병아리콩(pois chices)에서 그 이름이 유래한 것이다.[39] 또한 더 고차원적인 유사성에 의해서 베누스의 배꼽, 베누스의 머리카락, 베누스의 통,[40] 유피테르의 수염, 유피테르의 눈, 마르스의 피, 메르쿠리우스의 손가락(hermodactyles)[41] 등의 이름이 붙여졌다.

변신시켰다. 이후 월계수는 아폴론의 나무가 되었다.

35) 힘이 세고 아름답기로 유명했던 아테네의 처녀로 그녀와의 운동 경기에서 패한 남자에게 살해되었다.

36) 판의 사랑을 받았던 요정. 일설에는 그녀가 판과 북풍의 신 보레아스에게서 동시에 사랑을 받다가 판을 선택했기 때문에 보레아스가 그녀를 바위에 떨어뜨려 죽였는데, 가이아가 불쌍히 여겨 소나무로 변신시켰다고 한다.

37) 크로쿠스는 사프란으로 변했고 그와 동시에 그의 연인인 스밀락스는 덩굴식물로 변했다.

38) 그리스어로 말꼬리라는 뜻. 라블레는 플리니우스에 의거해 여기에 열거한 식물들 이름을 그리스어 어원과 결부시키고 있다.

39) 여기서 라블레는 플리니우스에 의거해서 로마의 유명한 가문들의 공식적 별칭의 어원을 설명하고 있다.

40) 잎 아래쪽에 빗물이 고이는 식물의 이름.

41) 메르쿠리우스에 해당하는 그리스 신화의 헤르메스의 손가락이라는 뜻으로 콜히쿰을 가리킨다.

다른 식물들은 그 형태에 의해서 이름이 붙여졌다. 토끼풀(*trefeuil*)은 잎이 세 개, 풀딸(*pentaphyllon*)은 잎이 다섯 개이기 때문에 그렇게 이름이 붙여졌고, 백리향(*serpoullet*)[42]은 땅바닥을 기기 때문이다. 쐐기풀(*helxine*),[43] 페타시트(*petasites*)[44]도 마찬가지이고, 아랍인들이 베엔(*béen*)[45]이라고 부르는 미로볼랑(*myrobalans*)[46]은 도토리처럼 생겼고 미끌미끌하다.

---

42) 긴다는 뜻의 동사 'serpo'에서 온 말로 플리니우스에 따르면 백리향의 일종인 'Serpyllus'와 유사한 것이다.
43) 점착성이 강한 쐐기풀속의 식물을 가리킨다.
44) 그리스어로 모자라는 뜻으로 잎사귀가 큰 식물을 가리킨다.
45) 지금도 프랑스어에서 'béhen'은 약용 뿌리라는 뜻으로 사용된다.
46) 예전에는 하제로, 요즘은 가죽 무두질에 쓰이는 열대성 과일.

51 무엇 때문에 팡타그뤼엘리옹이라는 이름이 붙여졌는가, 그리고 이 풀의 놀라운 효능에 관해서

이 같은 이유들로 (이토록 진실한 이야기에 신화를 이용하는 것은 우리가 원하는 바가 아니므로 신화에 나오는 것은 제외하고) 이 풀에는 팡타그뤼엘리옹이라는 이름이 붙여졌다. 왜냐하면 팡타그뤼엘이 발명자였기 때문이다. 내 말은 그가 이 식물을 발견했다는 뜻이 아니라 도둑들이 몹시 싫어하고 혐오하는 이 풀의 특별한 용도를 그가 발명했다는 뜻이다. 기생식물과 새삼이 아마에, 갈대가 고사리에, 속새[1]가 풀 베는 사람들에게, 사철쑥이 병아리콩에, 아이질롭스(aegilops)가 보리에, 세쿠리다카(securidaca)가 렌즈콩에, 안트라늄(antranium)이 잠두에, 가라지[2]가 밀에, 송악이 담장에, 수련과 님페아 헤라클리아(nymphoea heraclia)[3]가 방탕한 수도사들에게, 큰 회향풀과 자작나무가 나바르 학교 생도들에게,[4] 양배추가 포도나무에, 마늘이 자석에,[5] 양파가 눈에, 고사리 씨가 임산부들에게, 버드나무 씨가 행실 나쁜 수녀들에게,[6] 주목 그늘이 그 밑에서 잠자는 사람들에게,[7] 바곳이 표범과 늑대에게, 무

---

1) 이 식물은 규토질을 함유하고 있어서 낫의 날을 무디게 하고, 건초의 품질을 떨어뜨린다고 한다.
2) 여기에 나오는 기생식물들은 모두 경작식물들의 생장을 방해하는 것들이다.
3) 플리니우스는 연근을 지속적으로 먹으면 성욕을 떨어뜨린다고 했다.
4) 회초리를 만드는 데 쓰였기 때문이다. 나바르 학교는 당시 파리에 있었다.
5) 고대인들은 자석을 마늘로 문지르면 자기(磁氣)가 없어진다고 생각했다.
6) 성욕을 떨어뜨리는 효능이 있다고 한다.
7) 주목에 들어 있는 독성분은 휘발성이 강하다고 생각했다.

화과나무 냄새가 성난 황소에게, 독당근이 거위 새끼에게, 기름이 나무에 해를 끼치는 것보다도 더욱더 그 사용법이 그들에게 불리하고 적대적인 것이었다. 왜냐하면 그들 중 많은 수가 이 풀의 특별한 용도에 의해서 트라키아인들의 여왕 필리스, 로마 황제 보노수스, 라티누스의 왕비 아마타, 이피스, 마욱톨리아, 리캄베, 아라크네, 파이드라, 레다, 리디아의 왕 아케우스 등의 예[8]와 같이, 그들의 인생을 높고 짧게 마감했기 때문이다.[9] 도둑들은 병에 걸리지 않았더라도, 그들의 재담이 밖으로 나오고 맛있는 음식이 안으로 들어가는 데 쓰이는 통로[10]가 팡타그뤼엘리옹 풀 때문에 고약한 구협염이나 다른 치명적 목병보다도 더 보기 흉하게 막혀버리게 된 것에 분개했던 것이다.

우리는 어떤 사람들이 아트로포스[11]가 생명의 실을 끊는 순간에 팡타그뤼엘이 자기들 목을 움켜쥐고 있다고 고통스럽게 울부짖으며 한탄하는 소리를 들은 적이 있다. 하지만, 슬프도다! 그런 짓을 한 것은 절대로 팡타그뤼엘이 아니었다. 그가 사형집행인 노릇을 한 적은 한 번도 없다. 밧줄과 목둘레를 감는 천을 만드는 데 쓰이는 것은 팡타그뤼엘리옹 풀이었다. 그러므로 빵 대신 케레스, 포도주 대신 바쿠스라고 말하는 식으로 발명품을 그 발명자의 이름으로 대신 표현하는 제유법(提喻法)에 의거해서 그 말을 용인해주지 않는다면, 그들은 부적절하게 말한 것이고 어법상의 잘못을 범한 것이다. 내가 여기서 이 통 속에 시원하게 채워진 술병에 담긴 귀한 말을 걸고 여러분에게 맹세하건대, 고귀한 팡타그뤼엘은 절박한 갈증에 대한 대비를 소홀히 했던 자들 말고는 사람들 목을 움켜쥐는 일은 결코 하지 않았다.[12]

---

8) 여기에 나오는 사람들은 레다를 제외하고는 모두 목을 매어 자살했다.
9) 교수대에 목매달린 모습을 가리킨다.
10) 기도와 식도를 가리킨다.
11) 모이라 세 자매는 운명을 할당하는 라케시스, 운명의 실을 짜는 클로토, 운명의 실을 끊는 아트로포스이다.
12) 사람들에게 갈증을 불러일으키는 팡타그뤼엘의 특별한 능력을 가리킨다.

또한 유사성 때문에 팡타그뤼엘리옹이라는 이름이 붙여졌다. 왜냐하면 팡타그뤼엘이 이 세상에 태어났을 때, 그 키가 여러분에게 말하고 있는 이 풀만큼이나 컸기 때문에 이것을 가지고 쉽게 키를 잴 수 있었던 것이다. 그리고 사람들이 이 풀을 수확할 무렵, 이카리오스의 개[13]가 태양을 향해 짖어대는 바람에 세상사람들 모두가 혈거인(穴居人)이 되어 지하의 술 창고나 은신처에서 지내야만 하던 계절에 갈증이 극심했던 어느 날 그가 태어났기 때문이다.

또한 그 효능과 특성 때문에 팡타그뤼엘리옹이라는 이름이 붙여졌다. 왜냐하면 팡타그뤼엘이 기쁨을 가져다주는 모든 완벽함의 이상이자 모범이듯이 (술꾼들이여, 나는 그대들 가운데 누구도 이를 의심치 않으리라고 믿는다), 팡타그뤼엘리옹 풀에서도 수없이 많은 효능과 활력, 완벽성, 놀라운 효과를 확인할 수 있으므로, (예언자가 전하는 바와 같이[14]) 수목들이 그들을 다스리고 지배할 숲의 왕을 선출했을 때 이 풀의 특성이 알려졌더라면, 틀림없이 다수의 표와 지지를 얻을 수 있었을 것이기 때문이다.

더 말해보도록 할까? 오레이오스의 아들 옥실루스[15]가 누이인 하마드리아스에게서 이 풀을 낳았더라면, 우리의 신화 연구가들이 그토록 칭송하고, 영원히 기억하게 만든 여덟 명의 자식들 모두에게서보다 이 풀의 효능만으로 더 큰 기쁨을 맛보았을 것이다. 맏딸의 이름은 포도나무였고, 그다음에 태어난 아들은 무화과나무, 그다음은 호두나무, 그다음은 떡갈나무, 그다음은 마가목, 그다음은 팽나무, 그다음은 포플러,

---

13) 이카리오스는 디오니소스를 환대한 보답으로 포도나무를 얻게 되는데, 수확한 포도로 빚은 술을 이웃사람들에게 대접했다가 독을 마신 것으로 오해한 그들에 의해 살해당했다. 그의 딸은 애견 마이라의 안내로 아버지의 시체를 발견하고는 그 자리에서 목을 매어 자살하고, 개는 주인의 무덤을 지키다가 죽은 다음 하늘에 올라가 큰개자리가 되었다.
14) 『구약』, 「사사기」 9장 8~15절.
15) 오레이오스의 아들로 누이인 하마드리아스를 아내로 삼아 여덟 명의 숲의 요정들을 낳았다.

막내는 어린 느릅나무였는데 그가 살던 시대에 위대한 외과의사였다.[16]

　나는 이 풀의 즙을 짜서 귀 안에 한 방울씩 떨어뜨리면 어떻게 부패로 인해서 그곳에 생겨난 온갖 종류의 기생충들과 그 속에 들어간 다른 생물을 죽이는지는 여러분에게 설명하지 않겠다. 만일 이 즙을 물이 담긴 양동이 속에 집어넣으면, 여러분은 즉시 그 물이 응고시킨 우유처럼 변하는 것을 볼 수 있을 것이다. 그만큼 이 풀의 효능은 대단한 것이다. 그리고 이렇게 변한 물은 복통으로 옆구리에 경련을 일으킨 말에게 효과적인 치료약으로 쓰인다.

　이 풀의 뿌리는 물에 삶으면 수축된 힘줄과 관절, 통풍에 걸린 손이나 발, 통풍성 관절염으로 경직된 부위를 부드럽게 풀어준다.

　만일 여러분이 물에 의한 것이든, 불에 의한 것이든, 화상을 입었을 때 신속하게 치료하고 싶으면 팡타그뤼엘리옹 풀을 생것 그대로, 다시 말해서 달리 가공하거나 조제하지 말고 땅에서 난 그대로, 그곳에 붙이고, 상처에 붙인 풀이 마른 것을 보게 되면 주의를 기울여 새것으로 갈아주도록 하라.

　그것이 없다면 요리는 지저분하게 되고, 식탁이 아무리 온갖 진미의 육류 요리로 차려져 있더라도 혐오감을 불러일으킬 뿐이며, 침대가 금과 은, 호박, 상아, 반암으로 화려하게 장식되어 있더라도 아무 쾌락도 맛볼 수 없을 것이다.[17] 그것이 없다면 제분업자들은 밀을 방앗간으로 가져가거나 그곳에서 밀가루로 만들어 가져오지 못할 것이다.

　그것이 없다면, 변호사들이 어떻게 소송서류들을 법정에 가져갈 것인가? 그것이 없다면 어떻게 석고를 작업장에 가져갈 것인가? 그것이 없다면 우물에서 어떻게 물을 길을 것인가? 그것이 없다면 기록원, 필경,

---

16) 느릅나무 껍질은 상처를 아물게 하는 효능이 있다고 한다. 그리고 고대인들은 말썽꾸러기들에게 벌을 주기 위해 느릅나무 가지로 만든 회초리를 사용하기도 했다.

17) 라블레는 삼과 아마를 혼동해서 식당이나 침실 등 집안에서 사용되는 리넨 제품에 관해 말하고, 이어서 자루와 밧줄이 필요한 여러 작업에 대해서 설명한다.

비서, 법원 서기와 작가들은 무엇을 할 것인가? 장부와 연금증서들은 사라져버리지 않겠는가? 고상한 인쇄술도 사라져버리지 않겠는가? 무엇으로 창틀을 만들 것인가? 어떻게 교회의 종을 칠 것인가? 이시스의 신관들은 그것으로 옷을 장식했고, 사제들은 그것으로 옷을 해 입었고, 인간의 본성은 맨 먼저 그것으로 몸을 감싸는 것이다. 세리카인들[18]의 솜털나무, 페르시아 해의 틸로스 섬에 나는 풀솜나무, 아랍인들의 목화, 말타 섬의 포도나무[19] 모두를 합쳐도 이 풀 하나만큼도 사람들에게 옷을 제공하지 못했던 것이다. 이 풀은 예전에 짐승 가죽이 그랬던 것보다 확실히 더 실용적으로 군대의 병사들이 추위와 비를 피할 수 있도록 감싸준다. 더위를 피할 수 있도록 극장과 원형경기장을 덮어주고, 사냥꾼들의 즐거움을 위해서 삼림과 덤불숲을 에워싸고, 어부들의 벌이를 위해서 민물이나 바닷물 속으로 내려가기도 한다. 이 풀로 장화, 반장화, 목 긴 장화, 가죽 각반, 편상화, 구두, 실내화, 나막신이 형태를 갖추고 사용된다. 이 풀로 활과 쇠뇌는 팽팽하게 당겨지고, 석궁이 만들어진다. 그리고 선하거나 악한 망혼(亡魂)들이 존중하는 신성한 마편초처럼, 죽은 사람의 시체를 매장할 때는 반드시 이것을 사용한다.

더 말해보겠다. 이 풀을 이용하면 보이지 않는 물체를 잡아 붙들어두고 마치 감옥 속에 감금하는 것처럼 눈에 보이게 만들어 소유할 수 있다. 이렇게 잡아 붙들어둘 수 있는 능력 때문에 크고 무거운 맷돌을 사람들의 생활에 대단히 유익하게 빠른 속도로 돌릴 수 있게 된 것이다. 이 일에서 얻어지는 엄청난 이득과 그것이 없을 때 방앗간에서 사람들이 감당해야 하는 견디기 어려운 노동을 고려해보면, 나는 고대의 철학자들이 어떻게 이 같은 사용법을 여러 세기 동안이나 알지 못하고 지낼 수 있었는지 놀라지 않을 수 없다.

이 풀을 이용하면 공기의 흐름을 막을 수 있기 때문에 커다란 수송선,

---

18) 플리니우스는 『박물지』에서 인도 북쪽의 세리카라는 곳에 사는 사람들 이야기를 했는데, 그곳에는 양털 같은 솜털이 달리는 나무가 있다고 했다.
19) 말타 섬은 목화 산지로 유명했다고 한다.

선실을 갖춘 대형 여객선, 견고한 범선, 천 명에서 만 명을 실을 수 있는 대형 범선들을 정박지에서 끌어내 키잡이 마음대로 전진시킬 수 있다.

이 풀 때문에 대자연이 숨겨둔 것처럼 보이는, 침투할 수 없고 알려지지 않았던 나라들이 우리에게 다가왔고 우리도 그 나라들에 다가갈 수 있게 되었다. 이는 아무리 가벼운 깃털을 가지고 있고 대자연이 공기 속을 날아다닐 자유를 부여한 새들이라도 할 수 없는 일이었다. 타프로브라나[20]는 라플란드 지방[21]을 보았고, 자바 섬은 리파이아 연봉[22]을 보았으며, 페볼 섬[23]은 텔렘 지방을 보게 될 것이고, 아이슬란드와 그린란드 사람들은 유프라테스 강의 물을 마실 것이다. 이 풀로 보레아스[24]는 아우스테르[25]의 거처를 보게 될 것이고, 에우로스[26]는 제피로스[27]를 방문하게 될 것이다. 이에 따라 천상의 영들, 바다와 땅의 신들은 이렇게 축복받은 팡타그뤼엘리옹 풀의 사용으로 인해서 북극에 사는 사람들이 남극에 사는 사람들을 보게 되고, 대서양을 건너고 양 회귀선을 지나 열대지역에서 방향을 틀어 황도대 전체를 측량하고, 춘·추분점 아래서 노닐며, 북극과 남극을 지평선과 같은 높이에서 바라보게 된 것을 보고는 모두 기겁을 했다. 올림포스의 신들은 두려움에 사로잡혀 이렇게 말했다.

"팡타그뤼엘이 그의 풀의 용법과 효능에 의하여 우리로 하여금 과거 알로아다이[28]가 그랬던 것보다 더 큰 새로운 고민에 빠지게 만들었다. 그는 곧 결혼을 할 것이고 아내와의 사이에서 자식들을 갖게 될 것이다.

---

20) 실론, 지금의 스리랑카를 가리킨다.
21) 노르웨이와 스웨덴, 핀란드의 북부지방 전체를 가리키는 이름.
22) 스키타이에 있는 산맥으로 라틴 시인들의 시에 등장한다.
23) 아라비아 만에 있는 섬.
24) 그리스 신화의 북풍의 신.
25) 로마 신화의 남풍의 신으로 그리스 신화의 노토스에 해당한다.
26) 그리스 신화의 남동풍의 신.
27) 미풍(zéphyr)이라는 뜻의 이 단어는 원래 그리스 신화에 나오는 서풍의 신 제피로스에서 온 것이다.
28) 3장의 주 14) 참조.

그 성해진 운명은 필연의 딸들[29]인 운명의 자매들의 손과 방추를 거친 것이기에 우리로서도 거역할 수 없는 것이로다. 그의 자식들에 의하여 같은 능력을 가진 풀이 발명될 것이고, 그것에 의하여 인간들이 우박의 근원지, 빗물의 배수구, 벼락의 제작소를 방문하게 되는 날이 오리라. 그들은 달세계를 침범하고, 하늘의 별자리에 들어가 어떤 자들은 황금 독수리좌에, 다른 자들은 양좌, 왕관좌, 하프좌, 은사자좌에 거처를 정할 것이고, 우리와 같은 식탁에 앉으며, 우리의 여신들을 아내로 맞이하게 될 것이니, 그것이 신이 되는 유일한 방법이기 때문이로다."

마침내 신들은 이에 대비하기 위해서 해결 방안을 찾으려고 회의를 열고 토론을 벌였다.

---

29) 플라톤은 『국가』 12권에서 파르카이를 필연의 딸이라고 불렀다.

52 어떤 종류의 팡타그뤼엘리옹 풀은 어떻게 불에 타지 않는가

내가 여러분에게 말한 것은 대단하고 경탄할 만한 것이다. 그렇지만 여러분이 위험을 감수하고 이 성스러운 팡타그뤼엘리옹 풀의 또 다른 신성(神性)을 믿으려 한다면 말해줄 수도 있다. 믿거나 말거나 내게는 상관없는 일이다. 나로서는 여러분에게 진실을 말했다는 것만으로 충분하다.

나는 여러분에게 진실을 말하겠다. 하지만 진실에 접근하는 길은 매우 험난하고 힘들기 때문에 그곳에 들어가기 위해서 여러분에게 한 가지 물어보겠다. 만일 내가 이 병 속에 포도주 두 잔과 물 한 잔을 집어넣고 잘 뒤섞어놓았다면, 여러분은 어떻게 그 둘을 식별할 것인가? 어떻게 병에 집어넣었던 것과 같은 분량으로 포도주가 섞이지 않은 물 따로, 물이 섞이지 않은 포도주 따로 내게 돌려줄 수 있게 분리시킬 것인가?

다른 식으로 말하자면, 만일 여러분이 비축해두려고 크고 작은 통으로 여러 통 주문한 그라브, 오를레앙, 본, 미르보 산 포도주를 마차꾼과 뱃사람들이 집으로 운반하다가, 멋진 나막신을 신은 리모주 사람들이 아르장통과 생 고티에 산 포도주를 수레로 나를 때 그렇게 하듯이, 몰래 절반쯤 훔쳐 마셔버리고 그 나머지를 물로 채운다면, 어떻게 물을 완전히 제거할 것인가? 어떻게 그것을 정제할 것인가? 여러분이 송악으로 만든 깔때기 이야기를 하리라는 것을 나는 잘 안다. 그것은 책에 기록되어 있고, 수많은 실험에 의해서 사실로 입증된 것이다. 여러분이 이미 알고 있는 사실이기도 하다.[1] 그러나 그것을 알지 못하고 전에 본 적이 없는 사람들은 그런 일이 가능하다고 믿지 않을는지도 모른다. 다른 이야기로 넘어가도록 하자.

만일 우리가 술라, 마리우스,[2] 카이사르, 그리고 다른 로마의 사령관들의 시대,[3] 또는 친척이나 영주의 시체를 화장했던 우리의 옛 조상 드루이드들의 시대에 살아서, 아르테미시아가 자기 남편 마우솔로스의 유골을 마셨던 것처럼,[4] 아내나 아버지의 유골을 좋은 백포도주에 타서 마시거나 아니면 그것을 유골함이나 성물함에 넣어 온전히 보관하기를 원한다면, 어떻게 이 유골을 화장용 장작의 재와 따로 분리시켜 수습할 것인가? 대답해보라.

내 무화과를 걸고[5] 하는 말이지만, 여러분은 매우 난감할 것이다! 내가 여러분을 곤경에서 구해주겠다. 내가 하려는 말은 이런 것이다. 이 천상의 팡타그뤼엘리옹 풀을 넉넉히 가져다가 시체를 감싸고 같은 재료로 묶고 꿰맨 다음, 여러분이 원하는 만큼 크고 맹렬하게 피운 불 위에 던져넣도록 하라. 불길이 팡타그뤼엘리옹 풀을 통해서 육신과 뼈를 태워 재로 변하게 해도, 팡타그뤼엘리옹 풀은 불에 타지 않을 뿐 아니라 그 속에 담긴 재는 원자 하나도 없어진 것 없이 고스란히 남고 장작의 재는 원자 하나만큼도 섞이지 않을 것이며, 그 속에 던졌을 때보다 더 아름답고, 깨끗하고, 순수한 상태로 불에서 나오게 될 것이다. 이 때문에 이 풀은 불연초(不燃草)[6]라고 불린다. 여러분은 이것을 카르파시아[7]

---

1) 『가르강튀아』 24장에 가르강튀아가 송악으로 만든 깔때기로 포도주에서 물을 분리시키는 이야기가 나온다.
2) 술라의 정적이었던 로마의 장군, 정치가로서 율리우스 카이사르의 삼촌.
3) 플리니우스에 따르면, 로마에서 화장 풍습은 독재자 술라의 시대(기원전 138~기원전 78)에 시작되었다고 한다.
4) 아울루스 겔리우스의 『아티카의 밤』에 따르면, 아르테미시아는 남편의 유골 가루를 물에 타서 마셨다고 한다.
5) 흔히 입버릇처럼 사용하는 '명예를 걸고'(par ma foi)에서 명예 대신 무화과를 사용해 만든 말장난.
6) 원래는 불에 타지 않는 석면(asbeston)이라는 뜻인데, 여기서는 불에 잘 타지 않아 왕의 수의를 만드는 데 사용했던 아마의 일종을 가리킨다.

들에게 군대가 통과하는 길에 세워진 숙영지로 식량과 군수품을 나르라는 명령을 내렸던 적이 있었다. 이 명령에 모두 복종했지만 라리그눔에 거주하던 주민들만은 예외였다. 그들은 자연적 지형의 견고함을 믿고 공물을 바치기를 거부했던 것이다. 이들의 거부를 벌하기 위해서 사령관은 군대를 곧장 그곳으로 진군하게 했다. 성문 앞에는 마치 목조 교각처럼 차례대로 굵은 낙엽송 서까래를 엮어서 쌓은 탑이 높이 세워져 있었는데, 그 높이가 대단해서 보루에서 돌과 지렛대를 이용해 다가오는 적들을 쉽사리 물리칠 수 있을 만했다. 카이사르는 그 속에 있는 사람들이 돌과 지렛대 외에는 다른 방어 수단이 없고 그들은 기껏해야 근접한 지점에 이르러서야 돌을 퍼부을 수 있다는 것을 알게 되자, 그의 용병들에게 그 주위에 많은 양의 나뭇단을 쌓고 불을 지르라고 명령했다. 이 명령은 즉시 실행되었다. 나뭇단에 불이 붙자 화염이 어찌나 크고 높이 솟았는지 성 전체를 감싸버렸다. 그래서 그들은 잠시 후면 탑이 불에 타서 무너질 것이라고 생각했다. 그렇지만 불길이 멈추고 나뭇단이 다 타버린 다음 그 탑은 전혀 손상을 입지 않은 채 온전하게 모습을 나타냈던 것이다. 이것을 보고 카이사르는 돌의 사정권 밖으로 주위를 빙 둘러 도랑과 참호를 파라고 명령했다.

그러자 라리그눔 사람들은 화해를 요청하며 항복했다. 그리고 그들의 이야기로 카이사르는 저절로 불이 붙거나 화염에 싸이거나 숯이 되지 않는 이 나무의 놀라운 특성을 알게 되었다. 이런 장점 때문에 이 나무는 진정한 팡타그뤼엘리옹 풀의 반열에 (게다가 팡타그뤼엘이 이 나무로 텔렘 수도원의 모든 문틀과 문, 창문, 처마, 빗물막이와 벽면 장식재를 만들게 했고, 마찬가지로 그의 카라크선,[22] 대형 선박,[23] 갤리선, 무장 범선, 스쿠너,[24] 소형 범선과 탈라사에 있는 그의 조선소의 다른 배들의 고물, 뱃머리, 조리실, 상갑판, 통로와 상부 구조물을 이 나무로 덮

---

22) 포르투갈식의 대형 선박.
23) 원양항해용의 대형 선박.
24) 돛대 2개짜리 범선.

게 했으므로 더욱 그렇기도 하지만) 올려놓을 만한 자격이 있을는지도 모른다. 그래도 라릭스에 불과하다면, 다른 종류의 나무들로 지핀 큰 가마솥의 불길 속에서 마치 석회 화로 속에 넣은 돌멩이처럼 결국에는 변질되고 파괴되고 말 것이다. 그렇지만 불연성의 팡타그뤼엘리옹 풀은 변질되거나 손상을 입는 대신 오히려 쇄신되고 정화되는 것이다. 이 때문에,

인도인들, 아랍인들, 사바이아인들[25]이여,
너희들의 몰약, 향료, 흑단을 너무 예찬하지 말라.
여기 와서 우리 보물의 가치를 확인해보라,
그리고 우리 풀의 씨앗을 가져가거라.
그 후에 너희들의 땅에서 이 풀이 잘 자라게 되면,
하늘에 무한한 감사를 드려라.
그리고 팡타그뤼엘리옹 풀의 원산지인
프랑스 왕국의 행운을 칭송하여라.

위대한 팡타그뤼엘의 영웅적 행적에 관한 제3서 끝

---

25) 아라비아에 살던 종족.

팡타그뤼엘 제3서, 프랑스 르네상스 시대의 지적 담론

유석호 연세대 교수 · 불어불문학

1. 라블레의 생애와 작품

몽테뉴(Michel de Montaigne)와 더불어 16세기 프랑스 문학을 대표하는 작가인 프랑수아 라블레(François Rabelais)의 생애에 관한 기록에는 불확실하거나 빠진 부분이 많다. 우선 그의 출생 연도부터 논란의 대상인데, 파리 생 폴 공동묘지에 있던 묘비명에 따르면 그는 1553년 4월 9일에 70세를 일기로 세상을 떠난 것으로 되어 있다. 보통 이 기록을 근거로, 라블레가 1483년에 시농 근처의 라 드비니에르라는 작은 마을에서 태어난 것으로 추정하는 것이 통설이지만, 한편으로는 그가 1521년 당대의 대표적 인문주의 학자였던 뷔데(Guillaume Budé)에게 보낸 라틴어 편지에서 자신을 청년(adulescens)으로 표현한 점을 들어 그의 출생 시기를 10년 정도 늦은 1493년으로 보아야 한다는 주장도 있다.

그의 아버지 앙투안 라블레(Antoine Rabelais)는 법학사 학위를 가진 변호사로 알려져 있는데, 프랑수아는 둘째 아들로 태어났다. 당시에는 부모의 재산을 모두 장남에게 상속했기 때문에 평민 계급의 똑똑하고 재주 있는 차남 이하의 자식들은 수도사가 되는 길을 선택하는 경우가 많았다고 한다. 기록에는 나와 있지 않지만 학자들은 법률에 대한 라블레의 해박한 지식으로 미루어 그가 수도사가 되기 전에 몇 년 동안 고향에서 가까운 부르주나 앙제, 또는 푸아티에 대학에서 교회법과 민법을 공부했을 것으로 추측하기도 한다. 그는 1510년경 앙제 근처의 라보메트에 있던 프란체스코 수도회 소속의 수도원에서 수도사 생활을 시작했다. 그가 속해 있던 프란체스코 수도회는 엄격한 금욕주의를 강조하고, 자유로운 학문 연구와는 거리가 먼 보수적 교단이었으므로 라블레의 지적 욕구를 채워주기에는 부적절한 환경이었다고 할 수 있다. 어쨌든 1521년에 뷔데에게 보낸 위의 편지에서 라블레는 퐁트네 르 콩트에 있는 퓌 생 마르탱 수도원의 수도사라고 자신의 신분을 밝히고 있다. 그는 이 수도원에서 동료 수도사인 라미(Pierre Lamy)와 함께 그리스어를 공부하고 고전 연구에 몰두했다. 당시 푸아투 지방의 중심지인 퐁트네에서는 부샤르(Amaury Bouchard), 티라코(André Tiraqueau) 같은 저명한 법률가들이 지적인 사교모임을 이끌고 있었는데, 라블레는 이들과 교유하며 위마니슴(humanisme) 사상에 심취하게 된다. 당시에 프랑스에서 점차 확산되는 종교개혁(Réforme)의 움직임에 위협을 느꼈던 소르본 신학부는 성서의 자의적인 해석을 막기 위해서라는 명분을 내세워 수도원에서의 그리스어 학습을 금지시켰고, 이에 따라 라블레도 나중에 돌려받기는 했지만, 가지고 있던 그리스어 서적들을 몰수당하는 시련을 겪기도 했다. 이 사건 이후 그는 교황에게 청원하여 고전 연구에 좀더 관용적인 베네딕트 수도회 소속의 생 피에르 드 마이유제 수도원으로 이적하게 된다.

법률과 신학을 공부한 다음, 인간에 대한 전반적 이해를 위해서 라블레가 관심을 가졌던 분야는 의학이었다. 그러나 당시 수도사는 외과 수술을 하는 것이 금지되어 있었고 치료의 대가로 돈을 받을 수 없었기 때문에 의학을 공부하기 위해서는 성직을 떠나야만 했다. 결국 라블레는 수도원을 나와 재속(在俗) 사제로서 당시 가장 유명한 의과대학이 있던 몽펠리에에서 의학 공부를 시작했다. 지금도 보존되어 있는 몽펠리에 대학의 기록에 따르면 라블레는 1530년 9월 17일에 처음 등록했는데, 놀라운 사실은 불과 두 달 반 만인 12월 1일에 벌써 2년 동안의 교육 과정이 필요한 의학 일반교육 이수자(bachelier) 자격시험을 통과했다는 것이다. 이 같은 결과는 그가 의과대학에 다니기 전에 이미 고전 연구를 통해서 고대의학에 관한 풍부한 지식을 습득하고 있었기에 가능한 일이었다. 다음해인 1531년 연수과정에서 그는 히포크라테스와 갈레노스의 그리스어 원전을 주해하는 공개 강의를 해서 큰 호평을 받았다. 그는 1532년 리옹의 퐁 뒤 론 시립병원의 의사가 되는데, 같은 해에 마나르디의 『의학 서한』, 히포크라테스의 『격언집』 그리고 뒷날 가짜로 판명된 쿠스피디우스의 『유언집』 등을 출간하는 등 활발하게 고전 번역작업에 참여하기도 했다.

작가로서의 본격적 활동은 1532년 리옹에서 출판된 『팡타그뤼엘』(*Pantagruel*)로부터 시작된다. 이 작품의 서문에서 라블레는 그 당시에 유행하던 작자 미상의 대중소설 『가르강튀아 대연대기』(*Les Grandes Chroniques gargantuines*)에 착안해서 이 작품을 쓰게 되었다고 집필 동기를 밝히고 있다. 『가르강튀아 대연대기』에 나오는 거인의 아들로 팡타그뤼엘이라는 새로운 주인공을 등장시킨 첫 작품이 큰 성공을 거두자 그는 1534년에 다시 아버지의 이야기로 거슬러 올라가 원작을 완전히 바꾸어놓은 『가르강튀아』(*Gargantua*)를 발표한다. 라블레는 문학작품 외에, 점성술로 천체의 움직임을 관찰해서 새해에 일어날 일들을 예측한다며 무지한 대중들을 기만하던 당시의 역서(曆書)를 풍자한 『팡타그뤼엘의 예보』(*Pantagruéline Pronostication*)를 1533년에 출판하기도 했다. 같은 종류의 역서가 네 번 더 나온 것을 보면 단순한 풍자나 익살뿐 아니라 실제 생활에 도움이 되는 내용도 포함했던 것 같다.

『가르강튀아』 발표 이후 라블레는 1546년 『제3서』(*Le Tiers Livre*)를 출판할 때까지 창작 활동을 중단한다. 그의 침묵은 1534년에 일어났던 '격문사건'(Affaire des Placards)과 무관하지 않다는 것이 일반적인 해석이다. 격문사건은 신교도들이 가톨릭교회의 미사 의식을 비판하는 격문을 배포하면서 심지어 국왕의 침실 문에까지 격문을 붙이는 바람에 종교개혁에 관용적이던 프랑수아 1세를 격노하게 만들어 신교도 탄압의 계기가 되었던 사건이다. 작품을 통해서 공공연히 복음주의 운동에 지지를 표명하고 가톨릭교회의 제도에 비판적이었던 라블레 역시 이러한 시대적 분위기에서는 언행을 극도로 조심할 수밖에 없었을 것이다.

이 시기의 라블레에게 큰 도움을 주었던 인물은 프랑스 정계의 실력자였던 기욤 뒤 벨레(Guillaume du Bellay)와 장 뒤 벨레(Jean du Bellay) 형제이다. 라블레는 1534년에 동생인 장 뒤 벨레 추기경이 국왕의 사절로 로마 교황청에 파견되었을 때 그의 개인비서 겸 수행의사의 자격으로 처음 인연을 맺는데, 그 후에도 두 차례나(1535~36, 1547~49) 더 그를 수행하여 로마에 체류하게 된다. 라블레는 두 번째 로마 체류 중에 추기경의 도움을 받아 원하는 수도원에 복귀해서 외과수술을 하지 않는다는 조건으로 의업에 종사해도 좋다는 교황의 허락을 받을 수 있었다. 그 결과 그는 1537년 봄에 몽펠리에로 돌아가 4월에 학사, 5월에 박사 학위를 받고 히포크라테스에 관한 강의를 했으며, 같은 해 여름에는 리옹에서 교수형당한 죄수의 시체를 공개적으로 해부했다고 한다. 그는 또한 1540년에 교황에게 청원하여 이름이 알려지지 않은 과부와의 사이에서 낳은 사생아들(아들 프랑수아와 딸 쥐니)을 적법한 자식으로 인정받았다. 그리고 프랑스 영토로 편입된 이탈리아 토리노의 총독으로 임명된 기욤 뒤 벨레의 주치의가 되어 1540년부터 그가 세상을 떠난 1543년까지 피에몬테 지방에 체류하기도 했다. 라블레는 『제4서』(Le Quart Livre)에서 랑제의 영주였던 기욤 뒤 벨레의 임종 장면을 감동적으로 묘사하고 있다.

1546년에 그는 『제3서』를 출판한다. 『팡타그뤼엘』과 『가르강튀아』를 아랍인 연금술사의 이름을 연상하게 하는 알코프리바스 나지에(Alco-fribas Nasier)라는 필명으로 발표했던 것과는 달리, 의학박사 라블레라고 작가의 이름을 밝힌 『제3서』는 1545년 작품의 속편에 대하여 출판의 특권을 보장하는 왕의 윤허를 받고 나서 출판된 것이다. 앞의 두 권이 전설적인 거인왕의 연대기인 데 비해서, 『제3서』는 팡타그뤼엘의 친구이자 심복인 파뉘르주가 결혼을 해야 할 것인지, 하지 말아야 할 것인지

에 관한 일련의 문답으로 이루어진 대화 형식의 작품이다. 왕의 윤허에
도 불구하고 『제3서』는 1546년 소르본 신학부가 이단적인 내용을 문제
삼아, 이미 외설적이라는 이유로 금서 목록에 올라 있던 『팡타그뤼엘』과
『가르강튀아』에 이어 금서 처분을 받게 된다. 1545년 프랑수아 1세와 신
성로마제국 황제 카를 5세의 합의로 화형재판소(Chambre Ardente)
가 설치되는 등 종교 탄압이 다시 격화되려 하자 신변의 위협을 느꼈던
라블레는 1546년 봄부터 약 1년 동안 당시에는 신성로마제국의 영토였
던 메스로 피신하여 의사로서 환자들을 치료하며 어려운 시기를 넘겨야
했다.

로마에 체류 중이던 라블레는 1548년 리옹에서 11장으로 된 『제4서』
의 부분판을 출판하고, 1552년에 결정판을 출판했다. 『제4서』는 자신의
결혼 문제에 대한 일련의 문답에서 한결같이 부정적인 답변에 승복하지
못한 파뉘르주가 팡타그뤼엘에게 청하여 일행이 신성한 술병(Dive
bouteille)의 신탁을 들으러 떠나는 환상적 항해기이다. 라블레는 1550
년에 인문주의자들에게 호의적이었던 샤티용(Odet de Châtillon) 추
기경의 도움으로 국왕 앙리 2세에게서 자신의 전 작품에 대해서 10년
동안 출판의 특권을 인정받게 된다. 이에 대한 감사의 표시로 라블레는
『제4서』를 샤티용 추기경에게 헌정했다. 1552년에 또다시 소르본 신학
부의 고발로 『제4서』에 대해서 파리 고등법원이 2주 동안 한시적으로
판매금지 처분을 내렸다고 하는데, 후속 조처는 없었던 것으로 알려져
있다. 그는 1545년에 뫼동, 1551년에 생 크리스토프 뒤 장베, 두 곳의
주임사제직을 얻었지만 교구를 다른 사제에게 임대하고 부임하지는 않
았다. 만년에 그는 천국의 즐거움을 맛본다고 감탄해 마지않았던 장 뒤
벨레 추기경의 소유지 생 모르 데 포세에 자주 머무르며 전원생활을 즐
겼던 것으로 보인다.

1552년 말 리옹에는 라블레가 투옥되었다는 소문이 돌았다고 하는
데, 확인할 수 있는 사실은 1553년 1월 두 곳의 주임사제직을 포기했다
는 것, 그리고 최근에 밝혀진 자료에 따르면 같은 해 3월 첫 주에 파리

자르댕 거리의 집에서 세상을 떠났다는 것이다. 그는 임종의 자리에서 "막을 내려라. 소극(笑劇)은 끝났다" 또는 "나는 위대한 가능성(peut-être)을 찾으러 간다" 등의 말을 남겼다고 전해지지만, 확인할 수 없는 전설로 남아 있다.

라블레에 관한 전설은 그의 죽음과 함께 끝나지 않는다. 그가 죽은 지 9년 후인 1562년에 16장으로 된 "프랑수아 라블레 선생이 집필한 팡타그뤼엘 항해기 속편" 『종소리나는 섬』(L'Isle Sonante)이 출판되고, 1564년에 47장으로 된 "의학박사 프랑수아 라블레 선생이 집필한, 위대한 팡타그뤼엘의 영웅적 언행의 다섯 번째이자 마지막 책", 통칭 『제5서』(Le Cinquiesme Livre)가 출판되었던 것이다. 작가 사후에, 그것도 상당한 시간이 지난 다음에 출판된 책이기 때문에 『제5서』의 진위는 당시부터 논란거리였고, 그것이 라블레 작품이 아니라는 동시대인들의 증언도 있다. 사실 『제5서』의 진위 문제는 아직까지도 라블레 연구자들 사이에서 가장 미묘하고 취약한 문제로 남아 있다.

2. 르네상스 시대의 지적 풍토

라블레의 작품 세계는 위마니슴 사상과 긴밀하게 연결되어 있다. 프랑스 르네상스 시대를 주도하던 위마니슴 사상은 서로 다른 두 가지 경향을 내포한다. 하나는 고전의 재발견을 통한 문예부흥을 목표로 하는 인문주의(人文主義)이고, 다른 하나는 인간 중심적 사고로의 전환을 의미하는 인본주의(人本主義)이다. 중세부터 학문의 연구와 전수를 독점하다시피 했던 지식인 집단은 성직자 계급이었는데, 이들의 고전 연구는 거의 전적으로 라틴어 번역에 의존한 것이었기 때문에 원전에 충실하기 힘들고, 번역에 왜곡이나 오류가 있는 경우에는 잘못된 해석을 답습할 수밖에 없는 문제점을 안고 있었다. 성경 연구에서도 『구약』은 히브리어, 『신약』은 그리스어로 되어 있는 원전을 연구하는 대신 라틴어 번역판에 의존한 중세 신학자들의 해석이 전통적 교리(Tradition)로 받아들여지는 실정이었다. 이러한 상황에서 르네상스 시대에 이르러서는 고전에 대한 왜곡된 해석을 극복하기 위해서는 원전을 직접 연구해야 한다는 자각이 일어나게 된다. 종교개혁의 시대를 맞아 신학에서는 가톨릭교회의 전통적 해석에서 벗어나 원래의 복음서의 정신으로 되돌아가자는 복음주의(Evangélisme)가 점차 확산되고, 고전 연구가 필수적인 법학과 의학 분야에서도 원전 연구가 활발히 이루어지게 되는데, 이를 주도했던 새로운 지식인 계층이 바로 인문주의자들(humanistes)이다. 인문주의자들은 고전 연구를 통해서 서구문명의 황금기였던 그리스·로마 시대를 이상으로 생각하고 이를 본받으려는 문예부흥 운동을 주도하게 된다. 이 시대 유럽의 대표적 인문주의자로는 『광우예찬』(狂愚禮讚)을 쓴 에라스무스(Desiderius Erasmus)를 들 수 있는데, 위마니슴 사상에 심취했던 라블레는 그에게 보낸 편지에서 그를 자신의 정신적 아버지라고 부르며 깊은 존경심을 나타내고 있다.

그리스·로마 문화 연구를 통해서 인문주의자들이 새롭게 인식하게 된 것이 또한 인본주의 정신이다. 중세가 신 중심의 가치관이 지배했던 시대였던 데 비해서, 그리스·로마 시대의 문화와 예술은 인간 중심의 가치관에 기초한 것이기 때문이다. 인간을 원죄 때문에 타락한 존재로 보는 전통적인 기독교 윤리관에서는 현세에서의 삶을 영혼의 구원에 필요한 속죄의 기간으로 규정한다. 이에 따라 지상에서의 덧없는 행복에 대한 집착을 끊고 경건한 신앙의 삶을 통해서 영혼의 구원을 위하여 노력하는 것이 기독교인의 당연한 도리라고 생각하고, 영혼의 순수성을 유지하는 데 방해가 되는 일체의 물질적·육체적 욕망은 되도록 억제해야 한다는 태도를 취했던 것이다. 금욕과 고행을 바람직한 신앙인의 자세로 권장한 이유도 여기에 있다. 이와는 달리 고전 연구를 통해서 재발견하게 된 이교적 삶의 방식은 육체와 본능을 지닌 인간의 실체를 그대로 인정하는 데서 출발한 것이다. 육체의 아름다움은 찬미의 대상이며, 행복한 삶을 살아가는 데 필요한 조건 중에서 물질적 풍요와 육체적 쾌락의 중요성을 도외시하지 않는다. 자연적 본성대로의 삶이 가치의 기준이 되고, 인간이 만물의 척도로서 가치의 중심에 서 있는 것이다. 그리스·로마 신화에서 신들 역시 인간과 같은 사고방식과 욕망을 가진 존재로 인식된 것도 같은 맥락이라 할 수 있다. 생명력이 넘쳐흐르고, 미래에 대한 낙관적 기대로 희망에 부풀어 있던 르네상스 시대 특유의 정신적 분위기는 문예부흥에 따른 인류의 진보에 대한 기대감과 함께 바로 이러한 인본주의 정신이 사회 전반에 확산되어 공감대를 형성한 결과라 할 수 있다.

인문주의자답게 라블레는 중세 스콜라 철학과 이에 근거한 신학의 폐해를 공박하고, 르네상스 시대의 문예부흥 운동을 적극적으로 옹호한다. 그의 위마니슴 사상을 잘 보여주는 대표적 예로 『팡타그뤼엘』에 나오는 「가르강튀아의 편지」를 들 수 있는데, 이 편지는 『가르강튀아』에 나오는 텔렘 수도원에 관한 에피소드와 함께 프랑스 교과서에 가장 많이 실리는 예문이다. 가르강튀아가 파리에서 공부하는 아들 팡타그뤼엘을 격려하기 위하여 쓴 이 편지는 프랑스 르네상스의 찬가라고 불릴 만큼 새로운 시대와 문예부흥에 대한 기대감으로 가득 차 있다.

그 시절은 아직 암흑기였고 모든 고상한 문예를 말살시켰던 고트족으로 인한 불행과 재앙이 느껴지던 시대였다. 그러나 하느님의 은혜로 내 시대에 문예는 광명과 권위를 되찾았고 괄목할 만한 개선이 이루어진 결과, 한창때 금세기에 가장 학식이 높은 인물이라는 (잘못된 것이 아닌) 평판이 나 있었던 내가 이제는 어린 학동들의 초급반에 들어가기도 어려운 처지가 되었다. 내가 헛된 허영심에서 이렇게 말하는 것이 아니다. 마르쿠스 툴리우스의 책 『노년』의 권위와 플루타르코스의 『시기심을 일으키지 않고 자찬할 수 있는 방법』에 나오는 가르침에 따라 나 자신을 명예롭게 칭찬할 수 있지만, 나는 네가 좀더 높은 목표를 지향하려는 욕망을 갖도록 하기 위해서 이 편지를 쓰는 것이니라.

이제는 모든 학문이 분야별로 재정비되었고, 그것을 모르면 학자라고 자부하는 것이 수치스러운 일이 될 그리스어와 히브리어, 칼데아어, 라틴어 등의 언어 연구도 복원되었다. 악마의 사주로 화포가 발명된 것에 반하여, 내 시대에는 신적인 영감에 의해서 발명된 매우 세련되고 정확한 인쇄술이 실용화되었다. 온 세상은 학자들과 박학한 교사들, 대규모 도서관들로 가득 차 있어 플라톤이나 키케로, 파피니안의 시대도 오늘날 보는 바와 같이 학문하기에 편리한 조건을 갖추지는 못했다고 생각한다. 그래서 미네르바의 작업장에서 연마되지 않은 사람은 앞으로는 공공장소나 사교모임에 더 이상 모습을 나타내서는 안 될 것이다. 나는 오늘날의 산적, 망나니, 용병, 마부들이 내 시대의 박사나 설교자들보다 더 유식한 것을 보게 된다.(『팡타그뤼엘』, 8장)

가르강튀아는 이 편지에서 우선 새로운 시대가 중세 암흑기에서 벗어난 광명의 시대라는 점을 강조한다. 모든 문예와 학문이 복원되고 분야별로 재정비되었으며, 인쇄술의 실용화로 지식의 대량 보급이 가능해졌다는 것이다. 실제로 프랑스 르네상스를 가능하게 한 중요한 요인 중의하나로 인쇄술의 발달을 들 수 있다. 책의 대량 생산으로 책을 사서 읽는 새로운 독자층이 형성될 수 있었기 때문이다. 중세의 필사본들은 귀한 만큼 값도 비싸서 일반 대중이 책을 소유한다는 것은 결코 쉬운 일이 아니었다. 그리고 문맹률도 매우 높았기 때문에 글을 읽을 줄 아는 사람이 책을 읽어주면 마을사람들이 주위에 둘러앉아 듣는 식으로 진행되는 것이 중세의 일반적인 독서 행태였을 것으로 짐작된다. 또한 체계적인 고전어 교육이 가능해진 것도 이 시대의 큰 성과였다. 1530년에 프랑수아 1세는 프랑스 최고의 교육 기관으로 발전한 콜레주 드 프랑스(Collège de France)의 전신인 왕립 교수단(Collège des Lecteurs Royaux)을 창설하여 본격적인 고전 연구의 기틀을 마련했던 것이다.

가르강튀아가 이 시대에 들어 학문의 비약적 발전을 찬양하면서 당대의 가장 뛰어난 학자였던 자신이 이제는 학동들의 초급반에도 들어가지 못할 처지가 되었으며, 학문과는 아무 상관도 없는 지금의 산적이나 망나니, 용병, 마부들이 시대적 상황에 따라 자기 시대의 박사나 설교자들보다 더 유식한 것을 보게 된다고 말하는 것은 물론 과장된 것이지만, 우리는 이러한 주장 속에서 중세와의 단절과 학문적 풍토의 급격한 변화를 강조하려는 작가의 의도를 읽어낼 수 있다. 뒤이어 팡타그뤼엘이 공부해야 할 다양한 학문 분야에 관하여 자세히 언급한다. 우선 학자로서 반드시 알아야 할 그리스어를 비롯해서 라틴어, 히브리어, 칼데아어, 아랍어 등 학문 연구에 필요한 여러 언어들을 익혀야 한다는 점을 강조하고, 기하학, 산술, 음악 등 교양 학문을 위시해서 역사, 지리, 천문, 법률, 박물학, 의학 등 당시의 주요한 학문을 원전을 통해서 철저하게 공부할 것을 요구한다. 그리고 마지막으로 그리스어로 『신약』과 『사도행전』을, 히브리어로 『구약』을 읽을 것을 권하고 있다. 모르는 것이 없도록 모든 지식을 완벽하게 갖추어야 한다는 식의 학습 프로그램은 물론 현실적으로 가능한 교육 방식이라기보다는 르네상스 시대가 염원하던 이상적 목표를 보여주는 것이라 할 수 있다. 가르강튀아는 자기 아들이 '학문의 심연'을 이룰 수 있기를 기대하고 있는 것이다.

3. 대화 형식의 지적 담론

흔히 팡타그뤼엘 연작으로 통칭되는 라블레 소설은 동일한 인물들과 사건의 연계성으로 보면 연작임에 틀림없으나 오랜 기간에 걸쳐 씌어진 탓에 초기와 후기의 작품들 사이에는 상당히 큰 차이가 나타난다. 전설적인 거인 팡타그뤼엘과 그의 아버지 가르강튀아의 행적을 다룬 환상적인 연대기인 『팡타그뤼엘』과 『가르강튀아』에 비해서 작가가 12년 동안의 침묵 끝에 발표한 『제3서』에서부터 작품의 내용과 형식에 일대 전환이 이루어지기 때문이다. 『제3서』는 처음과 끝에 나오는 서술(narration) 부분을 제외하고는 작품 전체가 마치 연극 대사와 같은 인상을 줄 정도로 등장인물들의 대화 중심으로 이야기가 전개된다는 것이 특징이다. 『제3서』의 주인공은 단연 파뉘르주이다. 팡타그뤼엘의 심복이자 친구인 그가 결혼을 해야 할 것인지, 하지 말아야 할 것인지의 문제를 놓고 예언의 자리에 같이 참석했거나 그의 부탁을 받고 조언을 해주는 인물들과 파뉘르주 사이에서 계속되는 토론이 작품의 대부분을 차지한다. 파뉘르주의 결혼이라는 주제는 당시 지식인 사회의 관심사 중의 하나였던 '여성의 우열에 관한 논쟁'에 착안한 것으로 보인다. 그런데 라블레는 이 주제를 여성의 성향에 관한 논의에 국한시키지 않고, 미래를 예견하는 여러 방법을 시험해보는 구체적 사건들을 통하여 현상에 대한 해석의 문제를 본격적으로 제기하고 있다. 『제3서』에서 전개되는 지적 담론은 현실과 동떨어진 듯이 여겨지는 거인왕의 모험담을 통해서 실질적으로는 시대적 관심사와 현실 사회의 문제에 관한 구체적 논의와 성찰을 시도해보려는 작가의 새로운 구상을 보여주는 것이다.

현실 문제에 대한 라블레의 관심은 『제3서』의 서문에서부터 분명히 나타난다. 그는 서문에서 코린토스가 공격을 받았을 때 무위도식하는 것처럼 보이지 않기 위하여 열심히 통을 굴렸던 디오게네스의 일화를 예로 들면서 당시 프랑스가 영토 확장을 목적으로 정책적으로 추진하고 있던 이탈리아 원정에 국민 모두가 동참할 것을 역설한다. 그러고는 이 작품을 쓰게 된 동기가 자신의 부족한 능력으로는 국가적 대사에서 중요한 직무를 담당하는 것이 불가능하므로 자신이 할 수 있는 일, 즉 국가를 위하여 수고하는 전사들에게 여흥을 제공하고 그들의 공적을 찬양하는 집사의 역할을 수행하는 것으로 국가에 봉사하기 위해서라고 밝히고 있다. 『제3서』의 1장에 나오는 유토피아 국민들의 딥소디 이주와 식민지 건설에 관한 이야기 역시 프랑스의 침략 전쟁을 정당화하기 위한 것으로 해석할 수 있다. 프랑스 국가주의를 지지하는 라블레의 정치적 입장은 지식인다운 합리적 비판 정신이 결여된 것이고 권력 지향적이라는 비난을 받을 수도 있겠으나, 『제3서』가 출판의 특권을 보장하는 왕의 윤허를 받아서 출판될 수 있었다는 점, 당시 그가 피에몬테 지방과 토리노 총독을 지낸 기욤 뒤 벨레의 측근이었다는 점 등을 고려하면 이해가 가는 부분이다.

2장에서 파뉘르주가 어떻게 팡타그뤼엘에게서 하사받은 살미공댕 영지의 3년치 수입을 채 14일도 되지 않아 모두 탕진하고 빚을 지게 되었는지에 관한 간단한 설명에 이어 화자의 서술은 인물들 사이의 대화로 전환된다. 파뉘르주는 자신이 빚을 지는 것이 당연한 일이라고 팡타그뤼엘을 설득하기 위하여 채무자와 채권자를 찬양하는 장광설을 늘어놓는다. 그의 궤변의 논리는 세상만사가 서로 빚을 주고받는 거래관계로 유지되는 것이고, 이 같은 원리는 인체의 생리적 기능에도 그대로 적용된다는 것이다. 팡타그뤼엘이 그의 주장을 받아들이지 않고 빚을 청산하라고 지시하자 파뉘르주는 그렇게 되면 이 세상에서 어느 누구도 독신인 자신에게 관심을 가지고 돌보아주지 않을 것이라고 신세 한탄을 한 다음 결혼 의사를 밝힌다. 결국 파뉘르주가 결혼하려는 동기는 성적 욕망을 주체하기 힘들다는 이유도 있지만 그보다 근본적으로 사람들에게서 버림받을지도 모른다는 불안감에서 이해관계를 떠나 언제라도 자기편을 들어줄 수 있는 짝을 찾아야겠다는 지극히 이기적인 발상에서 비롯된 것이다. 채권자가 빌려준 돈을 받지 못하게 될 것이 두려워 채무자의 비위를 맞추고 그가 잘 되기를 바라고 지켜주듯이, 자신에게 전적으로 의존하고 헌신적으로 봉사하는 아내가 필요한 것이다. 이 때문에 파뉘르주는 만일 결혼 생활에서 아내가 바람을 피우고, 자기 물건을 훔치고, 자신을 팰지도 모른다는 의혹을 해소하지 않고는 결혼을 결심할 수 없는 자기모순에 빠져 있는 인물이다. 미래의 불확실성을 인정하지 않으려는 그에게 결혼은 애초부터 불가능한 것이라 할 수 있다.

　파뉘르주가 자신의 고민을 털어놓자 팡타그뤼엘은 해결책을 찾기 위하여 미래를 예견하는 방법을 사용해볼 것을 제안하고, 이에 따라 베르길리우스의 시구(詩句), 파뉘르주의 꿈, 무녀의 예언, 벙어리의 몸짓, 죽어가는 시인의 노래, 점쟁이의 점괘, 미치광이의 말과 행동에 대한 해석에 이어 신학자, 의사, 철학자가 모인 심포지엄에 이르기까지 일련의 문답이 이루어진다. 여기에 등장하는 예언의 방법들은 서양에서 전통적으로 사용되던 것들이다. 25장에 나오는 헤르 트리파라는 점쟁이가 열거한 점치는 방법들이 30여 가지에 이르는 것만 보더라도 고대 서양사회에서 미래의 일을 알아보려고 얼마나 다양한 방법을 시도했는지를 알 수 있다. 예언과 관련된 일련의 에피소드에서는 비슷한 상황이 반복적으로 벌어진다. 파뉘르주의 미래의 운명을 알아보기 위하여 먼저 예언을 들어볼 대상자를 물색하는 과정에서 주로 팡타그뤼엘이 새로운 예언의 방법을 제안하고 고전을 인용하며 그 방법이 성공했던 역사적 사례를 소개한다. 예언을 들은 다음에는 그 해석 방법을 놓고 인물들이 각자 입장에 따라 서로 다른 의견을 제시하며 토론을 전개한다. 팡타그뤼엘과 그의 사부인 에피스테몽은 고전의 권위에 의거해서 전통에 입각한 해석을 시도하고, 익살스럽고 외설적인 해석은 주로 파뉘르주와 장 수도사의 몫이다. 특히 파뉘르주는 그의 동료들이 그가 결혼하게 되면 오쟁이를 지고, 아내에게 도둑질을 당하고 얻어맞을 운명이라는 동일한 결론을 내리는 것에 반발하며 억지 논리를 내세워 그들의 해석의 문제점을 입증하려고 애쓴다. 이에 따라 논의는 다시 원점으로 되돌아가서 새로운 문답이 다시 시작되는 것이다. 이처럼 자신에게 불리한 해석을 인정하지 않는 파뉘르주의 자기중심적 사고방식 때문에 결론 없는 토론만 되풀이될 뿐이다.

이와 같은 문답의 진행 과정은 몽테뉴의 『수상록』(Les Essais)과 매우 유사한 논리 전개방식을 보여주는데, 프랑스 르네상스 문학을 대표하는 두 작가가 서로 다른 작품 형식에도 불구하고 사변적 주제에 접근하는 방식에 상당한 공통점이 있다는 것은 주목할 만한 일이다. 이 같은 현상이 나타나는 것은 실제로 당시 인문주의자들의 지적 담론에서는 다루려는 주제에 대한 전통적 해석을 논의의 출발점으로 삼기 위해서 고전작가의 작품들을 인용하고 관련된 역사적 사례를 설명하고 나서 개인적 의견을 전개해나가는 것이 관례처럼 되어 있었기 때문이다. 몽테뉴의 경우에도 특히 초기에 집필한 부분에서는 문제 제기의 단계에서 우선 고전을 인용하며 주제와 관련된 역사적 일화를 소개하고 그다음에 작가의 개인적 성찰을 전개해나가면서 논의를 심화시키는 것을 볼 수 있다.

물론 몽테뉴와 달리 라블레는 등장인물들의 대화를 통해서 어떤 주제에 관한 깊이 있는 논의를 전개하려고 했던 것은 아니다. 오히려 사건다운 사건 없이 대화 위주로 이야기가 진행되는 『제3서』에서 독자들이 거인 왕들의 모험담 못지않은 활기와 재미를 만끽할 수 있게 유쾌하고 즐거운 대화의 분위기를 어떻게 살릴 것인가 하는 문제가 라블레에게는 더 중요한 관심사였을 것이다. 어쨌든 등장인물들이 각자의 지적 능력과 성격에 따라 주어진 문제에 대해서 서로 다른 해석을 시도하고 토론하는 본격적인 논의의 장을 소설 속에 재현함으로써 당시 지식인들의 지적 담론을 소설에 도입하는 데 성공했다는 점에서 라블레는 소설의 새로운 지평을 연 것으로 평가할 만하다.

파뉘르주의 결혼 문제에 관한 문답에서 일관되게 제기되는 주제는 해석의 문제이다. 자연언어의 존재를 부정하는 라블레의 입장에서 보면 인간의 말 자체가 사회적 합의에 의한 자의적인 것이므로 그 의미 해석에서 주관성을 배제할 수 없다. 『팡타그뤼엘』에서 영국의 대철학자 토마스트의 제안으로 오해의 소지가 있는 말 대신 몸짓만으로 이루어지는 철학적 논쟁은 물론 희극의 세계에 속한 것이지만 전적으로 허황된 것만은 아니다. 어떤 현상에 대해서 단일한 해석만이 가능하지 않은 경우는 얼마든지 있을 수 있다. 그리고 파뉘르주처럼 모든 사람들이 인정하는 진실마저도 수용하기를 거부하고 정반대의 해석을 고집하려 한다면, 그를 설득시킬 수 있는 논리는 존재하지 않는다. 또한 미래를 예견하는 방법이라는 것도 그것을 고안해낸 인간의 불완전함 때문에 부정확한 것일 수밖에 없는 것이다. 결국 인간들의 인식과 판단 능력을 믿지 못해서 그들이 말하는 진실을 인정하기를 거부하는 파뉘르주가 선택할 수 있는 길은 하나밖에 없다. 신들이 정해놓은 그의 운명을 알아보기 위해서 신탁을 들으러 떠나는 것이다.

4. 인류의 미래에 대한 낙관적 기대

『제3서』는 신성한 술병의 신탁을 들으러 여행을 떠나자는 파뉘르주의 제안에 따라 팡타그뤼엘 일행이 오랜 여행에 대비하여 항해에 필요한 선박과 물품을 준비하는 이야기로 끝을 맺는다. 다시 등장한 화자의 서술에서 거의 대부분을 차지하는 것은 팡타그뤼엘리옹이라는 신비한 풀의 효능에 관한 설명이다. 사용법을 발명한 팡타그뤼엘의 이름을 딴 이 풀은 원래는 삼과의 평범한 식물에 지나지 않는 것이지만, 인간의 창의력에 의하여 모든 필요를 충족시켜줄 수 있는 기적의 풀로 변모함으로써 인간의 무한한 가능성을 상징하게 된다. 라블레 작품에서 인류의 미래에 대한 낙관적 기대가 가장 웅변적으로 표현된 부분으로 꼽히는 팡타그뤼엘리옹의 예찬에는 중세의 기독교적 가치관으로는 상상하기 힘든 르네상스 시대의 진취적 기상이 잘 나타나 있다.

올림포스의 신들은 두려움에 사로잡혀 이렇게 말했다.
"팡타그뤼엘이 그의 풀의 용법과 효능에 의하여 우리로 하여금 과거 알로아다이가 그랬던 것보다 더 큰 새로운 고민에 빠지게 만들었다. 그는 곧 결혼을 할 것이고 아내와의 사이에서 자식들을 갖게 될 것이다. 그 정해진 운명은 필연의 딸들인 운명의 자매들의 손과 방추를 거친 것이기에 우리로서도 거역할 수 없는 것이로다. 그의 자식들에 의하여 같은 능력을 가진 풀이 발명될 것이고, 그것에 의하여 인간들이 우박의 근원지, 빗물의 배수구, 벼락의 제작소를 방문하게 되는 날이 오리라. 그들은 달세계를 침범하고, 하늘의 별자리에 들어가 어떤 자들은 황금 독수리좌에, 다른 자들은 양좌, 왕관좌, 하프좌, 은사자좌에 거처를 정할 것이고, 우리와 같은 식탁에 앉으며, 우리의 여신들을 아내로 맞이하게 될 것이니, 그것이 신이 되는 유일한 방법이기 때문이로다." (『제3서』, 51장)

팡타그뤼엘의 자손들이 새로운 발명에 의하여 하늘나라로 올라가 올림포스의 신들과 같은 식탁에 앉고 여신들을 아내로 맞이하여 신이 되는 날이 올 것이라는 신들의 예언은 인간의 가능성에 대한 믿음이 어디에까지 이를 수 있는지를 보여주는 최고의 찬사이다. 문학작품에서 이보다 더 분명하게 인간의 능력과 가치에 대한 절대적인 신뢰를 표명한 예는 찾아보기 힘들 것이다. 이는 또한 신에게 예속되지 않는 인간 중심의 이상사회를 실현하는 것이 가능하다는 르네상스인들의 자신감의 표현이기도 하다.

지은이 프랑수아 라블레

프랑수아 라블레(François Rabelais, 1483년경~1553)는 몽테뉴와 더불어 프랑스 16세기 문학을 대표하는 작가로 그의 출생연도를 두고 논란이 있으나, 대체로 1483년 프랑스 시농 근처의 라 드비니에르라는 작은 마을에서 변호사 앙투안 라블레의 둘째 아들로 태어난 것으로 알려진다. 1510년경 프란체스코 수도회 소속의 수도원에서 수도사 생활을 시작한 그는 이 수도원에서 그리스어를 공부하며 고전 연구에 몰두하는 한편, 퐁트네에서 열리는 법률가들의 토론회에 참석하면서 당시 지식인 사회에 팽배해 있던 위마니슴(humanisme) 사상에 심취하게 된다. 법률과 신학을 공부한 뒤, 인간에 대해 전반적으로 이해하기 위해 그가 관심을 가졌던 분야는 의학이다. 그는 수도원을 떠나 재속(在俗) 사제로서 당시 유명했던 몽펠리에 의대에서 의학을 공부하고, 1531년에는 히포크라테스와 갈레노스의 그리스어 원전을 주해(註解)하는 공개강의를 해서 호평을 받았다. 이듬해 라블레는 리옹의 퐁 뒤 론 시립병원에 근무하면서 고전 번역도 활발하게 한다. 작가로서의 그의 본격적인 활동은 『팡타그뤼엘』(1532)로부터 시작된다. 이 작품은 당시 유행하던 작자 미상의 소설 『가르강튀아 대연대기』에 착안해서 쓴 것인데, 거인왕의 아들로 팡타그뤼엘이라는 새로운 주인공을 등장시킨 이 작품이 성공을 거두자, 그는 다시 아버지의 이야기로 거슬러 올라가 원작을 완전히 바꾸어놓은 『가르강튀아』(1534)를 발표함으로써 대가다운 면모를 과시한다. 『가르강튀아』를 발표한 뒤 1546년 『제3서』가 출판될 때까지 그는 창작활동을 중단한다. 그가 로마에 체류 중이던 1548년 리옹에서 11장으로 된 『제4서』의 부분판이 출판되고, 1552년에 결정판이 출판된다. 『제3서』가 팡타그뤼엘의 심복인 파뉘르주의 결혼 문제에 대한 일련의 문답으로 이루어진 대화 형식인 데 비해, 팡타그뤼엘 일행이 신성한 술병의 신탁을 받으러 떠나는 여행기인 『제4서』는 환상적인 섬들의 풍물 묘사를 통해 현실사회의 모순과 비리를 신랄하게 고발한 풍자문학의 백미로, 그가 생전에 발표한 마지막 작품이다.

옮긴이 유석호

유석호(劉錫昊)는 연세대학교 불어불문학과와 같은 학교 대학원을 졸업하고
프랑스 리옹 2대학에서 라블레 연구로 문학박사 학위를 받았다. 옮긴 책으로는
『가르강튀아 | 팡타그뤼엘』이 있으며, 「카니발의 문학──라블레 소설의 바흐친적 해석」
「라블레 소설의 그로테스크한 사실주의」「라블레 소설과 구전문학의 전통」
「라블레 소설과 민중문화의 전통」 등 라블레와 16세기 프랑스 문학, 번역의 문제 등에
관한 다수의 논문이 있다. 지금은 연세대학교 불어불문학과 교수로 있다.

한국학술진흥재단 학술명저번역총서
서양편 ● 32 ●

'한국학술진흥재단 학술명저번역총서'는
우리 시대 기초학문의 부흥을 위해
한국학술진흥재단과 한길사가 공동으로 펼치는
서양고전 번역간행사업입니다.

팡타그뤼엘 제3서

지은이 · 프랑수아 라블레
옮긴이 · 유석호
펴낸이 · 김언호
펴낸곳 · (주)도서출판 한길사
등록 · 1976년 12월 24일 제74호
주소 · 413-832 경기도 파주시 교하읍 문발리 520-11
www.hangilsa.co.kr
E-mail: hangilsa@hangilsa.co.kr
전화 · 031-955-2000~3
팩스 · 031-955-2005

상무이사 · 박관순 | 영업이사 · 곽명호 | 편집주간 · 강옥순
편집 · 서상미 백은숙 | 전산 · 한향림 노승우
마케팅 및 제작 · 이경호 | 관리 · 이중환 문주상 박경미 김선희

출력 · 지에스테크 | 인쇄 · 현문인쇄 | 제본 · 경일제책

제1판 제1쇄 2006년 5월 25일

ⓒ 한국학술진흥재단 2006

값 22,000원
ISBN 89-356-5617-8 94860
ISBN 89-356-5291-1 (세트)